CHONGWENGUAN

读古人书　友天下士

百余年前，崇文书局于武昌正觉寺开馆刻书，成晚清四大书局之一。所刻经籍，镌工精雅，数量众多，流布甚广，影响巨大。为赓续前贤，昌明国学，弘扬文化，本社现致力于传统典籍的出版。既专事文献整理，效力学术，亦重文化普及，面向大众。或经学，或史论，或诸子，或诗词，各成系列，统一标识，名之为"崇文馆"。

崇文馆

中国古典诗词校注评丛书

李贺全集 【汇校汇注汇评】

闵泽平 编著

长江出版传媒 崇文书局

前　言

　　李贺,字长吉,河南府福昌县(今河南宜阳)人,中唐著名诗人。对于他的生平事迹,我们只知道一鳞半爪,而这一鳞半爪的取得还要充分依赖我们的想象力。长吉在诗中多次自称"宗人"、"宗孙"、"唐诸王孙",新、旧《唐书》也声称他是郑王之后,这样长吉为皇室宗亲就毋庸置疑了。不过,他究竟是大郑王之后还是小郑王之后,即是唐太祖李虎第八子郑亮之后还是唐高祖李渊第十三子李元懿之后以及他与郑王之间是经过多少代的传承才联系起来的,都是一些让我们很头疼的问题。我们所能肯定的是,长吉的父亲为李晋肃,这得力于韩愈的著名文章《讳辨》,主要是因为他父亲的名字曾经引发过一场比较大的风波。当年长吉去参加进士考试,有人认为长吉这个进士应当避他父亲"晋肃"的讳。长吉压力很大,韩愈挺身而出为他辩解,写下千古名文,长吉的父亲也得以为我们所知。后来,我们发现在杜甫有一首诗名为《公安送李二十九弟晋肃入蜀,余下沔鄂》,大家一致认为这里的李二十九就是长吉的父亲,并且李、杜两家还存在着姻亲关系。后来刘禹锡也有诗《送李二十九员外赴邠宁使幕》,这里的李二十九是不是指长吉的父亲呢?目前还存在着争议。

　　杜甫在湖北公安遇见长吉父亲的时候,是在大历三年(768),此时的李晋肃已经成年。长吉出生的日子,我们一般认定在贞元六年(790)前后。这也就意味着长吉父子俩年龄较为悬殊,或许这就是我们在长吉诗中找不到他父亲影子的缘故，也当是长吉家境困窘的重要原因。长吉曾说他粗茶淡饭吃不饱，"三十未有二十余，白日长饥小甲蔬"（《南园十三首》之四）。后来去求官，也是为饥寒所迫，"家门厚重意，望我饱饥腹"（《题归梦》）。可怜的小弟，还要独自到庐山去谋生，"青轩树转月满床，下国饥儿梦中见。维尔之昆二十余，年来持镜颇有须。辞家三载今如此，索米王门一事无"（《勉爱行二首送小季之庐山》）。身为没落的宗室之后，父亲又去世得早，这给长吉带来很多的困扰。

长吉没有提到过他的父亲，母亲的形象却经常在他的诗中呈现，如"大人"、"家老"、"中堂"等等，不一而足。李商隐的《李长吉小传》描述了老夫人感叹长吉作诗勤勉以及她陪伴长吉走完人生最后一段历程的情形，让人们感到他们母子间的年龄差距不是很大，当然这还不足以断定他的母亲就是续弦。《太平广记》引张读《宣室志》称老夫人姓郑，我们无法知晓这一材料的来源，也就找不到任何信任或怀疑的理由。李商隐还声称"长吉姊嫁王氏者"，即长吉有一个嫁给王家的姐姐。这里的王氏是不是王参元呢？倘若真是王参元，就会给我们带来意外的惊喜。我们都知道，李商隐是王参元之兄王茂元的女婿，如此说来，李商隐写长吉小传，也就不是单纯的"路见不平"了。

李商隐在长吉小传中开门见山指出，他的这篇文章是杜牧《李长吉歌诗集序》的补充。但他所写的小传，在关键点上与杜牧之序出现了龃龉。他说长吉活了二十四年，而杜牧却说长吉活到了二十七岁。《旧唐书》等相信李商隐的说法，《新唐书》等采用了杜牧的观点。孰是孰非呢？今天我们大多采信杜牧的叙述，除了能让长吉活得更久一些以外，还因为长吉的朋友沈亚之也有这样的看法（《序诗送李胶秀才》），杜牧还明确地告诉我们他的序作于文宗太和五年（831），其时长吉已经逝去十五年了。有了这一句话，长吉的生卒年就可以推断出来了。我们今天所描述的有关长吉一生的行事，往往是以它为基石的。虽然由于算法的不同，究竟是生于贞元六年(790)还是贞元七年(791)，争论还在继续。

长久以来，人们都相信长吉自幼聪颖。五代王定保在《唐摭言》中说，李贺七岁的时候，就因为诗歌写得出色而名震京华。韩愈与皇甫湜两人看到李贺的诗篇后，十分惊奇，于是联袂前去拜访。"总角荷衣"的长吉，当场写下了《高轩过》。这个故事很生动，还被收录到《新唐书·李贺传》，可惜它经不起推敲。不过，长吉与韩愈、皇甫湜及韩门子弟多有交往，倒也是事实。如张固《幽闲鼓吹》就记载有长吉投诗韩愈，后者读《雁门太守行》诗而睡意全无、援带邀见的故事。这让清人宋琬很生气：如此赏识李贺的韩愈，为什么不举荐长吉，使后者在仕途上能顺利一些呢？

其实韩退之撰写《讳辨》，就顶着巨大的压力。韩愈这篇文章，气势磅礴，今天我们都认为他义正词严，但当时大伙都认为它漏洞百出，如《旧唐书》就指责韩愈信口开河。林纾《春觉斋论文》也说："韩昌黎作《讳辨》，灵警机变，时出隽语，然而人犹以为矫激。非昌黎之辩穷也，时人以不举进士为李贺之孝，固人人自以为正。昌黎之言虽正，而辩亦不立。"长吉去世前，曾北上潞州投靠张彻。这个张彻，既是韩愈的弟子，还是韩愈的侄女婿。

韩愈没有使长吉摆脱困境，但长吉最终还是入仕了。他如何得以步入仕途？估计是以恩荫得官。新、旧《唐书》李贺本传都说长吉曾经担任过协律郎，可长吉自己在诗中说他所任之职为奉礼郎，他的朋友沈亚之、他嫁给王氏的那个姐姐也都支持长吉的说法。协律郎正八品上，"掌和六吕六律，辨四时之气，八风五音之节"；奉礼郎从九品上，"掌朝会祭祀君臣之版位"(《旧唐书·职官志》)。虽然有人提出长吉可能兼任两职，我们还是认为诗人只担任过三年的奉礼郎。

在京师为官三年，似乎没有给诗人留下美好的记忆。当年李太白待诏翰林三年，流放夜郎时还津津乐道"昔在长安醉花柳，五侯七贵同杯酒。气岸遥凌豪士前,风流肯落他人后"(《流夜郎赠辛判官》)。长吉笔下的首都呢? 荒凉的臭水沟,恶心的泡沫,破旧的柴门,衰败的柳树……他觉得自己像侍从一样,唯唯诺诺,做着一些琐碎的小事。生命在无意义地消逝,他是何等不甘心。每天下班归来,他就闭门独处,伴随他的唯有庭院中那颗小小的枣树。枣花开了,春天到了,但这似乎都与他了无关涉,他觉得自己犹如墙壁上悬挂的铁如意,为人遗忘,被人闲掷。他又是何等的寂寞,寂寞中,他想起了家乡,禁不住牵动起几分归思。

明确表达出长吉乡思的,有诗《始为奉礼忆昌谷山居》,这首诗中有"犬书曾去洛,鹤病悔游秦"两句,王琦认为乃是长吉得知妻子生病的消息而动了乡思。杜牧在为长吉所写的序中说,"贺无家室子弟",过去人们都理解为长吉没有妻室后裔。现在人们大多认为,长吉有过妻室,只是没有儿子,妻子在他之前就去世了。长吉有诗《出城》:"卿卿忍相问,镜中双泪姿。"这里的"卿卿",源自《世说新语》中的卿卿我我,所指的应该就是诗人的妻子。此外,长吉的一些诗诸如《后园凿井歌》《七夕》《美人梳头歌》等,大约也可以理解为写与他妻子相关的情事。

做了三年的奉礼郎,长吉就辞官归乡了。之所以辞官,"奉礼官卑复何益"(《听颖师弹琴歌》)是原因之一,身体状况不好也是事实。长吉多次在诗中自称"病客""病骨""病身",也全非婉辞。归隐山谷后,长吉写过一首诗《昌谷读书示巴童》,说他在昏暗的灯光下,在凄凉的秋虫声中,抱病读书于昌谷,而小小巴童相伴相随,于寒夜中忙着煎药侍从。此时的他,为药气包裹,可见他确实在养病。后来他到了潞州,自称"酒阑感觉中区窄"(《酒罢张大彻索赠诗时初效潞幕》)、"旅酒侵愁肺"(《潞州张大彻宅病酒遇江使寄上十四兄》),似乎病情并没有好转。

当然,在人们的印象中,长吉的身体一向不太健康。年纪轻轻,就鬓发斑白,"日夕著书罢,惊霜落素丝"(《咏怀二首之二》),

"我待迁双绶,遗我星星发"(《感讽五首之二》),"归来骨薄面无膏,疫气冲头鬓茎少"(《仁和里杂叙皇甫湜》),"壮年抱羁恨,梦泣生白头"(《崇义里滞雨》),"终军未乘传,颜子鬓先老"(《春归昌谷》)。对于人生而言,有时候头发确实如同树叶,一叶落而知劲秋,头发的凋谢,难免引起心理恐慌,让人凄凄惶惶。何况,他的生活总是在浓浓的药味中度过的,"泻酒木兰椒叶盖,病容扶起种菱丝"(《南园》)。

这是不是长吉诗中多出现鬼魂的重要原因呢?不少学者认为,诗人体弱多病,经常感受到死亡的危险,时时刻刻处于忧惧恐怖与焦躁不安之中。看看那些诉说他早生白发、落发以及焦虑、失眠的诗句,就可知道他的心境阴郁冷僻,对斜月、老桂、残绿、冷红、衰草、荒蛙、鬼雨、蛰萤、鬼灯也就异常敏感。同时身为宗室之后,胸怀大志,有强烈的功名欲望,所以心中有一种时不我待的焦灼感和紧迫感,总觉得人生有无数的遗憾,充满了失意,"系书随短羽,写恨破长笺"(《潞州张大宅病酒遇江使寄上十四兄》),"草发垂恨鬓,光露泣幽泪"(《昌谷诗》)。在他看来,鬼也是不甘心的,"愿携汉戟招书鬼,休令恨骨填蒿里"(《绿章封事》),"秋坟鬼唱鲍家诗,恨血千年土中碧"(《秋来》),"无情有恨何人见,露尘烟啼千万枝"(《昌谷北园新四首》)。

也可能正是这种紧迫感,使他全身心地投入到诗歌的创作中,通过燃烧自己来觅章寻句。《云仙杂记》说,有人拜谒李贺,见他长时间不发一言,后来三次口吐东西到地上,不久写成三篇文章,文笔喋喉,即让人不敢置喙。李商隐的小传,更详细描述了长吉写诗的勤勉:带着一个童仆,骑着毛驴,背着一个破旧的锦囊,白天四处行走,觅诗寻句,有了灵感,就当即写下来扔到后面的锦囊里。到了晚上,回到家中,太夫人把破袋子的诗句倒出来,如果写得太多,就会心疼地说:"是儿要当呕出心乃已尔。"吃完饭,点上灯,诗人再把这些诗句一一整理出来,补成完整的诗篇。如果不是喝醉了酒或非要应酬,长吉的生活就是这样日复一日地持续着。

正是因为这样执着,他才远远超出侪辈,如《旧唐书》所言:"其文思体势,如崇山峭壁,万仞崛起,当时文士从而效之,无能仿佛者。"当然,也有不少读者为之惋惜,认为是因为长吉作诗过于勤奋,呕心沥血,雕肝琢肠,才导致其英年早逝。宋人周益公在《平园续稿》中说:"昔人谓诗能穷人,或谓非止穷人,有时而杀人。盖雕琢肝肠,已乖卫生之术;嘲弄万象,亦岂造物之所乐哉?唐李贺、本朝邢居实之不寿,殆以此也。"孰因孰果,或许并不重要,重要的是长吉给我们留下了许多泣鬼神的诗篇。

长吉的诗篇,晚唐诗人杜牧首次全面地进行了评价。他以一系列的排比来渲染长吉诗歌的艺术风格,并指出"贺能探寻前事,所以深叹恨古今未尝经道者","求取情状,离绝远去笔墨畦径间",即认为选题新颖,手法别致。其中,"鲸吸鳌掷,牛鬼蛇神,不足为其虚荒诞幻"一句,尤给人留下深刻影响。最后,杜牧还惋惜道:"使贺且未死,少加以理,奴仆命《骚》可也。"(《李长吉歌诗叙》)

后世的评析,大多从这些方面入手。如阐发其奇、赏析其巧,同时批评其过于求新,即赞同"理虽不及,辞或过之"说法的。"李长吉锦囊句,非不奇也,而牛鬼蛇神太甚,所谓施诸廊庙则骇矣。"(张表臣《珊瑚钩诗话》卷一)"玉川之怪,长吉之奇,天地间欠此体不得。"(严羽《沧浪诗话》)"李长吉诗,字字句句欲传世,颇过于刻鈇,无天真自然之趣。通篇读之,有山节藻棁而无梁栋,知其非大道也。"(李东阳《麓堂诗话》)"李长吉师心,故而作怪,亦有出人意表者。然奇过则凡,老过则稚,此君所谓不可无一,不可有二。"(王世贞《艺苑卮言》卷四)"从来琢句之妙,无有过于长吉者。细读长吉诗,下笔自无庸俗之病。"(黎简《黎二樵批点黄陶庵评本李长吉诗集》卷一)

或承认长吉之诗"少理",但认为长吉诗的长处正在"理"外。"若眼前语,众人意,则不待长吉能之,此长吉所以自成一家欤。"

（刘辰翁《注评点李长吉歌诗》卷首）"夫唐诗所以复绝千古者，以其绝不言理耳。"（贺贻孙《诗筏》）"夫长吉诗深在情，不在辞；奇在空，不在色；至谓其理不及，则又非矣。诗者，缘情之作，非谈理之书。"（董伯音《协律钩玄序》）

李贺的诗篇，杜牧《李长吉歌诗叙》以为凡二百三十三首。董氏诵芬室影印北宋宣城本《李贺歌诗编》（简称宣城本），收录长吉诗二百四十二首。续古逸丛书影印宋蜀刻本《李长吉文集》（简称宋蜀本），收录长吉诗二百一十九首。上海涵芬楼影印瞿氏铁琴铜剑楼藏蒙古宪宗六年赵衍刻本《李贺歌诗编》（简称蒙古本），收录长吉诗二百一十九篇。这次整理，共收录李贺诗二百四十七首，断句五则，《楚辞》评语十六则。逸诗、断句来源以及十六则《楚辞》评语的真伪，题解均有说明。整理时以王琦《李长吉歌诗汇解》（上海人民出版社 1977 年版《李贺诗歌集注》有收录）为底本，参校宣城本、宋蜀本、蒙古本以及曾益注《昌谷集》（上海商务印书馆 1937 年《国学基本丛书》本）、姚佺《昌谷集句解定本》（丘象随西轩刻本）、姚文燮《昌谷集注》（桐城光氏龙眠丛书本），同时充分借鉴当代学人成果，如叶葱奇《李贺诗集》（人民出版社 1959 年版）、刘衍《李贺诗证异》（湖南出版社 1990 年版）、吴企明《李贺歌诗编年笺注》等。版本间文字的差异，只作提示，不作辩白。

说明部分，意在对长吉诗歌主旨做出阐释。长吉之诗，往往出人意表，意绪不可捉摸。姚文燮之后，论者多排比时事。近代以来，学人多瞩目运笔、造句之精妙。此次整理，用力于题旨处较多，以体察脉理为要务。对于费解处，亦不强作解人，不随文敷衍，尽量避免穿凿附会。至于炼字之神奇，用典之精妙，设色之醒目，读者自可体会，亦不复赘言。

汇评部分，主要收录吴正子注、刘辰翁评点《笺注评点李长吉歌诗》（四库全书本）、曾益注《昌谷集》、徐渭、董懋策批注《李长吉诗集》（光绪董氏丛书本）、姚佺《昌谷集句解定本》、姚文燮《昌谷集注》，方世举评注《李长吉诗集》（上海人民出版社 1977 年版《李贺诗歌集注》有收录），陈本礼《协律钩玄》（嘉庆十三年刻本），《黎二樵批点黄陶庵评本李长吉集》（光绪十八年羊城刊本），吴汝纶《李长吉诗评注》，《李长吉诗集》（明于嘉刻本）等。其中，王琦《李长吉歌诗汇解》曾广采诸家之说，吴企明先生前有《李贺资料汇编》，后有《李长吉诗歌编年笺注》，为我们提供了指南。

诗歌编排，分编年与未编年两部分。长吉行事，大多端倪难觅，少有确论。朱自清先生《李贺年谱》筚路蓝缕，后钱仲联先生《李贺年谱会笺》（中国社会科学出版社 1984 年版）、傅经顺先生《李贺传论》（陕西人民出版社）、刘衍先生《李贺诗传》（山西人民出版社 1984 年版）、杨其群先生《李贺研究论集》（北岳文艺出版社 1989 年版）及吴企明先生《李长吉歌诗编年笺注》，均有考释。但由于对李贺行事关键点的理解不一，如生卒、应举、入仕、南游等，所作断定也多有差异。

是书将编年部分划为读书应举、长安三年、归居昌谷、北上南下四个部分。其中，李贺何时南游，说法不一，最有争议，此处采信吴企明先生之说。诗歌名曰编年，实则只按长吉行事大致编排而已，并不一定落实具体年月，以避免牵合。即使如此，编排时仍为踌躇，如长吉斥责求长生之作，我们一律归属为长安三年之作，仅仅是因为其间唐宪宗有求仙之举。此类舛误甚多，望方家不吝指正。

是书获浙江海洋学院学术出版资助。

鲁林华　闵泽平

二〇一二年八月于浙江海洋学院

目　录

编年诗　读书应举

编年诗　长安三年

编年诗　归居昌谷

编年诗　北上南下

未编年诗

编年诗　读书应举

残丝曲①

垂杨叶老莺哺儿,残丝欲断黄蜂归。
绿鬓年少金钗客,缥粉壶中沉琥珀②。
花台欲暮春辞去,落花起作回风舞。
榆荚相催不知数,沈郎青钱夹城路③。

【题解】

诗写晚春之景。垂杨已老,柳丝日重,落花欲去还留,榆荚业然满地,春天就这样悄然离去。而青年男女犹自在暮色中游宴,似乎要将春天紧紧抓住,不忍放手,不无"对酒当歌"之慨。论者或以为讥讽皇权腐败,当求之过深。刘衍以为"贺见榆荚满路,落花回风,感时光易逝、春去难留,满怀愁思。然此诗不若其后诗作情调之悲凉,当是贞元末李贺少年时居昌谷所作"(《李贺诗校笺证异》,第3页),或是。

【注释】

①残丝:晚春之柳条。

②年少:宋蜀本作"少年"。琥珀,美酒。李白《酬中都小吏携斗酒双鱼于逆旅见赠》:"鲁酒若琥珀,汶鱼紫锦鳞。"

③榆荚:榆树的果实,初春时联缀成串,形似铜钱,俗呼榆钱。庾信《燕歌行》:"桃花颜色好如马,榆荚新开巧似钱。"沈郎钱,东晋沈充所铸钱币。《晋书·食货志》:"晋自中原丧乱,元帝过江,用孙氏旧钱,轻重杂行。大者谓之比轮,中者谓之四文,吴光沈充又铸小钱,谓之'沈郎钱'。"

【汇评】

刘辰翁《笺注评点李长吉歌诗》卷一:"不过写蚕事将了,困人天气。不晓沉琥珀何谓?末独赋榆钱,著沈郎,尤劣。"

曾益注《昌谷集》卷一:"杨老莺孳,丝断蜂归,皆晚春之景。年少之客,正宜狎金钗、饮美酒以为乐,否则春去花落,榆荚之摧残者,吾不知其几矣。伤时之易迈也。"

姚文燮《昌谷集注》卷一:"叶老莺雏,丝残蜂伴,言春光倏迈也。绿衣翠袖,玉罍红醁,虽不必效丽娟之舞,而庭树几翻落矣。城隅榆荚,如沈充小钱之多。曾沉湎酣宴之人,亦知好景之易逝否?"

方扶南《李长吉诗集批注》卷一:"言春光易过也。"

陈本礼《协律钩玄》卷一:"此刺当时少年狭斜不归而作。绿鬓年青,金钗色丽,粉壶器美,琥珀香浓,正沉湎温柔之乡,岂可遽言归去?无如莺老蜂归,花台春暮,囊中青钱已化为榆荚,犹眷恋不已也。"

陈本礼《协律钩玄》卷一引何焯语:"为乐惜钱,不知徒以催老,积于无用,化为土也。妙在隐约不尽。《蟋蟀》刺昭公。此言夹城路,必有属矣。其以琼林大盈为戒耶?"

陈本礼《协律钩玄》卷一引董伯音曰:"晋沈充作榆荚钱,盖比钱于榆荚。此反以榆荚比钱,言清歌妙舞,落花回风观耳,珠祓金钗,榆荚青钱等耳。为欢未已,春忽催归,读之使人憭然。"

竹

入水文光动,抽空绿影春。
露华生笋径,苔色拂霜根①。
织可承香汗,裁堪钓锦鳞②。
三梁曾入用,一节奉王孙③。

【题解】

此诗意在托物言志,以竹之劲节挺秀,抒写一己之宏愿。青竹可以点染春色,那水中荡漾的倩影、空中摇曳的绿枝,已让人无限沉醉,而挂满露珠的小笋、经霜不变傲视绿苔的竹根,更别有一番风味。青竹还有许多实用功能,它所织成的凉席可以避暑,所制成的鱼竿可以垂钓,所装饰的三梁冠可以为王侯所戴。这节留给王孙的竹子,势必会大有用处。诗人对未来充满憧憬,艺术上也不甚成熟,如钱钟书即言其"粘著呆滞"(《谈艺录》一二),故当作于早期。

【注释】

①生:一作"垂"。拂,宋蜀本作"伏"。

②裁堪:一作"竿应"。锦鳞,鱼的美称。鲍照《芙蓉赋》:"戏锦鳞而夕映,曜绣羽以晨过。"

③三梁:公侯所服之冠。古冠以竹为衬里,有一梁至五梁之分。蔡邕《独断》:"进贤冠,文官服之。前高七寸,后三寸,长八寸。公侯三梁,卿大夫、尚书、博士两梁,千石、六百石以下一梁。"一节,前人或以为用赵襄子之事。《史记·赵世家》:"原过从,后至于王泽,见三人,自带以上可见,自带以下不可见。与原过竹二节,莫通。曰:'为我以是遗赵毋卹。'原过既至,以告襄子。襄子齐三日,亲自剖竹,有朱书。"

【汇评】

曾益《昌谷诗注》卷一:"种竹多近水,故言竹必言水,如淇澳、渭川、潇湘是也。'抽空'言其始,故下曰'笋径'。'霜根',则成竹矣,故下曰'织可'。'裁堪',言其用也。三梁,用之奇,又事之奇也。二节莫通,谓之一节可。"

《昌谷集句解定本》卷一引李明睿语:"收到'用'与'节',见竹之不空绮也。"

姚佺《昌谷集句解定本》卷一:"徽宗赏宋齐愈梅词,非唯不经人道,又且自开花说至结子,言之可谓尽之。今自抽长以至成用,由露华而及霜根,斯亦可谓尽之。可悟作诗之法,乃诗未必尽善。"

姚文燮《昌谷集注》卷一:"此借竹以喻已也。文光劲节,挺秀空群,顾影托根,差堪比拟。而竹多见用于世,不弟湘簟渔竿,且为天使所重,畀赐侯王。贺独大才遭摈,能不对此重感耶?"

溪晚凉

白狐向月号山风,秋寒扫云留碧空①。

玉烟青湿白如幢,银湾晓转流天东②。

溪汀眠鹭梦征鸿,轻涟不语细游溶③。

层岫回岑复叠龙,苦篁对客吟歌筒。

【题解】

　　诗写秋夜山居。清凉的溪水,缓缓流淌。沙地上休眠的白鹭,正梦想着翱翔。远处山峦重叠,如盘踞的巨龙。清风吹拂,苦竹幽鸣,浮云散尽,碧空似洗。如水月光,给人带来阵阵凉意。白狐的嚎叫,更增添几分静谧。诗歌写景流畅,文笔轻盈,全无凄厉之声,或是诗人早年居于昌谷时所为。

【注释】

　　①碧空:蒙古本作"玉空"。

　　②玉烟:蒙古本作"石烟"。幢,旗幡。银湾,银河。

　　③轻涟:曾本、二姚本作"轻连"。游溶,水缓慢流动的样子。

【汇评】

　　姚文燮《昌谷集注》卷四:"秋夜静爽,溪流悄寂,上映银汉,光明如晓,而流向天东也。鹭眠正熟,听雁声嘹呖,恍如梦中。流泉净细,远山层叠,翠竹临风,如与诗客相唱和耳。"

　　明于嘉刻本《李长吉诗集》批语:"眠鹭征鸿,冰炭相形,便有无穷苦恼。"

绿章封事①

青霓扣额呼宫神,鸿龙玉狗开天门②。

石榴花发满溪津,溪女洗花染白云。

绿章封事咨元父,六街马蹄浩无主③。

虚空风气不清冷,短衣小冠作尘土。

金家香衖千轮鸣,扬雄秋室无俗声④。

愿携汉戟招书鬼,休令恨骨填蒿里⑤。

【题解】

诗原有副题,明确表明是为吴道士夜醮而作,但诗人在描绘打醮仪式与交代消灾祈福原由之后,却宕开一笔,落到为赍志而没的落魄书生招魂,勿令其遗恨千年,跳跃性很大。长吉之"以其哀激之思变为晦涩之调"(王思任《昌谷诗解序》),可窥一斑。诗歌由描摹道士打醮,转为替寒士鸣不平,由庄重神秘转为愤慨激切,关键在于金家与扬雄的强烈对比。权贵与寒士,固然同归于尘土,但一则穷奢极欲,志得意满,一则沉沦坎坷,偃蹇蹭蹬,失志者怎能无恨?殁后怎能不怨气冲天?朱自清以为诗作于元和元年(806),其时浙东大疫,东都洛阳有打醮之举;刘衍认为主题在于愤慨人间不平,而不在于祈求免疫或描写打醮本身,故诗作于元和六年(811)。但此诗既然以打醮为引子,且有"短衣小冠作尘土",自当作于大疫之后。

【注释】

①宋本题下原注有"为吴道士夜醮作",王琦改为注。绿章封事,道家上奏天帝奏章,用朱笔写在绿纸上,装函封口。程大昌《演繁露》:"今世上自人主,下至臣庶,用道家科仪奏事于天帝者,皆青藤纸、朱字,名为青词。"封事,密封的奏章。醮,设坛消灾。《隋书·经籍志四》:"道经……而又有诸消灾度厄之法,依阴阳五行数术,推人年命书之,如章表之仪,并具贽币,烧香陈读。云奏上天曹,请为除厄,谓之上章。夜中于星辰之下,陈设酒脯饼饵币物,历祀天皇太一,祀五星列宿,为书如上章之仪以奏之,名之为醮。"

②青霓:绣有云霓的青色道袍。鸿龙玉狗,道教中守护天门的神兽。

③元父:元气之父,即天帝。六街,长安城中的六条中心大街。

④金家:金日磾(前134—前86),原为匈奴休屠王太子,汉武帝时归汉,七世显贵。衔,同"巷"。扬雄(前53—18),字子云,成都人,在长安仕途不顺,闭门著书。曾为黄门郎,执戟宿卫。

⑤蒿里:本为山名,相传在泰山之南,为死者葬所,后泛指墓地。

【汇评】

吴正子《笺注评点李长吉诗歌》卷一:"此章首言奏章上帝之仪,自'虚空风气'而下,言奏章所祈请者,谓风气非清平之时。短衣小冠之士混为尘土,富贵如金、张,贫贱如扬雄,荣枯不等甚矣。故愿招扬子之魂,无使恨于地下也。长吉因道流奏章而言及此,岂无意哉?以扬雄自况,而言己之迍贱可悲也。"

曾益注《昌谷集》卷一:"进封事由天门,故云'青霓扣额',以呼天宫之神,而司阍者启焉。维时首夏,榴花开,发满溪津矣;溪上之云,自白变赤,不犹溪女洗衣以染,而同一血色者乎?由是封事既进,诉之元父,而六街马蹄纷纭,杂遝而无定主也。夫云方逢勃于上,马蹄交错于下,上下郁蒸,虚空无清冷之风气,是以疫疠盛作,而衣冠之士化为尘土,可伤者比比也。然死生大数,莫可逭矣,而人事不齐,良可异也。贵戚如金家门巷,趋附不啻千轮之鸣;读书之士如扬雄者,萧然一室,无世俗交际之声。其故何也?自今言之,彼扬雄者,非所称执戟者乎?吾愿携是汉戟招是书鬼,使之复起,勿令恨骨填于蒿里之上。夫蒿里贤愚杂处地也,而谓之填,则赍志以没者,岂特一扬雄已哉。"

董懋策《唐李长吉诗集》卷一:"题为吴道士夜醮,是吴道士死而为之醮也。短衣小冠,指吴也;扬雄,贺自况也。"

姚文燮《昌谷集注》卷一:"苍云围畛,七蟠如霓,故曰'青霓'。矞云翔龙,矞,赤色。天上浮云如白衣,须臾变化成苍狗,鸿龙玉狗皆云也。宫神如可呼,则天门想可开矣。榴花满溪,仙娥闲适,那知人间死亡之戚?乃因吴道士之妄作青词,上干造化,遂令六街马蹄,于行醮时随班逐队,茫无定准。香烟炬焰,炽炎迷天。黄冠骏奔,自作尘上。金家香街中仪文甚盛,致观者杂沓,华毂迭至。而扬雄文士静坐一室,邈若闶闳。因思古今人才,埋没荒丘,谁为之一招魂耶?且雄仅为汉执戟郎,明乎与居奉礼者有同恨耳。"

明于嘉刻本《李长吉诗集》批语:"青霓扣额,身入罡风也;鸿龙玉狗,天神争守也。"

上之回①

上之回,大旗喜。

悬红云,挞凤尾。
剑匣破,舞蛟龙②。
蚩尤死,鼓逢逢③。
天高庆雷齐堕地④,
地无惊烟海千里⑤。

【题解】

旌旗招展,高悬如云霞,随风舒卷,轻盈似凤舞。朝野喜气洋洋,是因为天子凯旋归来。宝剑出匣,似蛟龙腾空而击,不可阻挡,蚩尤之丑类只得低首伏诛。于是天下太平,四海清靖,万民鼓舞欢庆。诗借汉武帝扬威回中道,颂扬大唐中兴。元和元年(806),唐宪宗平定刘辟反叛,将之擒送长安问斩。长吉诗或为此而作。

【注释】

①上之回:汉乐府铙歌曲名,因首句"上之回"三字而得名。回,回中道,南起汧水河谷,北出萧关,因途经回中宫(在今陕西陇县西北)得名。汉文帝十四年,匈奴从萧关深入,烧毁回中宫。武帝于元封四年复通回中道,数出游幸。古辞即赞美此事。

②剑匣破:语出王嘉《拾遗记》卷二:"(颛顼)有曳影之剑,腾空而舒。若四方有兵,则飞起指其方,则剋伐。未用之时,常于匣里如龙虎之吟。"蚩尤,传说中南方九黎首领。《史记·五帝本纪》:"蚩尤作乱,不用帝命。于是黄帝乃征师诸侯,与蚩尤战于涿鹿,遂擒杀蚩尤,而诸侯咸尊轩辕为天子。"

③逢逢:鼓声。《诗经·大雅·灵台》:"鼍鼓逢逢,矇瞍奏公。"

④庆雷:王琦疑是"庆云"之讹,并引《汉书·天文志》为解:"若烟非烟,郁郁纷纷,萧索轮囷,是谓庆云。庆云见,喜气也。"

⑤海千里:宋蜀本作"海千封"。

【汇评】

姚文燮《昌谷集注》卷四:"元和十二年十月,李愬擒吴元济,上御门受俘。贺拟此曲以称庆也。汉武游石阙,望诸国。当时月支臣,匈奴服,因作此歌。元延元年,上幸雍时,天无云,有雷声,光耀耀四烛。"

陈本礼《协律钩玄》卷四引董伯音:"此指李晟破朱泚,复长安,德宗自奉天还京也。"

白门前①

白门前,大楼喜。

悬红云,挞龙尾。

剑匣破,舞蛟龙。

蚩尤死,鼓逢逢。

天齐庆,雷堕地。

无惊飞,海千里。

【题解】

是诗见载于北宋宣城本《李贺歌诗集·集外诗》,述古堂影宋钞本与毛晋汲古阁刻本亦收录,南宋吴正子以为它与《上之回》复出而删之。钱仲联认为诗作于元和元年(806)十月,为唐宪宗在兴安门楼受俘而作。"此诗首云'白门前,大楼喜',乃借用东汉王朝讨平割据军阀吕布故事以托寓俘斩刘辟事,白门楼斩布与兴安门楼受俘景象类似。一诗两稿,转应以《集外诗》所受为正。"(《李贺年谱会笺》,第28页)今人或以为《白门前》为初稿,《上之回》为写定稿(徐传武《李贺诗集译注》,山东教育出版社1992年版第512页),或以为《上之回》为初稿,《白门前》为修改稿(吴企明《李长吉歌诗编年笺注》,第12页)。

【注释】

①白门:西南门。又汉代下邳县城有白门楼,故址在今江苏睢宁县西北。《后汉书·吕布传》:"(侯成)乃与诸将共执陈宫、高顺,率其众降。布

与麾下登白门楼。"李贤注引宋武《北征记》:"下邳城有三重,大城周围四里,吕布所守也。魏武禽布于白门。白门,大城之门也。"

【汇评】

吴正子《笺注评点李长吉歌诗外集》:"京师本无后卷,有后卷者鲍本也。尝闻薛常州士龙言:长吉诗蜀本、会稽姚氏本皆二百一十九篇,宣城本二百四十二篇。蜀本不知所从来,姚氏本出秘阁,而宣城本则自贺铸方回也。宣城多羡诗十九,蜀与姚少亡诗四,而姚本善之尤。以余校之,薛之言谅矣。今余用京、鲍二本训注,而二本四卷终皆二百一十九篇,与姚、蜀本同。薛谓宣城本二百四十有二首,盖多余本二十有三耳。今鲍本后卷二十有三篇,适与宣本所多之数合,是鲍本即宣本也。第内一篇《白门前》者,即与第四卷《上之回》重文,如此则实有二百四十有二矣。然观此卷所作,多是后人模仿之为,词意往往僿浅,真长吉笔者无几,余不敢尽削,姑去其重出者一篇云。"

追和何谢铜雀妓①

佳人一壶酒,秋容满千里。
石马卧新烟,忧来何所似②?
歌舞且潜弄,陵树风自起。
长裾压高台,泪眼看花机③。

【题解】

南朝诗人何逊曾有诗《铜雀妓》:"秋风木叶落,萧瑟管弦清。望陵歌对酒,向帐舞空城。寂寂檐宇旷,飘飘帷幔轻。曲终相顾起,日暮松柏声。"谢朓《同谢咨议咏铜雀台》诗云:"繐帷飘井干,樽酒若平生。郁郁西陵树,讵闻歌吹声。芳襟染泪迹,婵娟空复情。玉座犹寂寞,况乃妾身轻。"何、谢之作,乃就古题咏旧事;长吉此诗,则是借古题咏时事。钱仲联以为,"此诗借铜雀台以写顺宗死葬丰陵，借怀念魏武帝以怀念顺宗，又借丰陵葬礼而幽闭山宫，长不令出之嫔妾，比喻顺宗退位后窜逐远方之八司马"（《李贺年谱会笺》，第23页）。叶葱奇则认为，"这首显然是看见顺宗葬时，驱去锁闭在陵园的宫人而作"（《李贺诗集》第162页）。诗咏顺宗葬礼，则作于元和元年（806）秋。

【注释】

①追和：后人和前人的诗。何、谢，何逊与谢朓。何逊，字仲言，南朝梁时诗人，东海郯（今山东苍山）人。谢朓，字玄晖，南朝齐时诗人，陈郡阳夏（今河南太康）人。《铜雀妓》，又名《铜雀台》，乐府曲名。郭茂倩《乐府诗集·相和歌辞六·铜雀台》题解："一曰《铜雀妓》。《邺都故事》曰：'魏武帝遗命诸子曰："吾死之后，葬于邺之西岗上，与西门豹祠相近，无藏金玉珠宝。余香可分诸夫人，不命祭吾。姜与伎人，皆着铜雀台，台上施六尺床，下缯帐，朝晡上酒脯粻糒之属。每月朝十五，辄向帐前作伎，汝等时登台，望吾西陵墓田。"'……后人悲其意，而为之咏也。"

②石马：墓前石马。《封氏闻见记》卷六："秦汉以来，帝王陵前有石麒麟、石辟邪、石象、石马之属。"

③花机：花几，供案。

【汇评】

刘辰翁《笺注评点李长吉歌诗》卷三："不必苦心，居然自近《选》语。以长吉赋铜雀妓，宜有墓中不能言者，却止如此，亦近《大雅》。"

《昌谷集句解定本》卷三杨妍评："尖刻之至，渐近《大雅》耳。此贺得讽刺体而卒归温厚者也。"

陈本礼《协律钩玄》卷三引董伯音："何得景，谢得情，李又于情景外写出妓女一段无情之景，令孟德羞愧于地下不已。此正墓中欲言而不能言者。"

姚文燮《昌谷集注》卷三："元和朝，魏博节度使田季安卒。季安淫虐，夫人元氏立其子怀谏为副大使。按魏博即魏郡。贺即借魏事以讥之也。佳人洒洒，千里悲风。陇上新烟，石马初卧。哀声低唱，陵树凄凄。舞衣虽长，几空人逝。当日雄姿谋略，今安用乎？"

黄家洞①

雀步蹙沙声促促，四尺角弓青石镞②。
黑幡三点铜鼓鸣，高作猿啼摇箭箙③。
彩巾缠踌幅半斜，溪头簇队映葛花④。
山潭晚雾吟白鼍，竹蛇飞蠹射金沙⑤。
闲驱竹马缓归家，官军自杀容州槎⑥。

【题解】

据《资治通鉴》与《新唐书·西原蛮传》记载，黄乾曜、黄少卿等黄家洞人曾多次反抗官军，使唐朝政府焦头烂额。"李贺生活的时代，史载黄家洞曾三次起事。贞元十年（794）起事时，贺才五岁；元和十一年（816）十一月起事，贺已不及知。《黄家洞》诗以元和二年（807）起事时或稍后一两年中作为近理。"（钱仲联《李贺年谱会笺》，第28—29页）诗歌详细描述了容州恶劣的地理环境以及黄家洞人简陋而独特的战斗方式。他们用彩带绑着小腿，像雀儿一般在山路上跳跃；使用的武器，是四尺长的硬弓与青石磨制的箭头；服装五颜六色，如溪洞边缤纷的葛花；打起仗来或山呼海啸，一拥而上，或者利用地理优势不断偷袭。这样不讲章法如同儿戏的作战方式，却让官军头痛不已。结尾"官军自杀容州槎"一句，一说官军杀良冒功，一说官军自杀于渡江之竹筏上，结合上下文，当以后者为近，表明官军无法适应这里的环境与战争模式。不过，无论何者，诗歌都表达了长吉对官军征讨不力的批评，或解决问题方式的不满，看不出对少数民族反抗官府的同情与赞扬。

【注释】

①黄家洞：在今广西扶绥县一带，唐时为黄姓少数民族聚居之处，贞元、元和期间多有战事。

②蹴：同"蹴"。镞，箭头。《后汉书·东夷传》："挹娄，古肃慎之国也。……弓长四尺，力如弩，矢用枯，长一尺八寸，以青石为镞，镞皆施毒，中人即死。"

③三点：三挥。铜鼓，《隋书·地理志》："自岭以南二十余郡……（诸蛮）并铸铜为大鼓，初成，悬于庭中，置酒以招同类。……俗好相杀，多构仇怨，欲相攻则鸣此鼓，到者如云。有鼓者号为'都老'，群情推服。"箙，箭袋。《周礼注》："箙，盛矢器也，以兽皮为之。"

④彩巾：宋蜀本、蒙古本等作"彩布"。跸，骹，胫骨。簇队，曾本、二姚本作"簇坠"。葛，《本草》："葛有野生，有家种，其蔓延生，可作绤绤，其根外紫内白，叶有三尖。""七八月开花，累累相承，色紫红。"

⑤白鼍：俗称猪婆龙，传说夜里常吼鸣。《晋书·五行志中》："孙亮初，公安有白鼍鸣。童谣曰：'白鼍鸣，龟背平。南郡城中可长生，守死不去义无成。'"竹蛇，竹根蛇，有剧毒。飞蛊，一种毒虫。射金沙，传说有种怪物，看到人影，就喷沙子以害人。干宝《搜神记》卷十二："汉光武中平中，有物处于江水，其名曰'蜮'，一曰'短狐'，能含沙射人。所中者则身体筋急，头痛，发热，剧者至死。"

⑥容州：在今广西北流、容县一带。槎，土著，一说指木筏。

【汇评】

姚文燮《昌谷集注》卷二："安南黄洞蛮黄少卿作乱。元和十一年，容管以兵却之。先是祭酒韩愈上言：'黄贼依山阻险，总由经略非人，将士意在邀功，杀伤疾疫，十室九空。若因改元大赦，自无侵叛。'上不听。贺诗尚讥行间之妄杀。云雀步挽强，树幡鸣鼓，高作猿啼，黄洞蛮之据得其险也。唯据得其险，是以幅巾蹒跚，簇映葛花，所闻止雾裹白鼍之吟与竹中飞蛇之射。其曰飞射者，则又明黄洞蛮之巧于移祸于青容管耳。黄洞蛮作乱，容管方图以兵却贼，乃将士畏险莫上，致杀良报功，容州槎且不免。贺故为谴告黄洞蛮之语曰：'尔试闲驱竹马缓归家，官军之来自为杀容州槎，而不为尔也'。情词特妙。"

贺裳《载酒诗话》又编："此篇前五句写蛮人悍勇之状，雀步蹙沙，状其行也；角弓石镞，黑幡铜鼓，言其孤矢及军中号令；猿啼状其声；跸胫骨斜缠

14

彩巾,言其服饰。葛花当是野葛。《博物志》称'曹瞒习啖野葛',即此葛,非消酒之葛花也。葛,毒草;白罂、竹蛇,皆毒物。总言蛮地风物之恶,官军不能深入久屯。末言军中杀戮无罪以冒功。读一过,万里之外,如在目前。"

吴汝纶《李长吉诗评注》卷二:"槎,土著之称。元和十一年,黄家洞蛮复屠岩州,桂管经略使裴行立发兵出击。此愤官军不能制贼,而杀良以冒功也。"

明于嘉刻本《李长吉诗集》批语:"善于摹神也。如此险绝恶毒之境,何敢正视?得以叫噪一番,悠然而归。出则如雀步促止,入则如竹马嘻嘻,目无官军可知矣。在官军,既不敢犯之,则束手何以为功?不得不借重自家百姓也。"

雁门太守行①

黑云压城城欲摧,甲光向月金鳞开②。
角声满天秋色里,塞上燕脂凝夜紫③。
半卷红旗临易水,霜重鼓寒声不起④。
报君黄金台上意,提携玉龙为君死⑤。

【题解】

《雁门太守行》系乐府旧题,六朝以来多歌咏边塞战争。长吉拟作,也是一幅震撼人心的战争画卷。首两句写战争乍起,敌军兵临城下,来势汹汹,战士披坚执锐,严阵以待;三、四句写鏖战场面,萧瑟的秋风中,惨烈的战争从白天持续到夜晚,鲜血把塞土都染成了紫色。五、六句写冒寒挺进,夜袭敌营,将生死置之度外。最后两句为誓死之词,表达报国之志。唐人张固《幽闲鼓吹》云:"李贺以歌诗谒韩吏部,吏部时为国子博士分司,送客归,极困。门人呈卷,解带旋读之。首篇《雁门太守行》曰:'黑云压城城欲摧,甲光向月金鳞开。'却援带,命邀之。"元和二年(807)秋,韩愈以国子博士分司东都,诗当作于此间。

【注释】

①雁门:郡名,汉时治所在今山西右玉县一带。行,歌行,一种诗歌体裁。《乐府诗集》中《相和歌·瑟调》三十八曲有《雁门太守行》。

②黑云:喻敌军。《晋书·天文志中》:"凡坚城之上,有黑云如屋,名曰军精。"向月,曾益本、《锦囊集》等作"向日"。蔡正孙《诗林广记》引王安石语云:"是儿言不相副,方黑云如此,安得耀日之甲光也?"则王安石所见为"向日",但宋蜀本、蒙古本及宋宣城本均作"向月"。

③塞上:吴本、蒙古本等作"塞土"。燕脂,即胭脂。凝夜紫,夜来成紫色,原因有四说,或云鲜血凝成,或云红草凝成,或云暮色凝成,或云塞土凝成,《古今注》有云:"秦筑长城,土皆紫色,故曰紫塞。"

④易水:河名,在河北西部。荆轲入秦,燕太子丹饯别于易水,有歌曰:"风萧萧兮易水寒,壮士一去兮不复还。"见《史记·刺客列传》。鼓寒声不起,《文苑英华》本作"鼓声寒不起"。是两句,吴正子认为是写败军之象,王琦认为是写夜袭,今人以为是写援军。

⑤黄金台:故址在今河北易县,为战国燕昭王所筑,曾置千金于台上,延请天下贤士。玉龙,指剑,一作"玉环"或"玉拏"。

【汇评】

杨慎《升庵诗话》卷十:"唐李贺《雁门太守行》首句云:'黑云压城城欲摧,甲光向月金鳞开。'《撼言》谓贺以诗卷谒韩退之,韩暑卧方倦,欲使阍人辞之。开其诗卷,首乃《雁门太守行》,读而奇之,乃束带出见。宋王介甫云:'此儿误矣,方"黑云压城"时,岂有"向月"之"甲光"也?'或问:'此诗韩、王二公去取不同,谁为是?'子曰:'宋老头巾不知诗,凡兵围城,必有怪云变气,昔人赋鸿门有"东龙白日西龙雨"之句,解此意矣。予在滇,值安风之变,居围城中,见日晕两重,黑云如蛟在其侧,始信贺之诗善状物也。'"

胡应麟《诗薮》内编卷一:"《雁门太守行》通篇皆赞词,《折扬柳》通篇皆戒词,名虽乐府,实寡风韵。魏武多有此体,如《度关山》、《对酒行》,皆不必法也。"

周珽《唐诗选脉会通评林》:"《雁门太守行》,珽谓长吉诗大抵创意奥而生想深，萃精求异，有不自知为古古怪怪者。他如《剑子》、《铜仙》等歌什，辄多呕心语，宜为昌黎公所知重也。”

姚文燮《昌谷集注》卷一：“元和九年冬，振武军乱。诏以张煦为节度使，将夏州兵二千趣镇讨之。振武即雁门郡。贺当拟此以送之，言宜兼程而进，故诗皆言师旅晓征也。宿云崩颓，旭日初上，甲光赫耀，角声肃杀，遥望塞外，犹然夜气未开。红旗半卷，疾驰夺水上军。而谓鼓声不扬，乃晨起霜重耳。所以激励将士之意，当感金台隆遇，此宜以骏骨报君恩矣。”

陈沆《诗比兴笺》卷四：“乐府《雁门太守行》，古词美洛阳令王涣德政，不咏雁门太守也。长吉乃借古题以寓今事，故“易水”、“黄金台”语，其为咏幽蓟事无疑矣。宪宗元和四年，成德军节度使王承宗自立，吐突承璀为招讨使讨之，逾年无功，故诗刺诸将不力战，无报国死绥之志也。唐中叶，以天下不能取河北，由诸将观望无成，故长吉愤之。王氏之有恒、冀，正易水、雁门之地。若以为拟古空咏，何味之有？”

王琦《李长吉歌诗汇解》卷一：“此篇盖咏中夜出兵，乘间捣敌之事。‘黑云压城城欲摧’，甚言寒云浓密，至云开处逗露月光与甲光相射，有似金鳞。此言初出兵之时，语气甚雄壮。‘角声满天’，写军中之所闻；‘塞上胭脂’，写军中之所见。‘半卷红旗’，见轻兵夜进之捷；‘霜重鼓咽’，写冒寒将战之景。末复设为誓死之词，以答君上恩礼之隆，所以明封疆臣子之志也。旧解以‘黑云压城’为孤城将破之兆，‘鼓声不起’为士气衰败之征，吴正子谓其颇似败后之作，皆非也。至王安石讥其言不相副，方黑云之盛如此，安得有向月之甲光，尤非是。秋天风景倏阴倏晴，瞬息而变。方见愁云凝密有似霖雨欲来，俄而裂开数尺，月光透漏矣。此象何岁无之？何处无之？而漫不之觉。吹瘢索垢以讥议前人，必因众人皆以为佳，而顾反訾之以为矫异耳。即此一节，安石生平之拗可概见矣。”

梁公子

风采出萧家，本是菖蒲花①。
南塘莲子熟，洗马走江沙②。
御笺银沫冷，长簟凤窠斜③。
种柳营中暗，题书赐馆娃④。

诗写贵公子淫靡奢华之生活。他出身高贵,风采翩翩,潇洒不凡。南塘莲子成熟的季节,他身骑高头大马,缓步于江岸,寻花问柳,出手极为阔绰。用以挑逗的情书,是写在御制的冷银笺上;嬉戏的坐席,织有御用的凤形图案;求乐的场所,在壁垒森严的军营。钱仲联以为诗为镇海节度使李锜作,当成于李锜谋反之前,即元和二年(807)十月之前(《李贺年谱会笺》,第30页)。

【注释】

①"萧家"句:语出《梁书·后妃传》卷七:"初,(张皇后尚柔)后尝于室内,忽见庭前昌蒲生花,光彩照灼,非世中所有。后惊视,谓侍者曰:'汝见不?'对曰:'不见。'后曰:'尝闻见者当富贵。'因遽取吞之。是月产高祖。"菖蒲,多年水生草本,初夏开淡黄色花。

②"南塘"句:语出《乐府诗集·西洲曲》:"采莲南塘秋,莲花过人头。低头弄莲子,莲子青如水。"江沙,曾本、二姚本作"江涯"。

③银沫冷:冷银花笺,洒有银屑的笺纸。凤窠,凤凰形的团花。

④"种柳"句:语出《晋书·陶侃传》:"陶侃镇武昌,尝课诸营种柳。"馆娃,馆娃宫,美女所居,后泛指美女。吴人呼美女为娃。李绅《回望馆娃故宫》:"因问馆娃何所恨,破吴红脸尚开莲。"

【汇评】

吴正子《笺注评点李长吉歌诗》卷三:"此诗疑咏梁武帝在军中时也。"

姚文燮《昌谷集注》卷三:"元和中,知制诰萧俛介洁疾恶,于时最有风采。当讨蔡未克,萧请罢兵,上不听,黜之。言方夏时而挂冠去矣。既不典制诰,不得复睹银沫、凤窠之字。冷,言去其职。斜,非复似当日之严肃也。罢兵之议不行,而营中植柳愈茂。其启事仅付馆娃,安得复亲御座耶?"

吴汝纶《李长吉诗评注》:"此刺诸王绌兵而淫纵也。"

明于嘉刻本《李长吉诗集》批语:"第二句足上一句,又喻绝无仅有之意。"

蝴蝶舞①

杨花扑帐春云热,龟甲屏风醉眼缬②。
东家蝴蝶西家飞,白骑少年今日归。

【题解】

诗写春日闺思。柳絮漫天飞舞,如春云扑面而来。天气转暖,春困渐重,独处的少妇懒洋洋地躺在绣榻上,百无聊赖地呆望锦绣屏风。游子像花蝴蝶一样,东游西荡,在花丛中忙碌不休,今日终于骑着白马归来了。

【注释】

①蝴蝶舞:宋蜀本、二姚本作"蝴蝶飞"。

②龟甲屏风:玉制或玉饰的屏风,花纹似龟甲。《初学记》卷二五引郭宪《洞冥记》:"上起神明台,上有金床象席,杂玉为龟甲屏风。"醉眼缬,一种彩帛。庾信《夜听捣衣》:"花鬟醉眼缬,龙子细文红。"

【汇评】

刘辰翁《笺注评点李长吉歌诗》卷三:"好。质而不俚,丽而不浮。似谣体,似令曲,不厌其碎。蝴蝶语最妙。"

曾益《昌谷集》卷三:"此为良人久出乍归之作。杨花扑帐,暮春时,故云热。醉眼缬,言以醉眼视龟甲屏风,如缬文之红。东家西家,犹言东西邻。白骑比蝶飞,蝴蝶之飞无定在,以比少年之出无定踪。少年之出而归,亦犹蝴蝶之自东而西也。今日归,若谓今日虽归,又焉知异日不偕蝴蝶之转而复东也。"

《昌谷集句解定本》卷三程载言评:"'君子阳阳'章,但乐夫之既归,不以行役为劳,先王之泽也。今有比有兴,既乐其归,又防其出,人情日就浇漓。此今昔之分。"

姚文燮《昌谷集注》卷三:"春闺丽饰,以待良人。乃走马狭邪,如蝴蝶翩翩无定。今忽游罢归来,喜可知已。"

明于嘉刻本《李长吉诗集》批语:"此首全似风人,唯汉人知之,能之,有之,余不至也。"

美人梳头歌

西施晓梦绡帐寒,香鬟堕髻半沉檀①。
辘轳咿哑转鸣玉,惊起芙蓉睡新足。
双鸾开镜秋水光,解鬟临镜立象床。
一编香丝云撒地,玉钗落处无声腻②。
纤手却盘老鸦色,翠滑宝钗簪不得。
春风烂漫恼娇慵,十八鬟多无气力。
妆成欹鬓歆不斜,云裾数步踏雁沙③。
背人不语向何处,下阶自折樱桃花。

【题解】

诗写美人晨起梳妆。拂晓时分,美人正酣眠于轻纱帐中,蓬松的秀发半覆落在檀木枕上。突然,室外响起鸣玉般的咿哑声,原来是辘轳在转动,它惊醒了美人的晓梦。于是美人打开镜套,解下发髻,开始对镜梳妆。她的一头长发如香丝,一直垂落到地上。发丝光泽细润,玉梳滑过,悄然无声。她用一双纤手,把满头秀发盘成流行的高髻,使慵懒的脸庞更显得不胜娇柔。穿上华美的衣裙,她缓步迈下台阶,摘下樱桃花戴在头上。周阆风认为:"此诗写得那样的细腻入微,我断定这一定是李贺在燕尔新婚之后,以他的妻子的梳头为模特儿而着意描写的。"(《诗人李贺》)可备一说。

【注释】

①绡帐:轻纱帐。堕髻,堕马髻。《后汉书·五行志一》:"堕马髻者,作一边……始自大将军梁冀家所为,京都歙然,诸夏皆放效。"檀,檀木枕。

20

②玉钗:王琦以为当是"玉篦"之讹。吴衡照《莲子居词话》卷二以为当是"玉梳"。

③婑鬌:即倭堕髻,旧时妇女的一种髪式,髪髻向额前俯偃。云裾,衣裙轻柔如云。

【汇评】

刘辰翁《笺注评点李长吉歌诗》卷四:"如画,如画。有情无语,更是可怜。无语之语更浓。"

徐渭《李长吉诗集》卷四:"语重而不觉其重,愈重愈妙,诸人皆不及。"

黄周星《唐诗快》卷七:"描写美人梳头,可谓曲尽其致,但不知白玉楼中亦有此美人否? 若无此一物,何以见天上之乐?"

姚文燮《昌谷集注》卷四:"状美人之晓妆也。奇藻蒨艳,极尽情形。顾盼芳姿,仿佛可见。"

史承豫《唐贤小三昧集》:"形容处极生艳之致,此种乃杨铁崖极力模仿者,然不逮远矣。"

方扶南《李长吉诗集批注》卷四:"写幽闺春怨也,结尾'樱桃花'三字才点晴。花至樱桃,好春已尽矣,深闺寂寂,亦复何聊。不着一字,尽得风流。使温、李为之,秾艳应十倍加,然为人慕,不能为人思,不如此画无尽意也。从来艳体,亦当以此居第一流。"

陈本礼《协律钩玄》卷四引董伯音:"总一折花,而于'踏雁沙'见其步之妍,于'背人不语'见其态之幽,于'下阶自折'见其情之别。长吉起语,如空山凝云,秋兰着色,结句如渭城波小、自折樱桃,俱于本题外别出一意,愈远愈合,无限烟波。"

后园凿井歌①

井上辘轳床上转,

水声繁,弦声浅②。

情若何? 荀奉倩③。

城头日,长向城头住。

一日作千年,不须流下去。

诗写夫妻情深,如胶似漆,永不离弃。愿如井上的辘轳与绳索,紧紧相纠缠;愿如荀奉倩夫妇那样,生死相依偎;愿如城头的太阳,一日长似千年,永不下落。诗或作于新婚之际。

【注释】

①后园凿井歌:宋蜀本作"后园凿井"。《晋书·乐志》载《淮南王篇》:"淮南王,自言尊,百尺高楼与天连。后园凿井银作床,金瓶素绠汲寒浆。汲寒浆,饮少年,少年窈窕何能贤。扬声悲歌音绝天。我欲渡河河无梁,愿作双黄鹄,还故乡。还故乡,入故里,徘徊故乡,苦身不已。繁舞奇歌无不泰,徘徊桑梓游天外。"

②弦声浅:宋本作"丝声浅"。

③荀奉倩:荀粲,三国时魏尚书令荀彧之子,字奉倩。《世说新语·惑溺》:"荀奉倩与妇至笃。冬月妇病热,乃出中庭自取冷,还以身熨之。妇亡,奉倩后少时亦卒。"

【汇评】

吴正子《笺注评点李长吉歌诗》卷三:"此篇叹流光迅速,愿日景长住,使寿命延长,此情相与终始也。"

曾益注《昌谷集》卷三:"此为情深者作。辘轳藉以汲水,转无已也。声繁则不竭,弦浅则水深,水深不竭,犹人情深无已。深情若何?若荀氏奉倩。城头日,初日,唯其下而不已,故人老而情尽。言焉得长住城头,伴一日为千年之汋,不少下乎!独奈何情无已而日易尽也。"

王夫之《唐诗评选》卷一:"悼亡诗。托词不觉,乃于意隐者,于言必显,如此方不入魔。悲婉能下石人之泪,但一情径去,无待记忆商量,斯以非俗眼之滂沱。"

姚文燮《昌谷集注》卷三:"此叹士人沉沦,必赖在上者有以引汲之也。瓶初入井,水多则声繁;弦从上转,水深则声浅。多且深,可知水之不竭也。人情好德,如奉倩之好色,自无竭时。使城头旭日,光明长旦,一日之知便作千年之遇。从幽泉深谷而引汲之使上,岂尚令其沉沦乎?荀粲妻曹氏,冬日病热,粲遂取冷身以熨之,曰:'德不足称,妇贵在色耳。'后亦病死。陈二如曰:'题为《后园凿井》,而诗则代恨于井之多此一凿,为闺阁言之也。有井必有辘轳,其实自转井上。而曰床上转者,床上闻其转也。既闻其转,则井上之水声繁,而床上之弦声不得不浅矣。那能不恨?乃恨之情为何情?盖必出于少年多情之苟奉倩,而能保其不为情死乎?'故指城头日而祝之曰:'城头日,长向城头住。只此一日作千年,不须流下去可也。'甚矣!夫后园之井,其亦可以不凿也。"

明于嘉刻本《李长吉诗集》批语:"此首真将乐府作法,和盘托出。"

河南府试十二月乐词并闰月

正 月

上楼迎春新春归,暗黄著柳宫漏迟①。
薄薄淡霭弄野姿,寒绿幽风生短丝②。
锦床晓卧玉肌冷,露脸未开对朝暝③。
官街柳带不堪折,早晚菖蒲胜绾结④。

【题解】

这一组诗是应试诗,题目就是《十二月乐词》。其写作时间,有"元和二年(907)说"(傅经顺《李贺传论》)、"元和三年(808)说"(钱仲联《李贺年谱会笺》)、"元和四年(809)说"(周阆风《李贺年谱》)、"元和五年(810)说"(朱自清《李贺年谱》)、"元和六年(811)说"(于必昌《李贺生卒年新证》)等,或当以元和三年为近。这一首描写早春景色。新春方到,柳枝染黄,白昼日长。雾霭在原野上飘荡,短芽在冷风中探出头来。虽然晨睡的美人还怕冷而不愿早起,街道旁的柳条还不堪把玩,菖蒲的短叶也还要假以时日才能编结,但变化毕竟发生了,春天真的已经回来了。

①上楼迎春新春归：《文苑英华》作"正月上楼迎春归"。宫漏，古代宫中计时所用之器，用铜壶滴漏。

②幽风：冷风，《乐府诗集》作"幽泥"。

③脸：宋蜀本作"睑"。朝暝，宋蜀本、《乐府诗集》作"朝暝"。

④官街：城中大街，因为官方所建，故称。

【汇评】

曾益注《昌谷集》卷一："立春云'迎春'，去而复还曰'归'。宫漏迟，日渐长也。著、弄、生，春渐著；暗、薄、淡、寒、幽、短，未甚著也。床卧肌冷，衾寒也；露脸未开，晓而犹寐。末复申言此时之柳，即黄尚未堪折。第时日易迈，早晚之间，菖蒲渐长，胜绾结矣。正月寒，故曰'寒'，曰'冷'。"

姚文燮《昌谷集注》卷一："楼上春归，柳丝未发，暗黄正含芽也。《开元遗事》云：'宫漏有六更，君王得晏起。'故云迟也。阳晖渐暖，甲坼将舒。寒绿短丝，细草初苗。绣幔春寒，朦胧方觉。芳辰宜加珍惜，未可轻言别离。柔条难折，淑景易驰。但看菖蒲此日虽微，早晚即胜绾结矣。"

方扶南《李长吉诗集批注》卷一："诗亦深思，但非试帖所宜。有唐人试帖行世，可鉴也。"

黎简《黎二樵批点黄陶庵评本李长吉集》卷一："一诗之中，三句说柳。首曰'暗黄'，次曰'短丝'，末曰'柳带'，具见细心。注言光景之速，非也。言正月春寒，柳未堪折，蒲叶尚短也。曰'早晚犹有待也'。"

吴汝纶《李长吉诗评注》卷一："言光景迅速。"

二　月

饮酒采桑津，宜男草生兰笑人，蒲如交剑风如薰①。

劳劳胡燕怨酣春，薇帐逗烟生绿尘②。

金翘峨髻愁暮云，沓飒起舞真珠裙③。

津头送别唱流水，酒客背寒南山死④。

此首写仲春饯别。春日渐暖,蒲叶渐长,萱草冒出头来,兰花也含苞待放,飞来飞去的燕子呢喃着,仿佛在抱怨春天来得太快。在这草薰风暖的气节,祖饯的人们来到河边,张起帐幔。梳着高髻,戴着金钗的少女,提着漂亮的裙子翩翩起舞。送行者唱着歌曲,打着节拍,饮着美酒,与远去的友人珍重告别。太阳下山,寒气上来,人去一空,南山又恢复了寂静。

【注释】

①饮酒采桑津:《乐府诗集》、《全唐诗》作"二月饮酒采桑津"。采桑津,今山西吉县西南黄河边。南朝乐府有《采桑度》,多写采桑养蚕与男女情思。宜男草,萱草。周处《风土记》:"宜男,草也,高六七尺,花如莲,怀妊妇带佩必生男。"薰,暖和。薰风多指南风。

②劳劳:忙碌。胡燕,万历本作"莺燕"。段成式《酉阳杂俎·羽篇》:"(燕)胸斑黑,声大,名胡燕。"薇帐,蕙帐,郊游时在草地所设帐幔。生绿尘,《文苑英华》作"香雾昏"。

③金翘:金钗,吴本作"金翅"。峨髻,高髻,宣城本作"蛾髻"。真珠裙,《北史书·穆后传》:"武成时,为胡后造真珠裙袴,所费不可称计。"

④流水:曲名。

【汇评】

曾益注《昌谷集》卷一:"二月乍暖,故宜宴饮。草生兰笑,是乍暖时也。薰、酣,渐有暖意。薇帐犹言蕙帐,风起则尘生,逗烟故绿耳。至暮又辞暖就寒之候,故愁。愁则起舞送别,行次失序,有沓飒之状。若曰斯时也,日既没矣,天复阴矣,酒客之背不几寒而南山得无死乎?山南曰'阳',日落则阴而山死。"

姚文燮《昌谷集注》卷一:"仲春冶丽,花鸟芳妍,荡子将有游冶之思,而美人已含愁矣。歌舞离津,儿女情重,何如酒客任达糟丘。春寒背冷,唯饮南昌千日之酒,一醉如死,安知此辈别离之苦耶?南昌有山泉如酒,饮之经月不醒。刘玄石饮千日酒,家以为死,至期方生。"

三　月

东方风来满眼春，花城柳暗愁杀人①。

复宫深殿竹风起，新翠舞衿净如水②。

光风转蕙百余里，暖雾驱云扑天地③。

军装宫妓扫蛾浅，摇摇锦旗夹城暖④。

曲水漂香去不归，梨花落尽成秋苑⑤。

【题解】

　　是诗描绘暮春景色。先言春色已浓，次写皇家尽情游乐，最后交代人去江空，字里行间有无数惜春之意。东风飒飒，花开满城，柳叶成荫，春光将尽，惆怅无限。深宫大院，翠竹碧绿耀眼，和风吹拂，满院新绿的舞衣轻快地飞动起来。春光明媚，春草蔓生，盎然的春意驱散了行云，把慵懒四处分送。夹城里锦旗招展，人马欢腾，宫女身着军装，淡扫蛾眉，紧紧相随，来到曲江。随着落花飘尽，游人散空，喧闹的曲江顿时安静下来，犹如梨花谢后的秋苑。

【注释】

　　①柳暗：柳叶成荫，《文苑英华》作"柳禁"。愁杀人，宋蜀本作"愁几人"。

　　②深殿：曾本、姚文燮本作"深凝"。新翠舞衿，新绿的舞衣。

　　③光风转蕙：阳光春风使青草蔓生。《楚辞》："光风转蕙，泛崇兰些。"王逸注："光风，谓雨已，日出而风，草木有光也。转，摇也。"

　　④军装宫妓：旧时帝王、公主出游，宫女身着军装模拟出征。扫蛾，画眉。夹城，从皇宫通往曲江等地的夹道，外有城墙掩隔，唐玄宗所筑。程大昌《雍录》卷二："两墙对起，所谓筑垣墙如街巷者也。"

　　⑤曲水：曲江，在长安东南，为唐代游乐盛地。

【汇评】

　　曾益注《昌谷集》卷一："三月春暮，故曰'满眼'，曰'柳暗'，曰'愁杀'；

春暮则新篁成韵，故曰'深凝'，曰'风起'，曰'新翠'，曰'舞衫'，曰'净如水'。舞，就风言，余就竹言也。春末多暖，故曰'光风'，曰'转蕙'，曰'暖雾'。驱云百余里，就内言；扑天地，就内外言也。军装宫妓，是以宫娥而为武饰者；锦旗夹城，为内护也。曲水宴处，香飘不归，即梨花落；成秋苑，落尽也。"

姚文燮《昌谷集注》卷一："贞元末，好游畋。此诗言花城柳暗，人各怨别，不知春宫之怨，较春闺更甚耳。复官竹色如沐，舞衣初试，互照鲜妍。銮舆一出，香薰百里。而深宫少女，未得与游幸之乐。流水落花，心伤春去；闲庭萧寂，情景如秋。"

陈本礼《协律钩玄》引董伯音云："咏春皆于昼，咏秋皆于夜，咏夏皆言寒凉霜雪，咏冬皆言灯火日色，亦是作法。"

吴汝纶《李长吉诗评注》卷一："此咏官伎军装随贵主修禊，末二句讥其流连忘返也。"

四　月

晓凉暮凉树如盖，千山浓绿生云外。

侬微香雨青氛氲，腻叶蟠花照曲门①。

金塘闲水摇碧漪，老景沉重无惊飞，堕红残萼暗参差②。

【题解】

诗写初夏景象。群芳过后，亦有迷人之处。春天已去，花儿随之枯萎，无复往日空中飞舞的轻盈。残红褪去，枝叶变老，绿色转深，与池塘里荡漾的碧波相掩映。细雨如帘，飘洒空中，云烟氛氲。云外天边，青色满目，苍翠欲滴。树荫渐浓，已似伞盖。气温日高，天气转暖，唯有早晚还有丝丝凉意。

【注释】

①青氛氲：草木生成茂盛，一派青葱。曾本、姚文燮本作"青氤氲"，一作"过青氛"。腻叶，肥厚油亮的叶子。蟠花，重叠的花瓣。曲门，幽深的门户。

27

②金塘:坚固的石塘。沉重,一作"沉帖"。

【汇评】

杨慎《升庵诗话》卷七:"雨未尝有香也,而李贺诗'衣微香雨青氛氲',元微之诗'雨香云淡觉微和'。"

曾益注《昌谷集》卷一:"晓暮凉暖可知矣。初夏绿阴正秾,如盖,秾也;千山,秾甚;生云外,无处不秾也。青氛氲、腻、蟠,只言其秾;唯绿秾,故塘水摇碧。四月孟夏,景物已老。无惊飞,非蓐尾时;堕红残萼,花落尽也;暗参差,足绿阴之秾。全首是形容草木条畅意,上首言暖,下言热,故此言'晓凉暮凉'。"

明于嘉刻本《李长吉诗集》批语:"题面如画,无如此章。"

姚文燮《昌谷集注》卷一:"浓阴朱实,无复娇妍。春去不归,芳姿难再。末句'老'字、'堕'字、'残暗'等字,不尽愁怨。蟠花即榴花。曲门,宫中阿门。老景沉重,花树俱结实低垂也。"

五　月

雕玉押帘额,轻縠笼虚门①。
井汲铅华水,扇织鸳鸯纹②。
回雪舞凉殿,甘露洗空绿③。
罗袖从徊翔,香汗沾宝粟④。

【题解】

进入五月,天气转热。从天而降的露水,把天空洗得空明澄碧。轻薄通透的珠帘与纱幔被悬挂起来,绘有鸳鸯图案的团扇也从箱底回到女子手中。她们身着锦罗长袖,在阴凉的大殿上轻盈地挥舞,不久香汗浸沾了玉佩,深碧清凉的井水受到喜爱。

【注释】

①雕玉:此指镇压门帘之玉石。帘额,吴本作"帘上"。《汉武故事》:"以白珠为帘,玳瑁押之。"轻縠,薄纱。

②铅华水:《本草》:"凡井水以黑铅为底,能清水散结,人饮之无疾。"一说井水深碧如铅色。鸳鸯纹,宋蜀本作"鸳鸯文"。

③回雪:形容舞袖飘动。张衡《舞赋》:"裾若飞燕,袖如回雪。"曹植《洛神赋》:"飘摇兮若流风之回雪。"空绿,青天。

④罗袖从徊翔:《文苑英华》作"罗绶从风翔"。宝粟,古人在金玉饰物上所雕的细粒状花饰。

【汇评】

曾益注《昌谷集》卷一:"'雕玉押帘',以拒日入;'轻縠笼门',以受风。入夏宜水,故汲水以饮,织扇以待用也。处凉殿以避暑,而舞若回雪,尚凉也。露华洗空而绿,天未炎赫也。罗袖回翔,言恣意以舞,而香汗沾渍如粟粒之微热矣。正尚未热甚也,是五月也。"

姚文燮《昌谷集注》卷一:"此皆写宫中之乐,自忘炎蒸。玉趾所在,妃嫔景随,珠钏且沾香汗矣。"

六　月

裁生罗,伐湘竹,帔拂疏霜簟秋玉^①。

炎炎红镜东方开,晕如车轮上徘徊,啾啾赤帝骑龙来^②。

【题解】

炎热的夏天,初生的太阳大如车轮,亮如红镜,从东方升起的时候,就把暑气洒向了四方,好似火神祝融骑着神龙巡视天下,人间到处充斥着他威赫的气势。生丝做成的披肩派上了用场,冰凉如玉的竹席最受欢迎。

【注释】

①生罗:质地轻软的生丝织品。湘竹,湘妃之竹,产于湖南、广西。《笋谱》:"舜死,二妃泪下,染竹成斑。"帔拂,披肩,一本少"帔"。簟,竹席。

②红镜:太阳。晕如车轮,《列子·汤问》:"日出之初,大如车轮。"赤帝,火神祝融。《礼记·月令》:"其帝炎帝,其神祝融。"《山海经·海外南经》:"南方祝融,兽身人面乘两龙。"

曾益注《昌谷集》卷一:"裁罗伐竹,即为帔,为簟也,六月天炎,无所事事,只宜著帔卧簟而已。"

姚文燮《昌谷集注》卷一:"罗裙竹簟,晨起即畏炎熇。古诗:'祝融南来鞭火龙。'祝融,即赤帝也。'晕如车轮上徘徊,啾啾赤帝骑龙来。''啾啾'二字,极炎气初盛之状。"

七　月

星依云渚冷,露滴盘中圆①。

好花生木末,衰蕙愁空园②。

夜天如玉砌,池叶极青钱③。

仅厌舞衫薄,稍知花簟寒。

晓风何拂拂,北斗光阑干④。

【题解】

蕙兰已经衰败,芙蓉花次第绽放,池塘里铺满了铜钱般的荷叶,露水凝聚在上面,如滚珠一般。夜晚的天空不再那么清澈明净,犹如玉石一般显出几分凝重,隐约透露出丝丝凉意,连依偎在银河边的牵牛、织女星,也受到影响,大有高处不胜寒之势。黎明时分,北斗横斜,晨风吹来,凉意更甚。

【注释】

①星:这里指牵牛、织女二星。云渚,天河。盘,汉武帝作仙掌擎盘承接露水。

②好花:这里指木芙蓉。《九歌·湘君》:"采薜荔兮水中,搴芙蓉兮木末。"蕙,蕙兰,初夏开,秋季衰歇。空园,《文苑英华》作"故园"。

③青钱:青铜钱。杜甫《绝句漫兴九首》之七:"糁径杨花铺白毡,点溪荷叶叠青钱。"

④阑干:横斜的样子。古诗《善哉行》:"月没参横,北斗阑干。"

【汇评】

曾益注《昌谷集》卷一:"七月炎气除,入夜迄晓,渐有凉意。"

潘德舆《养一斋诗话》:"李贺'衰蕙愁空园'句,赵氏注曰'第三字不平,则律句矣'。盖李贺此诗参用齐梁,不尽合调,唯此句得法,故赵氏特注此句以明之,亦无可疑者也。"

姚文燮《昌谷集注》卷一:"云渚,天河也。河之东西,牛、女相望。立秋五日,白露降。盘,承露盘也。好花,芙蓉初生,即元献公词'兰凋蕙惨,秋艳入芙蓉'意。天高气清,白云如玉。池叶初似青钱,至此已极。凉飔初发,渐觉衣单簟冷。是月也,日月会于鹑尾,而斗建申矣。"

方扶南《李长吉诗集批注》卷一:"竹垞翁尝八分大书此诗于巨幅,余得之于京师,不知偶然书耶?抑深赏之耶?此在昌谷,未为绝诣,然而安雅老成,亦可取。"

黎简《黎二樵批点黄陶庵评本李长吉集》卷一引黄淳耀云:"'极'字无人能下,言荷叶初小,至七月,则小到极矣。"

明于嘉刻本《李长吉诗集》批语:"此章神闲气静。"

八　月

嬬妾怨长夜,独客梦归家①。
傍檐虫缉丝,向壁灯垂花②。
帘外月光吐,帘内树影斜③。
悠悠飞露姿,点缀池中荷。

【题解】

此首写秋思。漫漫秋夜,无数人相思明月之下。月光如水,泻入帘中,把床前之地洗得发白,搅得嬬妇无法安睡。帘外树影横斜,池中的荷叶在露水的浸润下显得那样安闲。漂泊的游子在月华流照之下酣然入梦,梦中他回到了久别的家乡。亲人惊喜异常,原来屋檐结丝、灯烛爆花这些吉兆都没有浪得虚名。

【注释】

①嬬妾:独居的妇人。一作"宫妾"。

②虫：指莎鸡，又名络纬，其鸣声似缫丝、纺织一般。一说指蜘蛛，其结网于屋檐下，古人以为亲人久别重逢之吉兆。缫丝，一作"织丝"。

③帘内：一作"帘中"。

【汇评】

曾益注《昌谷集》卷一："八月中秋，故用嫦娥夜长贯全首。唯夜长，则嫦娥怨，而独客有归家之梦。促织傍檐而鸣，灯花向壁而垂，月光方吐于帘外，而树阴则转入于帘内。'斜'应'吐'，'吐'则初起，故卧影而斜。露华初生，故云'飞'，云'点缀池中荷'，言嗣是而将残矣。"

姚文燮《昌谷集注》卷一："《嫦娥怨》，乐府曲名也。少妇思深，征夫游倦。蟋蟀鸣阶，灯光向壁，念之深而望之至也。月光树影，掩映珠帘，愈深寂寥之感。露冷池荷，粉红将坠。幽心离思，俱极凄清。"

九　月

离宫散萤天似水，竹黄池冷芙蓉死①。
月缀金铺光脉脉，凉苑虚庭空澹白②。
露花飞飞风草草，翠锦斓斑满层道③。
鸡人罢唱晓珑璁，鸦啼金井下疏桐④。

【题解】

深秋的夜晚，离宫一派沉寂。竹子枯黄，池水枯涸，莲荷凋零，唯有偶尔飘过的流萤，给凝重的夜色带来一丝活力。庭院里空无一人，苑囿也冷冷清清，惨白的月光照在大门的金环上，更增添了几分萧索。秋风吹起，色彩斑斓的落叶四处飞扬，把层层山路装饰得如翠锦一般。彻夜难眠的人儿终于等来了鸡人报晓，天色朦胧中乌鸦开始啼鸣，还依稀可以听到几片黄叶飘落石井。

【注释】

①离宫：天子出游时居住的别宫。散萤，流萤散藏将尽。一作"散云"。

②金铺：大门上的金属环纽。《三辅黄图》："金铺，扉上有金花，花中作

兽及龙蛇,铺首以御珠环之。”

③露花:露珠。《乐府诗集》、蒙古本作“霜花”。层道,高低不一的道路。

④鸡人:宫中负责报晓的人。《周礼·春宫》:“鸡人掌共鸡牲,辨其物。大祭祀,夜呼旦,以叫百官。”珑璁,朦胧,《乐府诗集》作“珑聪”。金井,有雕栏的石井。

【汇评】

曾益注《昌谷集》卷一:“离宫残萤,秋尽也。天似水,则凉矣,故曰‘池冷’。脉脉,光凝也。竹黄芙蓉死,就池冷言,故云‘凉苑’;月缀金铺,就离宫言,故云‘虚庭’。苑凉庭虚,故云‘澹白’。飞飞、草草,风露凄紧也。风露凄紧则青者黄,黄者紫,纷纭错杂,故云‘斓斑’。满层道,高下皆然也。鸡人唱罢,故鸦啼曙;下井栏,天始晓也。”

姚文燮《昌谷集注》卷一:“隋炀帝于景华宫求萤火数斛,夜游出放,光满岩谷。天清竹落,水冷蓉凋,情致不胜萧寂。月皎庭空,露寒风瑟。木叶丹黄,盈盈宫路。更残柝罢,梧落鸦啼。盖彻夜不寐矣。”

明于嘉刻本《李长吉诗集》批语:“‘光似水’三字谁人写得出,又加‘芙蓉死’三字更绝,‘光脉脉’三字尤绝。”

十 月

玉壶银箭稍难倾,缸花夜笑疑幽明①。

碎霜斜舞上罗幕,烛笼两行照飞阁②。

珠帷怨卧不成眠,金凤刺衣著体寒,长眉对月斗弯环③。

【题解】

此首写宫怨。开篇正如李益《宫怨》诗所云:“似将海水添宫漏,共滴长门一夜长。”深宫之中,寂寞难耐,夜晚尤觉得漫长,总感到漏壶中的水没有怎么减少。对着半明半暗的灯烛,宫女的心情也变幻不定,不知道怎样挨到天明。抬头望去,高阁上挂着的灯笼是那样明亮,分明可以看见细小的飞霜轻柔地附着在罗帐上。夜久生寒,身着绣有金凤的衣衫,也感到冰凉。

百无聊赖的她,怅望着月儿,想用自己的长眉,与弯月比量。

【注释】

①玉壶银箭:古人计时的漏壶,中置一箭,上有刻度,随壶中水减少而显露以知时刻。江总《杂曲》之三:"鲸灯落花殊未尽,虬水银箭莫相催。"缸花,灯花,宋蜀本作"红花"。

②烛笼:灯笼,曾本、姚文燮本、姚佺本作"烛龙"。张籍《楚宫行》:"千门万户开相当,烛笼左右列成行。"飞阁,高阁。

③珠帷:缀着珠子的帷幔。怨卧,姚佺本作"夜卧",一作"稳卧"。长眉,宫人眉妆。《古今注》:"魏宫人好画长眉。"

【汇评】

曾益注《昌谷集》卷一:"凡漏视箭以为刻度,稍难倾,夜长也。灯寒则光凝,凝幽明,夜寒也。碎霜,霜华,冬夜多风故斜舞。烛龙借言刻烛,以含照也。漏长灯凝,故怨,怨则不成眠矣。金风,以金刺凤;著体,裹衣,夜久故寒生也。既不成眠,则起而对月。月初弦而未上,眉既曲且长,两相值故曰'斗弯环'也。十月夜长,故以夜言。"

姚文燮《昌谷集注》卷一:"君王游宴,宫嫔含愁。夜冷更长,炬残霜重。孤眠不寐,起立衣单。翠黛清光,当与素娥同怨耳。"

十一月

宫城团围凛严光,白天碎碎堕琼芳①。
挝钟高饮千日酒,战却凝寒作君寿②。
御沟泉合如环素,火井温泉在何处③。

【题解】

这首诗写寒冬景象。大雪纷飞,天地白茫茫一片。环绕宫墙的御河冰封着,远看就像白绢做成的玉环。被团团围住的宫墙,泛着凛凛的寒光。在这样的时刻,唯有击鼓痛饮以抵御严寒,哪里还能指望火井温泉?

【注释】

①团围:宋蜀本作"团回"。琼芳,雪花。

②挝:撞击。千日酒,张华《博物志》卷十记载:"昔刘玄石于中山酒家酤酒,酒家与千日酒,忘言其节度,归至家大醉,而家人不知,以为死也,具棺殓葬之。酒家计千日满,乃忆玄石前来酤酒,醉当醒耳。往视之,云玄石亡来三年,已葬。于是开棺,醉始醒。俗云:'玄石饮酒,一醉千日。'"战却,蒙古本等作"却天"。

③泉合:一作"冰合",宋蜀本作"水合"。温泉,一作"温汤"。谢惠连《雪赋》:"火井灭,温泉冰。"

【汇评】

曾益注《昌谷集》卷一:"冬至天气严凝,故申宫令。琼芳,雪也,雪下故天白。挝钟为乐也,天既严凝,故饮酒为寿;千日欲其长醉而不醒也。水合,冰坚也,如环素,即遇圆而成璧意。在何处,言无处不冰,即火井、温泉皆冻而莫辨也。"

姚文燮《昌谷集注》卷一:"彤云瑞雪,大地凝寒。宫庭高会,进中山千日之酒驱寒,以作君寿。沟水层冰,华筵自暖,又何必别寻温泉、火井耶?正恐有不得进御之人,思忆为莫可至矣。"

十二月

日脚淡光红洒洒,薄霜不销桂枝下①。
依稀和气排冬严,已就长日辞长夜②。

【题解】

冬日的阳光,慵懒地照在地面上,并没有带来太多的温暖,它连桂枝下的寒霜都不能融化。冬至过后,稀薄的暖气开始排挤厚实的严寒,漫长的黑夜即将成为过去,白天就要越来越长,春天看来已经不远了。

【注释】

①日脚:穿过云层射到地面的阳光。杜甫《羌村三首》之一:"峥嵘赤云西,日脚下平地。"洒洒,寒冷的样子。《素问·诊要经终论》:"秋刺冬分病不已,令人洒洒时寒。"

②排:蒙古本、《乐府诗集》作"解"。

曾益注《昌谷集》卷一:"冬日寒气下凝,故色淡而霜不销,不销故桂枝下。然寒极回和,深冬严凝之气,若排而去。就长日,日渐长;辞长夜,夜渐短也。"

姚文燮《昌谷集注》卷一:"乌足光微,故薄霜之在树叶者亦不销也。玉历将回,沍寒渐解。黄赤进退,日道南来,故昼刻增而夜刻减矣。"

方扶南《李长吉诗集批注》卷一:"刻划冬至以后之阳气,意是而词气不工。"

黎简《黎二樵批点黄陶庵评本李长吉集》卷一:"一语胜人千百,非苦吟何能臻此?"

闰　月

帝重光,年重时,七十二候回环推[1]。

天官玉琯灰剩飞,今岁何长来岁迟[2]。

王母移桃献天子,羲氏和氏迁龙辔[3]。

【题解】

如同帝王中有前后相继、发扬光大者,岁月中也有时月相同而重复的闰月。七十二个节候轮转一遍,一年就过去了。今年因为有闰月,所以显得漫长。当年西王母把仙桃献给帝王,以祝君王长寿;如今羲和驾着六龙缓慢前行,也是为了让今年的时光延长。

【注释】

①帝重光:前后两位帝王功德同样广大。《尚书·顾命》:"昔君文王、武王宣重光。"蔡沈注:"武犹文,谓之重光,犹舜如尧谓之重华也。"年重时,年有闰月。七十二候,旧时一年分二十四节气,每一节气分三候,计七十二候。

②天官:天文气象。《史记·太史公自序》:"太史公学天官于唐都。"玉琯,玉制的律管。据《后汉书·律历志》,古时人们用律管测验气候,将葭

莩灰置于管内,十二律配十二月,每月都有一次相应律管的灰吹动飞去。闰月无律管,亦无灰可吹,故曰"灰剩飞"。

③王母移桃:《汉武帝外传》:"七月七日王母降,侍女以玉盘盛仙桃七颗,大如鸭子,形圆青色,以呈王母。母以四颗与帝,三颗自食。桃味甘美,口有盈味。"羲氏和氏,传说中掌天地四时之官。又羲和为传说中御日之神。《广雅》:"日御谓之羲和。"此处合二为一。

【汇评】

曾益注《昌谷集》卷一:"贺词为府试题,故末以帝言,言维帝德之重光,故年岁为重时耳。而定岁之法,则于七十二候,回环推之,而以余者为闰。推之之法,又以玉琯盛灰而视其飞以为候。今岁何长,以闰月言也;来岁何迟,以再闰言也。王母蟠桃,三千年一实,移献天子,言寿为无既也。寿无既则日就长,故曰'迂龙蟜',以致祝也。十二月词以节候言,故言寒暖;闰月间出,故不言寒暖。"

姚文燮《昌谷集注》卷一:"气盈朔虚,一章之中凡有七闰,故云重光、重时也。保章推步之法,律应葭灰,至此积余成闰矣。今岁日多,则来岁自迟。王母、羲和,皆借以喻增算耳。汉明帝为太子时,乐人作歌四章赞之:一曰'《日重光》',二曰'《月重轮》',三曰'《星重曜》',四曰'《海重润》'。"

王琦《李长吉歌诗汇解》:"元人孟昉曰:'读李长吉《十二月乐词》,其意新而不蹈袭,句丽而不恬淫,长短不一,音节亦异。'朱卓曰:'诸诗大半闺情多于宫景。妇人静贞,钟情最深。《三百篇》夏日冬夜,有不自妇人口中出者乎? 以此阅诗,可以怨矣。'余光曰:'二月送别,不言折柳,八月不赋明月,九月不咏登高,皆避俗法。'"

出　城

雪下桂花稀,啼乌被弹归①。
关水乘驴影,秦风帽带垂②。
入乡试万里,无印自堪悲③。
卿卿忍相问,镜中双泪姿④。

【题解】

元和四年(809),李贺举进士不第,失意东归,离开长安时写下此诗。前四句描写诗人踽踽独行之状。大雪纷飞,他身骑蹇驴,头著垂帽,顶着寒风,踟蹰在长安古道上,一步步挪向家乡。后四句刻画出他复杂的心情。失意之后,回到温馨的家里,固然能让人振奋,可又想到爱妻满腹忧虑而又不忍相问的神情,不禁难以为情,苦恼万分。无法取得官印的生活,真是令人悲戚。

【注释】

①桂花稀:喻落第。唐人以登科为折桂。

②关水:关中之水,指长安附近的河流。秦风,秦地之风,指长安一带。

③试万里:蒙古本作"诚万里",黎简以为当作"诚可重"。

④卿卿:爱妻。《世说新语·惑溺》:"王安丰妇常卿安丰,安丰曰:'妇人卿婿,于礼为不敬,后勿复尔。'妇曰:'亲卿爱卿,是以卿卿。我不卿卿,谁当卿卿?'"一说,唐时卿卿为轻狎之称。元稹《答姨兄胡灵之见寄五十韵》:"华奴歌淅淅,媚子舞卿卿。"李绅《真娘墓》:"还似钱塘苏小小,只应回首是卿卿。"

【汇评】

曾益注《昌谷集》卷三:"此下第作。雪下桂稀,出城之候;啼鸟被弹,比下第。关水、秦风,缘归,出城归则必由秦,经函谷。乘驴影,帽带垂,形影只。乡,帝乡,言自陇西入帝乡以就试,往来跋涉,经归途万里之劳。无印,犹言不得第,自堪悲,与下相形,言己自堪悲。下二句是预拟其闺人怜己意,言始忍泪慰问,而终不能忍其泪,见悲甚。"

姚文燮《昌谷集注》卷三:"帝京寒雪,铩羽空回。策蹇斓缕,凄凉跋涉。感愧交集,恐无颜以对妻孥,当亦见怜于妇人女子矣。"

明于嘉刻本《李长吉诗集》批语:"才下第出都,便拟到家人相问,可见点额人心中百般轮转,无限苦恼,何如老夫烛窗之下,毕生受用不尽。"

三月过行宫

渠水红繁拥御墙,风娇小叶学娥妆①。
垂帘几度青春老,堪锁千年白日长。

【题解】

元和四年(809)三月,长吉下第归乡,途经帝王行宫,有感宫女之悲惨命运而赋此诗。御沟外万紫千红,生机盎然。淡红的水草在风中摇曳,婀娜多姿;初生的蘩蒿不胜娇柔,似新妆的女郎。而一墙之隔的冷宫,却是一派枯寂,任春光流逝而波澜不惊。禁锢在宫中的人们,在百无聊赖中一天天老去。

【注释】

①渠水:御沟之水。红,水荭。繁,曾本、二姚本作"蘩",白蒿。

【汇评】

曾益注《昌谷集》卷二:"行宫临渠,红蘩拥蒿生也。风娇小叶,柳因风而作态。学娥妆,宫嫔不存也。几度,谓已往;千年,谓将来。青春徒老,白日空长,言君王已逝,不复如昔日之经过也。"

姚文燮《昌谷集注》卷二:"水草逼墙,无人芟薙;柔姿妩媚,仿佛宫娃。御帘低垂,久无跸驻。千年永日,何时得再邀驾幸也。意又谓帝京多士,恒苦陆沉。虽欲竞效浮华,终亦无用。幽郁穷年,芳时不遇,又安能得觐龙光乎?"

方扶南《李长吉诗集批注》卷二:"东都,洛阳行宫也。明皇以前,年年巡幸,安史乱后不行。唐人多有此诗。"

铜驼悲①

落魄三月罢,寻花去东家。

谁作送春曲,洛岸悲铜驼。

桥南多马客,北山饶古人②。

客饮杯中酒,驼悲千万春。

生世莫徒劳,风吹盘上烛③。

厌见桃株笑,铜驼夜来哭。

【题解】

此诗有三层转折。先写诗人落魄失意,寻芳探胜以排遣心中抑郁之情。接着由春将归去,夭矫的桃花也不免于败亡,联想到人生亦是如此,今日寻欢作乐于桥南,转眼埋骨于北邙山。最后诗人以生命如风中之烛来为自己的失意开解。在短暂的人生面前,区区得失不值一哂。正如桃花的灿烂,在历经沧桑的铜驼眼中只是短短瞬间,并不足以为之悲喜。诗中"悲铜驼"之言,读者多以为有国事之忧。但从"生世莫徒劳"等语句看来,诗人只是为自己的一时落魄强作自我安慰而已。这三月的落魄,当是诗人的落第。故钱仲联以为诗乃作于元和四年(809),其时长吉下第返乡,过洛阳而赋此诗。

【注释】

①铜驼:此指洛阳之铜驼。陆机《洛阳记》:"铜驼街有汉铸铜驼二枚,在宫之南四会道头,高九尺,头似羊,颈似马,有肉鞍,夹路相对。俗语曰:'金马门外聚群贤,铜驼陌上集少年。'言人物之盛也。"《晋书·索靖》:"靖有先识远量,知天下将乱,指洛阳宫门铜驼,叹曰:'会见汝在荆棘中耳。'"

②北山:北邙山,位于洛阳北,黄河南岸,古来王侯公卿多选墓地于此。

③"风吹"句,语出古《怨歌行》:"百年未几时,奄若风吹烛。"

【汇评】

曾益注《昌谷集》卷三:"落魄,言失意;三月罢,春暮。寻花,即寻春;作《送春曲》,春去悲,因春去睹铜驼而兴悲。马客,贵客,犹言骑马之客;古人,死人;多、饶,言生与死无限。客饮,劝人有酒宜饮;驼悲,悲生死,以阅历多;千万春,递转也。'生世'二句,劝客语。莫徒劳,言劳亦徒,莫劳也;

风吹盘烛，易尽。桃株笑，犹花开；厌，以有春辄花开若厌也。铜驼夜来哭，因春去之易，生死不免，花自年年，铜驼长在，故对之而夜哭也。"

姚文燮《昌谷集注》卷三："落魄寻花，无聊情绪，作曲送春。时去不复，致来铜驼之悲也。桥南紫陌，正骅骝骄骋之地。及夫举首北邙，悉皆前贤陵墓。乃贵客行乐，饮酒高会，而铜驼阅历已多，不胜变迁之感。日月几何，当风炬焰，夭桃虽艳，行将委质泥涂。驼见之数，故厌其笑，而夜来反为之哭也。"

陈本礼《协律钩玄》卷三："此借铜驼之哭以哭当时也。唐自安史乱后社稷丘墟，肃宗克复西京，正君臣修省之时，乃并不以前车为鉴，君昏于上，臣叛于下，纲纪不正。代、宪二宗，继之服金丹，昵群小，以至宦寺弄兵，强藩窃据，岌岌乎有不终日之势。而当时秉国者，犹然醉生梦死，不知悚惧，此所以铜驼夜来哭也。末归到铜驼自悲，恍似《金铜仙人辞汉》，以两'悲'字逼出一'哭'字，盖哭已尤甚于悲人也。"

吴汝纶《李长吉诗评注》卷三："此首忧乱之旨。"

许公子郑姬歌①

许史世家外亲贵，宫锦千端买沉醉②。
铜驼酒熟烘明胶，古堤大柳烟中翠③。
桂开客花名郑袖，入洛闻香鼎门口④。
先将芍药献妆台，后解黄金大如斗。
莫愁帘中许合欢，清弦五十为君弹⑤。
弹声咽春弄君骨，骨兴牵人马上鞍。
两马八蹄踏兰苑，情如合竹谁能见。
夜光玉枕栖凤凰，袼罗当门刺纯线⑥。
长翻蜀纸卷明君，转角含商破碧云⑦。
自从小蹋来东道，曲里长眉少见人⑧。

相如冢上生秋柏，三秦谁是言情客⑨。

蛾鬟醉眼拜诸宗，为谒皇孙请曹植⑩。

【题解】

有郑姓歌女演唱于许公子园中，长吉在场，应此歌女之请而赋此诗。诗歌首先称颂许公子，写其出身高贵，一掷千金，在柳树掩映的大堤上倦游归来，宴乐众人于繁华的铜驼街。接着赞美郑姬，写远道而来，名扬洛阳，一曲清音沁人心骨，使得许公子送花赠金，情不自禁。两人双宿双栖，恩爱缠绵。最后长吉交代作诗缘由：司马相如早已死去，谁能如曹植那样善于歌吟，写出郑姬的情态呢？自然只有他当仁不让。钱仲联以为诗是长吉下第东归，途经洛阳时所作（《李贺年谱会笺》）。刘衍则认为诗多自信而无忧愁情绪，当是李贺拜谒韩愈后居洛阳仁和里时所作（《李贺诗校笺证异》，第256页）。前说或近是。

【注释】

①诗题，宋蜀本题下注："郑园中请贺作。"

②许史：汉宣帝时的两位外戚。《汉书·盖宽饶传》："上无许、史之属，下无金、张之托。"应劭注："许伯，宣帝皇后父；史高，宣帝外家也。"千端，蒙古本作"千段"。端，布帛长度名。《礼·记疏》以一丈八尺为一端，《小尔雅》以两丈为一端。

③铜驼：铜驼街，在河南洛阳故城中，以道旁曾有两枚汉铸铜驼而得名，为汉唐繁华之处。酒熟，宋蜀本、曾本、二姚本作"酒热"。烘明胶，烘好的透明浇汁，比喻酒色浓厚清澈。

④郑袖：战国时楚怀王之宠姬。鼎门，在洛阳城东南。郦道元《水经注·榖水》："郏，山名，郏，地邑也。十年定鼎为王之东都，谓之新邑，是为王城。其城东南，名曰鼎门，盖九鼎所从入也。"

⑤莫愁：洛阳女子，卢家少妇。梁武帝《河中之水歌》："河中之水向东流，洛阳女儿名莫愁……十五嫁为卢家妇，十六生儿字阿侯。"五十，宋蜀本、蒙古本作"十五"。

⑥袷罗,夹罗,此处指锦帛制成的双层帷幔门帘。纯线,丝线。

⑦长翻:吴正子注:"'长翻'合作'番',长幅也。"明君,王昭君,晋人避讳改称明君。宫、商、角、徵、羽,古时五音之名。

⑧小靥:旧时妇女颊上的小装饰。张正见《艳歌行》:"裁金作小靥,散麝起微黄。"少见人,蒙古本作"人少见"。

⑨相如:司马相如,汉代著名文人。冢上,曾本、二姚本作"坟上"。三秦,宋蜀本、曾本、二姚本等作"三春"。

⑩蛾鬓:《文苑英华》作"蛾眉"。曹植,字子建,曹操之子,建安文学代表人物。

【汇评】

姚文燮《昌谷集注》卷四:"此贺见许公子郑姬而作。此诗言公子家世如许、史,郑姬美貌如郑袖。初时两两相得,已而纳之后房。曲翻明君,音调商角,固后房为欢之事。在此时公子命姬与贺相见,则又相见时之事。贺本才人,姬素闻名推服,贺遂述姬白贺之言,具云:'娇小东来,虽曲中亦罕见客。而今见王孙者,正以相如既往,三春已无情人,而诸宗之中有王孙,固能赋《洛神》如子建也。则是贺可以不见姬,而姬反不能不见贺。要之文君、宓妃,姬亦善自诩哉。'"

洛姝真珠①

真珠小娘下清廓,洛苑香风飞绰绰②。

寒鬓斜钗玉燕光,高楼唱月敲悬珰③。

兰风桂露洒幽翠,红弦袅云咽深思④。

花袍白马不归来,浓蛾叠柳香唇醉⑤。

金鹅屏风蜀山梦,鸾裙凤带行烟重⑥。

八骢笼晃脸差移,日丝繁散曛罗洞⑦。

市南曲陌无秋凉,楚腰卫鬓四时芳⑧。

玉喉窱窱排空光，牵云曳雪留陆郎⑨。

【题解】

词写洛阳姑娘真珠之美丽多情。她绰约的姿态，宛若从天而降的仙女，乘着香风，莅临洛苑。乌黑的秀发上，斜插的玉钗闪闪发光。敲击着玉佩，独坐高楼，对着那弯明月，她深情地高歌。幽深的院子里，静静地矗立着高大的桂树，枝叶上晶莹的露珠如同幽怨的眼泪，如泣如诉的筝声吐露出她的心怀。骑白马的男子不再归来，她斜倚屏风，眉头紧蹙，双唇紧咬，恨不得一醉之后，如巫山神女进入他的梦中，带去自己深深的情思。只可惜裙裾牵绊，睡梦中也不能如神女随青烟飘荡，去来自如。天色渐晓，繁丝般的阳光穿过窗户上的罗孔，在她蒙眬的睡眼前晃来晃去。城南巷陌的那些女子，展示细腰与黑发，炫耀着婉转的歌喉，拖曳着华丽的衣裳，以图留住游冶的男子。娴静的真珠姑娘，拿什么来挽留她的爱人呢？钱仲联以为此诗作于元和四年(809)春，时李贺举进士不第，东归而途径洛阳，或是。

【注释】

①洛姝真珠：洛阳美女，名真珠。

②清廓：青天，曾益本作"清郭"。

③玉燕，钗名。《洞冥记》卷二："神女留玉钗以赠帝，帝以赐赵婕好。至昭帝元凤中，宫人犹见此钗。黄淋欲之，明日示之，既发匣，有白燕飞升天。后宫人学作此钗，因名玉燕钗，言吉祥也。"唱月，对月唱歌。悬珰，玉佩。

④红弦：红色筝弦。张祜《筝诗》："夜风生碧柱，春水咽红弦。"

⑤花袍白马：所恋之人。《古歌行》："绿衣白马不归来，双成倚槛春心醉。"浓蛾，吴本作"浓娥"。

⑥金鹅：吴本作"金娥"。蜀山梦，巫山梦。宋玉《高唐赋》楚顷襄王梦见巫山神女，其"旦为行云，暮为行雨，朝朝暮暮，阳台之下"。鸾裾，姚文燮本作"鸾裙"。

⑦八骢：王琦以为当作"八窗"。鲍照《代京洛篇》："凤楼十二重，四户

八绮窗。"睑,宋本作"睑"。罗洞,窗罗之细洞。

⑧楚腰卫鬓:细腰秀发。《韩非子·二柄》:"楚灵王好细腰,而国中多饿人。"杨炎《赠元载歌妓》诗:"玉山翘翠步无尘,楚腰如柳不胜春。"《太平御览》卷三七三《人事部·鬓》:"《史记》曰:'卫皇后字子夫,与武帝侍衣得幸。头解,见其发鬓悦之,因立为后。'"

⑨窈窈:歌声悠扬婉转。排空光,指声音响遏行云。陆郎,朝陈后主宠臣陆瑜,《乐府诗集·明下童曲》有云:"陈孔骄赭白,陆郎乘斑骓。徘徊射堂头,望门不欲归。"此泛指冶游男子。

【汇评】

曾益注《昌谷集》卷一:"首句言一下青郭,而洛苑风景自是不同。无秋凉,四时芳,总不同。'玉燕光',言发华泽与玉燕之光若相射。'唱月',歌也,敲珰以节歌。兰桂,苑中物;幽翠,兰桂色。唯歌之妙,故风露为之洒然。'红弦袅云',弹也。'深思'生下数句,以所思之人不来,故浓眉如柳之叠而秋颦。'香唇醉',思之极而唇红。'金鹅'四句言睡梦,梦所思鸾裾凤带,刺纹行烟,梦中恍惚之境。八窗笼日,日色射脸,从脸移也。'日丝'从'笼晃'来,以罗笼日,日从罗入,则成丝矣。近则日丝繁,远则日丝散,日将入则影斜,丝愈繁而愈散,故曰'曛罗洞'。'市南',其所居;'曲陌',其所游处。'无秋凉',言歌弹睡思无一为宜,故四时皆芳,虽有秋而无秋凉之况。玉喉结歌;排空光,彻曾霄。云,为之牵;雪,为之曳;陆郎,为之留。留,陆即耶,陆郎自留耶?"

姚文燮《昌谷集注》卷一:"芳姿艳质,步步生香。寒鬓玉钗,高楼唱月。此亦何异兰风桂露之幽翠,而第以供深思之哽咽乎?只因花袍白马,久不归来,以致浓蛾香唇,乞作蜀山之梦。而鸾裾风带,极重难行也。八聪即隙驹之谓。盖从朝盼想至暮,唯见底事。睡而复不睡,思妇之情,诚有如此。因念市南曲陌,楚腰卫鬓,四时欢笑,每调歌喉而留陆郎,何己之不如也。贺盖托言以明所遇之不偶耳。"

陈本礼《协律钩玄》卷一:"此刺元宗宫人之流落民间者。……首言真珠下青廊,即指深宫之女而急下降民间,衣裾犹带御苑之香,风飞绰绰也。长吉虽隐约其词,然'金鹅'、'屏风'二语,已明白晓畅矣。"

吴汝纶《李长古诗评注》卷一："乐府陆郎乘斑骓,此盖宫女嫁军将而怨别之旨,以慨贤者不遇而不肖者多苟合也。"

咏怀二首

其　一

长卿怀茂陵,绿草垂石井①。
弹琴看文君,春风吹鬓影②。
梁王与武帝,弃之如断梗③。
唯留一简书,金泥泰山顶④。

【题解】

诗以司马相如的弃掷不用,抒写其沉沦不遇之概。但司马长卿虽然生时闲居茂陵,一如断梗,不得重用,但死后终以封禅之书而光耀天下,这对蹭蹬者而言也是一种安慰与激励。诗中所言卓文君之事,多受读者关注,往往将之与长吉自己的琴瑟之好联系起来,以为是借长卿寂寞中自得之情写诗人的鸾凤和鸣。故或认为此诗写于元和二年(807)新婚之时(刘衍《李贺诗传》),或以为是元和四年(809)举进士不第还乡伉俪团聚之刻(钱仲联《李贺年谱会笺》),或以为是元和八年(813)辞官回昌谷后的燕婉之日。

【注释】

①长卿:司马相如,字长卿,西汉蜀郡人。汉景帝时为武骑常侍,后客游梁,梁王令与诸生同舍。汉武帝时曾为孝文园令,病免居茂陵。有《子虚赋》等。茂陵,汉武帝刘彻之陵园,在陕西兴平。

②文君:卓文君。《史记·司马相如列传》:"临邛多富人,卓王孙僮客八百人……是时,卓王孙有女文君新寡,好音,故相如缪与令相重而以琴心挑之。相如时从车骑,雍容闲雅,甚都。及饮卓氏,弄琴,文君窃从户窥,心悦而好之,恐不得当也。既罢,相如乃令侍人重赐文君侍者通殷勤。文君

夜亡奔相如,相如与驰归成都。"

③梁王:梁孝王刘武。武帝,汉武帝刘彻。此两句,王琦以为言梁孝王与汉武帝弃司马相如而不用;钱钟书则谓司马相如视梁孝王与汉武帝如断梗(《谈艺录》,中华书局1984年版第379页)。

④一简:一卷。古人书写于竹简上,故称。金泥,以水银和金粉为泥,用以封印。《史记·司马相如列传》:"相如既病免,家居茂陵。天子曰:'司马相如病甚,可往从悉取其书,若后之矣。'使所忠往,而相如已死,家无遗书。问其妻,对曰:'长卿未尝有书也。时时著书,人又取去。长卿未死时,为一卷书,曰有使来求书,奏之。'其遗札书言封禅事,……相如既卒五岁,上始祭后土。八年而遂礼中岳,封于太山,至梁甫,禅肃然。"

【汇评】

曾益注《昌谷集》卷一:"言长卿家居,草石荒凉,唯与文君相对弹琴,日复一日,终老茂陵而已。梁王、武帝弃之而不用也,迨至死后,始求其书,用礼泰山,以是知生前之遇不可期,而身后之名为可传耳。"

姚文燮《昌谷集注》卷一:"长卿欲聘茂陵之女为妾,此无异绿草之垂石井已,明其不必有之事。唯是'弹琴看文君,春风吹鬓影',于愿已足。当此虽梁王、武帝弃之适如断梗,又何必别求茂陵女子?观其身后之名,止留遗简,其意已甘心为文君一人死矣。贺少年早夭,亦必因色致疾,故引相如以自慰而作咏怀也。后《凿井歌》而及奉倩,益可想见。"

《昌谷集句解定本》卷一引郑诗言评:"看文君,吹鬓影,传写无聊之况,如画。"

陈本礼《协律钩玄》卷一:"三、四句画出一风流潇洒之长卿来,笔致趣甚。末二欣慕之辞。相如生不见用,死后一卷遗书,至令武帝求之,藏之泰山之顶,如金泥玉检者然。迨后封泰山、禅梁父悉从相如言,则相如虽不遇,死后之荣不朽矣。"

黎简《黎二樵批点黄陶庵评本李长吉集》卷一:"草垂石井,寂寞矣。三句于寂寞中写出长卿极得意处,真千古佳话也。春风鬓影,在远山芙蓉外看出无形佳丽,细静至此,非我长吉先生谁能道得。此长吉以长卿自况。"

陈沆《诗比兴笺》卷四:"生前见弃,身后见重。我怀古人,聊以自慰。"

明于嘉刻本《李长吉诗集》批语:"相如有文无行,垂死犹不思无所表见于世,乃著封禅,遗诣人主,哀矣。"

其 二

日夕著书罢,惊霜落素丝①。

镜中聊自笑,讵是南山期②。

头上无幅巾,苦蘗已染衣③。

不见清溪鱼,饮水得自宜④。

【题解】

闲居在家,著书自娱。傍晚时分,停笔起身,对着镜子一照,惊讶地发现已经是两鬓微霜了。自己孜孜矻矻,呕心沥血,吟诗作对,终日愁苦枯坐,自然早生华发,又怎么会是长寿之相呢?看样子自己注定只有科头野服,没有机会裹上头巾去效仿一下那些名士儒雅的风采。不过,清淡的日子也有它的味道,看那清溪水中的鱼儿,不也是悠然自得?诗人此诗意在坚定自己的归隐之心,所以以溪水中鱼之乐,来比喻自己隐居昌谷之乐。徐渭、曾益等人认为诗人以清溪之鱼宜饮不宜食或鱼儿无所食,来表白自己"宜隐不宜仕",较为牵强。

【注释】

①著书:姚佺、姚文燮本作"看书"。

②南山期:长寿似南山。《诗经·小雅·天保》:"如南山之寿,不骞不崩。"

③幅巾:古人家居所裹头巾。王琦注引《宋书》云:"汉末王公名士多委正服,以幅巾为雅。所谓幅巾者,不著冠帻,以一幅之巾裹其头,盖取其便适而已。"苦蘗,黄檗,一种落叶乔木,茎皮甚苦,可作黄色染料。《乐府诗集·子夜歌》:"黄檗郁成林,当奈苦心多。"

④相宜:宋蜀本、吴正子本作"自宜"。

【汇评】

徐渭《唐李长吉诗集》卷一:"率。清溪鱼宜饮不宜食,比己命薄,宜隐不宜仕也。贺虽少年而头已白，故有此早衰之叹。"

曾益注《昌谷集》卷一："贺年少发白，故对镜自笑，言讵得寿考乎？幅巾即未上头，而黄衣已染，思弃官以就隐也。末谓命薄之夫宜隐不宜仕，犹之清溪之鱼，溪唯清故无所得食，适得以自如而已。"

姚文燮《昌谷集注》卷一："玄鬓早霜，岁华有限，簪缨钟鼎，亦复无心，何如披缁饮水，世外观空，又奚用法网以自困也。"

方扶南《李长吉诗集批注》卷一："此二作不得举进士归昌谷后，叹授奉礼郎之微官。前首言去奉礼，后首言在昌谷。"

陈沆《诗比兴笺》卷四："旦觅骑驴之吟，暮倾锦囊之句，徒呕心肝，早致霜鬓。此岂养生永年之道耶？《诗》云'如南山之寿'，此用其语也。头无幅巾，衣染缁黄，已同方外之相。与其蠹鱼槁死于文字，曷若游鱼自得于清溪。"

莫种树

园中莫种树，种树四时愁。
独睡南床月，今秋似去秋①。

【题解】

诗人说，园子里千万不要种树了，因为自己看到它就烦躁不堪。为什么会产生这样的情绪呢？那是因为长吉把自己的遭遇和陶渊明联系起来了。当年陶潜不为五斗米而折腰，毅然挂印归来，"眄庭柯以怡颜"，"倚南窗以寄傲"。而长吉觉得自己困守南山，求一第而不得，出仕无门，连啸傲田园的资格都没有。因此，同样是独倚南窗，面对庭柯，他不仅无法开颜，而且是一年愁似一年。今年还同往年，说明他曾经努力奋斗，以为会有所不同，但终无所获。诗当是落第后所作。

【注释】

①南床：宋蜀本、二姚本作"南窗"。

送韦仁实兄弟入关①

送客饮别酒,千觞无赧颜②。
何物最伤心,马首鸣金环③。
野色浩无主,秋明空旷间。
坐来壮胆破,断目不能看④。
行槐引西道,青梢长攒攒⑤。
韦郎好兄弟,叠玉生文翰⑥。
我在山上舍,一亩蒿磽田。
夜雨叫租吏,春声暗交关⑦。
谁解念劳劳,苍突唯南山⑧。

【题解】

韦仁实兄弟即将入关,长吉与之宴别,赋此诗相赠。诗人说,他们的情谊如此深厚,哪怕千杯酒都不足以表达。不过,再长的筵席终有离散的时候,而最伤心的时刻就是友人跨马远去。在空旷的秋日,在茫茫的原野,他们愈行愈远,身影渐渐模糊,消失在西进的道路上,诗人感觉自己的一腔豪情都被他们带走了。韦氏兄弟,如连璧之玉,文笔熠熠,此去必有遇合,必将一飞冲天。诗人独自一人留在山野,守着一亩荒瘠山田,在夜雨之中听闻租吏的叫骂声,这种困苦的生活,此后还有谁来怜惜呢?吴企明说:"本诗必作于李晋肃已经亡故,李贺尚未入仕为奉礼郎这段时间内,最迟在元和四年诗人再度入长安求仕以前。"(《李长吉歌诗编年笺注》,第74页),近是。

【注释】

①韦仁实:李贺之友。《旧唐书·王播传》:"长庆四年,补阙韦仁实伏延英殿抗疏,论播厚赂贵要,求领盐铁使。"

②赭颜:醉颜。二姚本作"赪颜"。

③金环:马络头上的铜环。

④坐来:顷刻,顿时。断目,目断。《文苑英华》作"新月"。

⑤青梢长攒攒:一作"青松稍长攒"。《文苑英华》此句下有"君子送秦水,小人巢洛烟"。

⑥迭玉:联璧。生文翰,文章有光彩。

⑦春声:蒙古本作"春声"。暗交关,《文苑英华》作"闻暗关"。

⑧劳劳:《文苑英华》作"劳苦"。苍突,苍翠突起。

【汇评】

姚文燮《昌谷集注》卷四:"惜别神惨,纵饮不醉。马行镮响,不禁凄凄。秋色荒原,魂惊望断。官树迢遥,马蹄西去。自此兄弟俱鸣珂振羽矣。似我石田穷困,不免追呼。青春兀守,别无知己,唯日对突兀之南山,以当心知而已。"

王琦《李长吉歌诗汇解》卷四:"言韦郎兄弟既去,我独困守田园,而受催租之扰,并无知己相劳苦,朝夕所对者,唯苍然突起之南山而已。盖言此别之后,不堪为怀也。"

吴汝纶《李长吉诗评注》:"言韦兄弟既去,而我困守田园,独受催租之扰,知我者唯南山也。甚言别后不堪为怀也。"

休洗红①

休洗红,洗多红色浅②。
卿卿骋少年,昨日殷桥见③。
封侯早归来,莫作弦上箭。

【题解】

诗为拟古之作,以女子口吻,写其送别之际,嘱托男子功成名就后及时归来,莫要如离弦之箭一去不返,使自己独守空闺,坐愁红颜老。红纱绢洗得次数太多,难免褪色;红颜相思太久,自然憔悴。刘衍、吴企明等均以为诗是长吉告别妻子时所作,或作于元和四年(809)九月。

【注释】

①休洗红:乐府古辞有《休洗红》两首:"休洗红,洗多红色淡。不惜故缝衣,记得初按茜。人寿百年能几何?后来新妇今为婆。""休洗红,洗多红在水。新红裁作衣,旧红翻作里。回黄转绿无定期,世事反复君所知。"

②浅:姚佺本作"淡"。

③骋:王琦以为是"趁",即正当及时;叶葱奇以为是"逞",即矜夸。

【汇评】

曾益注《昌谷集》卷四:"言红莫洗,洗多则色浅,以比人莫骋,骋则易老。昨日见,见其骋少年,故嘱之曰:'封侯拟早归来,莫作弦上箭,一去而不返。'盖以其骋,故恐其不返。"

姚文燮《昌谷集注》卷四:"征夫远别,闺中嘱其早归。言颜色易衰,青春易迈,莫如弦箸之一去不归,致久负芳容也。"

房中思

新桂如蛾眉，秋风吹小绿。
行轮出门去，玉鸾声断续①。
月轩下风露，晓庭目幽涩②。
谁能事贞素，卧听莎鸡泣。

【题解】

诗写闺情。秋风吹拂，新生的桂叶泛起阵阵嫩绿。其纤细的模样，让人想到了少妇颦蹙的蛾眉。秋意渐浓的日子，少妇的情思也日渐深重了。丈夫出门远去，车鸾之声早已消失在耳畔，而思念之情随之潜滋暗长。月光笼罩的庭院，在凄风寒露之中，显得如此冷清。卧躺在床上的思妇，听着纺织娘幽咽的鸣声，心神烦乱。这种孤单寂寞的日子，谁能够持久呢？刘衍以为诗作于元和五年，时长吉婚后至洛阳秋试，独居仁和里而有此作，或是一说（《李贺诗校证异》，第175页）。

【注释】

①行轮：行进的车轮。《文选·张协〈杂诗〉之十》："里无曲突烟，路无行轮声。"李周翰注："水深涂泥，车轮之行，故无声也。"玉銮，车铃。《楚辞·离骚》："扬云霓之晻蔼兮，鸣玉鸾之啾啾。"朱熹集注："鸾，铃之著于衡者。"

②幽涩：幽冷酸涩。鲍照《学刘公干体》诗之二："赖树能自贞，不计迹幽涩。"

③贞素：幽静寂寞。莎鸡，虫名，又称纺织娘。谢惠连《捣衣》诗："肃肃莎鸡羽，烈烈寒螀啼。"

【汇评】

刘辰翁《笺注评点李长吉歌诗》卷三："古。情事不畜。"

曾益注《昌谷集》卷三："初月，故云新；吹小绿，风叶落。行轮，征车出门，故声断续，盖心在良人耳，注之而未绝。月轩，侵晓时月未离轩；风露凄，满庭幽涩也。'谁能'二句，言谁能以贞素为事，卧听莎鸡之泣，而不以动怀。"

陈本礼《协律钩玄》卷三："此秋闺怨也。"

姚文燮《昌谷集注》卷三："新月如眉，凉飘堕叶。征夫远别，鸾声依依。暮云层静，不尽凄清。寂守空闺，幽怀独抱，贞素固难及哉。若当时朝士竞趋权贵，谬附羽仪，至于一朝罢斥，又逐逐他属，贞索难全。贺盖托此以致诮矣。"

自昌谷到洛后门①

九月大野白，苍岑竦秋门。
寒凉十月末，雪霰蒙晓昏②。
澹色结昼天，心事填空云。
道上千里风，野竹蛇涎痕。
石涧冻波声，鸡叫清寒晨。
强行到东舍，解马投旧邻③。
东家名廖者，乡曲传姓辛④。
杖头非饮酒，吾请造其人⑤。
始欲南去楚，又将西适秦。
襄王与武帝，各自留青春⑥。
闻道兰台上，宋玉无归魂⑦。
缃缥两行字，蠹虫蠹秋芸⑧。
为探秦台意，岂命余负薪⑨。

【题解】

诗分为两部分。前一部分,写诗人在寒凉的十月末,冒着细雪,历经艰辛,终于又回到了他在洛阳的寓所。九月的昌谷,秋意甚浓。诗人踏上旅程的十月,却已是乌云惨淡,寒气逼人了。山间的溪水已经冰冻,路旁的野竹挂满冰霜,他的心情也如冬日的乌云一样。后一部分写长吉的问卜。他寓所的东边,住着一位颇有名气的占卜者。于是诗人前去拜访,询问他自己究竟该南下还是西去? 自己的前程如何,是不是命中注定要长受贫困? 从诗人的语气中可以看出,他对自己的仕途非常关注,虽遭受了一些打击,却还远没有绝望,自然非辞官之后所作,当是落第归乡后,于元和四年(809)秋重回洛阳时所作。

【注释】

①洛后门:宋蜀本、蒙古本作"洛后问"。问,问卜。

②十月:宣城本、蒙古本作"交月"。雪霰,宋蜀本作"雾霰",宣城本、蒙古本等作"露霰"。

③东舍:指长吉在洛阳仁和里之旧寓。宣城本作"都舍"。

④名廖:借指占卜者。《左传·闵公元年》:"初,毕万筮仕于晋,遇屯之比,名廖占之曰'吉'。"杜预注:"名廖,晋大夫。"

⑤"杖头句":语出《世说新语·任诞》:"阮宣子(阮修)常步行,以百钱挂杖头,至酒店,便独酣畅。虽当世贵盛,不肯诣也。"

⑥襄王:楚顷襄王。武帝,汉武帝。留青春,留下美名。他们均是好文之主。

⑦兰台:故址在今湖北钟祥。宋玉《风赋》:"楚襄王游于兰台之宫,宋玉、景差侍。"

⑧缃缥:缃帙与缥囊。缃帙,书皮。缥囊,书囊。秋芸,香草,用以驱避蠹虫。王琦注:"芸本辟蠹,今秋芸亦为所蠹蚀,则书卷之不堪可知矣。"

⑨负薪:《史记·滑稽列传》:"优孟者,楚之乐人也……楚相孙叔敖知其贤也,善待之,病且死,属其子曰:'我死,汝必贫困。若往见优孟,言我孙叔敖之子也。'居数年,其子穷困负薪。"

【汇评】

曾益注《昌谷集》卷四："九月木落，故野白而山出；十月寒至，故雪霰不解。澹色即雪霰，雪霰昼结，故心事填空。道上千里，自昌谷到洛。蛇涎痕，竹冻也。竹冻、泉咽、鸡鸣，述道上景。强行、解马、造其人，述道上事。去楚适秦，明己意。青青自留，禄不与共，故言欲去楚。兰台寂寞，宋玉之魂靡依，即有遗简，已为蠹虫所食，此所以始欲去而去。将适秦而探秦台之意，岂命余长贫而负薪者，此所以到洛将适秦。"

姚文燮《昌谷集注》卷三："此贺深秋赴秦作也。贺时入洛，故云投旧邻。辛寥当善卜筮，非为饮酒而解杖头以造之，是以西南之游劳占决也。楚襄之于宋玉，兰台竟无归魂；汉武之于相如，《封禅》仅留遗简。才人不偶，古今同叹。今将入秦，诚恐命同叔敖之负薪，以故解杖头买卜，求示其荣枯为行止也。"

《昌谷集句解定本》卷三孙枝蔚评："其源出于《卜居》，而跌宕平夷，大有陶家风味。"

王琦《李长吉歌诗汇解》卷三："诗意谓兰台之上，已无宋玉之流；所存书册，大抵半坏蠹鱼，其地并无好文之显者。楚地之行，可以绝想。今将西适秦地，必将有所遇合，岂令余穷困无聊，而至于负薪自给乎？"

明于嘉刻本《李长吉诗集》批语："一起四句极尽题，眼下便放手做将出来。看'九月'二句，是'自'字，'十月'二句是'到'字，不是泛写时序。读书先要记定题字，觑出题神，方是作家。"

官不来题皇甫湜先辈厅①

官不来，官庭秋，
老桐错干青龙愁②。
书司曹佐走如牛，
叠声问佐官来否③。
官不来，门幽幽。

皇甫湜曾为陆浑(今河南嵩县东北)县尉,长吉前去拜访,不得相见,题诗于衙中厅壁,似有为皇甫湜才高位卑鸣不平之意。长官不在衙中,庭园分外安静,盘根错节的老桐树幽幽矗立在庭中,还有来回奔走、默默无言的衙役佐吏。

【注释】

①诗题,叶葱奇以为当是"官不来","题皇甫湜先辈厅"为题下注(《李贺诗集》第289页)。皇甫湜,字持正,睦州新安(今浙江淳安)人,元和元年(806)进士及第,曾任陆浑(今河南嵩县东北)尉,官至工部郎中,有《皇甫持正集》。

②青龙:指青桐树枝干交错如盘龙。

③书司曹佐:指县里的小官吏。据《唐书·百官志》,各县有司功、司仓、司户、司兵司法、司士等小吏。

【汇评】

曾益注《昌谷集》卷四:"言官不至,则庭树冷落,即从事者纷纷伺之而不至,门终幽。牛,言服役其事,如牛之服轭然。"

姚文燮《昌谷集注》卷四:"官庭即陆浑尉厅也。贺诣湜,值尚未至,因写庭树之冷落,吏胥之杂沓,而即事以嘲之也。"

方扶南《李长吉诗集批注》卷四:"感皇甫官冷也。"

高轩过①

韩员外愈、皇甫侍御湜见过,因而命作②。

华裾织翠青如葱,金环压辔摇玲珑③。
马蹄隐耳声隆隆,入门下马气如虹④。
云是东京才子,文章巨公⑤。
二十八宿罗心胸,元精耿耿贯当中⑥。

殿前作赋声摩空，笔补造化天无功。

庞眉书客感秋蓬，谁知死草生华风。

我今垂翅附冥鸿，他日不羞蛇作龙⑦。

【题解】

诗写韩愈与皇甫湜两人前来拜访的感受。长吉说，两位大人身着华美的官服，坐着高大的马车，联袂前来，使他非常感动。这两位大人，一位是名震洛阳的大才子，一位是四海景仰的大文豪，他俩秉承天地之元气，心胸宽广得能陈列二十八星宿，文笔好得连老天爷都相形见绌。两人对自己的器重，好比是秋天的枯草遭逢到春天的和风，又如垂翅之鸟攀附上高飞的鸿雁。有朝一日，他终会如小蛇化成巨龙。《唐摭言》卷十与《新唐书》李贺本传，都以为此诗乃李贺七岁时所作。这一说法遭到众多学者的质疑，因为韩愈任都官员外郎在元和四年(809)六月，且诗中自言"垂翅"，当是长吉刚刚遭受了重大挫折，故钱仲联以为"此诗作于应举不第后重至洛阳与二人相见时无疑也"。

【注释】

①高轩：华贵的车子。

②副题蒙古本无"员外"、"侍御"四字。韩员外愈，韩愈。皇甫侍御湜，皇甫湜。

③"华裾"一句：唐时官服七品为绿，九品为青。玲珑，蒙古本作"冬珑"。

④隐耳：振耳。《文选·潘岳〈闲居赋〉》："煌煌乎，隐隐乎，兹礼容之壮观，而王制之巨丽也。"李善注："隐隐，盛也，一作殷殷。"蒙古本作"殷耳"。

⑤"云是东京才子"两句：宋蜀本、蒙古本等作"东京才子文章公"。

⑥二十八宿：旧时把周天黄道(太阳和月亮所经天区)的恒星分成二十八个星座。《淮南子·天文训》："五星、八风、二十八宿。"高诱注："二十八宿，东方：角、亢、氐、房、心、尾、箕；北方：斗、牛、女、虚、危、室、壁；西方：奎、娄、胃、昴、毕、觜、参；南方：井、鬼、柳、星、张、翼、轸也。"元精，天地精

气。蒙古本、吴本等作"九精"。耿耿，吴本作"照耀"。

⑦垂翅：垂翼，比喻处境不利。《东观汉记·冯异传》："垂翅回溪，奋翼渑池，失之东隅，收之桑榆。"冥鸿，高飞者。扬雄《法言·问明》："鸿飞冥冥，弋人何篡焉。"李轨注："君子潜神重玄之域，世网不能制御之。"

【汇评】

王定保《唐摭言》卷十："李贺字长吉，唐诸王孙也。父晋肃，边上从事。贺七岁，以长短之制，名动京华。时韩文公与皇甫湜览贺所业，奇之，而未知其人。因相谓曰：'若是古人，吾曹不知者；若是今人，岂有不知之理。'会有以晋肃行止言者，二公因连骑造门，请见其子。既而总角荷衣而出。二公不之信，贺就试一篇，承命欣然，操觚染翰，旁若无人，仍目曰《高轩过》，曰……二公大惊，以所乘马命连镳而还所居，亲为束发。年未弱冠，丁内艰。他日举进士，或谤贺不避家讳，文公特著《讳辨》一篇，不幸未登。壮室而终。"

周容《春酒堂诗话》："《高轩过》注云：'贺七岁能词章，韩愈、皇甫湜未信，过其家，使赋诗，援笔辄就，目曰《高轩过》'。然诗云：'蓬眉书客感秋蓬，谁知死草生华风。'岂七岁儿语耶？意者二公闻其七岁时已能词章，是追言之，非赋高轩时也。"

黄之隽《痦堂集》卷五："旧传长吉七岁赋《高轩过》，序言：'韩员外愈、皇甫侍御湜见过，因而命作。'按长吉七岁时，愈年三十，在汴州依董晋为推官，未为员外也。四十二岁改都官员外郎，拜河南令，四十四迁职方员外郎，计长吉在十九、二十一之间。湜于元和元年登进士第，为陆浑尉，计长吉时年十六，则七岁时湜未为侍御也。"

姚文燮《昌谷集注》卷四："按贺父晋肃，亦有才华，未能登显籍。贺七岁，时晋肃尚在，韩愈、皇甫湜见过，此时当自酬酢。庞眉死草，贺谓其父已衰暮零落，一旦得华风嘘拂，荣宠倍常。而我自今日敛其羽毛，附二公于青云之上，他时变化飞腾，自不敢负二公之盼睐也。"

仁和里杂叙皇甫湜①

大人乞马癯乃寒，宗人贷宅荒厥垣②。

横庭鼠径空土涩,出篱大枣垂珠残③。
安定美人截黄绶,脱落缨裾暝朝酒④。
还家白笔未上头,使我清声落人后⑤。
枉辱称知犯君眼,排引才升强絙断⑥。
洛风送马入长关,阖扇未开逢猰犬⑦。
那知坚都相草草,客枕幽单看春老⑧。
归来骨薄面无膏,疫气冲头鬓茎少⑨。
欲雕小说干天官,宗孙不调为谁怜⑩。
明朝下元复西道,崆峒叙别长如天⑪。

【题解】

皇甫湜对长吉青眼相加,曾明确支持诗人应进士第,但长吉终因"犯讳"而落第。元和四年(809)十月,长吉为谋前程而再至长安,路过洛阳时,与皇甫湜相聚,临别写下此诗。诗人反复倾诉了自己眼下的困窘与失意后的狼狈,表达了对选拔人才者的不满,并为知己的远去而黯然神伤。诗人首先极力描摹他当前的窘迫状况:马儿瘦瘠,令人目不忍睹,还是从长辈那儿乞讨来的;宅院荒芜,鼠径纵横,满目萧索,还是从族人那里借贷而来的。这种狼狈的境遇,都是场屋失意的结果。接下来诗人说他曾对皇甫湜寄予厚望,以为凭藉他的提携会有所作为,但皇甫湜自己也不能一骋怀抱,只能沉湎于美酒以消磨志气,这不免使长吉大失所望,好比牵引的粗绳突然断裂。诗人最后感叹,当年有皇甫湜的荐引,尚且不得遇合,铩羽而归,狼狈不堪。如今再上长安,又有谁来怜惜呢? 此地一别,重逢也不知在何日。

【注释】

①仁和里:大唐洛阳城内街坊名,又名仁和坊。《河南志》引韦述《两京记》:"此坊北侧数坊,去朝市远,居止稀少,唯园林滋茂耳。"陈本礼《协律钩玄》于"杂叙"后增"送别"二字。蒙古本于题下加注"湜新尉陆浑",朱自清

疑此五字是后人所加。

②大人：长辈。乞，给予。《晋书·谢安传》谓甥羊昙曰："以墅乞汝。"癯乃寒，姚文燮本作"癯且寒"。

③垂珠：吴本作"垂朱"，一作"垂红"。

④安定：郡名，治所在今宁夏固原，为皇甫氏之郡望。美人，君子。《诗经·邶风·简兮》："云谁之思，西方美人。"黄绶，黄色丝带，汉时县尉所佩。缨裾，衣冠，指官服。

⑤白笔：古代官员在朝廷上所用记事之笔。《魏略》："帝尝大会殿中，御史簪白笔侧阶而坐。上问左右：'此为何官何主?'左右不对。辛毗曰：'此谓御史。'旧时簪笔以奏不法，今者直备官但眊笔耳。"《唐书·车服志》："七品以上以白笔代簪，八品、九品去白笔。"

⑥排引：推荐。强絚，即强緪，粗大的长绳。

⑦猰犬：瘦犬，疯狗。宋玉《九辨》："猛犬狺狺而迎吠兮，关梁闭而不通。"

⑧坚都：吴本注一作"竖都"，方扶南以为当作"贤相"，陈本礼《协律钩玄》引董伯英曰："刀坚、丁君都，古善相马者。"此或借指礼部官。

⑨疫气：蒙古本作"疫疠"。

⑩雕：刻画，引申为撰写。天官，吏部长官。《庄子·外物》："饰小说以干县令，其于大达亦远矣。"不调，不为选中。

⑪下元：十月十五日。崆峒，在今河南临汝。一说指洛阳。钱仲联认为"历来称洛阳居天地之中，故贺诗以居天中斗极下之崆峒为洛阳代称"（《读昌谷诗札记》，《中华文史论丛》1979年第3辑）。

【汇评】

姚文燮《昌谷集注》卷二："《唐百官志》：'驾部给马，七品以下二匹'。大人，长者之称，指湜也。尉职卑微，故所乞之马自瘠。宗人，贺自称也。王孙穷困，竟无庐舍。僦居废室，多穴鼹鼯，果树寂寥，荒凉篱落。安定美人，指韩愈也。愈初祖茂，有功于魏，封安定王。贺与湜、愈俱交厚。时愈亦贬阳山令。昔陈子昂《送齐少府赋》云：'黄绶位轻而青云望重。'以是脱落纵饮，及至还家，而当日所簪御史之白笔未得上头。我方望君辈推毂，顷

61

虽以新声见长，亦不得彰誉人前。辱两君垂顾，正将引汲，而一贬一去，如缏之断绝，令我自洛入关，未觌阘阘，即遇谗噬。本拟效孟坚作《两都》之赋，那知草草不能如愿。客枕幽单，徒看好景之逝。归来颜色枯槁，毛发凋谢。虽欲镂文饰词，冀邀铨衡，谁为哀王孙而手援者，又当来晨远别，分袂于崆峒之阳，殊杳不可追已。"

陈本礼《协律钩玄》卷二引董伯音："刀坚、丁君都，古善相马者，今弃良马不御，则相法草草，跟上'送马'来。"

洛阳城外别皇甫湜

洛阳吹别风，龙门起断烟[①]。
冬树束生涩，晚紫凝华天。
单身野霜上，疲马飞蓬间。
凭轩一双泪，奉堕绿衣前[②]。

【题解】

诗写话别情形。洛阳城外，寒风肆虐，干涩的树木瑟瑟发抖。远山静穆，雾霭沉沉，深紫的晚霞显得凄惨而沉重。想到我此去将乘坐疲惫的老马，顶着凛冽的寒霜，只身行进在飞蓬旋转的旷野间，友人也当会禁不住凭轩泪落。诗作于元和四年（809）。诗中之绿衣，颇令人费解，如王琦所言："皇甫湜于时为陆浑尉，乃畿县尉官，只九品，理应不服绿。岂其时已受辟藩府，而借用幕职之服，抑其为侍御之时欤？"（《李长吉歌诗汇解》，上海人民出版社1977年版，第197页）

【注释】

①龙门：山名，在今河南洛阳南。《一统志》："龙门在河南府城南二十五里，两山对峙，东曰香山，西曰龙门，石壁峭立，伊水中出，又名伊阙。"
②绿衣：唐制，六、七品官服绿。奉堕，宋蜀本作"奉坠"。

【汇评】

曾益注《昌谷集》卷四:"吹别风,临风别。起断烟,断复起,烟之起断,由薪束生。涩,湿。薪烟起晚矣,故天紫而凝。华,鲜华。野霜上,露宿;飞蓬间,草行。末缘上言,当此冬晚而身单马疲,经跋涉之苦,故临别凭轩而双泪交堕于知己之前。"

姚文燮《昌谷集注》卷四:"湜时为陆浑尉,贺访之,当此别去。陆浑属洛阳,即今嵩县。有龙门山,东抵天津。贺本传云:'贺常以独骑往来京洛间。'观冬树暮霞,单身疲马,良信然也。"

王濬墓下作①

人间无阿童,犹唱水中龙②。
白草侵烟死,秋藜绕地红③。
古书平黑石,神剑断青铜④。
耕势鱼鳞起,坟科马鬣封⑤。
菊花垂湿露,棘径卧干蓬。
松柏愁香涩,南原几夜风。

【题解】

诗为怀古之作。率领水军平定东吴的王濬,虽然逝去多年,但他的功业至今还为人们传颂。诗人来到他的墓地,所见一片荒凉。寒烟之中,衰草发白枯死。荆棘丛生,藜草红得凄惨。墓碑上的字迹,随着岁月的侵蚀,早已模糊不清。想必当日殉葬的青铜宝剑,恐怕都已经断裂。农民开垦的耕地,一天天逼近坟地。这马鬣形的土封,在荒野中显得那样突兀。周遭枯萎的菊花,丛生的荆棘,更增添了几分悲凉。在松柏的芳香中,它经历了多少风风雨雨?钱仲联以为,诗作于元和四年(809)十月长吉赴长安途中(《李贺年谱会笺》)。

【注释】

①王濬(206—286),字士治,小字阿童,弘农(今河南灵宝西)人,西晋著名将领,曾率领水军大败东吴。《晋书·王濬传》:"濬卒,葬柏谷山大营茔域,葬垣周四十五里,面别开一门,松柏茂盛。"

②水中龙:指王濬。《晋书·羊祜传》:"初,(羊)祜以伐吴必借上流之势。又时有童谣曰:'阿童复阿童,衔刀浮渡江。不畏岸上虎,但畏水中龙。'祜闻之曰:'此必水军有功,但当思应其名者耳。'会益州刺史王濬征为大司农,祜知其可任,濬又小字阿童,因表留濬监益州诸军事,加龙骧将军,密令修舟楫,为顺流之计。"

③秋藜:吴本作"秋黎"。藜,一年生草本植物,嫩叶可食。

④古书:指碑刻上的文字。黑石,墓石。

⑤坟科:坟上的土块。一作"坟斜"。马鬣封,坟墓封土的一种形式。《礼记·檀弓》:"昔者夫子言之曰:'吾见封之若堂者,见若坊者矣,见若覆夏屋者矣,见若斧者矣。'从若斧者焉,马鬣封之谓也。"孔颖达疏:"马鬣之上,其肉薄,封形似之。"

【汇评】

姚文燮《昌谷集注》卷三:"晋太康元年,浚受孙皓降,与王浑争干吴功。每进见,即陈攻伐之劳与见枉之状。益州护军范通谓其居美者未善也。元和,杜黄裳平蜀,颇自矜伐,当时讥之。史引浚以为比拟。贺此诗亦不无此意。至写墓前景况,荒丘残垅,倍尽凄凉。其亦贬杜之雄心,而进之以旷达耶?"

方扶南《李长吉诗集批注》卷三:"此必为唐之名将家世不振者发。义亦无奇,词总清越,歌之自足为佳。"

开愁歌花下作①

秋风吹地百草干,华容碧影生晚寒②。
我当二十不得意,一心愁谢如枯兰。

衣如飞鹑马如狗，临岐击剑生铜吼③。

旗亭下马解秋衣，请贳宜阳一壶酒④。

壶中唤天云不开，白昼万里闲凄迷⑤。

主人劝我养心骨，莫受俗物相填豗⑥。

【题解】

诗题中的"花下作"，钱仲联以为当作"华下作"，即诗人经过华山之下而作，今人多持此说。长吉多次经过华山脚下，此诗极写他郁闷之心情，友人安慰他不要受世俗眼光所影响，则或是长安应举遭毁后作。萧瑟的秋日，白草都枯萎凋零了。刚刚二十出头的诗人，满面灰尘，身穿破败的衣衫，骑着瘦弱的小马，像霜打后的秋兰一样，有气无力地从雄伟的华山下走过。但他的心中燃烧着怒火，他始终不愿意接受这样的现实，不时地挥舞着宝剑，发出不平的怒吼。来到酒楼，解下衣衫，换来家乡的美酒，他希冀一醉方休以逃避难堪的现实。但醉后情绪更为激烈，呼天抢地，亦无以排遣心中的苦闷。酒楼的主人深表同情，好心前来安慰长吉，劝解他不必被世俗之论所击倒。

【注释】

①花下作：宋蜀本作"笔下作"，蒙古本、宣城本、明凌濛初刻刘辰翁本等作"华下作"。

②华容：华山的容貌。林同济《李贺诗歌集需要校勘》(《光明日报》1978年12月12日)以为当作"华岩"。《水经注·河水》引《国语》："华岳本一山当河，河水过而曲行。河神巨灵，手荡脚踏，开而为两，今掌足之迹，仍存华岩。"

③飞鹑：衣服褴褛。鹑尾秃，故称。《荀子·大略》："子夏贫，衣如悬鹑。"鹑，鹌鹑。马如狗，形容马之瘦小。《后汉书·陈蕃传》："车如鸡栖马如狗，疾恶如风朱伯厚(朱震)。"临岐，本为面临歧路，后指面临分别。杜甫《送李校书》诗："临岐意颇切，对酒不能喫。"铜吼，青铜宝剑铿锵之声。

④旗亭：酒楼。刘禹锡《武陵观火》诗："花县与琴焦，旗亭无酒濡。"

贳，赊。宜阳，今河南宜阳，为李贺故乡。

⑤壶中唤天云不开：曾本、姚文燮本作"酒中唤云天不开"。《云笈七籤》卷二八引《云台治中录》："施存，鲁人。夫子弟子，学大丹之道……常悬一壶如五升器大，变化为天地，中有日月，如世间，夜宿其内，自号'壶天'，人谓曰'壶公'。"

⑥心骨：心神。填豗，填塞心胸，即纷扰之意。曾本、姚文燮本作"嗔欺"，王琦以为当作"嗔诙"，林同济疑作"掀豗"或"喧豗"。

【汇评】

曾益注《昌谷集》卷四："'秋风'以下，言秋至物衰，容华易老；'我当'以下，言当年少穷愁，而剑为之不平。'旗亭'以下，言解衣贳酒，而天日为之溟漠。'主人'以下，主唯藉酒开愁以养我心骨，毋令俗物相凌。"

姚文燮《昌谷集注》卷三："当秋凋折，芳色易摧。年少羁迟，不禁慷慨悲壮。究竟天高难问，唯逆旅主人来相慰勉耳。宜阳属古弦农郡，今河南府宜阳县。是贺陇西至洛也。"

致酒行①

零落栖迟一杯酒，主人奉觞客长寿②。
主父西游困不归，家人折断门前柳③。
吾闻马周昔作新丰客，天荒地老无人识④。
空将笺上两行书，直犯龙颜请恩泽⑤。
我有迷魂招不得，雄鸡一声天下白。
少年心事当拿云，谁念幽寒坐呜呃⑥。

【题解】

诗抒写长吉衷曲，表达其虽备受挫折但凌云之志不改，当作于元和四年(809)冬至日。其时李贺西入长安而干禄不得，友人置酒款待，以主父偃与马周为例加以宽慰,劝解其不要因小小挫折而垂头丧气。诗人亦慷慨作答,表明自己不会顾影自怜,坐叹悲鸣,而会矢志不渝,坚持到梦想实现之日。

【注释】

①致酒:劝酒。《文苑英华》此诗题下有"至日长安里中作"七字。

②栖迟:徘徊失意,宋蜀本作"栖惶"。奉觞,举杯敬酒。

③主父:主父偃,西汉临淄人,曾游齐诸生间,备受排摈。北游燕、赵、中山,亦不遇。"乃西入关见卫将军。卫将军数言上,上不召。资用乏,留久,诸公宾客多厌之,乃上书阙下。朝奏,暮召入见",一年四迁,极受汉武帝信用。事见《汉书·主父偃传》。折柳句,王琦注云:"攀树而望行人之归,至于折断而犹未得归,以见迟久之意。"钱钟书《谈艺录》(中华书局1984年9月第380页):"古有折柳送行之俗,……长吉诗正言折荣远遗,非言'攀树远望'。'主父不归','家人'折柳频寄,浸致枝髡树秃。"

④吾闻:《文苑英华》作"我闻"。马周,字宾王,唐初博州茌平人,少孤贫。《新唐书·马周传》:"留客汴,为浚仪令崔贤所辱,遂感激而西,舍新丰,逆旅主人不之顾,周命酒一斗八升,悠然独酌,众异之。至长安,舍中郎将常何家。贞观五年,诏百官言得失。何武人,不涉学,周为条二十余事,皆当世所切。……帝即召之,间未至,遣使者四辈敦趣。及谒见,与语,帝大悦,诏直门下省。明年,拜监察御史。"

⑤龙颜:曾本、姚文燮本作"龙鳞",《文苑英华》作"龙髯"。

⑥拿云:拂云,诸本作"拏云"。拏,同"拿"。

【汇评】

刘辰翁《笺注评点李长吉歌诗》卷二:"起得浩荡感激,言外不可知,真不得不迁之酒者。末转慷慨,令人起舞。"

徐渭《唐李长吉诗集》卷二:"干禄不得之作。绝无雕刻,真率之至者也。贺之不可及,乃在此等。"

姚文燮《昌谷集注》卷二:"被放慷慨,对酒浩歌,自谓坎坷正似偃之久困关西、周之受辱浚仪。然皆以书奏时事,逆龙鳞以邀知遇。乃我则羁魂迷漫,中夜闻鸡,不寐达旦。虽少年有凌云之志,而岑寂沉滞,谁为悯恻耶？"

黄周星《唐诗快》卷七："唯其天荒地老，所以有招不得之迷魂也。似此零落幽寒，则雄鸡可以无声，天下可以不白。"

《昌谷集句解定本》卷二引谢起秀："乐府置酒，虽言欢宴之作，然风云更代，序及盛时不再得，亦有贵得意之志矣。贺宗孔欣、江总，大发之也。"

毛先舒《诗辩坻》卷三："主父、宾王作两层叙，本俱引证，更作宾主详略，谁谓长吉不深于长篇之法耶？"

黎简《黎二樵批点黄陶庵评本李长吉集》卷二："长吉少有此沉顿之作。"

野　歌

鸦翎羽箭山桑弓，仰天射落衔芦鸿①。
麻衣黑肥冲北风，带酒日晚歌田中②。
男儿屈穷心不穷，枯荣不等嗔天公。
寒风又变为春柳，条条看即烟濛濛③。

【题解】

诗为自励之作，表白他虽身处困厄，但不坠青云之志，对前途仍充满信心。诗人乘着酒兴，日落时分，迎着凛冽的北方，高歌于旷野。他拿出山桑制成的弓箭，搭上羽翎箭，仰天而射，射落高飞而过的鸿雁。诗人顿时豪情万丈，大好男儿身穷而志不能穷，不要因为一时的蹇涩而呼天抢地。只要挨过寒冬，枯柳就会变绿，在和煦的春风中自在地飞舞。诗或作于元和四年(809)冬。

【注释】

①鸦翎：乌鸦的羽毛。山桑，桑树的一种，可制作弓与车辕。衔芦鸿，口衔芦苇飞行的鸿雁。《淮南子·修务》："夫雁顺风以爱力气，衔芦而翔，

以备赠弋。"

②黑肥:王琦注:"垢腻状也。旧注以麻衣黑肥为雁翎黑白相杂之比,或以为指射雁人,皆误。"林同济《李贺诗歌集需要校勘》以为是"黑帊"之形讹(《光明日报》1978年12月12日)。黑帊,黑头巾。

③看即:转眼间。

【汇评】

萧涤《昌谷集句解定本》卷四:"其声秦,其人燕赵。"

姚文燮《昌谷集注》卷四:"男儿操强弓疾矢,能射雁饮羽,故雁南来正遇其醉歌田中。乃有此伎俩,宜其策名当世。然犹日暮尚困垅亩,能令其心皆穷耶? 枯荣不等,天公固可嘳矣。但律转阳回,春柳枝枝皆茂,亦何时之不能待耶?"

陈本礼《协律钩玄》卷四:"此咏不得意之武士也。鸦翎羽箭,何等轻矫;射落飞雁,何等矫捷。麻衣冲风,晚歌田中,何其困惫寥落也。末四句,即其所歌之诗,亦见其心胸豁达,非落落穷途中人也。"

王琦《李长吉歌诗汇解》卷四:"长吉自谓身虽屈抑穷困,心却不为穷所困。凡人之遭际,枯荣不等,常谓天意偏私,其实天意未常偏私,试看寒风时候,又变为春柳时候,枯者亦有荣时,不可信乎?"

吕将军歌

吕将军,骑赤兔①。
独携大胆出秦门,金粟堆边哭陵树②。
北方逆气污青天,剑龙夜叫将军闲③。
将军振袖拂剑锷,玉阙朱城有门阁④。
榍榍银龟摇白马,傅粉女郎火旗下⑤。
恒山铁骑请金枪,遥闻箙中花箭香⑥。
西郊寒蓬叶如刺,皇天新栽养神骥⑦。

厩中高桁排塞蹄,饱食青刍饮白水⑧。

圆苍低迷盖张地,九州人事皆如此。

赤山秀铤御时英,绿眼将军会天意⑨。

【题解】

元和四年(809),成德军节度使王士真死,其子王承宗自称节度使,据恒山郡叛乱。唐宪宗以宦官吐突承璀恒州北道招讨使,率军平乱,引起朝野普遍非议。诗中所谓"傅粉女郎",即指宦官。长吉通过描述吕将军的投闲置散,不得重用,表达了他对唐宪宗这一举措的不满。在北方叛逆气焰嚣张、不可一世的时候,在形势岌岌可危,正需要志士挺身而出的时刻,骁勇善战、威风凛凛的吕将军,身骑赤兔,怀抱利器,竟然被派去戍守先王陵墓,一身豪气无处发泄,只得望着陵墓失声痛哭。而统帅大军的,却是涂脂抹粉的宦官。骑着白马、腰挂银印的他,在红火的大旗下,瑟瑟发抖,如同女郎。凶猛的枭骑前来挑战,他望风而逃,留下一路的香气。世事就是如此荒谬,有才者总是得不到重用。骏马在萧瑟的西风中啃食着葵藜,劣马在马厩中饱食终日。赤堇山冶炼出的神兵利器,也难得一试,总是被闲挂在墙壁上,沾满灰尘。

【注释】

①"吕将军,骑赤兔":《艺文类聚·兽部上》:"《曹瞒传》曰:'吕布乘马名赤兔。'语曰:'人中有吕布,马中有赤兔。'"诗中所言吕将军,钱仲联以为借指吕元膺(《读昌谷诗札记》,《中华文史论丛》1979年第3期)。

②独携大胆:《三国志·蜀志·姜维传》裴松之注引《世说新语》:"姜维死时见剖,胆大如斗。"金粟堆,在今陕西蒲城东北,唐玄宗陵墓所在。《大唐新语·釐革》:"玄宗尝谒桥陵,至金粟山,睹岗峦有龙盘凤翔之势,谓左右曰:'吾千秋后,宜葬此地。'"

③剑龙夜叫:《太平御览》卷三四三引《世说》:"王子乔墓在京陵,战国时人有盗发之者,睹无所见,唯有一剑停在室中,欲进取之,剑作龙鸣虎吼,遂不敢近,俄而径飞上天。"余嘉锡《殷芸小说辑证》考其事出于《殷芸小说》

卷二。

④拂剑锷：宋蜀本、吴本作"挥剑锷"。剑锷，剑的锋刃。玉阙，宫殿。
朱城，皇城。

⑤榍榍：象声词。叶葱奇认为是方整的样子。银龟，龟纽银印。桓宽
《盐铁论·除狭》："垂青绳，擐银龟，擅杀生之柄，专万民之命。"火旗，红旗。
一作"大旗"。

⑥恒山：郡名，治所在今河北正定。箙，箭囊。

⑦新栽：宋蜀本、曾本、二姚本作"亲栽"。

⑧桁：系马的横木。排蹇蹄，吴本作"挑蹇蹄"。蹇蹄，跛足，指劣马。
青刍，青草。

⑨赤山，赤堇山，在今浙江绍兴，相传为欧冶子炼剑处。《越绝书·外
传记宝剑》："当造此剑之时，赤堇之山，破而出锡，若耶之溪，涸而出铜……
欧冶乃因天之精神，悉其伎巧，造为大刑三，小刑二：一曰湛卢，二曰纯钩，
三曰胜邪，四曰鱼肠，五曰巨阙。"铤，未经冶炼的铜铁坯。

【汇评】

姚文燮《昌谷集注》卷四："吴元济叛，据淮西，恒镇节度使王承宗、郓镇
节度使李师道皆与元济互相犄角。而魏博节度使田弘正独遣其子布将兵
助讨淮西，以功授御史。贺盖以布名与吕同，故借吕将军以咏之也。是时
布用兵次第，则先却承宗、师道而及元济。言将军将兵助讨，出秦门而哭陵
树，誓将仗剑扫北方之逆气，玉关朱城，门阁屹然。北方者，师道当大河北，
故云。布兵压承宗境，师道即畏其袭己，贴然而不敢动，故布犹是银龟白
马，俨然傅粉之女郎。及以劲旅请承宗战，而恒山铁骑金枪，莫不闻箭箙香
为之震慑。盖犄角之势去而元济成擒可待矣。所以淮西西郊之寒蓬，直皇
天亲栽以待将军之神骥，犹之我泉之谓耳。因念一时高牙大纛，不啻厩中
蹇蹄，唯知食葑饮水，天地之大，往往皆然。安得如赤山秀铤御时之英，默
会天意如将军者哉。是可美也。"

方扶南《李长吉诗集批注》卷四："此时人也，非咏吕布，不可以起句
误之。"

谣　俗

上林蝴蝶小，试伴汉家君①。
飞向南城去，误落石榴裙。
脉脉花满树，翾翾燕绕云②。
出门不识路，羞问陌头人。

【题解】

诗写宫女被放出宫后的茫然。长久生活在深宫中的她，乍然来到宫外独自生活，面临纷杂繁闹的社会，不知所措。元和四年，曾有蠲租税、出宫女之事，诗或作于此间。

【注释】

①上林：古宫苑名，故址在今西安市西及盩屋、户县。《三辅黄图·苑囿》："汉上林苑，即秦之旧苑也。《汉书》云：'武帝建元三年，开上林苑，东南至蓝田宜春、鼎湖、御宿、昆吾，旁南山而西，至长杨、五柞，北绕黄山，濒渭水而东，周袤三百里。'离宫七十所，皆容千乘万骑。"汉家君，一作"汉家春"。

②翾翾：飞动的样子。蔡邕《篆势》："若行若飞，岐岐翾翾。"

【汇评】

王琦《李长吉歌诗汇解》外集："此诗似为官人出嫁不得其配偶惜之而作者。"

姚文燮《昌谷集注》外集："唐制常选良家子求教坊习乐，时执事内庭。此盖咏初入教坊者也。试伴汉君，未工媚悦也。误落石榴，深自愧悔也。自入烟花，尚尔腼腆，故出门以问路为惭耳。"

方扶南《李长吉诗集批注》卷四："伪在人之所有。"

黎简《黎二樵批点黄陶庵评本李长吉集》外集："意甚隐，不知所讽何事,强解亦臆说。"

明于嘉刻本《李长吉诗集》批语:"时以宫妓为荣,落籍为耻,故甚俗可谣也。昌谷作此诮之,名曰谣俗。"

浩 歌①

南风吹山作平地,帝遣天吴移海水②。
王母桃花千遍红,彭祖巫咸几回死③。
青毛骢马参差钱,娇春杨柳含细烟④。
筝人劝我金屈卮,神血未凝身问谁⑤。
不须浪饮丁都护,世上英雄本无主⑥。
买丝绣作平原君,有酒唯浇赵州土⑦。
漏催水咽玉蟾蜍,卫娘发薄不胜梳⑧。
看见秋眉换新绿,二十男儿那刺促⑨。

【题解】

春日寻芳,郊外漫步,自是人生一大乐事。杨柳含烟,桃红似火,草长莺飞,风清云淡,目光所及无不散发出勃勃生机。就这样,诗人骑着青骢马,闯入花花草草的世界,信马由缰,沉醉在怡人胜景之中。眼花缭乱的景色,竟让人有些无所适从,那就让疲劳的眼球稍事休息吧。下马席地而坐,随行的歌女在欢快的乐曲声中亮出婉转的歌喉。如此良辰美景,自当开怀痛饮,于是接过纤纤素手奉上的美酒,一饮而尽。人生短促,精神与肉体不能长久相聚,那就当秉烛而游,及时行乐。沧海桑田,胜景不再。在漫长的历史长河中,人生仅仅是那一粒水珠。彭祖与巫咸,算得上是人间最长寿的人了,在王母眼中,他们的生死也只是一眨眼的工夫。王母所种的仙桃三千年一开花,三千年一结果实。花开花落之间,彭祖、巫咸已经不知死了多少次。彭祖、巫咸尚且不能久留人世,那我们这些寻常之辈的生命更如

73

白驹过隙。有限的韶光里,自当奋发努力,有所作为,不能浑浑噩噩,一事无成。世上英雄,本非前定。但知己难逢,伯乐难遇,即使满腹经纶,才华横溢,无人赏识,也只有沉沦乡野之间,与草木同腐。像平原君那样爱惜贤才的人,并不是随时可以遇见的,世道沦丧,又有多少英雄豪杰被弃掷埋没,荒废了一生。眼前的卫娘,黑发如云,年轻貌美,但随着岁月的流逝,很快也会逐渐衰老。大好男儿,怎能眼看韶华就这样悄无声息地流逝?

【注释】

①浩歌:放声高歌。屈原《九歌·少司命》:"望美人兮未来,临风怳兮浩歌。"

②天吴:水神。《山海经·海外东经》:"朝阳之谷,神曰天吴,是为水伯。"嵇康《琴赋》:"天吴踊跃于重渊,王乔披云而下坠。"

③王母桃花:旧题班固《汉武帝内传》:"(王)母曰:'此桃三千年一生实,中夏地薄,种之不生。'"彭祖,传说中的长寿者。《列仙传》:"彭祖者,殷大夫也,姓籛名铿,帝颛顼之孙陆终氏之中子,历夏至殷末,八百余岁。"巫咸,传说中的神巫。

④骢马:青白色相杂的马。鲍照《结客少年场行》:"骢马金络头,锦带佩吴钩。"《文苑英华》作"骏马"。参差钱,指骢马色有深浅,斑点驳杂。骄春,初春。细烟,《文苑英华》作"湘烟"。

⑤金屈卮:酒器。王琦注云:"据《东京梦华录》云:'御筵酒盏,皆屈卮如菜碗样而有把手。'此宋时之式。唐代式样,当亦如此。"凝,《文苑英华》作"宁";问,作"是"。

⑥浪饮:《文苑英华》作"乱舞"。丁都护,又作"丁督护"。《宋书·乐志一》:"《督护歌》者,彭城内史徐逵之为鲁轨所杀,宋高祖使府内直督护丁旿收殓殡埋之。逵之妻,高祖长女也,呼旿至合下,自问殡送之事。每问,辄叹息曰'丁督护',其声哀切。后人因其声,广其曲焉。"今存《丁督护歌》五首,题宋武帝作,李白有《丁都护歌》。

⑦平原君:战国时赵国贵族赵胜,以招贤纳士著称。

⑧漏:漏壶,古时计时器,上有铜龙吐水,下有蟾蜍接水入壶中,以验时刻。卫娘,卫子夫,传说其发甚美。《文选·西京赋》:"卫后兴于鬓发。"李

善注引《汉武故事》:"子夫得幸,头解,上见其美发,悦之。"发薄,《文苑英华》作"鬓薄"。

⑨看见:《文苑英华》作"羞见";新绿,作"深绿";二十,作"世上"。刺促,局促,不得伸展。《晋书·潘岳传》:"时尚书仆射山涛、领吏部王济、裴楷等并为帝所亲遇,岳内非之,乃题阁道为谣曰:'阁道东,有大牛。王济鞅,裴楷鞴,和峤刺促不得休。'"

【汇评】

刘辰翁《笺注评点李长吉歌诗》卷一:"从'南风'起一句,便不可及。'跌宕玩转',沉着起伏,真侠少年之度,忽顾美人,情景俱至,妙处不必可解。"

曾益注《昌谷集》卷一:"题云《浩歌》,故篇首为大言夸得意。然贺不遇,借以自解,而后转促矣。若曰世界本自坦夷,自有山海而险阻,因之吾令山平海移,则险阻者去,则坦夷自若矣。世人所难期者,寿也,吾见蟠桃开谢,彭、巫偕殂,则寿为无算而莫与齐矣。世人所难得者,遇与时也,吾且乘青毛之骢马,则娇春之良辰,美人弹筝于前而劝我以金屈之卮,是所聆者新声而所饮者美酒也。饮是酒,聆是声,睹是美人,好景、善骑、年寿、灵长而又值坦夷之世界,此时此际,乐不可言,即身血未凝乎。而吾试自问,不知此身之为谁也?夫世所称壮猛曰丁都护矣,以吾视之,亦何浪饮为哉?盖英雄本自无主,无论都护,即好客如平原君,固一世之雄也,而今安在耶?吾直买丝绣之而已。有酒饮之,不可得也,唯浇之坟土而已。故人当乐即乐,不可虚此光阴,不然蟾蜍滴漏,转眼其易竭也;卫娘华发,转眼其易衰也。末复自谓曰:'吾见尔眉方绿,未若卫娘之萧飒,年仅二十,其视彭咸为无涯,正宜及时行乐,又何局促踯躅而令自苦若是。'"

黎简《黎二樵批点黄陶庵评本李长吉集》卷一:"黄谓起二句沧桑之意,非也。意谓山水险阻,行路艰难,促人之寿,安得山水俱平,人皆长命,见千遍桃花开、几回彭祖死,于是长生安乐,得美遨游也?'不须浪饮'以下,乃转言人生未有不死,如平原之豪、卫娘之美皆不可留,况我身乎?结句自伤也。篇中奇奇怪怪,而大意只是三段。若从沧桑上说,未得作者之意。长吉沉顿之作,命之修短岂在长吉意中?卫娘,卫夫人也,如此称谓与以茂陵刘郎称汉武，皆昌谷自造语。昌谷最有此等字。"

黄周星《唐诗快》卷一："诗意只在'世上英雄'、'二十男儿'两句耳。前后无非沧桑隙驹之感，此之谓《浩歌》。"

姚文燮《昌谷集注》卷一："此伤年命不久待而身不遇也。山海变更，而彭、咸安在？宝马娇春，及时行乐，他生再来，不自知为谁矣。世上英雄，一盛一衰，真朝暮间事耳。丁都护勇何足恃？虽好士如平原，声名满世，至今只存抔土。时日迅速，卫娘发薄，谁复相怜？秋眉换绿，能得几回新耶？如何年已二十，犹刺促不休哉？在下者之妄求荣达，与在上者之妄求长生，均无用耳。"

方扶南《李长吉诗集评注》："此篇又与《天上谣》不同。彼谓人事无常，不如遗世求仙。此则言仙亦无存，又不如及时行乐。但得一人知己，死复何恨？时不可待，人不相逢，亦姑且自遣耳。"

陈本礼《协律钩玄》卷一引董伯音："诗须有感动关切处，否则亦不必作。长吉《浩歌》与《金铜仙人辞汉歌》，读之使人气腾血热，百端俱集，非止泛泛作悲世语。"

编年诗　长安三年

长歌续短歌①

长歌破衣襟，短歌断白发。
秦王不可见，且夕成内热②。
渴饮壶中酒，饥拔陇头粟。
凄凉四月阑，千里一时绿③。
夜峰何离离，明月落石底。
徘徊沿石寻，照出高峰外。
不得与之游，歌成鬓先改。

【题解】

衣襟破弊，白发脱落，落拓情怀空自许，唯有高歌苦吟。日企夜盼，终不得遭逢明君，置身通显，内心煎熬忧迫，日甚一日。壶中酒苦吟解渴，田头谷可以充饥，但心中的躁急无法平息。四月将尽，绿色覆盖大地，而心情依然凄凉。夜峰罗列，山峦起伏，明月高升，静静悬挂于空中，清光直透谷底。诗人徘徊山涧，来回寻觅，无路可去，仰天太息。诗中所言秦王，当指英武神明之唐太宗。诗人求仕长安，佗傺失意，故望明月而思有所为，不愿虚耗岁月。

【注释】

①长歌续短歌：古乐府有《长歌行》、《短歌行》，多写人生苦短，当戮力建功，无贻后时之叹。又傅玄《艳歌》"咄来长歌续短歌"，言歌有长短。

②内热：内心焦灼、躁急。《庄子·人间世》："今吾朝受命而夕饮冰，我其内热与！"

③凄凉：曾本、姚文燮本作"凄凄"。

【汇评】

吴正子《笺注评点李长吉歌诗》卷二："此篇大意，思得君行志。始以秦王不可见为恨,终托兴于明月,而亦不得游,忧何如哉。"

刘辰翁《笺注评点李长吉歌诗》卷二:"非世间人、世间语。起六句皆有古意,春去之感,岁月之悲,皆极言秦王不可见之恨。题曰《长歌续短歌》,复以歌意终之。"

徐渭《唐李长吉诗集》卷二:"亦干禄不得之作。"

姚文燮《昌谷集注》卷二:"紫绶未邀,玄丝将变。秦王指宪宗,言骋雄武,好神仙,大率相类也。觊光无从,忧心如沸,饥渴莫慰,荣茂惊心。仰看夜峰,明月自低渐高;遐迩照临,犹之明王当宁。乃遇合维艰,故不禁浩歌白首耳。"

陈本礼《协律钩玄》卷二引董伯音:"石底峰外,即以见不得与之游,与《蒹葭》溯回之诗正相似。上以求士,则为相须之殷;下以干进,则为相遇之难。每一念之,使人慨然。"

陈沆《诗比兴笺》卷四:"唐都长安本秦地,宪宗又雄武好仙,有秦皇之风,故长吉诗中多以'秦王'喻天子。此篇则君门久重,远于万里之思也。'明月'喻君,'落石底'谓其光明何尝不照临下土。然欲寻其光所由来而从之,则孤轮九霄,远出高峰之外矣,可望而不可即,何日得与之亲哉?孤远小臣望堂廉如天上也。《诗》云:'明明上天,照临下土。念彼共人,涕零如雨。'"

吴汝纶《李长吉诗评注》卷二:"奇愤幽思。"

明于嘉刻本《李长吉诗集》批语:"起二句掣清题旨,下文顺手也,故无一联纵出题外者。"

始为奉礼忆昌谷山居①

扫断马蹄痕,衔回自闭门。
长鑱江米熟,小树枣花春②。
向壁悬如意,当帘阅角巾③。
犬书曾去洛,鹤病悔游秦④。
土甆封茶叶,山杯锁竹根⑤。
不如船上月,谁棹满溪云⑥。

【题解】

元和五年(810)五月,李贺官奉礼郎未久,在长安接到昌谷家中来信,得知妻子卧病在床,心情郁郁,而官卑职冷,难以有所作为,令他更加失望,乡思日重,归心渐浓,写下此诗。前六句写自己在京中的寂寥之情、悲凉之意。冠盖满京华,诗人却异常寂寞,无人来往,从官署出来就闭门独处,伴随他的唯有庭院中那颗小小的枣树。枣花开了,春天到了,但这似乎都与他了无关涉,他觉得自己犹如墙壁上悬挂的铁如意,为人遗忘,被人闲置。坐在窗前,把玩着隐居者佩戴的方巾,禁不住牵动起几分归思。后六句写诗人对昌谷山居的牵挂与对亲友的怀念。家乡的茶叶与美酒本已让他惦念不已,而家中传来的消息更使他懊悔万分,他真希望驾一叶扁舟,摇荡在家乡那彩云倒映的溪流中。

【注释】

①奉礼:奉礼郎。《唐书·百官志》:"太常寺有奉礼郎二人,从九品上。"昌谷,在河南宜阳,为李贺故居所在。

②鎗:铛。江米,即今糯米。

③如意:形如今之手杖,用以防身或指挥。阅,或当为"脱"字。钱钟书《谈艺录》:"注家于'阅'字皆不解,或'脱'字之讹欤?'脱',古或作'说','说'通'悦','悦'音同'阅',书经三写,鱼鲁帝虎也。"(中华书局,1984年第379页)角巾,方巾,古代隐士冠饰。

④犬书:《晋书·陆机传》:"初机有骏犬,名曰黄耳,甚爱之。既而羁寓京师,久无家问,笑语犬曰:'我家绝无书信,汝能赍书驰取消息不?'犬摇尾作声。机乃为书以竹筒盛之而系其颈,犬寻路南走,遂至其家,得报还洛。其后因以为常。"鹤病,指妻子在家生病。《古诗》:"飞来双白鹤,乃从西北方。十十五五,罗列成行。妻卒被病,不能相随。"一说指如鹤垂翅,志屈难伸。郑启《严塘经乱书事》:"鲲为鱼队潜鳞困,鹤处鸡群病翅低。"

⑤土甀:瓦罐。柱根,这里指用竹根制作的酒器。庾信《奉赵王惠酒》:"野炉然树叶,山杯捧竹根。"

⑥如:宋蜀本、《全唐诗》作"知"。棹,一作"掉"。

曾益注《昌谷集》卷一："'扫断马蹄痕'，言谢客也；'衔回闭门'，忆故居也；唯忆故居，所以谢客。'米熟'、'枣春'，故园之景也，此其时矣，故忆。如意，执以指挥，而故悬之；角巾，隐服，而每阅之，有归隐之意。去洛，遗书问也；为忆故居，无心料理也。后言船上之月，我昔载之；溪上之云，我昔棹之；今既服官，谁复优游其间哉？犹言山阿寂寥，见相忆之甚。"

姚文燮《昌谷集注》卷一："太常散职，官居陆沉，门可罗雀，杳无车马，复少胥役，故云自闭门也。汉上呼米为'长腰鳙'，江米乃江南所贡玉粒。仅邀上方薄禄，以糊其口。衙舍荒芜，别无花卉，唯一枣树尚小，亦堪寓目。如意悬之于壁，无复佳绪指挥。当帘闲玩，每动羊祜角巾归里之思。曾作家书付黄耳，以病追悔此游之汗漫。土甄望家中封茶以寄，盖因病断酒，唯思茗碗，故云'山杯锁竹根'矣。湖光晚楫，其乐万倍。心焉溯之，奈何奈何！"

叶矫然《龙性堂诗话》续集："长吉眼空千古，不唾拾前人片字，独用子山'山杯捧竹根'全句，云'土甄封茶叶，山杯锁竹限'，又可知矣。"

黎简《黎二樵批点黄陶庵评本李长吉集》卷一："老成风度。贺五言长律，结局少此酣畅。"

明于嘉刻本《李长吉诗集》批语："悬如意而阅头巾，有归软之意。"

染丝上春机

玉罂泣水桐花井，蒨丝沉水如云影①。
美人懒态燕脂愁，春梭抛掷鸣高楼。
彩线结茸背复叠，白裌玉郎寄桃叶②。
为君挑鸾作腰绶，愿君处处宜春酒③。

【题解】

诗写闺思。女子手持玉瓶，从梧桐环绕的古井中汲水，倒入染缸中浸染丝线,再用五彩丝线织成繁复的同心结,在腰带上绣上鸾凤,用来作为情人间赠送的礼物。叶葱奇以为主人公为失时不遇的少女,在为他人作嫁衣裳;刘衍认为诗为李贺在长安官奉礼郎时怀念其妻之作。

【注释】

①玉罂:玉瓶。桐花,宋蜀本、蒙古本作"花桐"。蒨丝,青丝。蒨,草茂盛的样子。

②白裌:有白色圆领的外衣。王琦注:"裌有二音,亦有二义。作'夹'音读者为复衣……作'劫'音读者为曲领。《世说》:'支道林见王子猷兄弟,还曰见一群白颈鸦,但闻唤哑哑声。'王氏子弟多服白领故也。此用王家事,则音当从'劫',解当从曲领为是。"玉郎,少年郎。桃叶,王献之爱妾,王献之有诗:"桃叶复桃叶,渡江不用楫。但渡无所苦,我自迎接汝。"

③腰绶:腰带。春酒,曾本、二姚本作"春雪"。

【汇评】

姚文燮《昌谷集注》卷四:"二月桐华,井水清湛。丝沉水底,菁葱如云。时当早春,闺思正娇慵无赖,而复事组织于高楼之上。彩线纷披,原以织锦,故锦背之线茸重叠也。缘玉郎多情,远道尚解白裌以寄妾,我用是思以为报,因挑鸾作腰绶以答之,俾客中随处皆暖,毋以妾寒萦念也。"

王琦《李长吉歌诗汇解》卷四:"因玉郎有所寄,而思有以报之。故染丝上机,织成绶带,更挑缀鸾鸟于上,以答赠远人。愿君处处宜春酒者,更为祝颂之词,谓系此腰绶,当无处不宜也。"

追和柳恽①

汀洲白苹草,柳恽乘马归②。
江头楂树香,岸上蝴蝶飞③。
酒杯箬叶露,玉轸蜀桐虚④。
朱楼通水陌,沙暖一双鱼。

柳恽有《江南曲》:"汀洲采白蘋,日落江南春。洞庭有归客,潇湘逢故人。故人何不返,春华复应晚。不道新相知,只言行路远。"诗写其羁留他乡,久不得归,恐岁月将晚,韶华空度。李贺承接柳诗而来,发挥其意,追想柳恽归来之日与其妻团聚景况,写得风流温馨。江头山楂花开,岸上蝴蝶飞舞,春意荡漾之时,柳恽乘马归来。他坐在水边的高楼上,品着家乡的美酒,听着悦耳的音乐,与妻子一起观赏成双成对嬉戏的鱼儿,自是人间赏心乐事。叶葱奇认为这首诗写于长吉初作奉礼郎时,有自叹不如之意(《李贺诗集》,第 20 页),或是。

【注释】

①追和:后人和前人的诗。柳恽(465—517),南朝时河东解(今山西运城)人,历仕宋、齐梁,诗文并善。

②汀洲:水中小洲,此当指浙江吴兴之小洲。白居易《白蘋洲五亭记》:"湖州东南二百步,抵霅溪,溪连汀州。洲一名白蘋,梁吴兴太守柳恽于此赋诗云'汀州采白蘋',因以为名也。"

③槎树:山楂树,一作"栌树"。楂,同"楂"。

④箬:一种竹子,叶大而宽。一作"若"。另说"箬"指"箬溪",《太平寰宇记》云"箬溪在湖州长兴县南五十步",此处产美酒,名箬下酒。

【汇评】

刘辰翁《笺注评点李长吉歌诗》卷一:"甚不草草。就用柳恽句意,颇跌宕,景语亦近自然。"

曾益注《昌谷集》卷一:"'汀洲白蘋',柳恽语也,遂言柳恽乘马从汀洲采蘋而归,经过江岸,而槎香蝶飞。及其归也,饮酒弹琴于朱楼之下,与水陌相通,睹鱼潜其间,以自愉适,亦临水羡鱼意也。"

陈本礼《协律钩玄》卷一:"此从柳词'故人何不返,春华复应晚。不道新相知,只言行路远'四句意中补撰出来,故云和之也。末不责其不归,责其音问无通。其词婉而深矣。"

姚文燮《昌谷集注》卷一:"恽,南齐人,作《江南曲》有'汀洲采白蘋'句。

贺盖慕江南风景,而羡恽之抽簪早归,放怀自适,故追和之也。榍香粉蝶,美酒瑶琴,水阁临流,时通芳讯,以视今之红尘鹿鹿者何如耶?"

方扶南《李长吉会死机批注》:"此亦借以感归之寂寞,但不得追和柳恽者何意。"

黎简《黎二樵批点黄陶庵评本李长吉集》卷一:"起处兴会好,不减'亭皋木叶,陇首秋云'。愚意结句不是谢寄书,乃写归后夫妇之乐,看上文琴酒意可知。"

猛虎行①

长戈莫春,强弩莫抨②。
乳孙哺子,教得生狞。
举头为城,掉尾为旌。
东海黄公,愁见夜行③。
道逢驺虞,牛哀不平④。
何用尺刀,壁上雷鸣⑤。
泰山之下,妇人哭声⑥。
官家有程,吏不敢听。

【题解】

诗写藩镇之毒害,钱仲联以为刺成德军之叛乱,作于元和五年(810)。"贞元十七年,成德军节度使王武俊死,子士真继任,元和四年,士真死,子承宗继任,故诗云'乳孙哺子,教得生狞',喻藩镇权位世袭,代代作乱也。'官家有程,吏不敢听',谓宪宗命吐突承璀统兵讨伐,各道将校互相观望,无意立功。至五年七月,终于罢兵"(《李贺年谱会笺·元和五年》)。诗先言猛虎之肆虐,虽有强弓劲弩,也把它无可奈何。而猛虎就此种育子孙,代代为害,占地略城,不可一世。接着诗人表达了对捕虎人的失望。力能降虎的东海黄公,不复当年之勇。三尺宝剑,也只好闲挂在墙壁,空作雷鸣之声。泰山之下,妇人望穿双眼,官吏不得自作主张,有心无力。结句读者多以为抨击将校畏惧不行,但从尺刀雷鸣等句来看,当是描述猛士有收复之心,而官家无征讨之意。吏不敢或不忍听闻者,是妇人之呼天抢地之哭声。

【注释】

①猛虎行:乐府曲名。郭茂倩《乐府诗集·相和歌辞六》载有古辞:"饥不从猛虎食,暮不从野雀栖。野雀安无巢,游子为谁骄?"后大抵写路途艰险而功业难就。宋蜀本题下有"四言"两字。

②舂:冲。《史记·鲁周公世家》:"鲁败狄于咸,获长狄侨如,富父终甥,舂其喉以戈,杀之。"强弩,吴本作"长弩"。抨,弹。

③"东海黄公"两句:语出《西京杂记》卷三:"东海人黄公,能制蛟驭虎,佩赤金刀,以绛缯束发,坐成山河。及衰老,气力羸惫,饮酒过度,不能复行其术。秦末有白虎见于东海,黄公以赤刀往压之,术既不行,遂为虎所杀。"

④驺虞:兽名。《诗经·召南·驺虞》:"彼茁者葭,壹发五豝,于嗟乎驺虞。"毛传:"驺虞,义兽也。白虎,黑文,不食生物,有至信之德则应之。"

⑤尺刀:曾本、二姚本作"刀尺"。

⑥"泰山之下"两句:语出《礼记·檀弓》:"孔子过泰山侧,有妇人哭于墓者而哀。夫子式而听之,使子路问之曰:'子之哭也,壹似重有忧者。'而曰:'然。昔者吾舅死于虎,吾夫又死焉,今吾子又死焉。'夫子曰:'何不去也?'曰:'无苛政。'夫子曰:'小子识之,苛政猛于虎也。'"

【汇评】

刘辰翁《笺注评点李长吉歌诗》卷四:"甚疾吏之辞。言吏畏严刑,犯险穿虎而行。"

曾益注《昌谷集》卷四:"此盖目睹忤逆之人而作。"

姚文燮《昌谷集注》卷四:"于頔、李吉甫劝上峻刑。后頔留长安不得志,使子敏掠梁正言求出镇,不遂。敏诱其奴支解之。时又中使暴横,皆以锻炼为雄。此权德舆所以引秦政之惨刻为谏也。贺睹时事,故拟此以为讽耳。"

《昌谷集句解定本》卷四孙枝蔚评:"非熟古谣谚及《独漉》诸篇,不能声口肖似如此。"

陈本礼《协律钩玄》卷四："吏以严刑峻法,虐取民膏,以贿上官,上官为之考最,为之狗庇,遂居然以上官若城郭然,故虽有长戈,莫能撑之也。又以蠹胥悍役为之爪牙,为之罗织,于是此辈遂若官之旌旃然,故虽有强弩,莫能抨之也。此等穷奇,上不畏天谴,下不顾子孙,方且得意自恣,诩诩然自命能吏。呜呼,岂能吏也哉? 能虐民而已矣!"

陈沆《诗比兴笺》卷四:"此与《感讽》第一章同旨。'莫春'、'莫抨',言其猛不可犯也。'道逢驺虞'云云,言其残害善类,无复人性也。官家虽悬捕虎之令,而吏之畏虎,甚于畏法,孰敢听命乎?"

汉唐姬饮酒歌[①]

御服沾霜露,天衢长蓁棘[②]。
金隐秋尘姿,无人为带饰。
玉堂歌声寝,芳林烟树隔。
云阳台上歌,鬼哭复何益[③]。
仗剑明秋水,凶威屡胁逼[④]。
强枭噬母心,犇厉索人魄[⑤]。
相看两相泣,泪下如波激。
宁用清酒为,欲作黄泉客[⑥]。
不说玉山颓,且无饮中色[⑦]。
勉从天帝诉,天上寡沉厄。
无处张繐帷,如何望松柏[⑧]。
妾身昼团团,君魂夜寂寂。
蛾眉自觉长,颈粉谁怜白。
矜持昭阳意,不肯看南陌[⑨]。

87

【题解】

诗写东汉少帝刘辩与唐姬之事。诗中写道,少帝被董卓废立后,沦落草野,衣服上沾满露珠,像被秋天灰尘淹没的精金美玉,无人关注。乱兵纵掠,天街上长满荆棘,玉殿中的歌声早已无法听闻,苑囿的树木再也看不见了。与世诀别之际,悲啼又有什么意义呢?只能让手持利刃的李傕诸人更加凶残罢了。但此情此景,又如何不让人心如绞痛。两人即将阴阳两隔,生死永离,泪如波涛,哪里还有痛饮美酒的兴致。满腹悲愤,只有向天帝去申诉了。诗中最后以唐姬的口吻说道,您的陵墓我都不知道在哪里,君死后我如何张帷设灵呢?您的魂灵如此孤单,而活着的我也是寝食难安,惶惶不可终日。唯一可供报答的,只有庄重自持,誓不它适了。钱仲联认为,"此诗是借东汉少帝刘辩被董卓废立而死之事,映射永贞宫廷政变"(《李贺年谱会笺》,第 23 页)。如是,则诗成于长吉供职长安期间。

【注释】

①诗题,曾本、二姚本作"叹唐姬饮酒歌"。唐姬,颍川郡(治所在今河南禹县)人,东汉少帝(弘农王刘辩)之妃。《后汉书·皇后纪第十》:"明年(董卓废少帝为弘农王之第二年),山东义兵大起,讨董卓之乱。卓乃置弘农王于阁上,使郎中令李儒进鸩,曰:'服此药,可以辟恶。'王曰:'我无疾,是欲杀我耳!'不肯饮。强饮之,不得已,乃与妻唐姬及宫人饮宴别。酒行,王悲歌曰:'天道易兮我何艰!弃万乘兮退守蕃。逆臣迫兮命不延,逝将去汝兮适幽玄!'因令唐姬起舞,姬抗袖而歌曰:'皇天崩兮后土颓,身为帝兮命夭摧。死生路异兮从此乖,奈我茕独兮心中哀!'因泣下呜咽,坐者皆歔欷。王谓姬曰:'卿王者妃,势不复为吏民妻。自爱,从此长辞!'遂饮药而死。时年十八。唐姬,颍川人也。王薨,归乡里。父会稽太守瑁欲嫁之,姬誓不许。及李傕破长安,遣兵抄关东,略得姬。傕因欲妻之,固不听,而终不自名。尚书贾诩知之,以状白献帝。帝闻感怆,乃下诏迎姬,置园中,使侍中持节拜为弘农王妃。"

②"御服"两句:语出《史记·淮南衡山列传》伍被谏淮南王刘安:"今臣亦见宫中生荆棘,露沾衣也。"天衢,天街。榛棘,荆棘。

③云阳:行刑之地。桓宽《盐铁论·毁学》:"李斯相秦,席天下之势,

志小万乘,及其囚於囹圄,车制于云阳之市。"

④"仗剑"两句:吴本作"铁剑常光光,至凶威屡逼"。

⑤枭:猫头鹰。《诗·大雅·瞻昂》:"为枭为鸱。"陆玑疏:"自关而西,谓枭为流离。其子适长大,还食其母。"犷厉,恶鬼。

⑥黄泉客:一作"黄泉隔"。

⑦玉山颓:语出《世说新语·容止》:"嵇叔夜之为人也,岩岩若孤松之独立;其醉也,傀俄若玉山之将崩。"

⑧"无处"两句:暗用曹操铜雀台事。《邺都故事》曰:"魏武帝遗命诸子曰:'吾死之后,葬于邺之西岗上,与西门豹祠相近,无藏金玉珠宝。余香可分诸夫人,不命祭吾。姜与伎人,皆著铜雀台,台上施六尺床,下繐帐,朝晡上酒脯粻糒之属。每月朝十五,辄向帐前作伎,汝等时登台,望吾西陵墓田。'"张繐帷,曾本、姚文燮本作"觅繐帐"。

⑨昭阳:汉代宫殿名。《三辅黄图·未央宫》:"武帝时,后宫八区,有昭阳……等殿。"

【汇评】

陈本礼《协律钩玄》外集引何焯:"董卓废少帝,降为弘农王。明年,山东义兵大起,讨董卓。卓使李儒进鸩,王乃与妃唐姬及宫人饮宴,遂饮药死。姬,颖川人,王薨归乡,父欲嫁之,固不许。李傕略得姬,欲妻之,固不听。贾诩知之,以状白献帝。帝感怆,诏迎姬置园中。此赋其事。"

姚文燮《昌谷集注》外集:"姬为汉弘农王妃。王即帝位,董卓废之,置王阁上,使郎中令李儒鸩之。王不肯饮,强逼之,不得已乃与唐姬及宫人饮宴别。酒行,王悲歌,姬亦折袖起舞。王死,姬归会稽,父欲嫁之,誓不许。贺偶作此以吊之。云天不助汉,鬼哭何益?使卓仗剑逞凶,一遂噬母之强枭,不难以天子齿剑。顾乃避弑君之迹,使之相看相泪,借清酒以送之黄泉。既非玉山之颓,且非饮中之色,唯是迫之不得不饮。有勉从帝诉,谅天上沉厄不似人间耳。繐帐难觅,松柏成林。妾身虽存,君魂不返。蛾眉自觉,颈粉谁怜?亦只矜持昭阳之意,不肯苟为南陌之游,守节不更难于死节哉。"

方扶南《李长吉诗集批注》卷四:"伪在粗疏。"

《昌谷集句解定本》卷四孙枝蔚评："体气整肃，有息夫躬绝命词风。"

黎简《黎二樵批点黄陶庵评本李长吉集》外集："'宁用'二句，即'我死何用媪，醇醪足矣'之意而翻用之，且言不必酒，死即死耳。"

七 夕

别浦今朝暗，罗帏午夜愁①。
鹊辞穿线月，花入曝衣楼②。
天上分金镜，人间望玉钩③。
钱塘苏小小，更值一年秋④。

【题解】

诗因七夕而咏天上人间别离之情，抒写两处相思之意。七夕之夜，天河隐去，牛郎织女终得以相聚，羡煞人间多少痴儿怨女。但"忽然说到苏小，真是梦想不到"（黄周星《唐诗快》卷九）。曾益等人认为是由月下乞巧之事引出，料想当年苏小小亦曾对月穿针，如今奄然已逝，凭吊无据。姚文燮认为是美人迟暮之意，以苏小小之不遇，写其不遇与韶华虚掷。方扶南认定诗人全写闺情，嗣后论者多将所咏之情与长吉自身联系起来，即王琦所言"长吉当七夕之期，有所怀而作者"。朱自清、叶葱奇等以所怀为所欢，刘衍以所怀为其爱妻。以魂化之名娼喻其爱妻，终觉不类。朱自清说："意贺入京之先，尝往依其十四兄，故得饱领江南风色也。其《七夕》诗末云：'钱塘苏小小，更值一年秋。'注家多不明其何以忽苏小小，颇疑其不伦，明此当可释然。"（《李贺年谱·元和九年》）但长吉南游，似以较后为宜。

【注释】

①别浦：天河。曾本、姚文燮本等作"别渚"。暗，俗传七夕天河隐没。

②鹊辞：《岁时广记》卷二六引《淮南子》："乌鹊填河而渡织女。"穿线，穿线乞巧。《荆楚岁时记》："七月七日为牵牛织女聚会之夜。是夕，人家妇

女结彩楼,穿七孔针,或以金银鍮石为针,陈瓜果于庭中以乞巧。"花,黎二樵本作"萤"。曝衣,《四民月令》:"七月七日曝经书及衣裳,习俗然也。"

③金镜:借指月亮。公孙乘《月赋》:"隐员岩而似钩,蔽修堞而分镜。"又孟棨《本事诗·情感》载有南朝徐德言因破镜,而与妻子乐昌公主重圆之事。

④苏小小:《乐府广题》:"苏小小,钱塘名娼也,盖南齐时人。"更值,曾本与姚佺、姚文燮本均作"又值"。

【汇评】

刘辰翁《笺注评点李长吉歌诗》卷一:"鬼语之浅浅者。"

徐渭《唐李长吉诗集》卷一:"末二句忽说至此,信手拈来。"

曾益注《昌谷集》卷一:"俗相传谓七夕天河隐,故曰'暗',唯暗则愁。又七夕后乌鹊还,故曰'辞'。分、望,以未圆也。七夕乞巧,皆妇人事,故曰'罗纬',曰'穿针',曰'曝衣',曰'金镜'、'玉钩'。末言苏小小,名娼也。昔曾对月穿针为乞巧之事,今何在乎?人事代谢而七夕屡更,其寄慨深矣。"

陈本礼《协律钩玄》卷一:"《九歌》'悲莫悲兮生别离',此因生别而忆及死别也。七夕牛女一别,已固可悲,然一年一度尚有会期。南齐苏小小,七夕骨埋芳土,魂化无归,而怜香惜玉者犹年年凭吊。今且更一年秋矣,岂不尤可悲哉。"

黎简《黎二樵批点黄陶庵评本李长吉集》卷一:"'花'一本作'萤',为是。结自妙,随手拈来,似无谓而好者,情到故也。"

明于嘉刻本《李长吉诗集》批语:"此首真所谓'奴仆命《骚》'者也。"

唐儿歌 杜豳公之子①

头玉硗硗眉刷翠,杜郎生得真男子②。
骨重神寒天庙器,一双瞳人剪秋水。
竹马梢梢摇绿尾,银鸾睒光踏半臂③。
东家娇娘求对值,浓笑画空作唐字④。
眼大心雄知所以,莫忘作歌人姓李。

【题解】

诗为应酬之作,称赞当朝宰相之小儿气质非凡,将大有作为。诗歌上篇描绘此小儿生得一副真男儿的好模样:头骨硬如玉石,眉毛黑如青黛,眼光明澈如秋水,神清气朗,仪态庄重,当是国家栋梁之材。下篇说此子虽不脱童稚之态,天真烂漫,已获得东家女孩的青睐。最后诗人提醒到,李唐本是一家,等到你一飞冲天之时,不要忘了我这为你作歌的李姓之人。诗人对仕途抱有浓厚的期待,诗当作于长吉初入长安官奉礼郎时。

【注释】

①唐儿歌:吴正子注:"诸本皆作《唐歌儿》,韦庄所编《又玄集》作《杜家唐儿歌》为是。'唐歌儿'恐是倒书一字。"杜邠公,杜黄裳(738—808),字遵素,京兆杜陵(今陕西长安东南)人,官平章事,封邠国公。唐玄宗以"幽"字类"幽",改为"邠"。杜黄裳之妻为唐朝公主,故呼其子为"唐儿"。

②头玉:头骨如美玉。硗硗,隆起的样子。真,姚文燮本作"奇"。

③银鸾:项圈下鸾凤形银坠子,儿童饰物。睒,眨眼。半臂,短袖。《锦绣万花谷》:"隋大业中,内官多服半除,即今长袖也。唐高祖改其袖,谓之半臂。"

④对值:配偶。书,宋蜀本、吴本作"画"。书空,用手指在空中虚划字形。刘义庆《世说新语·黜免》:"殷中军被废,在信安,终日恒书空作字。"

【汇评】

钟惺《唐诗归》卷三十一:"'骨重神寒'四字,长吉自评其人其诗。"

曾益注《昌谷集》卷一:"头玉硗硗,骨起;刷翠,眉秀。生相如此,已自不凡,故曰'真男子'。骨重,似应头玉;神寒,含秋水;骨在头,神在目也。然重则不薄而骨胜,寒则不昏而神清。天庙器,重器;竹马,戏童而未壮。银鸾、半臂,称是服也,犹云像服是宜也。求对值,以得见为幸;书作唐字,喜其生相之美,志不忘也。眼大,言不特如秋水之清而且大;心雄,言年虽稚而志则已雄矣,所以知其必为世用。盖人于未遇时,知之难,故曰'莫忘'。谓异时贵显,慎勿相忘作歌之人,意欲自附为知己也。"

姚佺《昌谷集句解定本》卷一:"眼大心雄,粗鄙之甚,非鬼也。自附于六七岁儿，而希其后日之不忘，其情鄙，其词俚。"

　　姚文燮《昌谷集注》卷一："杜龉公悰，尚宪宗岐阳公主，生子曰唐儿，即以出自天朝之意。头骨神明，岐巇秀发，嬉戏丽饰，自非凡儿。'浓笑'句，状唐儿对东家娘含情不语，有许多自负神情，故知其眼大心雄也。然作歌之人心眼本亦如是。且加徽策，宜思早自建立，以报朝廷，莫忘身所自出。贺即唐者王孙也。"

杨生青花紫石砚歌①

端州石工巧如神，踏天磨刀割紫云②。
佣刓抱水含满唇，暗洒苌弘冷血痕③。
纱帷昼暖墨花春，轻沤漂沫松麝薰。
干腻薄重立脚匀，数寸光秋无日昏④。
圆毫促点声静新，孔砚宽顽何足云⑤。

【题解】

　　诗写友人杨氏端砚之精巧。首两句言砚质不凡，采自高耸入云的龙岩紫石。次两句绘砚色，注满水后，青碧宛如苌弘之恨血。下四句写砚之精美实用，无论墨汁之干湿浓淡，墨色都一如秋光之澄清，墨泡四散似麝香充溢书房。最后以孔庙中的圣砚台作比，认为它的轻盈均细远胜孔砚的粗拙。

【注释】

　　①杨生：端砚的主人杨氏。诗题，吴正子注："京本无'紫'字。"曾本、二姚本少"青花"二字。青花紫石砚，有青色斑眼的紫石砚台。

　　②端州：今属广东肇庆。《端溪砚谱》："端州治高要县，自唐为高要郡。……自江之湄登山，行三四里即为砚岩也。先至者曰下岩，下岩之中有泉出焉，虽大旱未尝涸。下岩之上曰中岩，中岩之上曰上岩。自上岩转

93

山之背,曰龙岩。龙岩,盖唐取砚之所。"紫云,龙岩之紫色石料。李肇《国史补》:"端溪紫石砚,天下无贵贱通用之。"

③佣:整齐均匀。刓,刻,磨。苌弘,周景王、敬王的大臣刘文公所属大夫,后为周人所杀,相传死后三年,其血化为碧玉。《庄子·外物》:"人主莫不欲其臣之忠,而忠未必信,故伍员流于江,苌弘死于蜀,藏其血三年,而化为碧。"

④光秋:墨色,姚文燮本作"秋光"。

⑤孔砚:《初学记》卷二一引伍缉之《从征记》:"鲁国孔子庙中有石砚一枚,盖夫子平生时物,……作甚古朴。"宽玩,姚佺本、宋蜀本作"宽硕"。

【汇评】

姚文燮《昌谷集注》卷三:"上九句皆咏端溪取石制石之妙,及石色之艳、石质之润,置之书帷中,笔墨无不相宜。"

方扶南《李长吉诗集批注》卷四:"前四句曲尽石之开坑,中四句曲尽石之发墨,后二句又曲尽其不退笔,品砚至矣。端石之青花,唐时已重之,较老杜《平侍御石砚》诗,此中曲细为杜所不屑,亦杜所不能。李长吉之长,真能状难写之景如在目前。"

陈本礼《协律钩玄》卷三引董伯音:"读此歌,知长吉体物精深,非昊囊中所可拾得者。诸砚诗皆不及,即少陵《平石砚歌》,亦但得其肤革,未臻神理,以方此作,犹尹之视邢矣。"

春坊正字剑子歌①

先辈匣中三尺水,曾入吴潭斩龙子②。
隙月斜明刮露寒,练带平铺吹不起。
蛟胎皮老蒺藜刺,鸊鹈淬花白鹇尾③。
直是荆轲一片心,莫教照见春坊字④。
挼丝团金悬簏敕,神光欲截蓝田玉⑤。
提出西方白帝惊,嗷嗷鬼母秋郊哭⑥。

【题解】

此为咏剑的名篇,当作于长吉官奉礼郎期间。前六句写其人所藏之宝剑精美异常,明净似秋水,狭长犀利似隙间的月光,平整洁白似平铺的丝带。鲨鱼皮做的剑匣,装饰着蒺藜般的珠纹;油鸭膏涂抹后的剑身,如白鹇尾羽般晶莹耀眼。后六句歌颂宝剑的底蕴与神奇,它沉淀着侠士荆轲的丹心,截金断玉,所挡无不披靡。宝剑一出,天地为之变色,鬼神皆惊。如此神器,却沉沦于与书虫为伍的文士之手,故王琦以为此诗意在写不遇之感,或发泄其不平之气,因东宫有奸邪之人,恨不得借此剑以斩杀。诗中不遇之感,或许有之,但将所谓奸佞与中唐时事一一对应,不免牵强。

【注释】

①春坊正字:唐代官名,从九品上,太子宫中掌校正经史文字。剑子,短剑。

②先辈:应试的举子,称已经及第者为先辈。程大昌《演繁露》:"唐世举人,呼已第者为先辈。"三尺水,三尺宝剑。吴潭,此指周处斩杀蛟龙处,在江苏宜兴,一作"吴江"。

③蛟胎皮老:一作"蛟螭老皮"。郭璞《山海经注》:"蛟鱼皮有珠文而坚,……皮可饰刀剑。"鹡鸰,一作"鹡鹞",一种水鸟,古人用其脂膏涂刀剑以防锈。白鹇,又称银雉。《本草》:"白鹇似山鸡而色白,有黑文如涟漪,尾长三四尺。"

④直是:一作"真是"。荆轲,战国时卫人,为燕太子丹刺秦王嬴政,事败见诛。见《史记·刺客列传》。莫教,一作"分明"。

⑤篠敕:下垂的样子,即"篠簌"。李郢《张郎中宅戏赠》:"薄雪燕蓊紫燕钗,钗垂篠簌抱香怀。"蓝田,在今陕西。杜佑《通典》:"京兆郡有蓝田县,出美玉。"

⑥《汉书·高帝纪》:"高祖被酒,夜径泽中,……拔剑斩蛇。蛇分为两,道开。行数里,醉困卧。后人来至蛇所,有一老妪夜哭。人问妪何哭,妪曰:'人杀吾子。'人曰:'妪子何为见杀?'妪曰:'吾子,白帝子也,化为蛇当道,今者赤帝子斩之,故哭。'"

【汇评】

刘辰翁《笺注评点李长吉歌诗》卷一："虽刻画点缀簇密，而纵横用意甚严。剑身剑宝、纹理刻字、束带色杂，无一叠犯，仍不妨句意，春容俯仰。'秋郊'语甚奇，不厌再言。"

曾益注《昌谷集》卷一："起句总前后言剑子。'真是'二句，足春坊正字。斩龙子，言其神；隙月，言其光；刮露，言其冷；练带，言其白。'蛟胎'句，言具之美。蛟皮老，故有刺如蒺藜也。'鹧鹕'句，言治之精。荆轲善刺，春坊字即正字，言莫教照见春坊正字，意欲用剑斩朋邪也。挼丝，剑缘。团金悬篾敦，缘之制，以金饰首而以丝罩其上，如网然也，言饰之备。神光截玉，言锋之利。末言剑具众美，第令藏匣中而未试耳。试一提出，则白帝且为之惊，而鬼母且为之哭矣。"

姚文燮《昌谷集注》卷一："上六句摹写剑之犀利。'正'与'政'同音，且义亦相通。'荆轲一片心'，总以未杀秦政为恨。若令照见正字，千古英魂应为愤怒。至轲之未遂厥志，非剑之不利，然亦无如时何耳。宝饰神光，等一珍重，倘遇赤帝子，则安往不利哉？贺借此以喻国士所重在良遇也。"

沈德潜《说诗晬语》卷八："从来写剑者，只形其利，此并传其神。末暗用汉祖斩白蛇事。"

黎简《黎二樵批点黄陶庵评本李长吉集》卷一："提出句，用事直且伧。用事浑沦为贵，在贺诗尤觉其伧。"

陈沆《诗比兴笺》卷四："'春坊'，东宫官属。唐人呼已第者为'先辈'，此人必已举进士，家蓄此剑，而长吉歌之也。诗则借寓疾邪除佞之志。'莫教照见春坊字'者，言此乃剑侠肝胆所成，今徒为文士书生所有，则有不遇知己之叹，故末二句欲斩佞臣头以谢天下。"

古悠悠行①

白景归西山，碧华上迢迢②。
今古何处尽，千岁随风飘。
海沙变成石，鱼沫吹秦桥③。
空光远流浪，铜柱从年消④。

96

元和五年(810)二月,唐宪宗问宰相有关神仙之事,李潘极言其虚妄。又据苏鹗《杜阳杂编》,这一年宦官张唯声称他在海岛上遇一神仙,为宪宗之友。宪宗大喜,以为前生为神仙。长吉此诗,即作于此后,言长生不可致,求仙为荒诞。前四句说,太阳天天落入西山,月亮夜夜升上蓝天,起起落落,循环往复,没有尽头。千年的光阴,在亘古的岁月中,只是一阵清风而已,很快消失得无影无踪。后四句说,沧海桑田,陵谷变迁,没有永恒不变的事物。海中细小的沙粒,会慢慢变成坚硬的岩石;秦始皇修建的求仙石桥,转眼成为鱼儿嬉戏的场所。时光如流水一样,不会停止下来;汉武帝当年求仙用的铜柱,随着岁月的流逝,也从人间消失。秦皇汉武留下的笑柄,还不能让后来者警醒么?

【注释】

①悠悠:久远辽阔。

②白景:指太阳。碧华,指月亮。

③海沙:曾益本、姚文燮本作"海波"。秦桥,秦始皇所建。伏琛《三齐略记》:"秦始皇于海中作石桥,海神为之竖柱。"

④铜柱:据《汉武故事》,汉武帝建神明台,造神室,其柱为铜。旧注以为即指金铜仙人。又旧题东方朔《神异经》:"昆仑有铜柱,其高入天,名为天柱。"一作"铜桂"。从年消,姚文燮本作"随年消"。

【汇评】

曾益注《昌谷集》卷二:"首言日往,次月来,三、四言今古倏忽。五言昔海波沸处,今已成石,是海变为陆。六言今鱼沫吹处,即昔日之秦桥,是陆转而成海也。空光、流浪兼天海,日月以往;复言铜柱消,剥蚀年年也。"

徐渭《唐李长吉诗集》卷二:"感逝惜时之作。"

陈本礼《协律钩玄》卷二:"此亦感铜仙之作。读至此,金仙可以不必下泪矣。"

姚文燮《昌谷集注》卷二:"《易》曰:'原始反终,故知死生之说。'又曰:'通乎昼夜之道而知。'则宪宗之妄求长生,由不明始终昼夜之理也。日月递更,流风不异,古今岂有尽期耶?陵谷之变,是即消长之常。莫高如秦桥,而鱼沫可吹;莫坚如铜柱,而流浪可消。足知世间未有久而不化之事,谁谓长生真可致乎?"

官街鼓①

晓声隆隆催转日,暮声隆隆催月出②。

汉城黄柳映新帘,柏陵飞燕埋香骨③。

碾碎千年日长白,孝武秦王听不得④。

从君翠发芦花色,独共南山守中国⑤。

几回天上葬神仙,漏声相将无断绝⑥。

【题解】

诗写听闻长安擎擎鼓之感受。在隆隆的鼓声中,日出月落,光阴荏苒;在隆隆的鼓声中,丘壑茂迁,人事谢代。伴随着鼓声,嫩黄的柳枝飞舞在崭新的帘帷前;伴随着鼓声,有美丽的红颜黯然逝去,归葬在陵墓。这鼓声捶碎了千年的时光,与更漏声相伴随,和终南山一起默默守护着京城,秦皇汉武早已不得听闻,连天上也三番五次地安葬过神仙。历代帝王后妃都葬在皇陵了,秦皇汉武也变成了朽骨,甚至连神仙也不免一死,永恒地唯有时光的流转,哪有什么长生不老呢?诗或为唐宪宗而作,极写求长生之荒谬,当作于元和五年(810)之后。

【注释】

①官街鼓:京城大街上早晚用以报时警众的大鼓。《旧唐书·马周传》:"先是京城诸街,每至晨暮,遣人传呼以警众。周遂奏诸街置鼓,每击以警众,令罢传呼,时人便之。"

②催月出:宋蜀本、蒙古本、曾本、二姚本等作"呼月出"。

③柏陵:皇陵。飞燕,汉成帝后赵飞燕。

④碨碎：宋蜀本作"碨发"，吴本作"鎚发"。孝武，汉孝武帝刘彻。

⑤翠发：黑发。芦花色，白发。南山，终南山。

⑥将相：相伴随。断绝，《全唐诗》作"断缘"。

【汇评】

曾益注《昌谷集》卷四："此言鼓声日夜环转，人有死时，鼓无断时。葬神仙，声不绝，极言其无断时。"

姚文燮《昌谷集注》卷四："此讥求仙之非也。日月循环，鼓声相续，故长安犹是。汉城黄柳，新帘飞燕，已成黄土。使如秦皇、孝武在时，遽言碨碎千年白日，势必使翠发变为芦花之白，犹与共南山之寿以守此中国也。其实秦皇死，孝武复死，漏声相续之下，亦不知断送多少万乘之君矣。"

陈本礼《协律钩玄》卷四："此长吉祝国之词，迫顺宗册太子时作。史称顺宗风瘖未愈，政在二王，而八司马之党交构纵横，人情嘈沓，乃从韦皋之请，暨荆南裴均、河东严绶，笺表继至，乃传位太子，社稷以安。此诗有作讥求长生者，似属牵强。"

王琦《李长吉歌诗汇解》卷四："人少发色翠黑，老则白如芦花，由少而老，人人如是。乃有人独欲长生，与南山并寿，守此中国而不死。岂知神仙不死之说，本是虚诞之辞，虽或可以却病延年，终有死期，岂能如漏声之日夜相将而无断绝乎？将，犹随也。此诗盖为求长生者讽，而借官街鼓作题，以发其意。"

明于嘉刻本《李长吉诗集》批语："屡言仙死，深为求仙怠政者戒。冷语趣甚。"

天上谣

天河夜转漂回星，银浦流云学水声①。

玉宫桂树花未落，仙妾采香垂佩缨②。

秦妃卷帘北窗晓，窗前植桐青凤小③。

王子吹笙鹅管长，呼龙耕烟种瑶草④。

粉霞红绶藕丝裙，青洲步拾兰苕春⑤。

东指羲和能走马，海尘新生石山下⑥。

【题解】

晴朗的夜晚，群星璀璨，诗人神游天外，想到美丽的天庭去探究一番。飘渺的银河，雾气蒸腾，春水荡漾，仔细聆听，似乎还可以听到流水的声响；闪烁的群星，缓缓移动着，仿佛漂浮在河水上。月亮升起了，高高悬挂在空中。月宫的桂树，花儿开得正繁盛。一群仙女，挥舞长袖，飘来飘去，正忙着采摘桂花来制作香囊。与情郎萧史双双飞升的弄玉，在仙境悠闲的生活，算起来已经度过千余年了吧，但岁月并没有在她身上留下任何痕迹。天色微明的时候，她又卷起了北边的窗帘，窗前梧桐树上，栖息着那只可爱的青凤鸟。我们所熟知的王子乔，正吹着鹅管长笙，驱使着神龙耕种烟云，播种仙草。那群身着彩霞的仙女，一边迈着轻盈的步伐，寻芳拾翠，一边叽叽喳喳地谈论着：这羲和驾着的日车，跑得还真快；那边的海水又干了，变成了陆地，有飞尘开始飘扬。长吉着力描绘仙境，并非有游仙之想，而是感触。钱钟书曾以诗末两句为例，指出诗人"于光阴之速，年命之短，世变无涯，人生有尽，每感怆低回，长言永叹"（《谈艺录》卷一四）。而钱仲联认为长吉有感于唐宪宗之求仙，当作于元和五年（810）至八年（813）官奉礼郎时。

【注释】

①漂：《文苑英华》作"杓"。回星，星光回转。银浦，银河。

②玉宫：月宫。仙妾采香，《文苑英华》作"仙姿彩女"，宋本作"仙妾采春"。佩缨，香囊。一说佩为玉佩，缨为系玉佩的丝带。

③秦妃：秦穆王之女弄玉。《列仙传》卷上："萧史者，秦穆公时人，善吹箫，能致孔雀、白鹄。穆公有女字弄玉，好之。公以妻焉，遂教弄玉作凤鸣，居数十年，吹似凤声，凤凰来止其屋。为作凤台，夫妇止其上，数年，皆随凤飞去。"卷帘北窗，《文苑英华》作"卷罗八方"。植桐，《文苑英华》作"食桐"。青凤，姚文燮注云："青凤亦名桐花凤，剑南、彭蜀间有之。鸟大如指，五色

毕具,有冠似凤。每桐有花则至,花落则不知所之。性至驯,喜集妇人钗上。"

④王子:王子乔。《列仙传》卷上:"王子乔者,周灵王太子晋也,好吹作凤凰鸣。"笙,《文苑英华》作"箫"。鹅管,指笙,笙上之管状如鹅毛管。

⑤青洲:青邱,姚佺本作"青州"。《十洲记》:"长洲一名青邱,在南海辰巳之地。地方五千里,去岸二十五万里,上饶山川,及多大树。树乃有二千围者。一洲之上专是林木,故一名青邱。"

⑥羲和:给太阳驾车者。海尘新生石山下,《文苑英华》作"海云初生石城下"。

【汇评】

曾益注《昌谷集》卷一:"天河,总名;银浦,天河中之别派。河转,则星漂而云流。香,桂香。嫦娥,羿妻,故云'仙妾'。天上群仙所聚,故云'仙妾',云'秦妃',云'王子'。桐初植故小,而青如凤也。天上有宫阙,故云'帘',云'窗'。仙人种芝以食,故云'耕';耕烟呼龙,见天上与人间自别。粉霞红绶,仙宫也,即王子辈;藕丝裙,指仙妾、秦妃。粉霞红,形其色;藕丝,形其细。兰苕春,故云青步拾,见闲暇。东指新生,言岁月之疾,尘土之幻,自天上视之,直等闲耳,甚言天上之乐差胜而永久也。"

姚文燮《昌谷集注》卷一:"元和朝,上慕神仙,命方士四出采药,冀得一遇仙侣。贺作此讽之。谓银浦玉宫,珍禽琪树,秦妃仙姬,瑶圃青洲,天上之乐如是,故能睹日驭甚驶,桑田屡变,然人亦何得而见之也? 如以天上之谣而欲亲至其境,误矣。"

陈本礼《协律钩玄》卷一:"此长吉寓言,大有感于身世之寥落而思天上乐也。犹屈子《远游》'悲时俗之迫阨兮,愿轻举而远游,质菲薄而无因兮,焉托乘而上浮'之意。"

黎简《黎二樵批点黄陶庵评本李长吉集》卷一:"言天河无水,以云为水,故云作水声也。似此不经之谈,偏是妙绝千古。通首皆仙语,太白放纵,转逊其道险。"

吴汝纶《李长吉诗评注》卷一:"海云初生石城下,即海中扬尘意。此刺宫禁荒淫。"

仙 人

弹琴石壁上，翻翻一仙人①。
手持白鸾尾，夜扫南山云②。
鹿饮寒涧下，鱼归清海滨。
当时汉武帝，书报桃花春③。

【题解】

诗歌讥讽悟道修真之热衷富贵，不能守其本性，为权势所诱惑，当作于元和五年（810）前后。看那些方术之士，一幅得道高人的模样。他们如野鹿般在山涧饮着清泉，在深山峭壁上悠闲地弹琴，自由如海中嬉戏的鱼儿，手持麈尾，轻轻一拂，似乎就可以卷走终南山上的浮云。但一旦得知汉武帝求仙访道的情形，就迫不及待地前往长安城，报告王母桃花盛开的消息。那些看似风度翩翩而不食人间烟火的求道者，尚且如此趋炎附势，则所谓的求仙自是虚妄之事，徒留笑柄罢了。

【注释】

①翻翻：曾本作"翩翩"。《文选·刘桢〈赠徐干诗〉》："轻叶随风转，飞鸟何翻翻。"张铣注："翻翻，孤飞貌。"

②鸾：传说中的仙禽，凤凰之类。色白为白鸾，色青为青鸾。南山，终南山（在今陕西西安南）。

③当时：宋蜀本作"时时"。桃花春，旧题班固《汉武帝内传》："（王母）又命侍女更索桃果。须臾，以玉盘盛仙桃七颗，大如鸭卵，形圆青色，以呈王母。母以四颗与帝，三颗自食。桃味甘美，口有盈味。帝食辄收其核，王母问帝，帝曰：'欲种之。'母曰：'此桃三千年一生实，中夏地薄，种之不生。'帝乃止。"

【汇评】

曾益注《昌谷集》卷三："鸾尾，尘也；鹿、鱼，仙所乘。桃花春，即西母事；曰'当时'，今不至矣。"

姚文燮《昌谷集注》卷三："元和朝，方士辈竟趋辇下，帝召田伏元入禁中。贺言此辈修饰仪表，自谓仙侣，弹琴挥尘，妄栖禁苑，不知夫鹿宜饮于寒涧，鱼宜归于清海，即好神仙如汉武，不过书报桃花，岂有自称仙人而居内庭耶？"

明于嘉刻本《李长吉诗集》批语："极形容得活，见得极其虚无。凡讽好仙佞佛，只宜如是。"

苦昼短

飞光飞光，劝尔一杯酒①。
吾不识青天高，黄地厚②。
唯见月寒日暖，来煎人寿。
食熊则肥，食蛙则瘦。
神君何在，太一安有③。
天东有若木，下置衔烛龙④。
吾将斩龙足，嚼龙肉。
使之朝不得回，夜不得伏⑤。
自然老者不死，少者不哭。
何为服黄金，吞白玉⑥。
谁是任公子，云中骑白驴⑦。
刘彻茂陵多滞骨，嬴政梓棺费鲍鱼⑧。

【题解】

诗为唐宪宗求仙而作，陈述"光阴易逝，人寿难延，世无回天之能，即学仙事属虚无，秦汉之君可征也"（《删补唐诗选脉笺释会通评林·中唐七古下》引周珽语），大约写于元和五年（810）八月后。当年晋武帝对彗星举杯劝酒，说自古没有万岁天子。诗人也对时光高举酒杯，希望它能稍作停留，但他只看到了苍天黄土之间的寒暑更迭，一切都按照原有的轨迹在运行，并不为人事略作迁延。吃熊掌的人自然发胖，食蛙的人就会消瘦，这些自然的规律，哪里有什么神灵可以保佑人长生不老？如果在日出的东方，真的有盘绕在神木下的神龙载着日车在跑，那我就去斩断龙足，使日车无法运行，时光因此而停顿，还何苦去吞服黄金白玉呢？但这一切终究只是幻想而已，谁又见过骑着白驴在云间晃悠的任公子？我们所见到的，是求长生的秦始皇尸体臭得要用鲍鱼来掩盖，好神仙的汉武帝尸骨早已朽烂不堪。

【注释】

①飞光：飞逝的时光。沈约《宿东园》："飞光忽我遒，岂止岁云暮。""劝尔"句，语出《世说新语·任诞》："太元末，长星见。孝武心甚恶之。夜，华林园中饮酒，举杯属星云：'长星，劝尔一杯酒，自古亦何时有万岁天子？'"

②"青天高"两句：语出《易经·坤》"夫玄黄者，天地之杂色也，天玄而地黄"，及《荀子·劝学》"故不登高山，不知天之高也；不临深渊，不知地之厚也"。

③神君：《史记·封禅书》："是时上（汉武帝）求神君，舍之上林中蹏氏观。神君者，长陵女子，以子死，见神于先后宛若。宛若祠之其室，民多往祠。平原君往祠，其后子孙以尊显。及今上即位，则厚礼置祠之内中。"太一，天神。宋玉《高唐赋》："醮诸神，礼太一。"

④若木：神木。《山海经·大荒北经》："大荒之中，有衡石山、九阴山、洞野之山，上有赤树，青叶，赤华，名曰若木。"一说即扶桑。《楚辞·离骚》："折若木以拂日兮，聊逍遥以相羊。"烛龙，神名，此借指太阳。《山海经·大荒北经》："西北海之外，赤水之北，有章尾山。有神，人面蛇身而赤，直目正乘，其瞑乃晦，其视乃明，不食不寝不息，风雨是谒。是烛九阴，是谓烛龙。"

⑤使之：姚佺本缺此二字。

⑥"服黄金"两句：语出葛洪《抱朴子·内篇·仙药》："《玉经》曰：'服金者寿如金，服玉者寿如玉。'"服，曾本、二姚本作"饵"。

⑦谁是:曾本、姚文燮本作"谁似"。任公子,亦称任公、任父。《庄子·外物》:"任公子为大钩巨缁,五十犗以为饵,蹲乎会稽,投竿东海,旦旦而钓,期年不得鱼。已而大鱼食之,牵巨钩,陷没而下,骛扬而奋鳍,白波若山,海水震荡,声侔鬼神,惮赫千里。任公子得若鱼,离而腊之,自制河以东,苍梧已北,莫不厌若鱼者。"白驴,吴本作"碧驴"。

⑧刘彻:即汉武帝,死葬于茂陵。《汉武内传》载,王母谓刘彻骨无津液,脉浮反升,肉多精少,瞳子不夷,恐非仙才。嬴政,即秦始皇,死时正值暑日。李斯等秘不发丧,于车中放置鲍鱼以掩盖其尸臭。事见《史记·秦始皇本纪》。

【汇评】

刘辰翁《笺注评点李长吉歌诗》卷三:"亦犹多神俊。"

钟惺《唐诗归》卷三十一:"放言无理,胸中却有故。'自然'二字,谑得妙甚。"

周珽《唐诗选脉会通》:"错综变化,想奇,笔奇,无一字不可夺鬼工。诗意总言光阴易过,人寿难言,世无回天之术,即学仙事属虚无,秦汉之君可征也,人何徒生之足云耶!"

曾益注《昌谷集》卷四:"人之老以日月,故吾令有昼无夜,则无老无少,天地之高厚亦忘,又何服食求仙为汉武、秦皇?亦徒劳耳。"

黄周星《唐诗快》卷一:"同一昼也,有神君太一之昼,有刘彻、嬴政之昼,有长吉之昼,其苦乐不同,故其长短亦不同。然昔之长吉苦而短,今之长吉乐而长矣,飞光何尝负此一杯耶?"

陈本礼《协律钩玄》卷三引何焯:"奇不减玉川,而峭乃过之。"

陈本礼《协律钩玄》卷三引董伯音:"此讽宪宗作。古诗'昼短苦夜长',然诗意只是苦昼短,言日月不驻,长生难期也。"

姚文燮《昌谷集注》卷三:"宪宗好神仙,贺作此以讽之。日月递更,老少代谢,即神君太乙,亦未见常存人间。云中仙侣,果丹药可致乎?英武雄伟如汉武、秦皇,犹且不免,而更妄思上升。则君王方求长年,我更忧昼短矣。"

方扶南《李长吉诗集批注》卷四:"学曹操而浅近逊之,学太白而粗直逊

105

之，然亦是一杰作。"

王琦《李长吉歌诗汇解》卷三："此诗大旨虽以'苦昼短'为名，其意则言仙道渺茫，求之无益而已。"

陈沆《诗比兴笺》卷四："指同上篇（指《昆仑使者》），皆辟求仙之无益，方术之不足信。谓长吉鬼才无理、太白酒仙无用者，皆仅据其游戏之末，为英雄所欺耳。"

拂舞歌辞①

吴娥声绝天，空云闲徘徊②。
门外满车马，亦须生绿苔③。
樽有乌程酒，劝君千万寿④。
全胜汉武锦楼上，晓望晴寒饮花露⑤。
东方日不破，天光无老时。
丹成作蛇乘白雾，千年重化玉井土⑥。
从蛇作土二千载，吴堤绿草年年在⑦。
背有八卦称神仙，邪鳞顽甲滑腥涎⑧。

【题解】

此诗言求长生之荒诞，有感于唐宪宗求仙之事，当作于元和五年（810）之后。诗人以为，当抓住片刻欢愉，不要让韶华虚度，车马喧阗的日子总会过去，绿苔遍地的时刻终会来临。因此，眼前的美酒应当痛饮，不要学汉武帝饮露水而妄求成仙。只有太阳不再从东方升起，人生才不会垂老。即使如神龟、神蛇长寿千年，生命还是会有尽头。何况那些所谓的长寿乌龟，根本不值得羡慕。看看满身腥滑黏液的乌龟，背着八卦花纹而被人敬若神灵，着实滑稽可笑，哪里比得上吴堤上年年新生的青草，新鲜可爱。

【注释】

①拂舞：三国时江左以拂子为舞具的一种歌舞。《晋书·乐志下》："拂舞，出自江左。旧云吴舞，检其歌，非吴辞也。亦陈于殿庭。"王琦注："长吉不言篇名而但曰《拂舞歌辞》，郑诗言谓撮其大意而为之，是也。"诗题《乐府诗集》作"拂舞辞"。

②吴娥：吴地歌女。绝天，语出"拂舞歌"之《淮南王篇》："汲寒浆，饮少年。少年窈窕何能贤？扬声悲歌音绝天。"

③亦须：宋蜀本作"亦复"。

④乌程：古名酒产地，或谓在豫章康乐（今江西万载），或为在湖州乌程（今属浙江）。《文选·张协〈七命〉》："乃有荆南乌程，豫北竹叶。"李善注："盛弘之《荆州记》曰：渌水出豫章康乐县。其间乌程乡，有酒官取水为酒，酒极甘美。"乐史《太平寰宇记·江南东道六·湖州》："《郡国志》云：古乌程氏居此，能醖酒，故以名县。"

⑤汉武：汉武帝刘彻。晴寒，《文苑英华》作"晴空"，《全唐诗》作"寒空"。饮花露，汉武帝造神明台，置金铜仙人，接云表之露，和玉屑服之，以求长生。事见《武帝遗事》等。

⑥"丹成作蛇乘白雾"六句：语出曹操《步出夏门行》："神龟虽寿，犹有竟时。腾蛇乘雾，终为土灰。"

⑦从蛇作土二千载：《文苑英华》本作"从蛇作土三千载"，《乐府诗集》作"从蛇作龟二千载"。绿草，《文苑英华》作"春绿"。

⑧背有：《文苑英华》作"背文"。八卦，此指龟壳上的纹路。

【汇评】

姚文燮《昌谷集注》卷四："宪宗求长生，贺作此诮之。《拂舞歌辞》，本吴《白鸠献寿曲》也，故云吴声。辐辏之地，有时苔生，可知消长亦有定数。劝君饮樽中荆南之酒，犹愈汉武饮铜盘仙掌之露以求长生。日行循环，十二时中岂能长旦？若采药以俟丹成，则蛇、为土、为龟。千年屡变，亦止属荒诞不经之物矣。"

王琦《李长吉歌诗汇解》卷四："此诗首言声色之娱转眼成空，幸有酒在尊，正可乐饮。想汉武帝有志神仙，饮云表之露以求长生，终竟不得。我今日饮酒自乐,岂不远胜之乎? 观之于天,不能常昼而不夜,而人可知矣。即物中之多寿者,皆称龟、蛇,浸假而化为蛇,能乘云雾而游,殆至千岁之后,终亦必死而化为土灰;又浸假而化为神龟,虽能和气导引,历久不死,见称于神仙之流,然而鳞则邪鳞,甲则顽甲,腥涎滑浊,终是异类,亦焉足贵耶! 大旨总言长生不可求,即求得长生,亦无可羡可贵之处,不如及时行乐为是之意。"

黎简《黎二樵批点黄陶庵评本李长吉集》卷四:"前辈评'锦'字太嫩稗。"

明于嘉刻本《李长吉诗集》批语:"车马满门而不杂沓,以见静听无哗,沉沉永日,结定祝老之辞。"

瑶华乐①

穆天子,走龙媒②。
八甮冬珑逐天回,五精扫地凝云开③。
高门左右日月环,四方错镂棱层殷。
舞霞垂尾长盘珊,江澄海净神母颜。
施红点翠照虞泉,曳云拖玉下昆山④。
列旃如松,张盖如轮⑤。
金风殿秋,清明发春⑥。
八銮十乘,蠹如云屯。
琼钟瑶席甘露文,玄霜绛雪何足云⑦。
薰梅染柳将赠君,铅华之水洗君骨,与君相对作真质。

【题解】

当初周穆王周游天下,可谓威风至极,他驱驰着八匹神龙般的骏马,星辰为他洒道开路。他终于抵达了西王母的居所,那里云霞缥缈,日月环绕。

神清如水的西王母，带着他游览了昆仑、虞渊，最后还用仙水给周穆王洗经伐髓，送给他玄霜绛雪等上好仙药。周穆王贵为天子，又有幸遇到了西王母，得到仙药，但最终仍未能登列仙班，可见求仙之为虚妄。诗当作于元和五年（810）后，为唐宪宗下一针砭。李商隐《瑶池》诗"瑶池阿母绮窗开，黄竹歌声动地哀。八骏日行三万里，穆王何事不重来"，与之有异曲同工之妙。

【注释】

①瑶华：乐指美玉。王嘉《拾遗记》卷三："（周）穆王即位三十二年，巡行天下，御黄金碧玉之车，……又副以瑶华之轮十乘，随王之后，以载其书也。"瑶华乐即巡行乐，一说当为"瑶池乐"。《穆天子传》卷三："（穆）天子觞西王母瑶池之上，西王母为天子谣。"

②穆天子：周穆王。《列子》："（周穆王）不恤国事，不乐臣妾，肆意远游。命驾八骏之乘，……遂宾于西王母，觞于瑶池之上。西王母为王谣，王和之，其辞哀焉。乃观日之所入，一日行万里。王乃叹曰：'放乎！予一人不盈于德而谐于乐，后世其追数吾过乎！'穆王几神人哉？能穷当身之乐，犹百年乃徂，世以为登假焉。"龙媒，骏马。《汉书·礼乐志》："天马徕龙之媒。"颜师古注引应劭："言天马者乃神龙之类，今天马已来，此龙必至之效也。"

③冬珑：鸾玲声。吴本作"冬眬"，姚文燮本作"玲珑"。五精，金木水火土五行之精。

④虞泉：虞渊，传说中日落之处。《淮南子·天文训》："日至于虞渊，是谓黄昏。"

⑤"列旆如松，张盖如轮"两句：宋蜀本作"列布旆如松，开张盖如轮"。

⑥殿秋：一作"敛秋"。

⑦玄霜绛雪：仙药。《初学记》卷二引《汉武内传》："仙家上药有玄霜、降雪。"

【汇评】

姚文燮《昌谷集注》卷四："秦皇、汉武屡见篇章，此又以穆王咏者，总之嘲求仙服丹之误也。《东京赋》云：'五精帅而来擢。'五精，星也。八骏凌

109

空,直驾星辰而上。'高门'三句,状瑶池之丽也。神母指西王母。庄严耀
日,环佩俨临,旌幢赫赫,顷刻而能变秋气为春和。车驾龙旗,直如云集,而
王母宴帝于瑶池之上。有不止于玄霜绛雪之丹药者,梅柳为赠,言能使君
长春也。且更濯涤凡躯,相与抱真以游耳。"

陈本礼《协律钩玄》卷四引董伯音:"此讽宪宗服食求神仙也。首四咏
穆王,后俱指王母会穆王事。"

吴汝纶《李长吉诗评注》:"此刺宪宗好女色而求仙也。"

神仙曲

碧峰海面藏灵书,上帝拣作仙人居①。
清明笑语闻空虚,斗乘巨浪骑鲸鱼②。
春罗书字邀王母,共宴红楼最深处③。
鹤羽冲风过海迟,不如却使青龙去④。
犹疑王母不相许,垂雾妖鬟更转语⑤。

【题解】

诗写神仙生活,把它们写得极富人情味。这些神仙,住在飘渺的海上。
天气晴朗的时候,还可以听见王母在高空笑谈。如果足够幸运,甚至还可
以看见他们骑着鲸鱼在海面上游逛。闲暇的日子,仙人们会用春罗写信,
邀请西王母前来红楼赴宴。他们嫌弃仙鹤传讯太迟,就派青龙前去。又恐
西王母拒绝,干脆派娇美的侍女前去殷勤邀请。姚文燮说:"元和朝,方士
竞游辇下,贺深恶其荒唐怪诞,而作此以嘲之。"李贺把神仙生活写得这样
活灵活现,几乎与凡人无异,其间自有嘲弄之意。或许李贺意在劝谏求仙
者,即使成仙,生活亦不过如此。

【注释】

①灵书:道家仙书。仙人,吴本、《乐府诗集》作"神仙"。

②清明:《乐府诗集》作"晴时"。空虚,虚空,高空。

③春罗:一种丝罗。书字,《乐府诗集》作"剪字"。王母,西王母。

④"鹤羽"两句:二姚本无。

⑤妖鬟:艳丽的侍女。吴本、《乐府诗集》作"娃鬟"。转语,吴本、《乐府诗集》作"传语"。

【汇评】

姚佺《昌谷集句解定本》卷四:"曹植有《升天》、《远游》诸篇,皆伤人世不永,当求神仙翱翔六合之外。而贺未免有褰裳就之之思,此不逮思王远矣。"

姚文燮《昌谷集注》外集:"元和朝,方士竟游辇下。贺深恶其荒唐怪诞,而作此以嘲之也。"

方扶南《李长吉诗集批注》卷四:"亦伪,心手总俗。"

昆仑使者①

昆仑使者无消息,茂陵烟树生愁色②。
金盘玉露自淋漓,元气茫茫收不得③。
麒麟背上石文裂,虬龙鳞下红枝折④。
何处偏伤万国心,中天夜久高明月。

【题解】

雄才大略的汉武帝,开疆拓土,万国来朝,希冀建立不朽功业,如今只有漫漫长夜,无语的月亮照着他的陵墓。他打造金铜仙人承露盘,企求长生,青鸟尚未带回西王母的消息,他已经变成一抔黄土,陵墓前长满了高大的树木,甚至连墓前的石兽都禁不住岁月的侵蚀而断裂,更不用说供殿大柱上雕龙残破。诗或为宪宗求仙事而作。

【注释】

①昆仑使者:神话中作为西王母使者的青鸟。《汉武帝内传》载,武帝

居承华殿,见一青衣子,自称为西王母所使,自昆仑山来。又《山海经·海内北经》载,西王母居昆仑山,有青鸟三只为其传信取食。

②茂陵:汉武帝刘彻的陵墓,在今陕西兴平。

③金盘玉露:汉武帝曾于建章宫筑造神明台,立金铜仙人捧盘以承接甘露。

④麒麟:这里指陵墓前的石麒麟等。虬龙,寝殿前所刻之龙。

【汇评】

王夫之《唐诗评选》卷一:"此以刺唐诸帝饵丹暴亡者,今且千年,人犹不解,况当时习读问传之主人? 长吉于讽刺直以声情动今古,真与供奉为敌,杜陵非其匹也。'元气茫茫收不得'说出天人之际无干涉处,分明透现,笑尽仙佛家代石人搔背痒一样愚妄。韩退之诸君终年大声疾呼,何曾道得此一句在? 故知人不可以无才。"

黄周星《唐诗快》卷七:"此亦为刘郎秋风客而作,然金盘玉露,究何益于滞骨哉。"

姚文燮《昌谷集注》外集:"汉武好大喜功,遣张骞使异域,方欲为万年计,乃使者未还而陵木已拱。仙掌甘露犹然淋漓,奈元气已耗,不能得长生矣。墓前刻兽,久而颓败,中天月满,一抔徒存。英武神仙,又安在乎? 贺盖深为元和忧也。"

陈本礼《协律钩玄》外集:"此感汉武而讽宪宗也。前朝陵寝,异代荒凉,自古而然。但汉武当年拜文武,封五利,废后杀子,惭德多矣。金盘玉露,何曾享得长生,至今骨埋荒土,祭奠无人,只有凄凉明月,夜夜来相照耳,岂不悲哉。麟有裂,虬肢折,似长吉早已隐忧宪宗之不得考终,后卒被杀。"

陈沆《诗比兴笺》卷四:"此又以汉武寓宪宗也。宪宗晚节好神仙,以方士柳泌为台州刺史,采药天台山,服其药,日加燥渴,即诗所刺也。后以服金丹多躁怒,长吉已不及见,而诗若预知之,岂非深识远虑者欤?"

吴汝纶《李长吉诗评注》外集:"此感汉武而讽宪宗也。"

方扶南《李长吉诗集批注》卷四:"为好仙也。此乃真本,看他何等卓立。"

相劝酒

羲和骋六辔，昼夕不曾闲①。

弹乌崦嵫竹，抶马蟠桃鞭②。

蓐收既断翠柳，青帝又造红兰③。

尧舜至今万万岁，数子将为倾盖间。

青钱白璧买无端，丈夫快意方为欢。

腥蟆腥熊何足云，会须钟饮北海，箕踞南山④。

歌滔滔，管愔愔，横波好送雕题金⑤。

人生得意且如此，何用强知元化心。

相劝酒，终无辍。

伏愿陛下鸿名终不歇，子孙绵如石上葛。

来长安，车骈骈⑥。

中有梁冀旧宅，石崇故园⑦。

【题解】

　　钱钟书认为"细玩昌谷集，舍佗傺牢骚，时一抒泄而外，尚有一作意，屡见不鲜。其于光阴之速，年命之短，世变无涯，人生有尽，每感怆低徊，长言永叹"。文中略举数端，并以《相劝酒》"羲和骋六辔，昼夕不曾闲。弹乌崦嵫竹，抶马蟠桃鞭"为其中之一证据，说明长吉诸诗"皆深有感于日月逾迈，沧桑改换，而人事之代谢不与焉。他人或以吊古兴怀，遂尔及时行乐，长吉独纯从天运着眼，亦其出世法、远人情之一端也。所谓'世短意常多'，'人生无百岁，常怀千岁忧'者非耶"（《谈艺录》第58—59页）。长吉此诗，虽有人生苦短、日月其除之意，但主旨还是在于富贵不足恃，得意须尽欢，可及时行乐，不必妄求长生。诗中直言"陛下"，自是针对唐宪宗求仙之举而发，与长吉个人无多大关联。诗歌首先写道，羲和驾着日车，不停地奔波，似乎有人拿住桃鞭在鞭策、举着长弓在瞄准一样，秋天刚刚过去，春天转眼又来了。时间过得这样快，远古的尧、舜那些人，在羲和的眼里，好像是刚见面不久。接下来长吉强调说，既然光阴是无法用金钱来购买的，大丈夫就该尽情享受人生，哪里还用得着白费功夫去寻找神仙？最后诗人告诫道：长安洛阳，人来人往，热闹非凡，梁冀、石崇的遗迹还在，可他们自己早就消失了。

【注释】

①羲和：驾御日车的神。《初学记》卷一引《淮南子·天文训》："爰止羲和，爰息六螭，是谓悬车。"原注："日乘车，驾以六龙，羲和御之。"昼夕，蒙古本、《文苑英华》作"昼夜"。

②弹乌：射日。乌，三足乌。王充《论衡·说日》："儒者曰：'日中有三足乌，月中有兔、蟾蜍。'"崦嵫，山名，在今甘肃天水西，传说中的日落之处。《楚辞·离骚》："吾令羲和弭节兮，望崦嵫而勿迫。"王逸注："崦嵫，日所入山也。"崦嵫竹，一作"崦嵫石"。抶，鞭打。蟠桃，蒙古本作"蟠螭"。《论衡·订鬼》引《山海经》："沧海之中，有度朔之山，上有大桃木，其蟠屈三千里。"

③蓐收：秋收之神。《礼记·月令》："（孟秋之月）日在翼，昏建星中，旦毕中。其日庚辛，其帝少皞，其神蓐收。"郑玄注："蓐收，少皞氏之子，曰该，为金官。"又造，《文苑英华》作"更造"。青帝，司春之神。

④臛鼍臛熊：烹煮海龟与熊掌。《刘子·殊好第三十九》："炮羔煎鸿，臛鼍臑熊，众口之所嚛；文王嗜菖蒲之菹，不易龙肝之味。"何足云，《文苑英华》作"何足言"。钟饮北海，语本曹植《与吴质书》："愿举泰山以为肉，倾东海以为酒。"箕踞，伸足而坐。《庄子·至乐》："庄子妻死，惠子吊之，庄子则方箕踞鼓盆而歌。"成玄英疏："箕踞者，垂两脚如簸箕形也。"

⑤滔滔：洋溢。愔愔，安和。横波，眼神。《文选·傅毅〈舞赋〉》："眉连娟以增绕兮，目流睇而横波。"李善注："横波，言目邪视，如水之横流也。"雕题，南方雕额文身之部族。《礼记·王制》："南方曰蛮，雕题交趾，有不火食者矣。"

⑥"来长安，车骈骈"两句：《文苑英华》作"东洛长安车骈骈"，曾本、姚佺本作"东洛长安车骈"字。

⑦石崇故园：石崇的金谷园，在今河南洛阳西北。

【汇评】

徐渭《唐李长吉诗集》卷四："曲终奏雅，亦有讽耶？ 其乐安在？ 故曰讽。"

姚文燮《昌谷集注》卷四："李藩尝谏宪宗，以太宗饵天竺长年药为戒云：'励志太平，拒绝方士，何忧无尧舜之寿？'帝不听。然其时朝贵希宠固恩，迎合上意，屡进方士丹术。贺盖伤之。谓晨昏递代，春秋相禅，尧舜虽久，日月之循环相遇，如在俄顷，虽金玉亦难挽也。大丈夫及时行乐，饮食歌舞，富贵自适，何必更妄求苍玄，祈延寿算？ 然媚君以方术，何如导君以令名，永垂奕祀，而使嗣叶昌茂。乃欲左道蛊惑，冀专宠幸，此乃速亡之道，独不观梁石之骄侈遽为榛莽耶？"

黎简《黎二樵批点黄陶庵评本李长吉集》卷四："戛然而止，意尽而韵长。"

陈沆《诗比兴笺》卷四："人生几何，富贵无常，但愿天下长太平，人人得行乐耳。乃来见长安，见在位执政皆梁冀、石崇之续，则吾虽欲行乐，又可必乎哉？ 忧时之语，托之旷达，殆亦元和末年所作。时天下虽治，君臣渐侈，故隐然忧之。"

上云乐①

飞香走红满天春，花龙盘盘上紫云。
三千宫女列金屋，五十弦瑟海上闻②。
天江碎碎银沙路，嬴女机中断烟素③。
缝衣缕，八月一日君前舞④。

长吉任职奉礼郎期间,见宫中歌舞排演场面之盛大,有感而赋此诗。千秋节即将到来,三千宫女紧张地忙碌着,演习琴瑟,排练歌舞,准备为君王祝寿,以获主上之欢心。后宫整日笼罩着洋洋喜气,香烟瑞彩,直上云霄。连整个长安城中的织女们都被动员起来,为宫女赶制舞衣。

【注释】

①上云乐:乐府曲名。郭茂倩《乐府诗集》卷五一引智匠《古今乐录》,言《上云乐》七曲为梁武帝所制,以代西曲,皆言神仙之事。

②宫女:一作"彩女"。金屋,《汉武故事》:"(汉武帝)数岁,长公主嫖抱置膝上,问曰:'儿欲得妇不?'胶东王曰:'欲得妇。'长主指左右长御百余人,皆云不用。末指其女问曰:'阿娇好不?'于是乃笑对曰:'好!若得阿娇作妇,当作金屋贮之也。'"五十弦瑟,《史记·封禅书》:"太帝使素女鼓五十弦瑟。"

③天江:天河。断烟素,吴本作"烟素素"。宣城本作"烟断素"。

④缝舞衣:吴本作"缝衣缕",蒙古本作"缝衣舞"。八月一日,胡震亨《唐音癸签》以为当作八月五日,即唐玄宗生日,宫中以此为千秋节。

【汇评】

刘辰翁《笺注评点李长吉歌诗》卷四:"又古,是乐神之辞。"

曾益注《昌谷集》卷二:"此仙家初升之乐,亦以比士初遇。"

姚佺《昌谷集句解定本》卷四:"'飞香走红',长吉每有此,如言法华作风话,凡多圣少。"

姚文燮《昌谷集注》卷四:"舞女杂沓,春色盈空。花龙,钗也。大历中,日林国献龙角钗,上以赐独孤后。后泛舟,有紫云自钗上生,遂化为二龙,腾空而去。又玄宗梦月中仙嫒授《紫云曲》。此言舞时纤转宛丽,疑龙盘紫云欲上也。宪宗好神仙,求长生,又耽声色。美嫒充斥,弦索喧阗,声彻海上。君王欲得上升,而宫娃辈仰视银河亦思良会。嬴女比织女也。机中织素,用裁舞衣。八月一日乃君王合仙方之日也。此时当献舞称寿,冀得一邀恩光矣。"

陈本礼《协律钩玄》卷四："此追咏庆贺金镜节也。通首皆言天上之景以形容宫中,至末一句乃点醒。"

王琦《李长吉歌诗汇解》卷四："当是八月一日,宫庭将有庆会歌舞之事,宫人预为习乐,其声飘扬,远闻于外。又见断素裁缝,以制舞人之服而备用。长吉职隶太常,故得与闻其事而赋之如此。苟欲援古事以证,其失之也远矣。"

吴汝纶《李长吉诗评注》卷四："此讥宪宗好女色而求仙也。"

明于嘉刻本《李长吉诗集》批语："此题本有颂无讽,而荒诞之意,略见言外,故佳。"

崇义里滞雨①

落漠谁家子,来感长安秋。
壮年抱羁恨,梦泣生白头。
瘦马秣败草,雨沫飘寒沟②。
南宫古帘暗,湿景传签筹③。
家山远千里,云脚天东头。
忧眠枕剑匣,客帐梦封侯④。

【题解】

李贺官奉礼郎时,曾居住于长安崇义里,诗当作于此间。缠绵的秋雨,无休无止,似乎看不到尽头,天地间都为它所充斥。雨水太大,诗人无法出门,滞留在房中,颇感无奈。瘦弱的老马,在一旁咀嚼着腐烂的枯草。抬头望去,寒沟里早已积满雨水,雨点打在上面,形成一个个泡沫,旋转而去。远处的南园,在雨帘中极为模糊。偶尔响起的更漏声,穿过密集的雨声,向远方散去。诗人想起了千里之外的故乡,心情黯然。萧瑟的秋日,滞留在长安,往日的梦想都化为泡影。华发早生,而终无所成。枕着剑匣入睡,唯有在梦中去展示自己的抱负。

【注释】

①崇义里:唐代长安街坊名。宋敏求《长安志》:"朱雀街东第二街,有九坊,崇义里其一。"

②秣:喂,饲养。

③南宫:尚书省的别称。《后汉书·郑弘传》:"建初,为尚书令……弘前后所陈有补益王政者,皆著之南宫,以为故事。"唐以后,尚书省六部统称南宫。韦应物《和张舍人夜直中书寄吏部刘员外》诗:"西垣草诏罢,南宫忆上才。"一说指南院,为应试所在贡院。韦承贻《策试夜潜纪长句于都堂西南隅》:"才唱第三条烛尽,南宫风月画难成。"签筹,更筹,计时报更所用。

④封侯:《后汉书·班超传》:"(班超)尝辍业投笔叹曰:'大丈夫无它志略,犹当效傅介子、张骞立功异域,以取封侯,安能久事笔研间乎?'"

【汇评】

曾益注《昌谷集》卷三:"落莫,贺自诧;感长安秋,即崇义里滞雨。抱羁恨,即感长安秋;感秋,故梦泣,而头白瘦败,正落莫处。雨沫飘沟,滞雨也。南宫,指内;帘暗、景湿,亦雨;传签筹,闻昼漏。家山,谓陇西;天东头,以家在陇西,视长安为东。滞雨怀忧,枕剑而眠,而封侯之事,见之梦中,感可知已。"

姚文燮《昌谷集注》卷三:"客馆悲凉,雨声滴沥。幽愁壮志,旅魂时惊。云蔽宫帘,更筹声细。家山遥隔天涯,毋亦求遂封侯之愿耶?究之忧眠枕剑匣,客帐徒作封侯之梦耳。"

陈本礼《协律钩玄》卷三引董伯音:"长吉但知梦里封侯,尚未知封侯是梦。"

明于嘉刻本《李长吉诗集》批语:"通首抑扬,首二句是狮子滚珠法。不感别处秋,来感长安秋,真令人心死。"

梁台古意①

梁王台沼空中立，天河之水夜飞入②。
台前斗玉作蛟龙，绿粉扫天愁露湿。
撞钟饮酒行射天，金虎蹙裘喷血斑③。
朝朝暮暮愁海翻，长绳系日乐当年④。
芙蓉凝红得秋色，兰脸别春啼脉脉。
芦洲客雁报春来，寥落野篁秋漫白⑤。

【题解】

当年梁孝王的宫苑，真可谓富丽堂皇。他的楼台，似乎矗立在空中；他的池沼，如天河之水夜半飞入。台前的栏杆，满是金玉雕刻的蛟龙；楼前的竹林，密密麻麻，遮天蔽日。当年梁孝王的生活，真可谓穷奢极欲。他僭拟皇帝，撞钟击鼓，射天狂饮，唯恐日短，不知休止。但这一切都迅速掩盖在历史的尘埃之中，如今伫立梁台遗址，只见花儿绽放，鸟儿南飞，白茫茫芦苇一片。诗人咏叹梁台兴废，自是讥讽权豪蹈梁王之后尘。钱仲联以之为李锜而作，或是。

【注释】

①梁台：西汉梁孝王刘武在离宫所治楼台，故址在今河南开封东南一带。《西京杂记》卷二："梁孝王好营宫室苑囿之乐，作曜华之宫，筑兔园。园中有百灵山，山有肤寸石、落猿崖、栖龙岫，又有雁池，池间有鹤洲凫渚。其诸宫观相连，延亘数十里，奇果异树，瑰禽怪兽毕备。"古意，宋蜀本、蒙古本、吴本作"古愁"。

②飞入：宋蜀本作"龙入"。

③射天：用革囊盛血，悬而仰射。《史记·殷本纪》："帝武乙无道，为偶人，谓之天神。与之博，令人为行。天神不胜，乃僇辱之。为革囊，盛血，印

119

而射之,命曰射天。"金虎,国君所亲厚的小人。《文选·张衡〈东京赋〉》:"始于宫邻,卒于金虎。"李善注:"应劭《汉官仪》曰:不制之臣,相与比周。比周者,宫邻金虎。宫邻金虎,言小人在位,比周相进,与君为邻,贪求之德坚若金,谗谤之言恶若虎也。"喷血斑,指裘衣上所绣赤红图案。

④长绳系日:傅玄《九曲歌》:"岁暮景迈群光绝,安得长绳系白日。"

⑤报春:蒙古本作"引春"。野篁,吴本、蒙古本作"野篁"。

【汇评】

姚文燮《昌谷集注》卷四:"此追讽太平公主也。主权震天下,将相皆出其门。作观池乐游原,瑰瑶山集,侈靡过于天子。乃潜谋大逆,竟至伏诛。后台诏荒凉,野水弥漫。贺盖抚景而托梁孝王以比之。言孝王台逼霄汉,沼通银河,琢玉以为台饰。绿粉扫天,状本苑之修竹也。高会奢靡,时怀觊觎,故愁海翻澜。初欲长绳系日,为乐无涯,讵知艳质芳姿,遽罹肃杀。雁去春来,园荒沼废,为问好景今安在哉。"

陈本礼《协律钩玄》卷四:"此咏梁王雪苑,借古讽今,不必指定为何王。然既曰梁王,则是唐诸王孙类。是时国事日非,逆宦满朝,弑君贼主,似为常事,诸王不知天翻地覆,乱在目前,犹日以饮酒为乐,真所谓醉生梦死者也。"

吴汝纶《李长吉诗评注》:"此咏梁王雪苑,借古讽今。"

明于嘉刻本《李长吉诗集》批语:"秋来春谢,已复可悲,秋波漫白,又复几时。极讽靡欢侈乐、从流忘返之徒。"

申胡子觱篥歌①

申胡子,朔客之苍头也。朔客李氏亦世家子,得祀江夏王庙,当年践履失序,遂奉官北部。自称学长调短调,久未知名。今年四月,吾与对舍于长安崇义里,遂将衣质酒,命予合饮。气热杯阑,因谓吾曰:"李长吉,尔徒能长调,不能作五字歌诗,直强迥笔端,与陶、谢诗势相远几里。"吾对后,请撰《申

120

胡子觱篥歌》，以五字断句。歌成，左右人合噪相唱。朔客大喜，擎觞起立，命花娘出幕，徘徊拜客。吾问所宜，称善平弄，于是以弊辞配声，与予为寿②。

> 颜热感君酒，含嚼芦中声③。
> 花娘篸绥妥，休睡芙蓉屏④。
> 谁截太平管，列点排空星⑤。
> 直贯开花风，天上驱云行⑥。
> 今夕岁华落，令人惜平生⑦。
> 心事如波涛，中坐时时惊。
> 朔客骑白马，剑弛悬兰缨⑧。
> 俊健如生猱，肯拾蓬中萤⑨。

【题解】

元和六年(811)，李贺在长安为奉礼郎，栖息于崇义里。四月的一天，住在对门的李氏，典衣换酒，邀他共饮。李氏也是大唐宗室，原为江夏郡王李宗道后裔，后因犯下过错而流落北方边地为将。两人同病相怜，相谈甚欢。酒酣耳热，李氏命其仆从申胡子吹觱篥以助兴，又让李贺写一首五言诗。李贺文不加点，一蹴而就，大家齐声欢呼。李氏大喜，让花娘出来，配上曲调当场演唱。诗歌在感谢李氏的盛情邀请之后，详细描述了申胡子所吹奏的觱篥之奇妙，极富感染力，如春风催开了百花。一坐中人，低徊不语，为其高亢而震惊；一旁的歌伎，倚靠着屏风，沉浸在其中，久久难以自拔；诗人也心事澎湃，平生甘苦都在此刻涌上心头。诗人最后赞美李氏文武双全，定然会成就非凡。

【注释】

①申胡子：一位姓申而多须的人。王国维《西胡续考》："自唐以来皆呼多髭或深目高鼻者为胡或胡子，此二语至今犹存，世人呼髭及多髭之人皆曰胡子。俗又制'髭'字以代之。"觱篥，古乐器名。《资治通鉴·唐宪宗元和

121

元年》："师道时知密州事,好画及觱篥。"胡三省注："胡人吹葭管,谓之觱篥。《乐府杂録》:觱篥,葭管也,卷芦为头,截竹为管,出于胡地。制法角音,九孔漏声,五音。唐编入卤簿,名为笳管;用之雅乐,以为雅管;六窍之制,则为凤管。旋宫转器,以应律者也。杜佑曰:觱篥,一名悲篥,出于胡中,其声悲。东夷有以卷桃皮为之者。亦出南蛮。又《乐府杂録》曰:觱篥,本龟兹乐。"

② 朔客之苍头:宋本无此一句。亦世家子,宋蜀本、吴本作"本亦世家子"。遂奉官北部,蒙古本、吴本作"遂奉官北郡"。吾问所宜,宋蜀本作"吾闻所宜"。苍头,指奴仆。汉时仆隶以深青色头巾裹头。《汉书·鲍宣传》:"使奴从宾客浆酒霍肉,苍头庐儿皆用致富。"颜师古注引孟康曰:"汉名奴为苍头,非纯黑,以别于良人也。"江夏王,李宗道,初封任城王,后徙封江夏郡王。祀,古时宗庙祭祀,宗子主祭,支属从祭,朔客当为江夏王支属。践履失序,行为失仪。长调短调,唐人称七字一句的诗歌为长调,五字一句的诗歌为短调。严羽《沧浪诗话·诗体》:"以时而论则有建安体……曰长调,曰短调。"胡才甫笺注:"长调即七言诗,短调乃五言诗。"郭绍虞校释:"此五言七言必须合歌,与一般吟咏之诗不同。"花娘,歌女。平弄,缓声慢歌。平,平声。

③颜热:酒酣面热。含嚼,唇含乐管,齿啮管端芦哨而吹。白居易《小童薛阳陶吹觱篥歌》:"指点之下师授声,含嚼之间天与气。"

④篸:同"簪"。绥妥,此处指簪头翠珠下垂。

⑤截:此处指截竹为乐管。太平管,一种头似觱篥的吹奏乐器。列点,觱篥管上的按孔。

⑥开花风:吹开花朵的春风。一作"开元风"。

⑦平生:曾本、二姚本作"年生"。

⑧剑钆:剑柄。兰缨,剑绥。

⑨生猱:猕猴。蓬中萤,《晋书·车胤传》:"家贫不常得油,夏月则练囊盛数十萤火以照书,以夜继日焉。"

【汇评】

刘辰翁《笺注评点李长吉歌诗》卷二:"其长复出二谢,可喜。索意造语，欲过古人。"

姚佺《昌谷集解句解定本》卷二："以猱誉之，而又不著其名，观其呼李长吉'尔徒能长调'，似轻悦恢啁者流，故拟之于其伦，此长吉细密处。"

姚文燮《昌谷集注》卷二："饮酒方醉，既闻苍头觱篥，致花娘不睡，出幕平弄。及五字歌成，配声为寿，管音清绝，风起云行。顾念岁华，心事安得不波涛涌也。其心事之所以波涛涌者，亦正以朔客李氏既有申胡子之能觱篥，又有花娘之善平弄，何我之独不尔乎？然朔客止一武人，弛马佩剑，健类生猱。顾乃首肯我五字之句，命花娘出拜为欢，何下珍腐草寒蛰若是也。宜贺深知己之感矣。"

送秦光禄北征①

北虏胶堪折，秋沙乱晓鼙②。
髯胡频犯塞，骄气似横霓。
灞水楼船渡，营门细柳开③。
将军驰白马，豪彦骋雄材④。
箭射欃枪落，旗悬日月低⑤。
榆稀山易见，甲重马频嘶⑥。
天远星光没，沙平草叶齐。
风吹云路火，雪污玉关泥。
屡断呼韩颈，曾燃董卓脐⑦。
太常犹旧宠，光禄是新隮⑧。
宝玦麒麟起，银壶狒狖啼⑨。
桃花连马发，彩絮扑鞍来⑩。
呵臂悬金斗，当唇注玉罍⑪。
清苏和碎蚁，紫腻卷浮杯⑫。

123

虎韔先蒙马，鱼肠且断犀⑬。

趁趄西旅狗，蹙頞北方奚⑭。

守帐燃香暮，看鹰永夜栖。

黄龙就别镜，青冢念阳台⑮。

周处长桥役，侯调短弄哀⑯。

钱唐阶凤羽，正室擘鸾钗⑰。

内子攀琪树，羌儿奏落梅⑱。

今朝擎剑去，何日刺蛟回。

【题解】

元和六年(811)，太常寺一位秦姓官员，受命北征，抗击来犯之敌。临行前，长吉赋诗相赠，祝愿他早日凯旋，封妻荫子，荣归故里。诗歌首先渲染了边境严峻的形势，胡人来势汹汹，气焰嚣张。次写官军奉命出征，气势如虹。将军身骑白马，威风凛凛;将士手执强弓劲弩，奋勇争先。接着诗人将笔触转向秦光禄，称赞他能征善战，器宇轩昂。最后写将军出塞，家中妻子正苦苦等待，期盼他功成名就，早日还家。诗或为即兴应酬之作，不无胶葛杂乱之处。

【注释】

①光禄:光禄大夫，无专职的散官，常为加官及褒赠之官。

②胶堪折:语本《汉书·晁错传》"欲立威者，始于折胶"。颜师古引苏林注云:"秋气至，胶可折，弓弩可用，匈奴尝以为候而出军。"鼙，鼙鼓，军中小鼓。

③灞水:渭河支流。源出蓝田东秦岭北麓，西南流纳蓝水，折向西北经西安东，过灞桥北流入渭河。楼船，高大的战船。《史记·平準书》:"是时越欲与汉用船战逐，乃大修昆明池，列观环之。治楼船，高十余丈，旗帜加其上，甚壮。"细柳，在陕西西安西北。汉文帝时，周亚夫曾屯军于此。

④白马:《三国志·魏志·庞德传》:"庞德常乘白马，(关)羽军谓之白

124

马将军。皆惮之。"

⑤欃枪:彗星,常喻邪恶势力。《文选·张衡〈东京赋〉》:"欃枪旬始,群凶靡餘。"李善注:"欃枪,星名也。谓王莽在位如妖气之在天。"

⑥榆稀:喻塞外边远之地。《汉书·韩安国传》:"蒙恬为秦侵胡,辟数千里,以河为竞,累石为城,树榆为塞。"

⑦呼韩:呼韩邪单于,西汉后期匈奴首领,曾称臣入朝。董卓,字仲颖,陕西临洮(今甘肃岷县)人,汉末权臣。《后汉书·董卓传》:"乃尸卓于市。天时始热,卓素充肥,脂流于地。守尸吏然火置卓脐中,光明达曙,如是积日。"

⑧太常、光禄:官名。《唐书·百官志》:"太常寺卿正三品,少卿正四品;光禄寺卿从三品,少卿从四品。"叶葱奇注:"秦的实职原属太常寺,而北征时新加光禄大夫衔,并不是降为光禄寺卿或少卿。"隮,升迁,一作"阶"。

⑨玦:有缺口的玉佩。银壶,银修的箭袋。狒,兽名,形似猴,面如狗。狖,似猴而尾长,黄黑色。

⑩桃花马:白毛中有红点的马。彩絮,彩色璎珞。

⑪臂:鲍钦止本作"擘"。金斗,金印。《世说新语·尤悔》:"周(顗)曰:'今年杀诸贼奴,取金印如斗大,系肘后。'"玉罍,酒器。

⑫清苏:清酥。李贺《秦宫诗》:"斫桂烧金待晓筵,白鹿清酥夜半煮。"碎蚁,新酒面上的浮沫。《释名·释饮食》:"(酒有)泛齐,浮蚁在上,泛泛然也。"紫腻,菜肴。

⑬鞹:同"鞟",去毛的兽皮。蒙马,语出《左传·僖公二十八年》:"胥臣蒙马以虎皮。"鱼肠,宝剑名。

⑭趁趣:疾走的样子。西旅狗,《尚书·周书·旅獒》:"西旅献獒。"孔传:"西戎远国贡大犬。"奚,奴仆。

⑮黄龙:即龙城,古城名。沈佺期《杂诗》之三:"闻道黄龙戍,频年不解兵。可怜闺里月,长在汉家营。"青冢,王昭君墓。

⑯周处:字子隐,吴郡阳羡(今江苏宜兴)人,曾斩杀蛟龙于长桥下。长桥,又名蛟桥、荆溪桥,在今江苏宜兴。侯调,相传为创制笭篌的乐师。短弄,短调。

⑰钱唐：即钱塘，在今浙江杭州。阶，吴汝纶以为当作"偕"。

⑱内子：嫡妻。《左传·僖公二十四年》："（赵姬）以叔隗为内子，而己下之。"杜预注："卿之嫡妻为内子。"琪树，《文选·孙绰〈游天台山赋〉》："建木灭景于千寻，琪树璀璨而垂珠。"吕延济注："琪树，玉树。"落梅，《落梅花》，曲名。

【汇评】

姚文燮《昌谷集注》卷三："时吐番入寇，屡侵内地。当秋胶折，骄横不庭。言光禄渡水行营，将雄士锐，器利帜明。榆稀，言敌垒在望也；甲重，言士马精强也。提军深入，阴晴并进；况威望素著，品位特加。腰围带式，崇新秩也；箭菔鲜明，蒙宠颁也。桃花名马，彩絮饰鞍；塞外星驰，勇于王事。肘悬金印，口饮玉罍；万里立勋，倾樽为别。奇驹宝剑，猎火胡雏。帐前香熏，鹰驯斗静。经过古迹，自动乡思。缘以为国除凶，不顾《骊歌》悲怨。携子从征，以为功名阶级计。钱塘潮信，来秋便可成功。故夫人分钗，以期早合也。攀枝奏曲，望其凯旋，即图欢聚耳。"

《昌谷集句解定本》卷三杨妍评："结句用事，须放一步作散场，如剡溪之棹，自去自回，言有尽而意无穷乃妙。今刺蛟既不切合，又无余韵，此不深着意故也。"

《昌谷集句解定本》卷三张星评："排律先取格律，次取色泽风容。今其次第铺叙外，格律虽未雄俊，而对比之间，时有活动之趣，较之《恼公》差胜矣。"

明于嘉刻本《李长吉诗集》批语："此首换韵法，未解所本。"

平城下①

饥寒平城下，夜夜守明月。
别剑无玉花，海风断鬓发②。
塞长连白空，遥见汉旗红。
青帐吹短笛，烟雾湿画龙③。

126

日晚在城上，依稀望城下。

风吹枯蓬起，城中嘶瘦马④。

借问筑城吏，去关几千里。

唯愁裹尸归，不惜倒戈死⑤。

【题解】

将士久戍边荒苦寒之地，凄苦万状，心有愤懑。这些远戍平城的士兵，夜夜与明月为伍，耳旁凛冽的寒风呼啸而过。离家出征时，也曾是满怀壮志，手持宝剑，雄心勃勃，奔赴边关。如今宝剑早已失去往日光芒，壮志亦在寂寞凄寒中消磨殆尽。塞草连天，边声四起，瘦马悲鸣，枯蓬飞转，悠扬的短笛声勾起了他们家乡的记忆。为报国杀敌，他们不惜一死，但倘若毫无意义地饿死在边地，却让他们不甘心。

【注释】

①平城：今山西大同一带。李吉甫《元和郡县志》卷十四："云县，今州即秦雁门关郡地，在汉雁门郡之平城县也。《史记》曰，汉七年，韩王信亡走匈奴，上自将逐之，遂至平城，为匈奴所围，用陈平秘计得出是也。"

②别剑：离别家乡时所佩之剑。玉花，光亮晶莹有如玉色。

③画龙：绘有龙形图案的军旗。

④枯蓬：蒙古本作"孤蓬"。

⑤裹尸：《后汉书·马援传》："男儿要当死于边野，以马革裹尸还葬耳。何能卧床上，在儿女子手中耶。"王琦注此两句："死于饥寒与死于战斗等死耳。然死于战斗者，英魂毅魄，犹足以称国殇而为鬼雄，较之饥饿而死者，不大胜乎。故今所愁者，唯饥寒死而裹尸以归，若倒戈而死，固不自惜耳。"

【汇评】

姚文燮《昌谷集注》卷四："元和八年，振武河溢，毁受降城。李吉甫请徙于天德军。李绛、卢坦云：'振武美水草，当要冲，欲避河患，退二三里可矣。'上卒用吉甫言。冬十月，振武节度使李进贤不恤士卒，使牙将杨遵宪将五百骑趋东受降城，以备回鹘，军遂乱。平城即振武，今云中雁门也。明

127

月海风，白空雾湿，皆状平城之水为患，致士马饥寒也。又当远徙天德，未知去关几许，而将帅仍肆苛暴，谁乐为用？虽效命疆场，徒死无益，遂不惜倒戈以致乱矣。"

王琦《李长吉诗歌汇解》卷四："此章以守边之将，不恤其士卒之饥寒，其下苦之，代作此辞以刺。然通首竟不作一怨尤之语，洵为高妙。旧注以"平城"及"汉旗红"之语，作汉高祖被困平城之解者，非是。"

吴汝纶《李长吉诗评注》卷四："结意直率。"

古邺城童子谣效王粲刺曹操①

邺城中，暮尘起②。
探黑丸，斫文吏③。
棘为鞭，虎为马。
团团走，邺城下。
切玉剑，射日弓④。
献何人，奉相公⑤。
扶毂来，关右儿⑥。
香扫途，相公归⑦。

【题解】

诗以曹操的跋扈专横，讥讽其时之藩镇。邺城中那一批奸猾恶少，手持利器，纵马闹市，斫杀文武官吏，不可一世。他们的眼中只有曹丞相，根本没有天子的存在。曹公回府，香屑洒道，这些关右的豪侠儿簇拥而行，真可谓权势滔天。姚文燮以为长吉讥讽王伾、王叔文集团妄窃国柄，但二王无自立之意，一切权势来源于顺宗。诗歌反复强调"奉相关"、"相公归"，意在强调天子已经从他们的视野中消失，故当以讥讽藩镇为近。诗作于长吉任职长安期间。

【注释】

①诗题宋蜀本少一"刺"字。邺城,遗址在今河北临漳。曹操自立为魏公,建都于此。王粲(177—217),字仲宣,山阳郡高平(今山东微山)人,"建安七子"之一。所刺曹诗,今佚。

②暮尘:宋蜀本作"墓尘"。

③"探黑丸"两句:语本《汉书·尹赏传》:"长安中奸猾浸多,闾里少年,群辈杀吏。受赇报仇,相与探丸为弹,得赤丸者斫武吏,得黑丸者斫文吏,白者主治丧。城中薄暮尘起,剽劫行者,死伤横道,枹鼓不绝。"

④切玉剑:语本《列子·汤问》:"周穆王大征西戎,西戎献锟铻之剑,……用之切玉如切泥焉。"射日弓,后羿射九日之弓。《淮南子·本经》:"逮至尧之时,十日并出,焦稼禾,杀草木,而民无所食。……(后羿)上射十日。"

⑤相公:指曹操。《文选·王粲〈从军诗〉之一》:"相公征关右,赫怒震天威。"李善注:"曹操为丞相,故曰相公也。"《日知录集释》引钱大昕语:"曹操始以丞相封魏公。相公之称,自曹孟德始,前此未之有也。"

⑥扶毂:站在车轮旁边以侍从。扬雄《羽猎赋》:"齐桓曾不足使扶毂,楚庄未足以为骖乘。"关右儿,一作"阁右儿"。关右,潼关以西。

⑦香扫途:以香屑铺路。扫,洒。

【汇评】

刘辰翁《笺注评点李长吉歌诗》卷三:"虽不尽晓刺意,终是古语可爱。"

王夫之《唐诗评选》卷一:"亦刺当时,体神自远。"

姚文燮《床古集注》卷三:"按德宗崩时,太子患风疾失音,仓卒未知所立。众以太子地居冢嫡,遂立焉。王伾、王叔文素为顺宗所狎,至是居学士。庶事先下翰林,使叔文可否,然后宣于中书。使韩泰、柳宗元、刘禹锡辈采听谋议,汲汲如狂。叔文以上疾得专大权,挟天子以临天下,荣辱生死,唯其所欲。其门昼夜如市,人但知有相公,不复知有天子。然当唐之时,天后、中宗之朝,妄窃国柄者先后不乏,几至玉历暗移。贺伤本朝往事而作此也。斫文吏用尹赏事。言邺城薄暮,乱作尘飞,杀伤横道。谗邪凶残之辈,皆得效驱驰奔走,分布中处。宝剑良弓,以奉相公,供谋篡逆。若杨奉、韩暹本欲借奉车驾为乱,而不知操反挟天子以归。盖小人急于邀功,奸雄故为不测有如此。"

陈本礼《协律钩玄》卷三引董伯音:"此咏操初起邺,至许谋迎献帝事。在董卓既诛后,非攻袁尚于邺事也。贺因藩镇跋扈,招纳叛亡,私养外宅,虑其心必有煽合秦陇,挟制天子,渐移唐祚之变,故陈古以讽,厌后唐室竟以是亡。其曰效王粲,讳之也。"

陈沆《诗比兴笺》卷四:"唐时藩镇,多有加使相仆射之阶者。此以'邺城'托兴,殆指河北藩镇也。藩镇以牙兵为亲军,其横暴城市,至弯射日之弓,抗命拔扈,可以想见。再言相公,言知有相公,不知有天子也。不然,何取于往古之曹操而刺之?"

明于嘉刻本《李长吉诗集》批语:"节愈短,音愈悲;词愈简,情愈切。昌谷之妙如此。棘鞭虎马,极写恶状,不必指实。"

荣华乐①

鸢肩公子二十余,齿编贝,唇激朱②。

气如虹蜺,饮如建瓴,走马夜归叫严更③。

径穿复道游椒房,龙裘金玦杂花光④。

玉堂调笑金楼子,台下戏学邯郸倡⑤。

口吟舌话称女郎,锦袪绣面汉帝旁⑥。

得明珠十斛,白璧一双,新诏垂金曳紫光煌煌。

马如飞,人如水,九卿六官皆望履。

将回日月先反掌,欲作江河唯画地⑦。

峨峨虎冠上切云,辣剑晨趋凌紫氛⑧。

绣段千寻赗皂隶,黄金百镒貤家臣⑨。

十二门前张大宅,晴春烟起连天碧⑩。

金铺缀日杂红光,铜龙嗒环似争力。

瑶姬凝醉卧芳席，海素笼窗空下隔⑪。

丹穴取凤充行庖，玃玃如拳那足食⑫。

金蟾呀呀兰烛香，军装武妓声琅珰。

谁知花雨夜来过，但见池台春草长。

嘈嘈弦吹匝天开，洪崖箫声绕天来⑬。

天长一矢贯双虎，云弝绝骋牒旱雷⑭。

乱袖交竽管儿舞，吴音绿鸟学言语。

能教刻石平紫金，解送刻毛寄新兔⑮。

三皇后，七贵人，五十校尉二将军⑯。

当时飞去逐彩云，化作今日京华春。

【题解】

　　诗咏梁冀以讽刺当时权佞，但不知所斥为何人。《后汉书》载梁冀一门权倾朝野，把持朝政二十余年。此诗先极力描写梁冀少年豪纵狂引，嬉戏达旦，出入宫禁，调笑宫女，无所忌惮。接着叙述他巧言令色，曲媚皇帝，博得高官厚赐，得意洋洋。然后夸饰他权势滔天，独断专行，陵轹皇权，穷奢极欲，享尽荣华富贵。最后点出梁氏一家，虽然不可一世，先后出了三皇后、六贵人、二大将军，但一朝倾覆，即化为烟云。姚文燮认为，长吉意在讥讽大历朝宰相元载或元和朝李𪨶；钱仲联则认为唐宪宗安懿皇后郭氏一家，荣华豪富与梁冀家不相上下；钱钟书认为长吉"倘亦深有感于嬖倖之窃权最易、擅权最专，故不惜凭空杜撰，以寓论世之识乎"（《管锥篇》第一册，第122—3页）。但长吉讥讽权贵弄权奢华，每每引梁氏一家作陪衬，或有所指。

【注释】

①荣华乐：一作"东洛梁家谣"。

②鸢肩：耸肩。《后汉书·梁冀传》："（梁冀）字伯卓，为人鸢肩豺目，洞精矘眄。"编贝，牙齿洁白整齐。激朱，红润。《庄子·盗跖》："唇如激丹，齿

131

如齐贝。"

③虹蜺:彩虹。建瓴,倾倒瓶中之水。《史记·高祖本纪》:"地势便利,其以下兵于诸侯,譬犹居高屋之上建瓴水也。"严更,警戒夜行的更鼓。《文选·班固〈西都赋〉》:"周以钩陈之位,卫以严更之署。"李善注引薛综《西京赋》注曰:"严更,督行夜鼓。"

④龙裘:杂色皮衣。曾本、姚佺本等作"龙裘"。金玦,镶金的有缺口的佩玉。《左传·闵公二年》:"衣之尨服,佩之金玦。"杜预注:"尨,杂色也。玦,如环而缺不连。"

⑤金楼子:南朝梁元帝萧绎之作。《南史·徐妃传》载,妃与左右私通,元帝疾其所为,赐死,制《金楼子》以述其淫行。一说即为金楼女。邯郸倡,邯郸倡女。《乐府诗集·相逢行》:"黄金为君门,白玉为贵堂。堂上置樽酒,作使邯郸倡。"宋蜀本、蒙古本作"邯郸唱"。

⑥口吟舌话:出语含糊。《汉书·梁冀传》:"口吟舌话,裁能书籍。"袪,袖口。绣面,绣面衣。汉帝,此指汉顺帝。

⑦画地:形容极其简单,语本《西京杂记》卷三:"淮南王好方士,方士皆以术见。遂有画地成江河,撮土为山岩。"

⑧虎冠:武官之帽。切云,高耸的样子。屈原《九章·涉江》:"冠切云之崔嵬。"竦剑,仗剑。《文选·左思〈吴都赋〉》:"竦剑而趋。"李周翰注:"竦剑,谓带剑竦立而趋也。"

⑨绣段:即绣缎。寻,八尺为一寻。镒,二十四两为一镒。贶,赠送。

⑩十二门:古时皇都四面各有三座城门,即十二门。《周礼·考工记·匠人》"旁三门",郑玄注:"天子十二门通十二子。"贾公彦疏:"子丑寅卯等十二辰为子,故王城面各三门,以通十二子也。"大宅,《后汉书·梁冀传》:"冀乃大起第宅,而寿(其妻孙寿)亦对街为宅,殚极土木,互相夸竞。堂寝皆有阴阳奥室,连房洞户,柱壁雕镂,加以铜漆。窗牖皆有绮疏青琐,图以云气仙灵。"

⑪海素:海绡。王琦注:"海素,海中鲛人所织之素,即鲛绡也。"

⑫丹穴:山名。《山海经·南山经》:"丹穴之山,……有鸟焉,其状如鸡,五采而文,名曰凤凰。"玃玃,小狝猴。王琦注引《益部方物略记》:"玃出

邛蜀间，与猿猱无异，但性不躁动，肌质丰腴，蜀人炮蒸以为美味。"

⑬洪崖：传说中上古的乐师。张衡《西京赋》："洪涯立而指麾，被毛羽之襳襹。"

⑭弣：弓背中部手握着的地方。聒旱雷，声响如旱雷。

⑮刻石：凿石成穴，用以蓄藏财物。刻毛，烙毛以为标识。《后汉书·梁冀传》："冀起兔苑于河南城西，经亘数十里，发属县卒徒，修缮楼观，数年乃成。移檄所在，调发生兔，刻其毛为识，有犯者辄死。"

⑯"三皇后"三句：《后汉书·梁冀传》："冀一门前后七封侯，三皇后，六贵人，二大将军，夫人、女食邑称君者七人，尚公主三人，其余卿将尹校五十七人。"

【汇评】

《昌谷集句解定本》卷四谢起秀评："梁氏全盛如此，止一结，便凄凉满目。题之所以名《荣华乐》者，草荣而木华也。"

姚文燮《昌谷集注》卷四："大历中，元载为相。载先冒曹王明妃元氏姓。载性憸险，初依李辅国，拜平章。复结中人，厚啖以金，使刺取密旨，帝意必先知之。恃宠骄横，贪猥残暴，凡仕进干请，必结子弟主书。城中开南北二第，室宇奢广，名姝异伎，禁中不逮，蓄姬妾为倡优。子扬州兵曹伯和、祠部郎仲武、授书郎季能，牟贼聚敛，荒淫特甚。又元和朝李俦本寒贱，由庄宪太后娅婿得进，历坊、绛二州。性纤巧，饰厨传，结纳阉寺，专敛聚以固恩宠。数毁近臣，大纳贿赂，一时侧目。贺抚今迫昔，因引梁家以讥之也。莺肩唇齿，状其美也。骄昵夜饮，金吾莫禁，出入宫闱，华侈自炫。《金楼子》乃梁元帝所制。徐妃淫妒，帝赐之死，作此以丑之。言其敢于内苑肆行调笑，而自学倡女之歌舞。柔声妖饰，思以亵戏媚至尊。既得重赏，更加新秩，朝贵皆望尘趋朝，而下役皆邀厚赐。府第巍峨，直逼禁闼。狎妖娥于鲛帐，罗方物于珍厨。炬焰佩声，阴晴莫辨。丝竹酣阗，弓矢角技，舞女杂沓，鹦鹉交鸣。刻石而填以紫金，使碑碣不致磨灭。昔冀妻孙寿起兔苑于河南，调发生兔，皆刻其毛以识，犯者立死。而一门之中，男女皆贵，内壸外朝，尊宠赫奕。乃一旦淹灭，如彩云易散，梁家之荣华尽矣。那知又化作今日之京华春耶？"

方扶南《李长吉诗集批注》卷四:"借题讽刺,岂真咏梁家。"

陈本礼《协律钩玄》卷四:"《梁冀传》载《汉书》,此为冀又演出一部传奇来,可与《秦宫诗》合看。一主一奴,各有妖媚动人处。冀得帝宠,宫得冀宠,并得其妻孙寿宠。宠虽不同,而其狐媚则一。"

陈本礼《协律钩玄》卷四引董伯音:"盖假以刺国忠、林甫、元载辈,或曰刺诸武也。故形写深刻至此。"

黎简《黎二樵批点黄陶庵评本李长吉集》卷四:"此诗结语明是咏梁冀,非男嬖也。冀貌甚美,故有'玉堂'以下数句,遂疑为男嬖耳。此意(歌舞宴乐处)唐人诗屡用屡抄。收束处,音情之妙,不可言传。唐人长句能此调者数人而已。昌黎有此笔力,便无此远韵。"

陈沆《诗比兴笺》卷四:"咏梁冀以刺当时贵戚。末语隐然前车之鉴,但不知所斥何人耳。集中借梁冀事为讽者,又有《秦宫》诗云:'开门烂用水衡钱,卷起黄河向身泻。'又《梁台古意》云:'梁王池沼空中立,天河之水夜飞入。'皆与此篇同刺。"

明于嘉刻本《李长吉诗集》批语:"冀出则播弄国柄,入则受制淫妻,写得曲尽其致。孙寿扫眉挽髻,皆极夭斜,故云。诗意甚明,读之自见。"

秦宫诗①并序

汉秦宫,将军梁冀之嬖奴也。秦宫得宠内舍,故以骄名大噪于人。予抚旧而作为长辞,以冯子都之事相为对望,又云昔有之诗②。

越罗衫袂迎春风,玉刻麒麟腰带红③。
楼头曲宴仙人语,帐底吹笙香雾浓④。
人间酒暖春茫茫,花枝入帘白日长⑤。
飞窗复道传筹饮,十夜铜盘腻烛黄⑥。
秃衿小袖调鹦鹉,紫绣麻腹踏哮虎⑦。

斫桂烧金待晚筵，白鹿清酥夜半煮⑧。

桐英永巷骑新马，内屋深屏生色画⑨。

开门烂用水衡钱，卷起黄河向身泻⑩。

皇天厄运犹兽裂，秦宫一生花底活⑪。

鸾馌夺得不还人，醉睡氍毹满堂月⑫。

【题解】

此诗自是借古讽今之作。作为一家奴，秦宫却身穿华丽的衣衫，身佩珍贵的腰带，在高楼上宴饮宾客，通宵达旦，肆无忌惮，生活奢华得让人惊诧。不仅如此，他还任意盗用皇室的钱财，与主妇苟且私通。人们常说苍天有眼，恶有恶报，但秦宫却在灯红酒绿中快快活活地度过了他的一生。这实在让人难以理解。李贺所言，自然有所实指，但所指何事，难以考索。不过，从所述家奴之事来看，诗歌当作于长安供职期间。

【注释】

①秦宫：东汉梁冀掌管家务的奴仆。《后汉书·梁冀传》云："冀爱监奴秦宫，官至太仓令，得出入寿（梁冀之妻孙寿）所。寿见宫，辄屏御者，托以言事，因与私焉。宫内外兼宠，威权大震，刺史、二千石皆谒辞之。"

②汉秦宫：曾本、姚佺本作"汉人秦宫"。《唐文粹》为"秦宫"下加一"汉"字。嬖奴，受宠的家奴。内舍，妻子。冯子都，冯殷，字子都，西汉霍光之监奴。《汉书·霍光传》："初，光爱幸监奴冯子都，常与计事。及显（霍光之妻）寡居，与子都乱。"

③衫袂：一作"夹衫"。

④曲宴：私宴。帐底，帐里。香雾，一作"烟雾"。

⑤人间：一作"人闲"、"云闲"。

⑥复道：楼阁之间的空中通道。传筹饮，一作"传头饮"。十夜，一作"午夜"。十夜铜盘，一作"半夜朦胧"，姚文燮本作"卜夜铜盘"。

⑦秃衿小袖：无领窄袖衣。靸，鞋子，《唐文粹》作"霞"，蒙古本作"鞡"。

哮虎,一作"虓虎"、"吼虎"。

⑧清酥:一作"青苏"。夜半,一作"夜来"。

⑨桐英:桐花,一作"桐荫"。永巷,宫中长巷。新马,一作"生马"、"主马"。深屏,一作"珍屏"。

⑩水衡钱:汉代天子私藏之钱,由水衡都尉、水衡丞掌管、铸造。《汉书·宣帝纪》:"(本始)二年春,以水衡钱为平陵,徙民起第宅。"颜师古注引应劭曰:"水衡与少府皆天子私藏耳。"

⑪花底:宋蜀本作"花里"。

⑫鸾篦:鸾钗。睡,蒙古本作"卧"。氍毹,毛毯。

【汇评】

刘辰翁《笺注评点李长吉歌诗》卷三:"钩深索隐,如梦如画。极言梁氏连夜盛宴,而秦宫得志可见。至'调鹦鹉'、'夜半煮',无不可道,故知作者妙于形容。末更奴态,人所不能尽喻。赋秦宫似秦宫,何其多才也。"

董懋策《唐李长吉诗集》卷三:"写秦宫之丑,隐而不俗,所以为绝构。"

王夫之《唐诗评选》卷一:"亦刺当时无事,如少陵之《丽人行》,主名必立。"

姚佺《昌谷集句解定本》卷三:"秦宫之事,乌天黑地之事,其诗亦做得乌天黑地。"

姚文燮《昌谷集注》卷三:"此借以丑武、韦及杨氏辈也。贺谓汉世子都、秦宫之事,相为对望。不知唐世如梁、霍辈,所在接踵,况更有上焉者乎?以监奴而冶妆丽服,更窃朝廷名器。玉红麟鞯,诸王所服,竟尔僭僭若此。楼头帐底,肆行淫荡。春茫茫,沉湎至浓极也。花枝喻宫也。白日长,不待卜夜也。别馆传觞,夜以继日。褒衣妖服,倚翠偎红。巧语柔声,互相调笑。奇珍异馔,不辨昏朝。新马,乃所赐之马也。内屋深屏,冶容相映也。水衡钱本人主之私帑,而为冀所擅,兹冀又为宫擅矣。妄行权势,惊涛骇浪,总由己意。夫以皇天犹有厄运,何宫见怜于美女而恣行一生乎?骄淫嬉戏,凡寿之左右无不狂纵,故常夺篦不还也。酣极高眠,清辉皎洁,而宫与寿总无所忌,异哉!"

陈本礼《协律钩玄》卷三引董伯音："宦官至太仓令，出入冀妻孙寿所，宦因私焉。内外兼宠，威权大振。长吉盖借以刺安禄山出入贵妃宫中事，观其自序，云'汉人'，云'抚旧'，云'昔有'，讳愈深而指益见矣。其曰'玉麟腰带'，曰'复道'、'永巷'、'水衡'，皆隐指宫闱也。"

方扶南《李长吉诗集批注》卷三："此诗人推绝构，非也。长吉高处，往往有得之于天而非人事之所有者，佛家所谓教外别传，又所谓别峰相见者也。虽不及李、杜大宗，而大宗亦或不得而及之，此天也。玉楼之召虽幻，而作记者自只此人。杜牧之极赞杜诗韩笔，然满胸人事，即近嗜欲。嗜欲深者天机浅，上清能不选此人耶？此诗虽工，却皆言人事之所可揣；语虽工，弗善也。若只以善写人事为工，则杜公《丽人行》尚矣，此工不及。"

贾公闾贵婿曲①

朝衣不须长，分花对袍缝。
嘤嘤白马来，满脑黄金重②。
今朝香气苦，珊瑚涩难枕。
且要弄风人，暖蒲沙上饮③。
燕语踏帘钩，日虹屏中碧④。
潘令在河阳，无人死芳色⑤。

【题解】

诗或讥讽权豪贵婿之骄奢淫欲，当作于长吉供职京师时。这贵婿所穿之朝服，花纹合缝，华丽精美；所乘骑之白马，挂满各种饰品，富贵逼人。他嫌弃芬芳的香气太苦，柔滑的珊瑚枕头太粗涩。他还带着外面的歌伎舞女到河滩上去厮混，使家中的妻妾独守深闺。家中人也不愿为他死守芳姿、贞洁自持了。钱钟书以为诗末句谓无人堪偶，红颜闲置如死或芳容坐老至死，又是一说（《管锥篇》第四册，第 222 页）。

【注释】

①贾公间:贾充,字公间。贵婿,指其婿韩寿。

②黄金重:喻马头上的金饰品众多。汉乐府《陌上桑》:"青丝系马尾,黄金络马头。"

③要:邀。弄风人,卖弄风情之人。

④"日虹"句:王琦注云:"日虹者,谓日光透入室中,晃成白气,有如虹状,映射屏中,遂成壁色。"

⑤潘令:潘岳曾为河阳县令。《晋书》卷五五:"(潘岳)少时常挟弹出洛阳道,妇女遇之者,皆连手萦绕,投之以果,遂满车而归。"

【汇评】

徐渭《唐李长吉诗集》卷三:"不著题一句,自是妙。"

姚文燮《昌谷集注》卷三:"此追诮李林甫也。林甫有女数人,乃设选婿窗。每有贵族子弟入谒,女即于窗中择其美者配之,时多秽声。当必有始误因其美而为贵婿,后不安于婿之无才者而有悔心,致别生思慕也。朝衣取其称身,袍缝取其花之相合,此贵婿之衣也。嘤嘤白马,满脑黄金,此贵婿之乘也。眼此衣,乘此马,贵婿岂不可爱?乃往日所与之香,而今觉其苦;往日所共之枕,而今觉其涩。且又愿要弄风人,有如暖浦鸳鸯,同作沙上之饮。亦以婿虽贵而才实不足耳。当此紫燕翻飞,日光内射,有才如潘令,远在河阳。固无人足当芳色之一死,即不能不为芳色惜矣。潘令出贾充之门,与谧为友。贺固连而及之,当是贺之自谓。然余于此,不免鄙贺之轻薄,益信贺之必然早死。盖充女自嫁韩之后,如贺所称述无闻焉。而潘令又充女之儿辈,不伦。贺何至以意中所指污蔑从前朽骨,造成文人之业哉。要之婚姻正始,如充女者,当亦自怨其始之不正也。"

陈本礼《协律钩玄》卷三引董伯音:"全不显题事,只于厌苦香气一语,微著韩寿。于自怜芳色,不能一刻冷淡,微写贾女。确是公间贵婿,移动不得。诗如五色虿,舌端有灵钩,搜剔伏隐午寿之肝,显然暴露矣。"

难忘曲①

夹道开洞门，弱杨低画戟②。
帘影竹华起，箫声吹日色③。
蜂语绕妆镜，画蛾学春碧④。
乱系丁香梢，满栏花向夕⑤。

【题解】

古乐府《相逢行》："相逢狭路间，道隘不容车。不知何年少，夹毂问君家。君家诚易知，易知复难忘。"所言即长吉此作诗题所本，但内容却与之毫无关联，主要写权贵骄奢生活，大约作于李贺任奉礼郎期间。权贵之家，府邸壮丽，画戟罗列，垂柳成行。夹道上重门洞开，望不到尽头。深深的庭院中，阒寂无人，似乎没有半点动静。唯有斜阳透过竹帘，拖曳着它斑驳的影子，在地上缓缓前行。偶尔一阵清风吹来，竹帘晃动，有如箫声传来。深院中的佳丽，百无聊赖，清早起床就开始梳妆打扮，画着春山一样的眉毛，挽着丁香一样的发梢，但直到黄昏都无人欣赏，只好独自对着鲜花，暗自叹息。

【注释】

①难忘曲：《乐府诗集》卷三四："《相逢行》，一曰《相逢狭路间行》，亦曰《长安有狭斜行》"。《乐府解题》曰：'古词文意与《鸡鸣曲》同。晋陆机《长安狭斜行》云："伊、洛有歧路，歧路交朱轮。"则言世路险狭邪僻，正直之士无所措手足矣。'唐李贺有《难忘曲》，亦出于此。"诗题，姚文燮本下有"古诗有'君家诚易知，易知复难忘'"十三字。

②洞门：重门。弱杨，垂柳。姚佺本作"强杨"。画戟，彩画纹饰之木戟，常用以仪饰，唐三品以上官员使用。韦应物《郡斋雨中与诸文士燕集》诗："兵卫森画戟，宴寝凝清香。"

③竹华:太阳透过竹帘后的光影,一说为竹帘上的花纹。另作"竹叶",非。箫声,风吹竹帘的声音。

④画蛾:吴本、曾益本作"拂蛾"。春碧,碧绿的春草。

⑤向夕:薄暮。陶潜《岁暮和张常侍》诗:"向夕长风起,寒云没西山。"

【汇评】

徐渭《唐李长吉诗集》卷三:"见有美人如此,故难忘也。"

曾益注《昌谷集》卷三:"洞门列戟,贵家也。竹华,湘纹;吹日色,日出而吹箫。蜂语绕,喧聚;妆镜,临镜而妆。拂蛾,画眉;学春碧,如春山。乱系丁香梢,言徒刺人心;花向夕,自朝暨夕,花自如此。贵家女临镜晓妆,可望而不可即,私有所慕之作。"

姚文燮《昌谷集注》卷三:"时襄阳公主下嫁张克礼。主纵恣,有薛浑等皆得私侍。克礼不能禁,竟以上闻。贺吟此曲以诮之。洞门画戟,府第深严。竹华起,卷湘帘也。吹日色,送斜阳也。良媒密语,以通音问,遂修眉饰黛以候佳会也。'乱系丁香梢',言幽情荡漾难拘束也。'满栏花向夕',约夜来也。"

方扶南《李长吉诗集批注》卷三:"写闺怨也。"

夜饮朝眠曲

笼䴙出座东方高,腰横半解星劳劳①。
柳花鸦啼公主醉,薄露压花蕙兰气②。
玉转湿丝牵晓水,热粉生香琅玕紫③。
夜饮朝眠断无事,楚罗之帏卧皇子④。

【题解】

此诗述公主与皇子通宵达旦之宴饮,当作于长吉任职长安期间。一夜宴饮,等皇子半松腰带,醉意朦胧地走出公主府中的时候,天空只剩下几颗晨星在闪烁,东方已经开始发白。公主早已醉卧柳苑,清凉的薄雾洒落在花瓣上,晨风中送来阵阵蕙兰的香气,偶尔还传来一两声寒鸦的啼鸣。清晨的寂静,慢慢为辘轳的转动声所打破,一天的忙碌开始了,但这丝毫没有影响到公主。她依然在酣睡之中,宿醉的脸庞脂粉生香,色如琅玕。回府的皇子,也在绫罗帷幄中高卧不起。这样的生活,对他们而言,实在太平常了。

【注释】

①腰横:腰带。劳劳,稀疏的样子。

②柳花:一作"柳苑"。蕙兰,吴本作"惠园"。

③玉转:井上辘轳。湿丝,汲水之绳。琅玕紫,酒后面色紫红,如琅玕之玉。

④楚罗:楚地所产绫罗。

【汇评】

曾益注《昌谷集》卷三:"觞酾,饮也;出座,饮将阑也;东方高,晓也,言夜饮迄朝也。腰横解半,将就眠也;星劳劳,迄晓星愈繁也。柳花鸦啼,夜朝相接时;公主醉,饮而醉也。醉则力弱不胜,如薄露压花然也;蕙兰气,酒生香也。玉转,辘轳鸣也;丝湿牵晓水,晓汲,只言朝也。脸热则粉香而色紫,明公主醉也。断无事,言夜饮朝眠之外无他。眠者必以帏卧,皇子,即公主也,言朝眠也。"

董懋策《唐李长吉诗集》卷三:"篇中但言朝眠,而夜饮自见。"

姚文燮《昌谷集注》卷三:"山南东道节度使于頔子季友求尚主,宪宗以普宁公主妻之。李绛谏曰:'季友房族庶孽,不足以辱帝女。'上不听。山南东道属襄阳,故末云'楚罗之帏',盖伤之矣。'断无事',宁真保其不跋扈耶?"

王琦《李长吉歌诗汇解》卷三:"诗意是公主之家,宴请皇子而为长夜之饮者作。"

花游曲 并序

寒食诸王妓游,贺入座,因采梁简文诗调赋《花游曲》,与妓弹唱①。

春柳南陌态,冷花寒露姿。
今朝醉城外,拂镜浓扫眉。
烟湿愁车重,红油覆画衣②。
舞裙香不暖,酒色上来迟。

【题解】

诸王寒食日携妓出游,遇雨宴饮,长吉与坐,当筵赋诗。诗当作于长吉官于京师期间,或即元和六年(811)春。气温尚未完全转暖,鲜花却已按捺不住,在寒露中傲然炫耀它的芳姿。城南的柳条,也开始在春风中搔首弄姿,展示它的千娇百媚。艳冶的歌妓,不甘落后,在梳妆镜前细细装扮,誓与春花细柳争奇斗妍。但出城后,一行人正遇上濛濛细雨,红色的油纸伞遮住了歌妓们精心修饰的艳妆。春寒料峭,舞裙单薄,歌妓的脸色不免有些僵硬,喝了好一会酒,才慢慢红晕起来。

【注释】

①寒食:曾本、姚佺本作"寒食日"。梁简文诗调,即齐梁体。梁简文,南朝梁简文帝萧纲(503—551),兰陵(今江苏武进)人,梁武帝第三子,好声色之诗,诗风柔靡轻艳。

②红油:红色雨披,或红油伞。

【汇评】

曾益注《昌谷集》卷三:"柳言态,花言姿。今朝谓寒食;醉城外,出城饮。浓,盛妆以出。上幕故烟湿重车,涩而行滞也。画衣,加油雨衣;湿,故覆之。不暖上迟,皆寒也。"

姚文燮《昌谷集注》卷三:"上四句以喻诸妓之娇艳也。郊游微雨,薄体轻寒,故云'裙香不暖,酒色来迟'也。唐时大食国进红油锦,可以蔽雨。"

陈本礼《协律钩玄》卷三:"通首皆嘲妓之词,不得末二句谐谑取笑,则入座赋曲之客殊觉无谓,妙在与妓弹唱,可为诸王解颐。首四写花游见诸妓,乘兴之至。后四写不期遇雨,不得逞其冶游,以见其败兴之至。用此嘲笑,与妓自弹自唱,以供诸王笑乐也。"

牡丹种曲

莲枝未长秦蘅老,走马驮金鹛春草①。
水灌香泥却月盆,一夜绿房迎白晓②。
美人醉语园中烟,晚华已散蝶又阑。
梁王老去罗衣在,拂袖风吹蜀国弦③。
归霞帔拖蜀帐昏,嫣红落粉罢承恩④。
檀郎谢女眠何处?楼台月明燕夜语⑤。

【题解】

诗写京都贵族的奢华,当作于长吉任奉礼郎期间。一掷千金买来的牡丹,很快就被抛之脑后。在秦蘅开始衰老而荷茎尚未生出的季节,人们如痴如狂,不惜重金,买来牡丹移种在自己家中。他们把牡丹种在精致的花盆里,再培上香泥,细心呵护,直到牡丹花含苞欲放。花开的季节,也是他们狂欢的时候,从朝至暮,宴饮不断,轻歌曼舞,不知疲倦。终于,花瓣松散了,花儿衰败了,蜂蝶远去了,那些公子姐儿们也就失去了兴趣,不再瞥它一眼。陪伴牡丹花叶的,唯有那淡淡的月光,与呢喃的燕子。

【注释】

①秦蘅:一种香草,亦名秦衡。走马驮金,指不惜重金。李肇《国史补》卷中:"京师贵游,尚牡丹三十余年矣。每春暮,车马若狂,以不耽玩为耻。执金吾铺官围外寺观,种以求利,一本有直数万者。"春草,牡丹。

②却月盆:半月形花盆。绿房,花苞。白晓,拂晓。

③梁王、罗衣:王琦以为是二妓之姓,叶葱奇认为是梁王指牡丹品种名或种花者,罗衣是花叶。《蜀国弦》,乐府曲名。

143

④归霞:晚霞。帔,古人披在肩背上的服饰。蜀帐,书中布帛或笺纸做的护花帐。

⑤檀郎:晋代潘岳小字檀奴,后以檀郎为所爱慕的男子的美称。谢女,原指谢道韫,后为女郎或才女的泛称。楼台,曾本、二姚本作"楼庭"。

【汇评】

吴正子《笺注评点李长吉歌诗》卷三:"此必古曲名。长吉此篇,不言牡丹,而止云莲枝绿房,此假古题以发己意。"

姚文燮《昌谷集注》卷三:"此移牡丹种也,故后皆不及花。按《神隐花经》:牡丹,春社前可移。'莲枝未长秦蘅老',此时已及春社时。花既开罢,斯种可移。洛阳进花,驲马一日夜即至京师。柳浑诗云:'近来无奈牡丹何,数十千钱买一科。'此远求花种,故云'走马驮金屧春草'也。盛以盆盎,时加灌溉,初恐难活,今枝叶茂盛矣。'美人'六句,追怅谢落也。芳姿艳质,今眠何处? 楼庭明月,唯闻小燕呢喃,而花容不复见矣。"

方扶南《李长吉诗集批注》卷三:"一篇层次了了。起段言初买以及花开;中段言赏会易过,豪家亦衰;末段言歌妓色衰,亦复无味。中段承驮金买花之主人,末段承园中醉语之侍女。乃叹风流易散,即他家牡丹七律'买栽池馆恐无地,看到子孙能几家'之意。"

吴汝纶《李长吉诗评注》卷三:"当时习尚奢靡,崇尚牡丹。《国史补》:'京师牡丹一本有直数万者。'此诗首言初买以及花开;中言赏会既过,豪家亦衰,风流易尽,亦复何味;末即'买栽池馆恐无地,看到子孙能几家'之意。"

明于嘉刻本《李长吉诗集》批语:"秦蘅已老,莲枝未长,安得不驮金觅艳? 虽喻眼前无当意者,亦正是牡丹时候。古人落笔不轻易如此。良辰易过,花开花谢,一刹那间,妾貌君恩,又何常住? 悲夫。"

贵公子夜阑曲①

袅袅沉水烟,乌啼夜阑景②。
曲沼芙蓉波,腰围白玉冷③。

【题解】

诗写富贵公子彻夜欢娱之场景。他们纵情狭邪，通宵达旦而意犹未尽，以至残夜之清寒也丝毫未影响他们买醉征歌的兴致。沉香、曲沼、白玉，写其骄奢之气；乌啼、夜阑，摹其逸乐之状。诗虽短短二十字，而纸醉金迷之场景已显现于眼前，讥讽之意自可想见。晓寒之凄冷，很可以代表作者的心情。诗或作于长吉为奉礼郎时，当是有所见闻而发。方扶南等人认为诗似有脱文，亦是一说。

【注释】

①夜阑:夜尽。

②沉水烟:沉水香之烟。

③曲沼:曲折迂回的池塘,此指长安曲池,在城东南,有曲江与芙蓉园。

【汇评】

刘辰翁《笺注评点李长吉歌诗》卷一:"此贵公子夜阑曲也。以玉带为冷,其怯可见也。"

方扶南《李长吉诗集批注》卷一:"此似不止于此,当大有脱文。此但一起,不然,于公子夜阑之旨安在?既为此曲,必形容贵公子买醉征歌,狎邪纵意,乃与题称。若止此,则一秋声之欧阳、赤壁下之苏矣,公子有是乎?"

陈本礼《协律钩玄》卷一:"此咏造安史之乱之贵公子也。子美《哀王孙》云等语,皆可作此注释。但彼为王孙哀,此为贵公子哀也。只四语,隐括简净得妙。"

黎简《黎二樵批点黄陶庵评本李长吉集》卷一:"已觉围玉冷肌而犹夜乐不止,此其所以刺也。须溪说'怯'字,只见其纤软,有女儿气,不得诗人之旨。"

酬答二首

其　一

金鱼公子夹衫长，密装腰鞓割玉方^①。

行处春风随马尾，柳花偏打内家香^②。

【题解】

华贵的公子，身着飘逸的夹衫，佩带着高贵的金鱼袋与御用的宫香，腰间的皮带密装着方形的玉玦。他骑着高头大马，所到之处，春风紧紧跟随，连轻盈的柳絮也围绕着他不停飞舞，久久不愿离去。诗写长安见闻，当作于长吉任奉礼郎期间。

【注释】

①金鱼公子：贵公子。唐制，三品以上官员佩金鱼袋。夹衫，夹衣。鞓，皮腰带，曾本、二姚本作"鞓"。玉方，方形的玉石。

②内家：大内，皇宫。

【汇评】

曾益注《昌谷集》卷三："此言公子佩金鱼，衣夹衫，腰围白玉，押领内家，拥簇而行，故春风若随之而柳花若打之也。"

姚文燮《昌谷集注》卷三："德宗崩，顺宗以风疾即位，一切唯宦官李忠言、昭容牛氏是任。百官奏事，自帷中可其奏。王伾、王叔文辈得坐翰林中使决事。凡入言于李、牛者，称诏行下。而柳宗元辈亦推奉奔逐，采听谋议，汲汲如狂。贺意谓小人趋附求荣，金鱼玉带，冀邀非分，固无论已。而文人才士，亦偏望风承旨，求媚宫嫔。观柳花内家，不可识其所指耶？"

陈本礼《协律钩玄》卷三引董伯音："此春游作，公子有诗示，故酬之。柳花无香，打内家则有香矣，谓春色撩人也。"

<h1 style="text-align:center">其　二</h1>

雍州二月梅池春，御水鹨鹢暖白苹^①。

试问酒旗歌板地，今朝谁是拗花人^②？

【题解】

京城的二月，梅花盛开，池苑一派春色。悠闲的鹭鸶，在渐暖的水中游来游去，将浮漂的水草划开。在这春暖花开的日子，在这歌舞宴乐之地，谁是那赏春折花之人？

【注释】

①雍州：在今陕西长安西北一带，唐时为西京地，又为京兆府。梅池，蒙古本作"海池"。鹨鹢，池鹭，一种水鸟。白苹，水中浮草。

②酒旗：酒幌。歌板，拍板，又称檀板，歌唱时用以打拍子。拗花，折花。陶宗仪《辍耕录·拗花》："南方或谓折花曰拗花。"

【汇评】

曾益注《昌谷集》卷三："此言景物如旧，而人事非昔也。"

陈本礼《协律钩玄》卷三引何焯："'拗'字敏妙。此言景物如旧而人事非昔也。"

姚文燮《昌谷集注》卷三："此即讥结事李忠言、牛氏者也。西京风物，淑气融和。因忆开元朝，内庭赏花，龟年捧檀板以歌，而供奉晖睍力士，致脱六缝乌皮，作《清平》以诮妃子。近日谁有丰采如此者乎？则奔竞媚悦唯恐后矣。酒旗即酒星，指太白也。'拗'与'傲'同意。是时以诗才著名者，如韩泰、柳宗元、刘禹锡且不免焉。观夫李白，可以愧矣。"

<h1 style="text-align:center">夜来乐</h1>

红罗复帐金流苏，华灯九枝悬鲤鱼^①。

丽人映月开铜铺，春水滴酒猩猩沽^②。

价重一篚香十株，赤金瓜子兼杂麸③。
五色丝封青玉凫，阿侯此笑千万余④。
南轩汉转帘影疏，桐林哑哑挟子乌⑤。
剑崖鞭节青石珠，白骢吹湍凝霜须⑥。
漏长送佩承明庐，倡楼嵯峨明月孤⑦。
续客下马故客去，绿蝉秀黛重拂梳⑧。

【题解】

诗写倡女生活，中有"承明庐"之语，或作于长吉供职长安期间。这位倡女名噪一时，身价颇高，可谓一笑千金。她的房间里挂着红色罗帐，帷幄下垂着金色的流苏，高悬的彩灯把室内照得红彤彤的。月亮升起来了，她打开房门，迎进贵客。晓星渐沉，贵客骑马上朝而去。等到又一轮明月升起的时候，新客又来了，她的生活就是这样重复着。唯一的变化是，为了迎接新客，她要不断地改变装束发式。

【注释】

①红罗：红色轻软的丝织品。《玉台新咏·古诗为焦仲卿妻作》："红罗复斗帐，四角垂香囊。"复帐，一种华丽的夹帐子。陆翙《邺中记》："石虎御床，辟方三丈，冬月施熟锦流苏斗帐，四角安纯金龙头，衔五色流苏。或用青绨光锦，或用绯绨登高文锦，或紫绨大小锦，丝以房子绵百二十斤，白缣里，名曰复帐。"流苏，下垂的穗子。吴本作"涂苏"。

②铜铺：铜质铺首。猩猩沽，刻有猩猩的沽酒之器。

③价：吴本无此字。赤金瓜子，瓜子金。杂麸，麸皮金。周密《癸辛杂识续集·金紫银青》："广西诸洞产生金，洞丁皆能淘取，其碎粒如蚯蚓泥，大者如甜瓜子，故曰瓜子金。其碎者如麸片，名麸皮金，金色深紫，比之寻常金色复加二等。"

④五色丝封青玉凫：吴本作"五丝封青凫"。封，包裹。青玉凫，刻有野鸭的玉器。阿侯，相传为莫愁的女儿。梁武帝《河中之水歌》："河中之水向东流，洛阳女儿名莫愁。莫愁十三能织绮，十四采桑南陌头。十五嫁为卢

家妇,十六生儿字阿侯。"

⑤汉转:银河西转。汉,银汉,银河。子乌,乌鸦。

⑥剑崖:刻有山崖形的剑柄头。鞭节,有节的马鞭。骊,黄身黑喙之马。

⑦承明庐:汉代承明殿旁之屋名,为侍臣值宿所居。

⑧蝉:蝉鬓。崔豹《古今注·杂注》:"魏文帝宫人绝所宠者,有莫琼树、薛夜来、田尚衣、段巧笑,日夕在侧,琼树乃制蝉鬓。缥眇如蝉翼,故曰蝉鬓。"秀黛,姚文燮本作"粉戴"。

【汇评】

吴正子《笺注评点李长吉歌诗》外集:"此篇疑步骤长吉者,刻画而陋俗。"

姚文燮《昌谷集注》外集:"此言贵游之夜宿倡楼者也。供帐侈丽,灯月交辉,香醪酬酢,珍玩赠贻,以博丽人之一笑为贵。乃子夜合欢,平明又事朝谒。故汉转乌啼,即带剑驰马以趋紫禁,而倡楼方嫌此际之孤零。旧去新来,又整新妆以相迓矣。"

方扶南《李长吉诗集批注》卷四:"亦伪,未有如此浅露曼衍之长吉。然犹不恶,至结则时俗。"

答 赠

本是张公子,曾名萼绿华①。
沉香熏小像,杨柳伴啼鸦②。
露重金泥冷,杯阑玉树斜③。
琴堂沽酒客,新买后园花④。

【题解】

诗为应酬之作,或作于李贺官于京师期间。有京都贵公子,新得宠妓。

筵席上，长吉赋诗相赠。诗言贵公子高华英俊如汉代之富平侯，新买家妓艳丽貌美如仙女萼绿花；贵公子飘逸似风流的司马相如，家妓似后园盛开的鲜花。夜深露重，酒残杯阑，一身艳妆的家妓醉眼蒙眬，玉树斜欹，偎依在贵公子怀里，恰似沉水香点燃在香炉中，又如乌鸦藏伏在杨柳林中。

【注释】

①本是：宋蜀本作"本作"。张公子，汉成帝宠臣富平侯张放。《汉书》卷七十九《外戚传下》："先是，有童谣曰：燕燕，尾涎涎；张公子，时相见。木门，仓琅根；燕飞来，啄皇孙。皇孙死，燕啄矢。成帝每微行出，常与张放俱，而称富平侯家，故曰张公子。"萼绿华，传说中的女仙。陶弘景《真诰·运象篇第一》："萼绿华者，自云是南山人，不知是何山也。女子年可二十上下，青衣，颜色绝整，以升平三年十一月十日夜降羊权家。自此往来，一月之中，辄四五过来耳。云本姓杨，赠权诗一篇，并致火浣布手巾一枚，金玉条脱各一枚。"

②沉香：沉水香。小象，象形香炉。古乐府《杨叛儿》："暂出白门前，杨柳可藏乌。欢作沉水香，侬作博山炉。"

③金泥：金泥彩绘制衣。玉树，身姿。《世说新语·容止》："魏明帝使后弟毛曾与夏侯玄共坐，时人谓蒹葭倚玉树。"

④琴堂：琴台。《益都记》："司马相如宅在州西笮桥百步许。李膺云：市桥西二百步，得相如宅，今梅安寺南有琴台故墟。"后院花，宠伎。陈后主曾作《玉树后庭花》，以赞美其妃嫔。

【汇评】

曾益注《昌谷集》卷三："玩诗旨，似非答赠，当是贵戚死而托名成仙，设象立祠，而后稍陵替，林木萧条，只有鸦啼其间，金泥之封既冷，玉树之供亦斜，花满后园，已为他人所得。作诗慨之，不敢直指而隐题之也。"

黄周星《唐诗快》卷九："不必求其事以实之，而风流自是可想。"

《昌谷集句解定本》卷三丘象升评："诗可无题，题可无序，必其诗内自然明白，如古诗《关雎》、《葛覃》，只取篇中一二字命之，而亦知其为后妃诗也。若如此云赠答，难矣。薰砧破镜，非当时有释之者，后人何从可晓耶？"

姚文燮《昌谷集注》卷三："以公子而得萼绿华，宜乎沉香熏小像、杨柳伴啼鸦矣。但萼绿华而日曾名者，前此之事也。未几而器重而金泥忽冷，杯阑而玉树空斜。新买佳丽，其能保宠之不移乎？交道始相慕而中忽弃捐，此答赠之所以作也。"

方扶南《李长吉诗集批注》卷三："所赠盖龙阳君也。"

明于嘉刻本《李长吉诗集》批语："此的系与狎客者，观诗意自知。"

秦王饮酒①

秦王骑虎游八极，剑光照空天自碧。

羲和敲日玻璃声，劫灰飞尽古今平②。

龙头泻酒邀酒星，金槽琵琶夜枨枨，洞庭雨脚来吹笙③。

酒酣喝月使倒行，银云栉栉瑶殿明，宫门掌事报一更④。

花楼玉凤声娇狞，海绡红文香浅清，黄鹅跌舞千年觥⑤。

仙人烛树蜡烟轻，清琴醉眼泪泓泓⑥。

【题解】

秦王骑虎出巡，威震八方。剑光闪闪，天空为之色变，连羲和都退避三舍；剑芒所至，大地为之震动，天下望风披靡。劫灰荡尽，战火消散，海内一统，宇内升平。志得意满的秦王，大肆庆祝，沉湎于歌舞，陶醉于宴乐。一杯杯美酒，从龙形大壶倾倒而出，让酒星眼馋不已。悠悠的琵琶声，不绝如缕，散向黝黑的夜空。急促的笙歌，如倾盆大雨洒落在洞庭湖面，一阵紧似一阵，打起无数涟漪。长河渐落，晓星将沉，云彩栉比如白鳞，大殿透明如将昼，而秦王意犹未尽，不愿意结束宴饮，恨不得大喝一声，使月亮倒行。掌管内宫的官吏，十分凑趣，前来谎报时至一更，天色尚早。唯有那伴舞的歌女，通宵达旦，早已疲倦不堪，衣衫香气散尽，龙纱不耐晨寒，在袅袅轻烟中暗揩泪眼。诗中秦王，有指秦始皇、唐太宗、唐德宗等诸说，揆之史实，或当以唐德宗为近。诗写宫廷宴饮，或是亲眼目睹。

①秦王饮酒:宋蜀本作《秦王饮》。

②羲和:为太阳驾车的神。玻璃,阳光耀如玻璃。又《四库全书总目提要》卷一五零:"(长吉)所用典故,率多点化其意,藻饰其文,宛转关生,不名一格。如'羲和敲日玻璃声'句,因羲和驭日而生敲日,因敲日而生玻璃声,非真有敲日事也。"劫灰,谓劫火的余灰。慧皎《高僧传》卷一《汉洛阳白马寺竺法兰》:"昔汉武穿昆明池底,得黑灰,问东方朔。朔云:'不知,可问西域胡人。'后法兰既至,众人追以问之。兰云:'世界终尽,劫火洞烧,此灰是也。'"佛教以为,世界被毁而重建,为一劫。古今平,《文苑英华》作"今太平"。

③龙头:龙头勺,柄端为龙头形的酒勺。《礼记·明堂位》"其勺,夏后氏以龙勺"郑玄注:"龙,龙头也。"又王琦引《北堂书钞·西征记》云:"太极殿前有铜龙,长二丈,铜尊容四十斛。正旦大会群臣,龙从腹内受酒,口吐之尊内。"酒星,酒旗星。《晋书·天文志上》:"轩辕右角南三星,曰酒旗,酒官之旗也,主飨宴饮食。"金槽,琵琶上端为金所饰架弦之槽。枨枨,琵琶声。

④栉栉:密集排列的样子。一更,一作"六更"。

⑤狞:吴正子以为当作"伫"。海绡,即龙纱,传说为海中鲛人所织。黄鹅,《文苑英华》等作"黄娥",即着黄衫的舞女。千年觥,献酒祝寿。

⑥仙人烛树:仙人形的烛台,手擎数只蜡烛如树。清琴,《文苑英华》作"青琴",古之神女。司马相如《上林赋》:"若夫青琴、宓妃之徒,绝殊离俗。"

【汇评】

刘辰翁《笺注评点李长吉歌诗》卷一:"杂碎。'酒酣喝月使倒行',狂言无当而有其理。"

曾益注《昌谷集》卷一:"秦王骑虎,言威猛;游八极,扫六合也;剑光射空,杀气盛也;敲日,言易迈;玻璃,形其声;劫灰飞尽,言欲传之千万世;古今平,无更易也。二句为饮酒张本。龙头泻酒,饮也;邀酒星,欲纵饮也。琵琶枨枨,乐作也;笙一名参差,而斜吹之如雨脚然。酒酣喝月,从夜来;使倒行,不令晓也。银云栉栉,晓也;瑶殿明,晓光入也。报一更,不敢言晓也。玉凤娇狞，笙歌之声方沸也。海绡红文，帷幔属；香浅清，久而欲尽也。千年觥，进酒祝寿未已也。烛树烟轻，由报一更故，天大明而未灭，未灭故烟轻也。清琴，众乐既罢而弹琴；眼泓泓，大醉也。白日断夜，自夜迄晓，流连不辍，此所为秦王饮酒，盖有所刺之辞也。"

黄周星《唐诗快》卷一："一篇中日月云雨，供其颠倒，驱遣簸弄，直是无可奈何，只得借玉楼一记，请归天上，且图大家安静。"

陈本礼《协律钩玄》卷一："此秦王指苻生也。案《十六国春秋》：秦王苻生力举千钧，雄勇好杀，手格猛兽。皇始五年，僭即皇帝位，荒耽淫虐，杀戮无道，弯弓露顶，以见群臣。锤钳锯凿，备具左右，截胫拉肋，锯项刳胎，惨酷异常。常宴群臣于太极殿，酣饮乐奏，生亲歌以和之，命尚书令辛牢为酒监。怒其不强人酒，引弓射杀之。百僚大惧，莫不引满昏醉，污服失冠，蓬头僵仆，生乃大乐。沉湎无复昼夜，所幸妻妾小忤旨，辄见杀。宗室勋旧，亲戚忠良，杀害略尽。人情危骇，道路以目。为苻坚所废，尽杀之。长吉熟于南北六朝故实，借秦为喻，陈古以讽今也。"

姚文燮《昌谷集注》卷一："德宗性刚暴，好宴游。常幸鱼藻池，使宫人张水嬉，彩服雕靡，丝竹间发，饮酒为乐。故以秦王追诮之。为言秦王骑虎仗剑，雄武盖世，虽羲和亦敛日以避其锋。曾不使未尽之劫灰，少挫英雄之概。是以恣饮沉湎，歌舞杂沓，不卜昼夜。孌奴宠嫔，迷恋终宵。即仙人桂烛，亦觉蜡尽烟空。而鼓琴之余，醉眼视之，烛泪泓泓然也。诚使雄武如秦王尽平六国，犹为不可，而况主非其主，时非其时乎？"

黎简《黎二樵批点黄陶庵评本李长吉集》卷一："想到日之声如玻璃，亦地老天荒，无人有此奇思。荒淫暴虐，以不可必有之事写出。仙人以比宫女，歌舞各归，生幽怨而坐视清琴垂泪也。'醉'字不必泥，只作斜视似醉。"

陈沆《诗比兴笺》卷四："长吉诗中'秦王'，皆指宪宗，以其有秦皇、汉武之风也。史言淮西平，上浸骄侈，广营缮，于是浚龙首池，起承晖殿，土木浸兴。皇甫镈、程异数进羡余，以供其费，裴度谏不听，即此诗所刺也。长吉卒于元和十二年，正淮西荡平之岁，故有'劫灰飞尽古今平'之语。骑虎八极，剑光照空，则前此用兵各镇也。从来英武之主，莫不始于忧勤，终于骄侈，长吉见其微而叹之。说者乃谓其追刺德宗。夫德宗所失，不在宴游之末,及身亦无削平之功。追刺既涉虚文,无理反咎长吉,何其傎耶?"

王琦《李长吉歌诗汇解》卷一:"题作《秦王饮酒》,而诗中无一语用秦国故事。旧注以为为始皇而作,非也。姚经三以为为德宗而作。德宗性刚暴,好宴游,常幸鱼藻池。使官人张水嬉,彩服雕靡,丝竹间发,饮酒为乐,故以秦王追诮之。琦按:德宗未为太子,尝封雍王矣。雍州,正秦地也,故借秦王以为称。其说近是,而以为追诮则非也。德宗为雍王时,尝以天下兵马元帅平史朝义,又以关内元帅出镇咸阳,以御吐蕃。所谓'骑虎游八极,剑光照空天自碧'者此也。自朱泚、李怀光平后,天下略得安息,所谓'劫灰飞尽古今平'者是也。祸乱既平,国家闲暇,暂与宫妃宴乐饮酒,亦事之常。长吉极意抒写,聊以纪一时之事,未必有意讥诮。其说之不当过于侈张,乃是长吉不能少加以理使然。若句模字拟,深文曲解,以为诽议之词,不唯失诗人之意,而附会穿凿,章法段落俱无脉络贯注于中,不免以文害辞,以辞害意矣。"

经沙苑①

野水泛长澜,宫牙开小蒨②。
无人柳自春,草渚鸳鸯暖。
晴嘶卧沙马,老去悲嘶展。
今春还不归,塞嘤折翅雁。

【题解】

诗写沙苑之荒凉。其地野沟纵横,死水微澜,杂树丛生,衙署破败,老马悲鸣,塞雁哀啼,一片荒芜,令人怆然。钱仲联认为"沙苑在同州冯翊县,其北之奉先县,有睿宗、玄宗诸陵墓。《新唐书·百官志》谓'公卿巡行陵墓,(奉礼郎)则主其威仪鼓吹而相其礼'。此诗当是贺以奉礼郎随公卿巡行睿宗、玄宗陵时,道经沙苑而作"(《李贺年谱会笺》),近是。

【注释】

①沙苑:在陕西大荔县南,临渭水,东西八十里,南北三十里,宜于牧畜。唐时于此置沙苑 监牧养牲畜。

②宫牙:宫衙,一作"官牙"。小蒨,小草。

【汇评】

陈本礼《协律钩玄》卷四:"此伤唐马政凋残,坰牧无人也。"

姚文燮《昌谷集注》卷四:"唐制,牧马四十八监,由京度陇置八坊。其间沙苑属同州,亦牧监地也。元和七年京畿大水,所在百川发溢。贺过沙苑而见牧马之地皆野水泛澜。沙苑南有兴德宫,为高祖趋长安所次。此言草皆濡没,独此宫之牙门仅长新丛,故云开小蒨也。道无行人,柳以水愈茂。草场成渚,且游水鸟。即天气晴明而马犹乏食,故卧嘶沙上,老马愈不胜悲啼也。贺本以良马自许者,至于不遇复不归,触此凄凉之状,不觉哀鸣如折翅之雁矣。"

刘嗣奇《李长吉诗删注》卷下:"称盛莫如唐马,而贺诗乃伤其凋残若此,此诗遂为马政立说矣。"

明于嘉刻本《李长吉诗集》批语:"马政不整,读之有愧。"

苦篁调啸引①

请说轩辕在时事,伶伦采竹二十四②。

伶伦采之自昆邱,轩辕诏遣中分作十二③。

伶伦以之正音律,轩辕以之调元气。

当时黄帝上天时,二十三管咸相随,唯留一管人间吹④。

无德不能得此管,此管沉埋虞舜祠⑤。

【题解】

诗借古律为人遗忘,感叹风俗浇薄、圣德沦丧,当作于诗人官奉礼郎时。诗人说,乐律是黄帝时的乐官伶伦创制的,其意义不仅是用来校正五音六律,更是为了调和天地间阴阳之元气。可惜黄帝升天时,二十四管中的二十三根都随之而去,余下的一根因不得其人而不能尽其用,只好长久地埋没在虞舜之祠堂。他盼望玉管出世,实则是祈求盛世莅临。

【注释】

①苦篁:苦竹。戴凯之《竹谱》:"杞发苦竹,促节薄齿。束物体柔,殆同麻枲。"调笑引,吴正子注:乐府有《调笑引》。笑,一作"啸"。

②轩辕:黄帝。《史记·五帝本纪》:"黄帝者,少典之子,姓公孙,名曰轩辕。"伶伦,黄帝时的乐官,乐律的创始者。《吕氏春秋·古乐》:"昔黄帝令伶伦作为律。"应劭《风俗通·声音》:"昔黄帝使伶伦自大夏之西,昆仑之阴,取竹于嶰谷,生其窍厚均者,断两节而吹之,以为黄钟之管。制十二箫,以听风之鸣。其雄鸣为六,雌鸣亦为六。天地之风正,而十二律定,五声于是乎生,八音于是乎出。"

③昆邱:曾本、二姚本等作"昆仑"。

④黄帝上天:语出《史记·封禅书》:"黄帝采首山铜,铸鼎于荆山下。鼎既成,有龙垂胡髯下迎黄帝。黄帝上骑,群臣后宫从上者七十余人,龙乃上去。"

⑤无德不能得此管:宋蜀本、蒙古本作"人间无德不能得此管"。虞舜,上古五帝之一。《史记·五帝本纪》:"虞舜者,名曰重华。""此管"句,刘敬叔《异苑》卷一:"衡阳山、九嶷山皆有舜庙,每太守修理、祭祀洁敬则闻弦歌之声。汉章帝时,零陵文学奚景于冷道县祠下得白玉管,舜时西王母献。"

【汇评】

曾益注《昌谷集》卷四:"言律吕失传而真乐亡。"

姚文燮《昌谷集注》卷四:"德宗朝,昭义节度使王虔休以帝诞辰未有大乐,乃作《继天诞圣乐》,以宫为调。于颀又献《顺圣乐》。贺作此讥之,云无德不可作乐。自轩辕以及虞舜三代,圣王且难为继。乃今擅作,则乐亦不足称矣。"

王琦《李长吉歌诗汇解》卷四:"此章以见于史传实有之事,而杂以虚无荒诞之词,似近乎戏,而实有至理在焉。唯留一管者,谓黄钟一管,为万事之根本,其制可考而知也。无德不能得此管,谓非有圣贤之德,不能得此管之制度音律。其实此管尚在人间,人自不能知之耳,非竟无可考也。想当时新声竞作,上下之人,皆习闻之而溺好焉,任古律之日沦于亡,而不能正。长吉身为协律郎,有掌和律吕之职,目击其弊,思欲正之而作此诗欤?元遗山曰:'七言长诗,于中独一句九言,韦郎有此例,长吉亦有此例。'盖谓'轩辕诏遣中分作十二'之句是也。"

黎简《黎二樵批点黄陶庵评本李长吉集》卷四:"此全不似长吉,而一字不雕,一句不琢,字句之间,自然圆老。然集中只一首,似丰筵之得嘉蔬,便可人意。若长吉全造此境,亦不过元、白也。"

李凭箜篌引①

吴丝蜀桐张高秋,空山凝云颓不流②。
江娥啼竹素女愁,李凭中国弹箜篌③。
昆山玉碎凤凰叫,芙蓉泣露香兰笑④。
十二门前融冷光,二十三丝动紫皇⑤。
女娲炼石补天处,石破天惊逗秋雨⑥。
梦入神山教神妪,老鱼跳波瘦蛟舞⑦。
吴质不眠倚桂树,露脚斜飞湿寒兔⑧。

【题解】

深秋的一天,李凭在长安演奏箜篌。音乐刚一响起,就爆发出最强音,直上云霄,给人强烈的震撼,连天上的云彩都停止流动,聚集在一起静静聆听。随之曲调变得伤感起来,人们仿佛看到,悲痛欲绝的湘妃在岸边失声痛哭,她的眼泪滴滴答答落在湘竹之上;又仿佛听到,凄楚忧伤的素女也在拨弄琴弦,诉说幽幽心曲。悠扬低徊中,音乐突然明朗起来,如昆仑山的美玉相撞击,又如凤凰嘹亮优雅的鸣叫。音乐开始欢快起来,人们似乎可以看见，晶莹透亮的露珠在荷叶上滚来滚去，相互碰撞；散发出阵阵幽香的兰花，在风中摇曳，笑语盈盈。冷寂的秋色，渐渐为这欢快明朗的音乐所融化，温馨的氛围笼罩着长安城的大街小巷。不知不觉，音乐进入了高潮。二十三弦一起发出的响声，扑面而来，如阵雷齐鸣，如电光闪耀，甚至连静穆的神祇也被打动。这乐曲如此惊心动魄，它震开了女娲炼石所补的天幕，秋雨滂沱而下，无休无止。这音乐如此美妙，天地万物一片恍惚，湖中的老鱼在碧波中兴奋地跳起舞来，深潭中枯瘦的蛟龙也随着节拍摇头晃脑，月亮中的吴刚为音乐声所吸引，久久徘徊在桂花树下，好动的玉兔也安静下来，伫立聆听，忘了寒露侵蚀。这首诗是李贺描写音乐的名篇，可谓"摹写声音至文"，充分展现出李凭所奏乐声之神奇。但亦有人认为李贺别有寄托，或借佳音埋没尘世，抒写一己之怀才不遇，或追恨当时，讥讽时事。

【注释】

①李凭：中唐宫廷乐师，擅弹箜篌。杨巨源《听李凭弹箜篌》诗云："君王听乐梨园暖，翻到云门第几声。"顾况《李供奉弹箜篌歌》云："驰凤阙，拜鸾殿，天子一日一回见。王侯将相立马迎，巧声一日一回变。实可重，不惜千金买一弄。"箜篌，一种弦拨乐器。李凭所弹为竖箜篌。《通典》卷一四四："竖箜篌，胡乐也，汉灵帝好之，体曲而长，二十有三弦，竖抱于怀中，用两手齐奏，俗谓之擘箜篌。"引，古乐府体裁名。崔豹《古今注》卷中："《箜篌引》，朝鲜津卒霍里子高妻丽玉所作也。子高晨起刺船而濯，有一白首狂夫，被发提壶，乱流而渡，其妻随呼止之不及，遂堕河而死。于是援箜篌而鼓之，作《公无渡河》之歌，声甚悽怆。曲终，自投河而死。霍里子高还，以其声语妻丽玉，玉伤之，乃引箜篌而写其声，闻者莫不堕泪饮泣焉。丽玉以其声传邻女丽容，名曰《箜篌引》焉。"

②空山：宋蜀本作"空白"。空白，天空。《列子·汤问》："薛谭学讴于秦青，未穷青之伎，自谓尽之，遂辞归。秦青弗止，饯于郊衢，抚节悲歌，声震林木，响遏行云。"

③江娥：一作"湘娥"。张华《博物志》："尧之二女，舜之二妃，妃曰湘夫人。舜崩，二妃啼，以涕挥竹，竹尽斑。"素女，传说中的神女，《史记·孝武本纪》："泰帝使素女鼓五十弦瑟，悲。帝禁不止，故破其瑟为二十五弦。"

158

④昆山:一作"荆山"。香兰,一作"兰香"。

⑤十二门:古代京城四面各有城门三座,计十二门。《三辅黄图》:"长安城面三门,四面十二门,皆通达九逵以相经纬,衢路平正,可并列车轨。"紫皇,道家神祇。《太平御览》卷六五九引《秘要经》:"太清九宫,皆有僚属,其最高者,称太皇、紫皇、玉皇。"王琦《李贺诗歌集注》云:"丝,一作'弦';皇,一作'篁',非。"

⑥《淮南子·览冥训》:"女娲炼五色石以补苍天。"

⑦神山:一作"坤山"。干宝《搜神记》:"永嘉中,有神见兖州,自称樊道基。有媪,号成夫人。夫人能音乐,能弹箜篌,闻人弦歌,辄便起舞。"《列子·汤问》:"瓠巴鼓琴而鸟舞鱼跃。"

⑧吴质:字季重,定陶人,三国时曹魏大臣。一说当为"吴刚"。段成式《酉阳杂俎》:"旧言月中有桂,有蟾蜍。故异书言,月桂高五百丈,下有一人常斫之,树创随合。人姓吴名刚,西河人,学仙有过,谪令伐树。"

【汇评】

刘辰翁《笺注评点李长吉歌诗》卷一:"状景如画,自其所长。箜篌声碎,有之昆山玉,颇无谓,下七字妙语,非玉箫不足以当。'石破天惊',过于绕梁遏云之上。至'教神妪',忽入鬼语,吴质嬾态,月露无情。"

董懋策《唐李长吉诗集》卷一:"说得古古怪怪。分明说李凭是月宫霓裳之乐,却说得奇怪。"

黄周星《唐诗快》卷一:"本咏箜篌耳,忽然说到女娲、神妪,惊天入目,变眩百怪,不可方物,直是鬼神于文。"

萧琯《昌谷集句解定本》卷一:"须溪称樊川反复称道形容,非不极至,独惜理不及骚。不知贺之所长,正在理外。予谓此欲为长吉开生面,而反滋惑者也。天下岂有长于理之外者? 如此诗,如此解,又何尝异人意。"

方扶南《李长吉诗集批注》卷一:"白香山'江上琵琶',韩退之'颖师琴',李长吉'李凭箜篌',皆摹写声音至文。韩足惊天,李足以泣鬼,白足以移人。"

陈本礼《协律钩玄》卷一:"此追刺开、宝小人祸国之由始也。考贺生于德宗贞元七年,殁于宪宗元和之十二年,距李凭弹箜篌供奉内庭时,几五十余年,长吉何得尚闻李凭之箜篌耶?盖凭以一梨园小人,而玄宗暱之,初不料其即为祸国衅首,贺以有唐王孙,追恨当时,故著此篇,以补国史之阙,与《春秋》书法相表里。通首皆愤恨讽刺之词,乃一毫不露本意,此所谓愈曲愈微,愈深愈晦者也。各家注释,均未发明此义,徒以写声之妙,重复谬赞,不顾叠床架屋,失其旨矣。"

明于嘉刻本《李长吉诗集》批语:"由箜篌轻轻擘起,淡淡写落,跌出李凭,顺手摹神,何等气足。一结正尔蕴藉无限。"

听颖师弹琴歌①

别浦云归桂花渚,蜀国弦中双凤语。
芙蓉叶落秋鸾离,越王夜起游天姥②。
暗佩清臣敲水玉,渡海蛾眉牵白鹿③。
谁看挟剑赴长桥,谁看浸发题春竹④。
竺僧前立当吾门,梵宫真相眉棱尊⑤。
古琴大轸长八尺,峄阳老树非桐孙⑥。
凉馆闻弦惊病客,药囊暂别龙须席⑦。
请歌直请卿相歌,奉礼官卑复何益⑧。

【题解】

韩愈《听颖师弹琴》云:"昵昵儿女语,恩怨相尔汝。划然变轩昂,勇士赴敌场。浮云柳絮无根蒂,天地阔远随飞扬。喧啾百鸟群,忽见孤凤凰。跻攀分寸不可上,失势一落千丈强。嗟余有两耳,未省听丝篁。自闻颖师弹,起坐在一旁。推手遽止之,湿衣泪滂滂。颖乎尔诚能,无以冰炭置我肠。"韩诗描绘了演奏的全过程,展示了他听琴时的内心感受。长吉之诗,先极力描摹琴声之美妙,如芙蓉叶落,凤凰高飞,又如越王夜游,佩环敲击,仿佛让人看到了仙女牵着白鹿飘渺海上,周处手持长剑奔赴长桥,张旭醉酒狂呼作书。然后才追叙颖师的来访,描述他的面貌,介绍他的古琴。最后交代他听琴的感受,如霍然病已,精神大振。诗作于长吉官奉礼郎期间。

【注释】

①颖师:韩愈有《听颖师弹琴》,朱熹《韩文考异》云:"颖师若是道士,则'颖'是姓,当从水;是僧,则'颖'字是名,当从禾。"但长吉诗明言"竺僧",则颖师当为善弹琴的和尚。

②天姥:天姥山,在今浙江新昌东,属越地。

③暗佩清臣:黄评本(雍正九年金唯骏渔书楼刻本黄淳耀评注《李长吉集》)作"清臣暗佩"。暗佩,佩玉于衣衫之内,不是外露。"渡海蛾眉"句,王琦注:"盖谓仙女骑白鹿而游戏海上者,其事未详。"

④浸发:《宣和书谱》:"张旭喜酒,叫呼狂走方落笔。一日酣醉,以发濡墨,作大字。既醒视之,自以为神,不可复得。"

⑤竺僧:此指僧人颖师。佛教出于天竺(印度)。梵宫,梵天的宫殿,后多指佛寺。真相,佛家语,本相,真容。眉棱,生长眉毛的凸起部位。

⑥轸:琴上系弦线的小柱,用以调节松紧。峄阳,峄山的南坡,相传有老桐。《尚书·禹贡》:"峄阳孤桐。"

⑦龙须席:龙须草编织的席子。《初学记》卷二五引《晋东宫旧事》:"太子有独坐龙须席、赤皮席、花席、经席。"

⑧直请:姚佺本作"置请"。一作"当请"。

【汇评】

姚文燮《昌谷集注》外集:"别浦状其幽忽也,双凤状其和鸣也,秋鸾状其激楚也。声之飘渺凌空,如越王夜游天姥,隐隐欲上也。清臣鸣佩,状其清肃也。渡海蛾眉,状珊珊欲仙也。时而猛烈如周处之斩蛟,时而纵横如张颠之属草。贺言初尚未与颖师觏面,乃远闻弦声,惝乎如形容之现于吾前也。古琴本之异材,而病客惊起,遂不安于卧也。颖师觞贺以请歌,贺以官卑让未遑也。"

陈本礼《协律钩玄》卷四:"琴各有派。如蜀派、中州派则下指刚劲;江南常熟则和缓雅正,刚柔得宜;唯浙派最劣,竟似弹琵琶矣。凡曲各有声调,唯在下指用意。如洞天箕山羽化,则宜缥缈;樵歌沧江雄朝飞,则宜苍老;梦蝶碧天,则宜幽细;汉宫佩兰,则宜静远;渔歌欸乃醉渔,则宜酣畅;凤翔涂山关雎,则宜壮雅。他若耕歌、牧歌、潇湘、捣衣、山居吟等,调各不同,音亦各异。昌黎诗止就其一曲而言,长吉则总括各曲之音,而一一为之形容,故能于昌黎外另标一帜,而各臻其妙。"

黎简《黎二樵批点黄陶庵评本李长吉集》外集:"'越王'以下五句忒吵闹,琴诗如此,虽工亦低品矣。"

吴汝纶《李长吉诗评注》外集:"旧说颖师以琴自鸣,乞文士歌诗,藉长声价,故贺以官卑讽之。"

方扶南《李长吉诗集批注》卷四:"真本无疑。与韩孰后先耶? 其格调略同,后两段落僧,则拖沓不如韩。"

王琦《李长吉歌诗汇解》外集:"姚仙期注:以为首句状其幽缓,次句状其和,三句状其萧骚激楚,四句状其浩荡,五句状其洁而清,六句状其神,七句状其勇,八句状其纵横。盖皆以首句至此,悉为比拟琴声之辞。按昌黎亦有《听颖师弹琴》诗云……吴僧义海以为此数语皆指下丝声妙处。洪兴祖亦引或人之说,以'浮云柳絮'二语为泛声,谓轻非丝、重非木也。'啾喧百鸟'二语为泛声中之寄指声,'跻攀分寸'语为吟绎声,'失势一落'语为强历声。二姚之解盖皆本此,是亦一说。"

恼　公[①]

宋玉愁空断,娇娆粉自红[②]。
歌声春草露,门掩杏花丛。
注口樱桃小,添眉桂叶浓[③]。
晓奁妆秀靥,夜帐减香筒[④]。
钿镜飞孤鹊,江图画水葓[⑤]。
陂陀梳碧凤,腰袅带金虫[⑥]。
杜若含清露,河蒲聚紫茸[⑦]。

月分蛾黛破，花合靥朱融⑧。
发重疑盘雾，腰轻乍倚风。
密书题荳蔻，隐语笑芙蓉⑨。
莫锁荼萜匣，休开翡翠笼。
弄珠惊汉燕，烧蜜引胡蜂⑩。
醉缬抛红网，单罗挂绿蒙⑪。
数钱教姹女，买药问巴賨⑫。
匀脸安斜雁，移灯想梦熊⑬。
肠攒非束竹，胲急是张弓⑭。
晚树迷新蝶，残蜕忆断虹⑮。
古时填渤澥，今日凿崆峒⑯。
绣沓褰长幔，罗裙结短封。
心摇如舞鹤，骨出似飞龙⑰。
井槛淋清漆，门铺缀白铜。
限花开兔径，向壁印狐踪⑱。
玳瑁钉帘薄，琉璃叠扇烘。
象床缘素柏，瑶席卷香葱。
细管吟朝幌，芳醪落夜枫。
宜男生楚巷，栀子发金墉⑲。
龟甲开屏涩，鹅毛渗墨浓⑳。
黄庭留卫瓘，绿树养韩冯㉑。
鸡唱星悬柳，鸦啼露滴桐。
黄娥初出座，宠妹始相从。
蜡泪垂兰烬，秋芜扫绮栊。
吹笙翻旧引，沽酒待新丰㉒。
短佩愁填粟，长弦怨削菘㉓。

163

曲池眠乳鸭，小阁睡娃僮。

褥缝篸双线，钩绦辫五总㉔。

蜀烟飞重锦，峡雨溅轻容。

拂镜羞温峤，熏衣避贾充㉕。

鱼生玉藕下，人在石莲中。

含水弯蛾翠，登楼渂马鬉㉖。

使君居曲陌，园令住临邛㉗。

桂火流苏暖，金炉细炷通㉘。

春迟王子态，莺啭谢娘慵㉙。

玉漏三星曙，铜街五马逢㉚。

犀株防胆怯，银液镇心忪㉛。

跳脱看年命，琵琶道吉凶㉜。

王时应七夕，夫位在三宫㉝。

无力涂云母，多方带药翁。

符因青鸟送，囊用绛纱缝㉞。

汉苑寻官柳，河桥阂禁钟。

月明中妇觉，应笑画堂空㉟。

【题解】

　　这首长篇叙事诗，历来聚讼纷纭。有人认为它是记梦之作，有人说它是游戏之笔，还有人认定它是精心结撰之作。大致而言，诗歌细腻地描述了一位歌女的生活状况，包括她的音容笑貌、穿着打扮、居处环境，参加歌舞筵席以及留宿客人的具体情形。叶葱奇认为其中所写，是长吉自己与一位歌女的柔情蜜意，是他们交往的全过程，而这位歌女正是长吉《七夕》诗中定情的那位主人公（《李贺诗集》，第150页）。刘衍认为，诗中描写了一美妓由被追求，到私会，到相爱，到发誓从良，后终为男子所弃，以至日夜惊恐、以泪洗面的过程（《李贺诗校证异》，第114页）。

【注释】

①恼公:恼人。一说恼天公。叶葱奇认为公为诗人自谓,恼公即自嘲之意。

②娇娆:董娇娆,东汉歌姬,宋子侯有诗《董娇娆》,以花拟人,伤悼女子命不如花。杜甫《春日戏题恼郝使君兄》:"细马时鸣金騕褭,佳人屡出董娇娆。"

③注口:涂了口红的嘴唇。

④靥:女子在脸颊上的点搽妆饰。香筒,小熏炉。王琦云:"香筒,帐中烧香器,至晓火烬故香减。"

⑤钿镜:《太平御览》卷七一七引《神异经》:"昔有夫妻将别,破镜,人执半以为信。其妻与人通,其镜化为鹊飞至夫前,其夫知之。后人因铸镜为鹊安背上,自此始也。"水荭,也作水荭,一年生草本,花红色或白色。李贺《湖中曲》:"长眉越沙采兰若,桂叶水荭春漠漠。"

⑥陂陀:高低不平。碧凤,凤形的高髻。腰袅,婉转摇动的样子。金虫,缀有蜻蜓、蝴蝶等形状之头钗。

⑦杜若:多年生草本,夏日开白色。《楚辞·九歌·湘君》:"采芳洲兮杜若,将以遗兮下女。"紫茸,紫色细茸花。谢灵运《于南山往北山经湖中瞻眺》:"初篁苞绿箨,新蒲含紫茸。"

⑧破:分开。靥朱,脸上涂抹胭脂。

⑨密书:曾本、二姚本作"寄书"。

⑩汉燕:燕的一种。段成式《酉阳杂俎续集·贬误》:"世说蓐泥为窠,声多稍小者谓之汉燕,胡蜂,此处指蜜蜂。

⑪醉缬:醉眼缬,网眼花纹。庾信《夜听捣衣诗》:"花鬟醉眼缬,龙子细文红。"绿蒙,绿罗制成的捕鸟网。

⑫姹女:少女。《后汉书·五行志一》载汉桓帝时童谣:"河间姹女工数钱,以钱为室金为堂。"巴賨,巴蜀之人,此指僮仆。

⑬梦熊:生子之兆。《诗经·小雅·斯干》:"大人占之,维熊维罴,男子之祥。"

⑭胘:胃。曾本、二姚本作"弦"。

⑮蜺虹:古人以为阴阳交会之气,雄曰虹,色鲜;雌曰蜺,色淡。

⑯渤澥:渤海。《文选·司马相如〈子虚赋〉》:"浮渤澥,游孟诸。"李善注引应劭曰:"渤澥,海别支也。"

⑰骨出:憔悴消瘦之状。南朝乐府《读曲歌》:"自从别郎后,卧宿头不举。飞龙落药店,骨出则为汝。"

⑱隈:王琦以为当作"偎",释为"倚"。兔径,小径。

⑲宜男:草名。《齐民要术·鹿葱》引周处《风土记》:"宜男,草也,高六尺,花如莲。怀姙人带佩,必生男。"

⑳龟甲:此指缀有龟纹的屏风。《初学记》卷二五引郭子横《洞冥记》:"上(汉武帝)起明神台,上有金床象席,杂玉为龟甲屏风。"渗,吴本作"藻"。

㉑黄庭:道经名,包括《黄庭内景经》、《黄庭外景经》等。世传王羲之曾书黄庭经以换白鹅。卫瓘(220—291),字伯玉,河东安邑(今山西夏县北)人,晋代书法家。韩冯,亦作韩凭。《搜神记》卷十载,宋康王舍人韩凭,娶妻何氏,康王夺之。韩凭夫妇先后自杀,康王不令两人合葬,使其坟墓相望。后有相思树生长于其间,上有鸟栖如鸳鸯,朝夕悲鸣。

㉒翻旧引:王琦注云:"翻旧引为新曲也。"新丰,故城在今陕西临潼东北,旧时以产美酒著称。

㉓填粟:玉佩上琢满粟纹。削崧,削嵩,即削平嵩山。吴本作"削菘",即削葱,指手指。

㉔篆:用针缝缀。钩,帐钩。绦,丝绳。五总,姚文燮本作"五总",即五股。

㉕温峤(288—329):字泰真,东晋太原祁(今山西祁县)人,官至骠骑大将军。《世说新语·假谲》:"温公丧妇。从姑刘氏家值乱离散,唯有一女,甚有姿慧。姑以属公觅婚,公密有自婚意,答云:'佳婿难得,但如峤比,云何?'姑云:'丧败之余,乞粗存活,便足以慰吾余年,何敢希汝比?'却后少日,公报姑云:'已觅得婚处,门地粗可,婿身名宦尽不减峤。'因下玉镜台一枚。姑大喜。既婚,交礼,女以手披纱扇,抚掌大笑曰:'我固疑是老奴,果如所卜。'"贾充(217—282),字公闾,平阳襄陵(今山西襄汾)人,官至侍中、尚书令。《世说新语·惑溺载》,贾充之女贾午钟情于韩寿,将武帝所赐奇

166

香偷赠于他。贾充知晓后,将女儿嫁给了韩寿。

㉖湾:姚文燮本作"弯"。蛾,吴本作"娥"。溅,喷。鬟,同"鬓"。据《柳毅传》,龙子以银瓶水注马鬃,天即雨。姚文燮以为"此言别后登楼远望,不禁泪如雨下"。叶葱奇注云:"全首中自以为这两句最为不可解,然仔细参看上下联,分明指挽留不听其去而言,只是因为纯就当是笑谑,或实际情事来说,所以叫人无从确知。"

㉗使君:出自古乐府《陌上桑》:"使君从南来,五马立踟蹰。……使君谢罗敷,宁可共载否?罗敷前致词,使君一何愚。使君自有妇,罗敷自有夫。"园令住临邛,咏司马相如事。司马相如曾暂住临邛,琴挑卓王孙女文君,文君夜奔相如,后相如拜为孝文园令。

㉘桂火:一作"桂帐"。

㉙春迟:语出《诗经·豳风·七月》:"春日迟迟,采蘩祁祁。"王子,王子乔。谢娘,泛指美女。

㉚三星:语出《诗经·唐风·绸缪》:"绸缪束薪,三星在天。今夕何夕,见此良人。"铜街,《水经注·谷水》:"渠水有枝分夹路南出,径太尉、司徒两坊间,谓之铜驼街。"五马逢,即《陌上桑》"五马立踟蹰"之意。

㉛犀株:成株的犀牛角,可入药。银液,合水银与丹砂,可安神镇心。怂,惶恐不安。

㉜跳脱:手镯之类的臂饰。《全唐诗话·文宗》:"又一日,问宰臣:'古诗云'轻衫衬跳脱',是何物?'宰臣未对。上曰:'即今之腕钏也。'"琵琶,《朝野佥载》:"江南洪州土人何婆,善琵琶卜。"所谓琵琶卜,王琦以为"每占吉凶,辄先索琵琶,随弹而言,事事有验"。

㉝王时:旺时。夫位,夫星之位。三宫,指紫微、太微、文昌三星座,旧时多以为能应人间之三公。

㉞青鸟:青鸟。《搜神记》卷一:"(吴猛)尝见大风,书符掷屋上,有青鸟衔去,风即止。"绛纱,吴均《续齐谐记·九日登高》:"汝南桓景随费长房游学累年,长房谓之曰:'九月九日汝家当有灾,宜急去,令家人各作绛囊,盛茱萸以系臂,登高饮菊花酒,此祸可除。'"

㉟中妇:家中妻子。画堂,华丽的堂舍。

【汇评】

吴正子《笺注评点李长吉歌诗》卷二:"未详题义。太白《与段七娘诗》云'一面红妆恼杀人',恐止此义。此终篇亦言妇人耳。"

黄周星《唐诗快》卷十三:"此五十韵为美人恼公者,不待言矣。然又非空空恼公者,其人必有绝世之丰姿、绝世之才技、绝世之聪明,而又有绝世之风情、绝世之娇怯,为可望而不可亲、可遇而不可求者,故不禁大言小言、明言隐言、正言反言尔。斯何人哉,安得向长吉而问之。"

萧琯《昌谷集句解定本》卷二:"初言其仪容之盛,继设为履阅之词,终致其塞修之理,而后归之于一梦焉。粗心人何处着解?"

陈本礼《协律钩玄》卷二:"此长吉《恼公》,恼其品污而行秽也,各家纷纷谬解。有谓恼天公者,有谓恼怀者,有谓中妇恼者,有谓彼姝恼者。尤有可笑者,谓其可爱可憎为恼公者。即以此一题而论,其穿凿附会如此,则其解诗之呓说可知矣。摹屈、宋之微辞,漱徐、庾之芳润,香奁中第一首杰作,后人每以艳词目之,是食猩猩唇而不知味者也。此无中生有文字,莫认实有其事。以游戏之笔、艳丽之词,写幽隐之事,曲尽浓至,可谓别开生面。以如此长篇,看其收煞之妙,真是神龙天矫,注家尽解作死蛇。"

陈本礼《协律钩玄》卷二引何焯语:"此宫体,非唐律,故不用唐韵。温、李新声,皆宗师于王孙也。"

王琦《李长吉歌诗汇解》卷二:"吴炎牧曰:'见色闻声,遂切思慕;心怀彼美,仿佛仪容。'揣摩情态,始因媒而通芳讯,继订约而想佳期。当赴招时,由门而径,由壁而帘屏以及床席,对酒盟心,题诗鸣爱,方承欢于永夜,又惜别于终宵。美人之出座相送,携手叮咛,再图良会,惊喜悲恐,曲尽绸缪。篇中起结不爽丝黍,读者但见其色之浓丽,而忽其法之婉密。'琦按:董氏注以为纪梦之作,盖缘结语而附会之。姚仙期本中诸注悉从其说,殊失贺意。吴氏所云,可云超乎诸说之上者也。然细读本文,有重复处,又有难解处。当是取一时谑浪笑傲之词、欢娱游戏之事,相杂而言。读者略其文通其意可也,若句句释之,字字训之,难乎其说矣。"

明于嘉刻本《李长吉诗集》批语:"借美人以喻君子,托芳草以怨王孙,并无淫哇之作。"

168

感讽五首

其 一

合浦无明珠,龙洲无木奴①。

足知造化力,不给使君须②。

越妇未织作,吴蚕始蠕蠕③。

县官骑马来,狞色虬紫须。

怀中一方板,板上数行书④。

不因使君怒,焉得诣尔庐⑤。

越妇拜县官,桑芽今尚小。

会待春日晏,丝车方掷掉⑥。

越妇通言语,小姑具黄粱。

县官踏飧去,簿吏复登堂⑦。

【题解】

诗写官吏恬不知耻,横征暴敛,当作于长吉官奉礼郎期间。诗人首先尖锐地指出,大自然给人们提供了如此丰富的资源,却也经受不住官吏无休止的搜刮。盛产珍珠的合浦,最终一珠难求;遍布龙洲的千株柑橘树,也荡然无存。接下来,诗人详细描述了官吏催科的丑恶嘴脸。春蚕刚刚蠕动,县官老爷就骑着高头大马,面目狞狰,怀揣征税的文告,趾高气昂地来到乡下开始催缴租税。村妇们赶紧操办酒席,小心款待,好不容易把他打发而去,收税的小吏又接着登门而来。"写官吏诛求,朴老生动,真少陵'三吏'之遗。"(钱钟书《谈艺录》第47页,中华书局1984年9月版)

【注释】

①合浦:汉郡名,今属广西。《后汉书·孟尝传》载,因守宰搜求无度,

169

合浦珍珠迁徙至交趾,贫者死饿于道。后孟尝上任,革易前弊,离去的珍珠又回到了合浦。龙洲无木奴,宋蜀本、曾本作"龙阳有木奴"。龙洲,龙阳洲(今属湖南汉寿),盛产柑橘。木奴,柑橘树。《三国志·吴志·孙休传》裴松之注引《襄阳记》,载吴国丹阳太守李衡曾于龙洲种植橘树千株,称之为千头木奴。

②造化:姚文燮本作"造物"。

③蠕蠕:昆虫爬动的样子。

④方板:公文,这里是催税收的文告。

⑤诣:宋蜀本作"请"。

⑥掷掉:转动。

⑦踏殰:大吞大嚼。

【汇评】

姚文燮《昌谷集注》卷二:"数诗皆感讽往事也。德宗以裴延龄判度支事,延龄务掊尅苛敛。染练丝纩,取支用未尽者充羡余以为己功。县官市物,再给其值,民不堪命。此言珠本出于合浦,橘多生于龙洲,天产地产,总不足以供诛求。且追呼不时,方春蚕桑未出之日,即索女丝。吏胥迭至,饔飧亦觉难具,况机轴乎?应对炊作仅两妇子,则丁男又苦于力役远去可知矣。"

陈本礼《协律钩玄》卷二引何焯语:"不敢斥言尊者,故但以使君为辞,极有古意。"

方扶南《李长吉诗集批注》卷二:"元和间,正以人人新格擅场。若此之学乐府,有何可取?况以感怀为言,而为此田家苦,不切身世,岂王孙亦苦征输耶?"

黎简《黎二樵批点黄陶庵评本李长吉集》卷二:"刺政。'越女'以下,极似《秦中吟》。长吉可以为元、白,元、白决不能为长吉也。"

王琦《李长吉歌诗汇解》卷二:"此章讽催科之不时也。蚕事方起,而县官已亲自催租,何其火迫乃尔!狞色虬须,画出武健之状。彼却又能推卸以为使君符牒致然,似乎不得已而来者。果尔,言语既毕,即当策马而去,乃必饱飧,不顾两妇子之拮据,为民父母者固如是乎?县官方去,簿吏又复

170

登堂。民力几何，能叠供此辈之口腹耶？夫于女丁犹不恤乃尔，男丁在家者，其诛求又可想矣。"

陈沆《诗比兴笺》卷四："唐自中叶为节度使者，多赂宦官得之，数至亿万，皆倍称取息以求节钺，及至镇则重聚敛以偿负，当时谓之债帅。此诗所谓'使君'，谓刺史也；'县官'，则迫于檄而督赋者也。陈民困以刺吏贪，陈吏贪以讽朝廷举错之失也。"

明于嘉刻本《李长吉诗集》批语："此苦征赋之扰。狞色紫髯，写得贼行可畏。再加使君在上，为之声援，虎而翼也，簿吏在下，为之犄角，民有遗类乎？悲哉。"

其　二

奇俊无少年，日车何蹒跚^①。
我待纡双绶，遗我星星发^②。
都门贾生墓，青蝇久断绝^③。
寒食摇扬天，愤景长肃杀^④。
皇汉十二帝，唯帝称睿哲^⑤。
一夕信竖儿，文明永沦歇^⑥。

【题解】

诗人凭吊贾谊之墓，有感而为此作。柳絮飘舞的寒食之日，诗人来到洛阳城外，为贾谊扫墓。墓前萧条冷落，显然已经很久没有人来过。想起贾生的遭遇，真是令人感慨万端。西汉的十二位君王，唯有汉文帝称得上明哲聪慧，可连他也听信谗言，让贾生赍志以殁，将大好的局面弄得难以收拾。当年贾生之所以不受信任重用，只是因为他年纪太轻，如今诗人正值青春年少，看来能占据高位施展才华，唯有祈祷时光飞驰，使白发早日降临。

【注释】

①日车：太阳。蹒跚，行走缓慢的样子。

②纡:结,系。绶,系在官印上的丝带。星星发,花白的头发。谢灵运《游南亭》:"戚戚感物叹,星星白发垂。"

③都门:东都洛阳城门。贾生,贾谊,洛阳人。据《洛阳县志》,其墓在"洛阳县东北邙山上大坡口道西"。青蝇,吊客。《三国志·吴志·虞翻传》裴松之注引《虞翻别传》:"自恨疏节,骨体不媚,犯上获罪,当长没海隅,生无可与语,死以青蝇为吊客,使天下一人知己者,足以不恨。"

④摇扬:飘摇,姚文燮本作"垂杨"。

⑤皇汉十二帝:此指西汉的十二位皇帝。唯帝,唯有汉文帝。

⑥一夕信竖儿:一作"反信竖儿言"。竖儿,竖子,小子。

【汇评】

刘辰翁《笺注评点李长吉歌诗》卷二:"以介子喻贾生,怨彻今古。末吊文帝,犹自蔼然。"

钟惺《唐诗归》卷三十一:"空回奇语,似非长吉本色。然无此,又不能为长吉。"

曾益注《昌谷集》卷二:"此慨知遇之难。无少年,言不常少;蹒跚,言迈。唯日易迈,故年不常少。纡绶,行志;星星,白发,少不常也。少年奇俊,莫贾生若;墓在都门,青蝇久绝,言人死而谗斯息也。寒食,祭时;愤景肃杀,恨长存也。十二帝,统汉言;睿哲指文帝。竖儿,谓绛、灌。一夕,言帝初欲重用,一旦为若辈所短而辄阻。此治道之所以不成,而文明之所以沦歇也。"

姚文燮《昌谷集注》卷二:"德宗信任裴延龄,竟以谗贬陆贽、阳城官。此言少年怀才,得志不易,及致青紫,日月又驰,而况加以谗间。贾生既死,谮言虽息,奈白杨风雨,余恨犹存。信谗妬贤,睿哲如孝文且不免焉,况下此者乎?"

黎简《黎二樵批点黄陶庵评本李长吉集》卷二:"感遇。"

王琦《李长吉歌诗汇解》卷二:"诗意谓过贾生墓下,叹昔时谮言之人亦归乌有,怨恨之气可以消平。乃当寒食摇扬之时,不散肃杀愤景之意,何哉?盖妒能嫉贤虽只在一时,而千载之下,犹令人恨恨不能释。"

陈沆《诗比兴笺》卷四:"贾生年十八而吴公举之汉廷,故长吉以自况。

墓门之'青蝇久断',喻谗谮之人亦归乌有,而至今寒食之时,不散肃杀之气者何哉? 嫉贤妒能,千载下犹令人愤恨不能释也。'帝',谓文帝。'竖儿',斥绛、灌之属。"

其 三

南山何其悲,鬼雨洒空草①。
长安夜半秋,风前几人老②。
低迷黄昏径,袅袅青栎道。
月午树立影,一山唯白晓③。
漆炬迎新人,幽圹萤扰扰④。

【题解】

诗写生命的孱弱与生存的焦虑。长安的秋夜,飘忽的霖雨带来阵阵寒意。在这萧瑟冷雨中,又有多少魂灵黯然离去,消失在无尽的黑暗中。幽暗的小径上,有夹道的青栎为它们送行;青冥的天空中,有惨白的月亮为它们照明;而终南山上那一排排坟茔,早已燃起漆灯,迎接这些新来的居民。

【注释】

①南山:终南山。
②风前几人老:曾本、姚文燮本作"风剪春姿老"。
③月午:月在中天。立影,姚文燮本作"无影"。
④漆炬:墓前之漆灯。圹,墓穴。

【汇评】

刘辰翁《笺注评点李长吉歌诗》卷二:"不犯俗尘,人情鬼语,殆不自觉。结句十字,可笑可伤。"

姚佺《昌谷集句解定本》卷二:"《草木子》记范德机得十字云:'雨止修竹间,流萤夜深至。'甚喜,既复曰:'语太幽,殆类鬼作。'此意非范不能知,而胡明瑞云:'然是鬼境,非鬼诗。'及读贺此作,亦鬼诗,亦鬼境。"

曾益注《昌谷集》卷二:"此述死葬之悲。南山葬处,鬼雨洒荒草,鬼啼其间。长安,人物所聚;夜半秋,春姿老,春秋暗禅,人物凋落也。道,即径;

低迷，晚景；袅袅，青色。日午中天，立影斯直矣。白晓，自黄昏至终夜寂然无人，只有一山之白而云晓；漆炬，鬼灯；新人，新葬之鬼。言侵晓无事，唯鬼相接，唯萤扰扰于墓间而已。"

姚文燮《昌谷集注》卷二："陆贽贬忠州，阳城贬国子司业，寻以他事贬道州。永贞即位，诏追两人回京师，俱以未闻诏卒。南山者，嗟荟蔚也。夜半秋，言时已去也。风剪，言剪折至尽也。'低迷'二句，悲审死也。月午，喻顺宗鉴两人之冤，而形影得表其直，又如幽夜方值白晓也，那知漆炬已照而腐草已化，悲夫。"

黎简《黎二樵批点黄陶庵评本李长吉集》卷二："叹逝。"

陈沆《诗比兴笺》卷四："浮生多途，趋死一轨。世莫觉悟，谓予鬼言。"

明于嘉刻本《李长吉诗集》批语："述死葬之悲也。幽冷之气，逼人肌骨。"

其　四

星尽四方高，万物知天曙。
己生须己养，荷担出门去。
君平久不返，康伯遁国路①。
晓思何哓哓，阛阓千人语②。

【题解】

星星刚刚隐退，天色渐渐明朗，拂晓至此降临，宁静就此打破，一天的喧嚣就这样开始了。人们纷纷走出家门，为谋生而劳作。清晨的集市上人来人往，热闹非凡。人们应该为自己的衣食而负责，却往往受享乐的诱惑，忘却了谋生的初衷。在滚滚红尘之中，在熙熙攘攘的人群里面，有几人没有受到名利富贵的浸蚀而迷失本性呢？像严君平、韩康那样超脱飘逸的人再也寻觅不到了。

【注释】

①严君平：名遵，字君平，西汉人，曾卖卜于成都，求糊口而自足，以研

读《老子》自娱。事见《汉书·王贡两龚鲍传》序。韩康,字伯休,东汉人,曾卖药于长安,守价不移,后遁入霸陵山。事见《后汉书·逸民传》。遁,宋蜀本作"循"。

②诡诡:喧闹争辩之声。阛阓,集市。市垣为阛,市门为阓。

【汇评】

刘辰翁《笺注评点李长吉歌诗》卷二:"托之君平、康伯而举世可见,安能免此。其妙在言外。末语不可收拾之,收拾更佳。"

曾益注《昌谷集》卷二:"此言有生之劳。言星没天曙,万物沄沄,已生为人,须己养此生,荷担出门,无息肩也。君平、康伯,皆高隐士,一去不返,一遁国路,言莫可再见。"

明于嘉刻本《李长吉诗集》批语:"此伤有生之劳也。劳劳此生,流浪可涕。"

姚文燮《昌谷集注》卷二:"德宗立宫市,置白望,宦者为使,白夺民物。沽浆卖饼之家,亦不免其骚骚。五方小儿张捕鸟雀,肆为暴害。此言卖卜市药之人如严、韩辈,亦且不能安业。东方既白,阛阓诡诡,流弊大抵然矣。"

黎简《黎二樵批点黄陶庵评本李长吉集》卷二:"慨世。"

王琦《李长吉歌诗汇解》卷二:"诗意贫人以治生为务,不能不荷担入市。乃古之贤而隐于市者,若严君平、韩伯休,今既不可复作,阛阓之中,喧嚣杂沓,殊难复问。甚言市井浊气之不可耐也。"

陈沆《诗比兴笺》卷四:"生劳死逸,百年长勤,晓集夕虚,市朝一梦。"

其 五

石根秋水明,石畔秋草瘦。

侵衣野竹香,蛰蛰垂叶厚①。

岑中月归来,蟾光挂空秀②。

桂露对仙娥,星星下云逗③。

凄凉栀子落,山璺泣清漏④。

下有张仲蔚,披书案将朽⑤。

山脚下是明净清澈的秋水,山石旁是枯瘦伶仃的秋草。丛密的野竹,散发出阵阵清香;肥大的树叶,层层堆积在小径上。月亮从小山上爬上来,将如水的月光洒在山岗上。晶莹的露珠,逗留在桂叶上,同云彩下闪烁的星星,相映成趣。这山居是如此静谧,仔细听去,除了石缝中滴答的山泉,还可见成熟的山果坠落的声音。当年的张仲蔚,就这样隐居在山间,整日读书。

【注释】

①蛰蛰:众多的样子。《诗经·周南·螽斯》:"螽斯羽,揖揖兮。宜尔子孙,蛰蛰兮。"

②岑:山小而高。蟾光,月光。空秀,一作"云秀"。

③桂露:一作"秋露"。仙娥,指嫦娥。逗,《诗比兴笺》作"透"。

④罅:开裂。

⑤张仲蔚:东汉人。皇甫谧《高士传》:"张仲蔚者,平陵人也,与同郡魏景卿俱修道德,隐身不仕。明天官博物,善属文,好赋诗,常居穷素,所处蓬蒿没人,闭门养性,不治荣名,时人莫识,唯刘、龚知之。"

【汇评】

曾益注《昌谷集》卷二:"此叙隐居之得。水明、草瘦,秋时也,然必傍石景斯佳。秀侵衣则竹多,故下曰'蛰蛰'。垂叶厚,叶垂而且厚。归,去而复来。蟾即月,挂空即归来。秀,挂岑中也。桂露,桂上之露。仙娥,嫦娥。'星星下云逗',言月露相射,光灿灿然,如逗云而下也。凄凉,亦秋。栀落花,自落山罅石裂处。泣清漏,泉鸣也。下,飞泉之下,张仲蔚,隐居之士。案朽,言读书不出。"

姚文燮《昌谷集注》卷二:"此追思李泌也。泌辞上,为有五不可留。上不得已,听之归。言山中水清草瘦,无复轻肥,野服筠光,自知积厚,峰月来,即指泌也。明哲保身,清光难及。月露交明,天高下逮。栀子落,谓虽山野散人,亦因同心陨丧,深为泪零。唯拥邺架以终老蓬蒿之迳,不复身入风波矣。"

黎简《黎二樵批点黄陶庵评本李长吉集》卷二:"招隐。"

陈沆《诗比兴笺》卷四:"前四章刺世,此章自述。"

明于嘉刻本《李长吉诗集》批语:"叙隐居之得。'蟾光'句非烟火人能行。'凄凉'、'山罍'一联,真鬼仙才笔。"

感讽六首①

其　一

人间春荡荡,帐暖香扬扬。

飞光染幽红,夸娇来洞房。

舞席泥金蛇,桐竹罗花床②。

眼逐春瞑醉,粉随泪色黄。

王子下马来,曲沼鸣鸳鸯③。

焉知肠车转,一夕巡九方。

【题解】

此六首与《感讽五首》当为同时所作。北宋鲍钦止说:"此六首是第二卷所脱。"亦即与第二卷《感讽五首》为同组。钱仲联认为"六首所反映,涉及长安贵族、宫廷宫人,并有青门、南山等长安地名,当是在长安所作,与《感讽五首》原属一组"(《李贺年谱会笺》),极是。是首摹写贵公子的洞房花烛。春意融融,香气飘飘,落日的余晖洒在幽红的花儿上,娇柔的美女缓步迈入洞房。洞房富丽堂皇,地毯上绘有金色的螭龙,花床上罗列着各种乐器。身边的贵公子喜气洋洋,两眼盯着美女如醉如狂。他以为自己和美女是池塘里相偎依的一双鸳鸯,谁知美女心中正愁肠百转,心思彷徨。

【注释】

①诗题,二姚本作"感调六首"。

177

②舞席:舞蹈时铺在地上的席子。泥金蛇,金粉描绘的龙蛇图案。桐竹,泛指管弦乐器,桐指琴瑟类,竹指箫笛类。

③王子:泛指贵公子。曲沼,曲折迂回的池塘。

【汇评】

姚文燮《昌谷集注》外集:"贞元三年,帝幽郜国公主之女太子妃。帝因怒切责太子,太子惧,请与妃离婚。上六句言值芳辰可以行乐,乃忽以疑惧,致当春而陨涕也。王子指太子。言方播迁之后,得从帝还京,而下马未几,冀深宫曲沼以自娱,至是肠回如巡九方,诚四顾莫知所措也。"

方扶南《李长吉诗集批注》卷四:"伪耳,却非下下。人所以知其为伪,易知易能也。步步有陈迹可寻,如何是长吉蹊径?其中却有好句。"

黎简《黎二樵批点黄陶庵评本李长吉集》外集:"刺贵胄以写己怀,只结局句是主意。"

其　二

苦风吹朔寒,沙惊秦木折①。
舞影逐空天,画鼓余清节。
蜀书秋信断,黑水朝波咽②。
娇魂从回风,死处悬乡月③。

【题解】

诗刺和亲之策。和亲的公主,来到边塞,触目一片凄凉。呼啸的北风,刮得沙石漫天,连树木都被折断。寥廓的天空下,一无所见,只有她随画鼓舞动的影子。家乡的书信早已断绝,耳畔回响着黑水的呜咽。此去自是永诀,唯有故乡的明月一路默默陪伴她,直到她变成一抔黄土。或许娇弱的魂魄,会被旋风带回乡国。

【注释】

①秦木折:曾本、二姚本作"秦水折"。

②黑水:或指今内蒙古之黑水。王琦注:"后人名黑水凡十余处,究不

知古黑水确在何处。"

③回风:旋风。《楚辞·九章·悲回风》:"悲回风之摇蕙兮,心冤结而内伤。"

【汇评】

姚文燮《昌谷集注》外集:"贞元四年,回纥求和亲,十一月以咸安公主归之。玄宗朝,回纥以兵助讨禄山,遂下嫁以宁国公主。是昔以蜀乱,故及今书信断绝。顷又以吐蕃为患,而复以女驱异域,黑水之朝波亦为之鸣咽不平也。昔宁国公主行,泣曰:'国方多事,死不恨。'一旦远去,永无还期。而娇魂唯随回风,死地犹悬乡月,不亦悲乎。"

黎简《黎二樵批点黄陶庵评本李长吉集》外集:"代戍妇怨。"

王琦《李长吉歌诗汇解》外集:"此诗姚仙期以为拟戍妇思夫之辞,姚经三以为为公主和亲而作。观'舞影'一联,后说近是。"

其 三

杂杂胡马尘,森森边士戟。

天教胡马战,晓云皆血色。

妇人携汉卒,箭箙囊巾帼①。

不惭金印重,踉跄腰鞬力②。

恂恂乡门老,昨夜试锋镝③。

走马遣书勋,谁能分粉墨④。

【题解】

诗刺宦官统军。胡人天性好战,总是杀得边境血流成河。滚滚尘烟再度扬起,是他们又一次杀向边关。但这一次统军迎敌的,却是妇人一般的宦官。他的箭囊里所盛装的是女子用的首饰头巾,腰间一个弓袋就让他走路不稳,踉踉跄跄,但他还是抓住权利不松手。那些温顺老实的百姓,昨夜戮力奋战疆场,今天都作为这太监的功劳,被飞报传向了京城。

【注释】

①妇人:代指宦官。箭箙,盛放弓箭器具。

②踉跄：走路不稳。鞬，盛弓的器具。

③恂恂：温顺恭谨的样子。

④粉墨：黑白。徐陵《在吏部尚书答诸求官人书》："但既忝衡流，应须粉墨，庶其允当，无负朝寄耳。"

【汇评】

姚文燮《昌谷集注》外集："贞元十二年，以窦文场、霍仙鸣为护军中尉，卒无成功。元和四年，复以吐突承璀为招讨。贺谓宦官典兵，故以妇人比之也。方边氛肃杀，乃借此以窃金印，忝不知耻，驱老弱以试锋镝而妄报战功。天子方唯言是听，谁能辨其黑白耶？诸本俱作妇人解，无据。"

刘嗣奇《李长吉诗删注》卷下："有兵尽戍穷，征及妇人之意。"

陈本礼《协律钩玄》外集："此指屠将杀百姓以冒功。"

黎简《黎二樵批点黄陶庵评本李长吉集》外集："刺边将无勇。"

王琦《李长吉歌诗汇解》外集："妇人本宜老于乡门，今乃试其身于锋镝之中，与男子均劳。及至走马奏功，封侯之赏，终何能及一女子？按《唐书》，史思明之叛，有卫州女子侯、滑州女子唐、青州女子王，相与歃血赴行营讨贼。又言藩镇相拒，用兵年久，女子皆可为孙吴。是当时妇女效力行间者，诚有之矣。长吉有感而作此诗欤？姚经三谓诸本作妇人解者为无据，而以贞元、元和之间，数以宦者典兵，故长吉以妇人比之。方边氛肃杀，乃借此以窃金印，忝不知耻，驱老弱以试锋镝，而妄报战功，天子方唯言是听，谁能辨其黑白？是亦一说。虽觉新创可喜，然愚意作妇女解者，较为帖妥。"

其 四

青门放弹去，马色连空郊①。

何年帝家物，玉装鞍上摇。

去去走犬归，来来坐烹羔。

千金不了馔，狢肉称盘臊②。

试问谁家子，乃老能佩刀③。

西山白盖下，贤俊寒萧萧④。

180

【题解】

诗刺门荫制度。那些因荫得官的贵公子,整日里走马游猎,极尽奢华之能事。他们骑着皇帝赏赐的良马,带着猎犬,在南门外呼鹰挟弹,享受山珍海味,生活放纵安逸。西山下的俊杰之士,因出身寒门而无法出人头地,只得过着清贫的生活。

【注释】

①青门:长安城东南门,本名霸城门。因其门色青,故呼为青门或青城门。吴本注:一作"青郭",一作"青鸟"。放弹,打猎。

②狢:同"貉"。

③乃老:乃翁,他的父辈。吴本注:一作"乃云"。

④贤隽:曾本、二姚本作"贤俊"。

【汇评】

《昌谷集句解定本》卷四孙枝蔚评:"一结无限深情,陶、谢余风犹在。"

陈本礼《协律钩玄》外集:"此讥武世家子弟骄奢,不识贤隽也。"

黎简《黎二樵批点黄陶庵评本李长吉集》外集:"刺宠幸贵戚。"

姚文燮《昌谷集注》外集:"天宝以来,王侯将校皆蓄私马,动以万计。而藩镇子弟多处京师,富贵骄横,挟弹驰猎,千金一馔,犹以所猎狢肉不堪充口腹也。少年何知,不过以而翁佩刀专杀伐以冒军功,遂致此辈豪纵。若西山茅屋之下,贤俊饥寒,且忧半菽,良足伤矣。"

其　五

晓菊泫寒露,似悲团扇风①。

秋凉经汉殿,班子泣衰红②。

本无辞辇意,岂见入空宫③。

腰裾佩珠断,灰蝶生阴松。

【题解】

诗写宫怨。当清晨的菊花挂满露珠的时候,秋天就已经来临。秋天到了,意味着团扇就要被放入箱笼之中,不再受人把玩。当年班婕妤以团扇写出了宫女们境遇,她因守礼持正,不去争宠,而住进了冷宫。后来众多宫女,想方设法投皇帝之所好,却也无法逃脱被打入冷宫的命运。因为长久遗弃,缀珠的裙带都烂掉了。在松柏掩映的墓地上,只有纸灰在飞舞。

【注释】

①团扇:典出班婕妤《怨歌行》:"新裂齐纨素,鲜洁如霜雪。裁为合欢扇,团团如明月。出入君怀袖,动摇微风发。常恐秋节至,凉飙夺炎热。弃置箧笥中,恩情中道绝。"

②班子:即班婕妤。其初选入宫,受宠汉成帝而拜为婕妤,后见赵飞燕姊妹骄妒,自求供养太妃于长信宫。

③辞辇:事见《汉书·外戚传》:"成帝游于后庭,尝欲与婕妤同辇载。婕妤辞曰:'观古图画,贤圣之君皆有名臣在侧,三代末主乃有嬖女。今欲同辇,得无近似之乎?'上善其言而止。"

④腰袚:裙带。灰蝶,纸灰飞舞如蝶。

【汇评】

姚文燮《昌谷集注》外集:"此嘲叔文之党也。元和元年八月,其党尽贬。十一月,再贬韩泰等为诸州司马,而叔文等赐死。此以婕妤为咏者,讥此辈皆趋奉牛氏昭容者也。时当陨落,本非如团扇之遭谮,而捐弃之悲却相似也。其心亦本无辞辇之意,尚欲求容,奈顺宗已崩,昭容已废,空宫岂能复入耶?昭容杳绝,而此辈亦相继陨丧,仅能化蝴蝶附阴松而已。"

陈本礼《协律钩玄》外集:"借班姬不蒙宠幸,以慨贤士之没没也。"

黎简《黎二樵批点黄陶庵评本李长吉集》外集:"代宫人怨。"

王琦《李长吉歌诗汇解》外集:"菊本无情,见其晓露泫于叶上,似悲秋风已至,将有摇落之憾。如班姬之咏'团扇',尝恐有弃捐箧笥之悲。夫班姬固尝见宠于君矣,一旦因秋凉之来汉殿,自以红颜易老,君恩难久,作诗怨泣。可见恩情绝于中道者,自古有之。但班姬以守礼持正,不肯与君同辇,故不能保其宠幸。若我则本无辞辇之意,岂谓亦入空宫而见幽闭耶?今则弃置已久,不但衣佩断坏,旦夕之间,且见墓木之拱,何能再承恩宠耶?此诗为失宠宫嫔而作。其用团扇、辞辇等事,皆用别意点化,乃诗家实事虚用之法,读者或以为为婕妤咏者,失之远矣。"

其　六

蝶飞红粉台,柳扫吹笙道。

十日悬户庭,九秋无衰草①。

调歌送风转,杯池白鱼小。

水宴截香腴,菱科映青罩。

蕈蒙梨花满,春昏弄长啸②。

唯愁苦花落,不悟世衰到③。

抚旧唯销魂,南山坐悲峭④。

【题解】

诗写富贵不能持久,盛极而衰乃世间常态,得志者不必洋洋得意。柳条掩映之中,亭台楼阁时隐时现。美女多如蝴蝶,在庭院中穿梭。灯烛高悬,夜晚亦明亮如白昼。清风送来悠扬的乐声,池中的小鱼也聚集在一边入神地聆听。宴饮至深夜,梨花铺满了庭院。这就是富贵者的生活,他们整日只担心春去花落,还没有享尽奢华,却不知道衰世已经来到。等到败落之后,再追思往日的喧哗,又会是怎样的悲愁呢?

【注释】

①十日:《庄子·齐物论》:"昔者十日并出,万物皆照。"衰草,一作"素草"。

②蕈蒙:茂盛繁多。一作"蕈茸"。春昏,春夜。

③世衰:曾本作"世哀"。

④销魂:一作"伤魂"。悲峭,曾本、二姚本作"悲啸"。

【汇评】

陈本礼《协律钩玄》外集:"此讽当时纨绔子弟竞尚笙歌,日肆遨游,不悟世道之衰,转眼便见艰难也。"

姚文燮《昌谷集注》外集:"此则抚旧心伤以成感讽之第六首也。为言从前之蝶香柳色，有如十日并照。秋无衰草，只以调歌能回肃气，杯池亦放白鱼。又所在水宴，必求佳鲙。菱科之中，皆设梁筍。薹茸梨花，春昏长啸。唯愁花落，不悟世衰，而抑知有今日者哉！静观往事，不觉魂销，唯对南山以浩歌耳。"

黎简《黎二樵批点黄陶庵评本李长吉集》外集："刺富贵家。"

老夫采玉歌

采玉采玉须水碧，琢作步摇徒好色①。
老夫饥寒龙为愁，蓝溪水气无清白②。
夜雨冈头食蓁子，杜鹃口血老夫泪③。
蓝溪之水厌生人，身死千年恨溪水④。
斜山柏风雨如啸，泉脚挂绳青袅袅。
村寒白屋念娇婴，古台石磴悬肠草⑤。

【题解】

此诗作于长吉奉礼郎任上，极写采玉者之凄惨。从溪水中采掘出来的水碧之玉，只是用来雕作贵妇人佩戴的头饰。为了这装扮用的碧玉，蓝溪之水也被搅得浑浊不堪，连龙王都愁眉不展，苦苦企盼水清人静的日子。更可怜的还是采玉之人，他们历经艰辛，葬身溪水的每年不知凡几。君看那位采玉的老汉，在风狂雨横之中，腰系绳索从悬崖上荡下。他是在饥寒交迫的重压之下才铤而走险，口里嚼着蓁子，夜雨中留宿山头，想一想寒舍中的娇儿，他也只有咬咬牙，硬着头皮从绝壁上缒绳而下。

【注释】

①水碧：产于水中的碧玉。步摇，妇女头上佩戴的首饰。《炙毂子》云："步步而摇，故曰步摇。"

②老夫：老翁。蓝溪，在今陕西省蓝田县东南。《三秦记》："蓝田有川

三十里,其水北流,出玉。"

③蓁子:榛子。杜鹃口血,《华阳风俗录》:"杜鹃大如鹊而羽乌,其声哀而吻有血,春至则鸣。"

④厌:餍,饱食。

⑤悬肠草:任昉《述异记》卷下:"悬肠草,一名思子曼,南中呼为离别草。"多以喻思子或惜别。

【汇评】

刘辰翁《笺注评点李长吉歌诗》卷二:"谓长绳悬身,下采溪水,其索意之苦,至思念其子,岂特食蓁而已。又云'肠草',不必草名'断肠'之类,以其念子,视此悬礎之草如断肠然,苦甚。"

姚佺《昌谷集句解定本》卷二:"厌生人,正用《檀弓》'泰山妇人'文法:'昔者吾舅死于虎,吾夫又死焉,今吾子又死焉。'以十八字作丹头,而减作三字,工练劲挺,可谓至矣。"

曾益注《昌谷集》卷二:"此为老者服役采玉,不堪劳苦之辞。"

姚文燮《昌谷集注》卷二:"唐时贵玉,尤尚水碧。德宗朝,遣内给事朱如玉之安西于阗求玉,及还,乃诈言为回纥夺去。后事泄,流死。复遣使四出采取。蓝田有川三十里,其水北流,产玉。山峡险隘,水窟深杳。此诗言玉不过充后宫之饰,致驱苍黎于不测之地,少壮殆尽,耄耋不免,死亡相继,犹眷妻孥。而无益之征求,竟不知民命之可轸念也。可胜浩叹。"

贺裳《载酒园诗话》又编:"此诗极言采玉之苦,以绳悬身下溪而采,人多溺而不起,至水亦厌之。采时又饥寒无食,唯摘蓁子为粮。及得玉,仅供步摇之用,充玩好而已。伤心惨目之悲,及劳民以求无用之意,隐隐形于言外。此真乐天所云'下以泄导人情,上可以补察时政'者,而曰'贺诗全无理',岂其然。"

明于嘉刻本《李长吉诗集》批语:"不言恨时政而言恨溪水,与其死于苛政,不若死于虎也。征求无已,不念民生者戒之哉。"

神弦曲①

西山日没东山昏,旋风吹马马踏云。
画弦素管声浅繁,花裙綷縩步秋尘②。
桂叶刷风桂坠子,青狸哭血寒狐死。
古壁彩虬金帖尾,雨工骑入秋潭水③。
百年老鸮成木魅,笑声碧火巢中起④。

【题解】

诗歌描摹祀神场面。日薄西山,东方也逐渐昏暗起来。乌云逼近,旋风飘过,更增添了几分诡秘。迎神的音乐响起,弦乐、管乐此起彼伏。女巫合作节拍起舞,花裙曳地,扬起片片灰尘。这时,神灵降临了,它似乎满足了人们的祈求。一阵大风刮来,桂子纷纷坠落。旷野中,传来凄厉的怪鸣,那是狐狸在哀叫中死去。墙壁上作祟的狰狞彩龙,被雨师驱赶到碧绿的深潭。茂密的老林里,几点幽火闪现,桀桀声中,百年树精的老巢被烧掉了。

【注释】

①神弦曲:古乐府有《神弦歌》十一曲,乃民间祭神所用。王琦注:"《神弦曲》者,乃祭祀神祇弦歌以娱神之曲也。此诗言狸哭狐死,火起鸮巢,是所祈者其诛邪讨魅之神欤?"

②素管:宋蜀本作"管素"。綷縩,衣服摩擦发出的声音。宣城本作"萃蔡"。《汉书·外戚传下·孝成班婕妤》:"感帷裳兮发红罗,纷綷縩兮纨素声。"颜师古注:"綷縩,衣声也。"

③雨工:行雨之神。李朝威《柳毅传》:"(柳毅)问曰:'吾不知子之牧羊,何所用哉?神祇岂宰杀乎?'女曰:'非羊也,雨工也。''何为雨工?'曰:'雷霆之类也。'"

④笑声:宋蜀本作"啸声"。

姚文燮《昌谷集注》卷四："唐俗尚巫。肃宗朝王玙以祷祠见宠,帝用其言,遣女巫乘传,分祷天下名山大川。巫皆美容盛饰,所至横恣赂遗,妄言祸福,海内崇之,而秦风尤甚。贺作三首以嘲之。此言巫迎神时,薄暮阴霭,隐隐有神乘马而至。丝竹轻扬,女巫罡步,桂树阴浓,风生哀响。古壁乃巫所悬图画,奇神异鬼,光怪惊人。阴气昏凝,鸺鹠磷见,而女巫以为神至之候也。"

方扶南《李长吉诗集批注》卷二："《神弦》三首,皆学《九歌·山鬼》而微伤于俳,然较之元、明,又老成持重矣。凡《神弦诗》皆讥淫祀,篇篇皆佳。"

陈本礼《协律钩玄》卷四："巫之惑人,类皆吞刀吐火,咒鬼焚符,摇铃振档,筛金播鼓,跳跃出入,疾如风雨。闻桂子坠则以为神将戮妖,见帖尾动则以为雨工驱虬,且以鸺鸣为魅啸,磷光为巢火,于昏黑杳冥中写出一派阴幽飒杳景象,令人毛悚。"

明于嘉刻本《李长吉诗集》批语："此曲讥女巫祷神之妄。"

神 弦

女巫浇酒云满空,玉炉炭火香鼕鼕①。
海神山鬼来座中,纸钱窸窣鸣飚风②。
相思木帖金舞鸾,攒蛾一啑重一弹③。
呼星召鬼歆杯盘,山魅食时人森寒④。
终南日色低平湾,神兮长在有无间⑤。
神嗔神喜师更颜,送神万骑还青山⑥。

【题解】

诗描写迎神与送神的仪式,事情发生在终南山,则诗歌当作于长吉任职奉礼郎期间。女巫把酒洒在地上,念念有词,燃烧着纸钱窸窸窣窣,纸灰打着旋儿四处飞扬。不一会儿，只见云雾漫天，伴随着阵阵鼓声，女巫告诉他们，神灵们在袅袅香火烟气中降临了。她拿起刻绘着鸾凤的琵琶，开始弹奏，紧蹙双眉，念着咒语，延请神灵们入座，享用杯盘中丰厚的祭品。围观的人们战战兢兢，似乎听到了山魈进食时的桀桀之声。最后，女巫神色一松，如释重负，原来神灵终于被送回青山去了。但神灵到底存不存在呢？谁也说不清楚，人们只能从女巫脸上的表情来猜测。钱钟书说："若咏鬼诸什，幻情奇彩，前无古人，自楚辞《山鬼》《招魂》以下，至乾、嘉胜流题罗两峰《鬼趣图》之作，或极诡诞，或托嘲讽，而求若长吉之意境阴凄，耸人毛骨者，无闻焉尔。刘文成《二鬼》之篇，怪则是矣，鬼则未也。《神弦曲》所谓'山魅食时人森寒'，正可喻长吉自作诗境。"（《谈艺录》，第 50 页。）

【注释】

①鼞鼞：鼓声。

②海神：蒙古本作"寒云"。窸窣，细碎轻微的声响。飔风，旋风。

③相思木：此指用相思木制作的琵琶。帖：刻绘。攒蛾，蹙眉，宋蜀本、蒙古本作"攒娥"。

④歆：鬼神享用祭品。

⑤终南：终南山，在今陕西西安南。平湾，两山低凹处。

⑥神嗔：蒙古本作"神颠"。

【汇评】

姚文燮《昌谷集注》卷四："巫言神既临而飨之也。洒酒焚香，众灵毕集。楮钱风飒，神鬼凭依。巫乃手持画板，舞奏哀丝，眉目向空，大招冥漠。受飨日暮，视听勿遗。人视师颜忻愠，谓神之嗔喜于是见焉。万骑奔驰，悄乎去已。"

陈本礼《协律钩玄》卷四引董伯音："此为享神之曲。凡山水之厉，皆在所祭，故杂举之。"

明于嘉刻本《李长吉诗集》批语："起四句寒飒过人，直令毛发森直。'有无间'，妙；'师更颜'，更妙。"

神弦别曲^①

巫山小女隔云别，春风松花山上发^②。
绿盖独穿香径归，白马花竿前子子^③。
蜀江风淡水如罗，堕兰谁泛相经过。
南山桂树为君死，云衫浅污红脂花^④。

【题解】

诗拟想神灵归山后的情形。隔着云雾，巫山神女挥手告别而去。回到巫山，春风吹拂，松花灿然。江面波澜不兴，水纹如纱，唯有落花荡起细微的涟漪。神女撑着绿伞，穿行在芳香的小径，前面是骑着白马、扛着旗杆的前导。南山的桂树，因神女的归来而欢欣欲死，丹桂花为了表达自己的喜悦，将神女的衣衫染成了云霞一般。

【注释】

①别曲：送别之曲，即送神词。
②春风松花：《乐府诗集》作"松花春风"。
③前子子：宋蜀本作"长子子"。子子，特出、独立的样子。《诗经·鄘风·干旄》："孑孑干旄，在浚之郊。"
④浅污：蒙古本、《乐府诗集》作"残污"。红脂花，丹桂花。

【汇评】

姚文燮《昌谷集注》卷四："巫以为神临去而作此以别也。巫山神女由山中来，亦自山中去。春风松花，绿盖白马，遵此长逝。来时怒涛惊拥，去则风浪恬然，水纹如縠。'南山'二句，言桂宁为君死，而使绿叶贞干之不凋；花宁为君容，而如云袖红脂之长艳也。神既受享而归，自当降祥默祐。总以形容巫之荒诞，而崇之者愚昧，深信以望福之自来，大可笑也。"

方扶南《李长吉诗集批注》卷二："此专言送神也。无一奇语，自见虚无。"

陈本礼《协律钩玄》卷四引董伯音:"谲鬼嘲人,笑空啼影,真词家之曼倩,鬼史之董狐。如此文心,上帝哪能割爱?"

明于嘉刻本《李长吉诗集》批语:"一结微词,真可奴仆命《骚》可也。"

夜坐吟①

踏踏马蹄谁见过,眼看北斗直天河②。
西风罗幕生翠波,铅华笑妾鬟青娥③。
为君起唱长相思,帘外严霜皆倒飞④。
明星烂烂东方陲,红霞梢出东南涯,陆郎去矣乘斑骓⑤。

【题解】

诗或于长吉任职长安之际,以思妇颦蛾而愁,写其难遇之恨。独坐深闺,盛妆的思妇痴心苦等,深夜不能成寐。眼看北斗直指天河,所欢仍无踪影,只听得马蹄阵阵从门前闪过,真可谓过尽行者皆不是。她双蛾紧蹙,将一腔怨念寄寓《长相思》,悲歌一曲,连帘外的浓霜都被感动得飞舞起来。明星灿烂,朝霞映照着东南的天空,无眠的一夜又这样白白度过。她的情郎,骑着斑骓马离去后,再也不见影踪。

【注释】

①夜坐吟:乐府旧题。《乐府诗集》卷七六题解:"《夜坐吟》,鲍照所作也。其辞曰'冬夜沉沉夜坐吟',言听歌逐音,因音托意也。"

②马蹄:《乐府诗集》作"马头"。

③罗幕:罗帐。青娥,宋蜀本、姚文燮本作"青蛾"。

④长相思:乐府旧题,多写朋友或男女久别思念之情。起唱,曾本、二姚本作"起舞"。

⑤明星烂烂:语出《诗经·郑风·女曰鸡鸣》:"子兴视夜,明星有烂。"

190

陆郎,陆瑜,南朝陈后主之狎客。语出《乐府诗集·明下童曲》:"陈孔骄赭白,陆郎乘斑骓。"斑骓,毛色苍黑之马。

【汇评】

曾益注《昌谷集》卷二:"首句是未来之意,言彼乘马而过者。眼看北斗,坐而望也;天河直,夜中矣。西风罗幕,摇摇不定,故云生波;翠,幕色也。夜中幕间,见人不至,故颦蛾而愁,然当铅华盛时,似不宜愁,故又云笑。愁则坐不获安,故起而舞;霜倒飞,因舞而飞。霜飞夜久,故不特北斗直,明星亦烂;不特星烂,红霞亦出而天曙。末言终夜坐思,正期与君绸缪缔骓,孰意陆即乘斑骓而去也。士难遇易弃,奚以异是。"

陈本礼《协律钩玄》卷四引:"亦见遇合之难、暌离之易意,有感而作也。"

姚文燮《昌谷集注》卷四:"知己俱遭放斥,同心寂寥,故无见访之人,遂托思妇以怀彼美也。天河历历,风激空帏,粉黛慵施,谁知侬怨?起舞霜飞,终宵待旦,犹忆陆郎初去,所乘乃斑骓,及今踏踏马蹄,孰如陆郎之我顾也?"

王琦《李长吉歌诗汇解》卷四:"通篇总是思而不见之意。"

日出行①

白日下昆仑,发光如舒丝②。
徒照葵藿心,不照游子悲③。
折折黄河曲,日从中央转。
旸谷耳曾闻,若木眼不见。
奈尔砾石,胡为销人⑤。
羿弯弓属矢,那不中足⑥。
令久不得奔,讵教晨光夕昏。

诗伤己之不遇而感年华虚度、时光如梭。日出昆仑,光照四海,但只有向日葵欢欣鼓舞,感受到了它的温暖,蹉跎年华、一无所成的游子,面对日出日落,却日常悲伤。游子的心情,就如九曲的黄河,有说不尽的苦衷,但太阳根本不予理会,径直穿行而过,游子的青春岁月就这样在阳光下流逝了,并不曾留下半点痕迹。有关太阳的传说,我们听了很多,但最使我们惊心动魄的,是它不仅能够流金铄石,更能够催生白发,消磨人生。多么希望后羿当年把这一个太阳也射下来,那么时间的车轮就将停止,世上再也不会有什么早、晚之分,人们也就不会衰老了。诗当作于长吉官于京师期间。

【注释】

①日出行:乐府曲名。《乐府诗集》卷二八将之收录于《相和歌辞·日出东南隅》题下。

②昆仑:山名,在今西藏、新疆与青海之间。《史记·大宛列传》引《禹本纪》:"河出昆仑。昆仑其高二千五百余里,日月所相避隐为光明也。"舒丝,舒展如丝。

③葵藿:单指向日葵。《三国志·魏志·陈思王植传》:"若葵藿之倾叶,太阳虽不为之回光,然向之者诚也。窃自比于葵藿,若降天地之施,垂三光之明者,实在陛下。"不照,宋蜀本、蒙古本作"不见"。

④旸谷:传说中日出之处。《尚书·尧典》:"分命羲仲,宅嵎夷,曰旸谷,寅宾出日。"孔安国传:"旸,明也。日出于谷而天下明,故称旸谷。"若木,传说中的神树,一说即扶桑,在太阳升起之处。《楚辞·离骚》:"折若木以拂日兮,聊逍遥以相羊。"

⑤奈尔:二姚本作"奈何"。砾石,融化坚石。宋玉《招魂》:"十日代出,流金砾石。"

⑥"羿弯弓属矢"四句:《文苑英华》作"羿能弯弓属矢,那不中足?令乌不得翔,火不得奔,讵教晨光夕昏"。羿,后羿。《淮南子·本经》:"逮至尧之时,十日并出。……尧乃使羿诛凿齿于畴华之野,杀九婴于凶水之上,缴大风于青邱之泽,上射十日而下杀猰貐,断修蛇于洞庭,擒封豨于桑林。"

【汇评】

吴正子《笺注评点李长吉歌诗》卷四："余谓题云《日出行》,不曰'东南隅',则不必与采桑事并。故长吉此篇俱不及此意,此篇应当与太白《日出日入行》同类。"

《昌谷集句解定本》卷四引谢起秀:"峭曲写其哀致,与太白《日出日入行》同类,而幽折过之。"

陈本礼《协律钩玄》卷四引董伯音:"因其不照游子悲,故不欲其出入也。"

姚文燮《昌谷集注》卷四:"旭日初升,无微不照,当能鉴我之忠,独不鉴我之摇落耶? 黄河九曲,日转于中;游子悲肠,正复相类。旸谷若木,为闻见之不及,而铄石销人,亦无如此日何也。昔十日并出,羿射死九鸟,何不将此鸟亦射其足,使之不得疾驰而多变易矣。"

方扶南《李长吉诗集批注》卷四:"后段学汉、魏,长短参差而未自然。"

黎简《黎二樵批点黄陶庵评本李长吉集》卷四:"不成古调,结句却似元人词曲。"

王琦《李长吉歌诗汇解》卷四:"诗意谓羿已射中九日,此一日何不射中其足,令不得奔驰,可以长在天上。即古人长绳系白日之意,与前《苦昼短》一篇意旨相类。"

艾如张①

锦襜褕,绣裆襦。强饮啄,哺尔雏②。
陇东卧穟满风雨,莫信笼媒陇西去③。
齐人织网如素空,张在野田平碧中④。
网丝漠漠无形影,误尔触之伤首红。
艾叶绿花谁剪刻,中藏祸机不可测⑤。

【题解】

诗为寓言，以鸟儿远离罗网，告诫人们远离祸机。田间的鸟儿，羽毛斑斓，煞是耀眼。它们正努力觅食，哺育雏儿，谁知已经落入有心人的算计中。这些可爱的鸟儿，千万要小心，田垄东边有许多为风雨摧折的禾穗，不要听信笼媒诱骗，跑到田垄西边。那里正张着细细的罗网，这些罗网伪装得非常巧妙，会让你们猝不及防，一旦触发就会头破血流。诗当作于长吉任职京师期间。

【注释】

①艾如张：汉乐府曲名。智匠《古今乐录》："汉鼓吹铙歌十八曲，字多讹误。一曰《朱鹭》，二曰《思悲翁》，三曰《艾如张》……"郭茂倩《乐府诗集》卷一六录其古词云："艾而张罗，夷于吾。行成之，四时和，山出黄雀亦有罗，雀以高飞奈雀何。"

②襜褕：古代一种长衣，着于非正式场合，因其宽大而长似襜而得名。《史记·魏其武安侯列传》："元朔三年，武安侯坐衣襜褕入宫，不敬。"司马贞索隐："襜，尺占反。褕音踰。谓非正朝衣，若妇人服也。"裆，袴。襦，短袄。强饮啄，蒙古本、《乐府诗集》、宣城本作"强强饮啄"，《唐文粹》作"强啄食"。

③陇：同"垄"。莫信，蒙古本作"莫逐"。笼媒，用来诱捕同类的鸟。捕鸟者把关有鸟的笼子放在野外，利用其鸣叫声引诱其他鸟。宋蜀本、《乐府诗集》、宣城本等作"龙媒"，蒙古本、曾本、姚文燮本作"良媒"。

④野田：宣城本、《乐府诗集》作"野春"，万历本作"野山"。

⑤艾叶：乐府旧题"艾如张"之"艾"，原为"刈割"之意，李贺改作"蓬艾"。

【汇评】

刘辰翁《笺注评点李长吉歌诗》卷四："似古诗，乃不觉其垂花插鬓者。"

《昌谷集句解定本》卷四孙枝蔚评："人知'无形影'三字为可骇不可测，不知'素空'、'平碧'、'漠漠'六字，更怃然伤心。饮食兵也，笑谈矢也，可畏哉。"

姚文燮《昌谷集注》卷四："元和朝,李吉甫、于𬱟皆劝上峻刑。后李逢吉拜平章,性本猜刻,势倾朝野。贺谓羽仪文采,宜自韬晦,勉安粗粝,以给幼稚。若所处稍堪自赡,勿轻为疆埸所饵。宵小罗织,杳无形影,偶中其机,必罹大害。深文峻法,嶮巇难窥,良可惧欤。"

　　方扶南《李长吉诗集批注》卷二："一味本意,无足动人。后半语亦太浅。"

　　明于嘉刻本《李长吉诗集》批语："文明耿介之士,易解世网;贪禄苟进之士,难免祸机。三复此章,能不凛然? 极平淡处,极宜留心。况随行逐队,钻入花团锦簇处耶?"

五粒小松歌①并序

　　前谢秀才、杜云卿命予作《五粒小松歌》,予以选书多事,不治曲辞。经十日,聊道八句,以当命意②。

　　蛇子蛇孙鳞蜿蜒,新香几粒洪崖饭③。
　　绿波浸叶满浓光,细束龙髯铰刀剪。
　　主人壁上铺州图,主人堂前多俗儒。
　　月明白露秋泪滴,石笋溪云肯寄书④。

【题解】

　　据诗序可知,诗为友人所作,借堂前郁勃之小松写其磊落不平之怀,当成于长吉京师官奉礼郎期间。堂前这株小松,蜿蜒曲曲如蛇,外皮皲裂似鳞。嫩叶清新,光泽明朗,青翠欲滴。针叶细密如龙的须髯,整齐得好像刚被剪刀修理过一样。松果发出淡淡的清香,让神仙们垂涎不已。但俗世间的人们,对它并不关注,来来往往,不愿多看一眼。月明之中,露落枝头,似泫然而涕。远山中的小溪与游云,是否还肯写信来安慰这误入红尘的小松树呢?

①五粒小松：五鬣小松，一丛五叶如钗形。段成式《酉阳杂俎》前集卷十八："松，凡言两粒、五粒，粒当言鬣。"周密《登辛杂识》前集："凡松叶皆双股，故世以为松钗。独栝松每穗三鬣，而高丽所产每穗乃五鬣焉，今所谓华山松是也。"一说，一丛有五粒子，形如桃仁，可食，因以粒名之。

②不治曲辞：蒙古本作"不治典实"。

③鳞蜿蜿：蒙古本作"龙蜿蜿"。洪崖，传说中的仙人。

④月明白露秋泪滴：吴本注一作"月明露泣宣秋泪"。肯寄书，曾本、姚文燮本作"好寄书"。

【汇评】

姚文燮《昌谷集注》卷四："鳞蜿蜿，状松干也。洪崖饭，喻松子也。满浓光，色之深也。束龙髯，叶之齐也。主人壁上所铺之州图，即豫州华山也。五粒松产华山，此当赞图画之松耳。贺言此山旧多仙隐，如汉卫叔卿、张公超，五代郑遨辈群修道于此。乃今堂前则皆世俗之儒，谁能有续仙侣者乎？月夜露重，石罅如泪，石笋溪云，唯寄书以招隐耳。"

王琦《李长吉歌诗汇解》卷四："松在深山，原与石笋相依而生，溪云往来，朝夕相护。一入主人庭中，永与相别，不知能相忆而寄书否？夫松与云石皆无情，所谓泪与书，皆假人事言之，以明小松托根不得其所耳。"

明于嘉刻本《李长吉诗集》批语："咏松而用石笋、溪云，亦属信手拈来，头头是道也。"

谢秀才有妾缟练，改从于人，秀才引留之不得，后生感忆。座人制诗嘲诮，贺复继四首①。

其 一

谁知泥忆云，望断梨花春。

荷丝制机练，竹叶剪花裙②。

月明啼阿姐,灯暗会良人③。
也识君夫婿,金鱼挂在身④。

【题解】

两人自此有云泥之隔,你却还把故夫苦苦思念。直到春天过去,梨花凋谢,你依然望眼欲穿;每到明月升起,你就徘徊于月下,泪眼朦胧,期待再见良人。虽然改嫁高官之后,将身著华丽服饰,享尽奢华生活,但从此相思不绝。谢秀才是长吉之友,《五粒小松歌》诗序中有提及。诗作于李贺官奉礼郎期间,此首写缟练将要改嫁他人。

【注释】

①缟练:谢秀才之妾。引留,挽留。嘲消,宋蜀本作"嘲谢"。

②机练:细绢。竹叶,彩绣。徐陵《春情》:"竹叶裁衣带,梅花奠酒盘。"

③阿姐:谢秀才之正室,宋蜀本作"阿姊"。

④金鱼:金鱼袋,唐三品以上官员所佩。

【汇评】

曾益注《昌谷集》卷三:"泥云喻不相及,然忆在心;谁复知之,言欲改适。梨花春,一春望断;盼佳期,言引留不得。荷丝、竹叶,治家服。月明,嫁时;啼阿姊,对月泣;灯暗,初婚时;会良人,与欢会也。识,言初会君,夫婿即良人,金鱼挂身,言贵。二句从'灯暗'来,言但知其实,未知其他,为初嫁未感忆时作。"

姚文燮《昌谷集注》卷三:"史氏曰:良玉不烬,精金不变。人才如是者,往往而难。元稹初论宦官,致经挫折,不克固守,中道改操,遂与贤人君子为仇。贺适遇缟练之事,因以寓讽而作此四首。其意不专为谢妾咏,而诗无不为谢妾咏也。云泥不相属也,嘲妾既高飞远去,而生犹怀思眷盼,梨花虽春,不我属矣。衫裙鲜艳,已著他姓衣裳,空啼向月,知不由中,方即剪烛以图良会。今日夫婿金鱼,非复从前寒士耳。"

《昌谷集句解定本》卷三蒋文运评:"诸本皆以临嫁时注之,故一章俱错。不知改从于人亦已久矣,'后生感忆',则当从四字着解,自然省豁。"

方扶南《李长吉诗集批注》卷三："起二句写谢之忆妾,此一首是初去。"

其 二

铜镜立青鸾,燕脂拂紫绵①。

腮花弄暗粉,眼尾泪侵寒。

碧玉破不复,瑶琴重拨弦②。

今日非昔日,何人敢正看。

【题解】

对着圆圆的铜镜,你顾影自怜;想起旧日恩情,你潸然泪下。如花似玉的脸庞,细细上妆,却也遮不住眼角的泪痕。但碧玉业已破碎,就难以复合;瑶琴既已为他人弹拨,就不可再为前夫重弹。今日之后,非同往昔,自当洋洋得意,为何忽生感忆,眷念旧恩? 此首写改嫁后初妆之心思。

【注释】

①青鸾:镜架。《艺文类聚》卷九十引范泰《鸾鸟诗序》云,罽宾王于峻祁之山,获一鸾鸟,饰以金樊,食以珍羞,但鸟三年不鸣。其夫人曰:"尝闻鸟见其类而后鸣,何不悬镜以映之?"王从其意,鸾睹形悲鸣,哀响中宵,一奋而绝。紫绵,胭脂扑。

②破不复:宋蜀本作"破瓜后"。

【汇评】

曾益《昌谷集》卷三:"此初嫁后理妆。上三句临镜施脂粉,'眼尾'句,因啼阿姊,泪痕尚在,施粉未匀。'碧玉'句,言破不复完。'瑶琴'句,言重鼓别调,有感忆意。今日谓既嫁,昔日谓未嫁。既生感忆,则对人含羞,故以正看为嫌也。"

姚文燮《昌谷集注》卷三:"立镜饰容,强为悲态,那知此身已非完璧,仅续断胶。此日知属贵人,威仪严肃,人不敢正看,亦安禁冷眼者之心鄙乎!"

方扶南《李长吉诗集批注》卷三:"此一首是去后初景,末二语本陈公主事文。"

王琦《李长吉歌诗汇解》卷三："此与上首同一结法。但上首借其夫作衬,此首借旁观者作衬。"

其　三

洞房思不禁,蜂子作花心①。
灰暖残香炷,发冷青虫簪②。
夜遥灯焰短,睡熟小屏深。
好作鸳鸯梦,南城罢捣碪③。

【题解】

洞房独居,情思纷扰,思绪不宁,如花前之蜜蜂。夜深人静,香暖灰残,寒意渐重,发簪冰凉,缟练仍辗转难眠。直至灯暗夜遥,捣衣声歇,她方才进入梦中,与故夫团聚。此首写改嫁后之苦思。

【注释】

①洞房:宋蜀本作"洞庭"。蜂子,蜜蜂。作,一作"采"。

②青虫簪:青凤型的发簪。

③捣碪:捣衣石。

【汇评】

刘辰翁《笺注评点李长吉歌诗》卷三："自是好语,不必题事。"

《昌谷集句解定本》卷三张星评："买臣妻重归,置园中,给饮食,自经死可也。若缟练者,何以处之? 曰'睡熟小屏深',可以处之矣。"

姚文燮《昌谷集注》卷三："皆由其心之荡佚以至此也。虽冷灰复然,而香则已残矣。浓鬟艳饰,欢乐终宵。自此绣幔流苏,宁复似旧时操作,月下敲砧耶? 亦且恐他处砧声致惊好梦矣。"

方扶南《李长吉诗集批注》卷三："此一首是去后秾情。"

王琦《李长吉歌诗汇解》卷三："思而不见,唯梦中得以相会。当此夜深人静,捣砧之声寂然不作,庶几得一佳期之梦,以慰其辗转反侧之思耳。"

其　四

寻常轻宋玉，今日稼文鸯①。

戟干横龙簴，刀环倚桂窗②。

邀人裁半袖，端坐据胡床③。

泪湿红轮重，栖乌上井梁④。

【题解】

　　往常看不起宋玉那样的文士，以为他们百无一用；今日改适起赳武夫，才发现更令人难受。整个家庭粗俗不堪，钟磬架上横放着刀枪，精美的桂窗旁乱挂着剑戟。而新夫更是傲慢无礼，没有修养，竟然盘坐在交椅上，穿着短袖衣，去会见客人。这时的她顿生悔意，才发现自己嫁错了对象，好比乌鸦栖息在井梁。

【注释】

　　①宋玉：战国时楚国文士，相传为屈原学生。稼，宋蜀本作"嫁"。文鸯，本名文俶，三国时魏国扬州刺史文钦之子，勇冠三军。

　　②龙簴：钟磬之架，上有龙饰。刀环，刀柄。

　　③裁：才，仅。半袖，短袖衣。《晋书·五行志上》："魏明帝著绣帽，披缥纨半袖。"胡床，交椅。程大昌《演繁露·交床》："今之交床，本自虏来，始名胡床，桓伊下马据胡床取笛三弄是也。隋高祖意在忌胡，器物涉胡言者，咸令改之，乃改交床。"

　　④红轮：即"红纶"，红色巾披。栖乌，一作"投乌"。井梁，藻井和屋梁。蒙古本作"井塘"。

【汇评】

　　《昌谷集句解定本》卷三丘象升评："缟练不终于谢，宁终于武人，此武人之所以倨见也。练犹至死不悟，悲夫！"

　　《昌谷集句解定本》卷三朱潮远评："非嘲缟练也。不恒其德，或承之羞，善夫！"

陈本礼《协律钩玄》引董伯音云:"武人作此态非一日,缟练堕红泪亦非一日,故眼轮红且重也。俄而日暮,知枕席间之无欢情矣。"

姚文燮《昌谷集注》卷三:"向薄文人,今从武士。凶器满前,衣皆戎饰,非复琴书罗列。裾袖翩翩,端坐胡床,绝无风韵。当此亦不禁泣下,或未免悔心之萌。栖乌井梁,亦念及故人孤零否?"

方扶南《李长吉诗集批注》卷三:"此一首是感忆。"

沙路曲①

柳脸半眠丞相树,佩马钉铃踏沙路②。
断烬遗香袅翠烟,烛骑啼鸣上天去③。
帝家玉龙开九关,帝前动笏移南山④。
独垂重印押千官,金窠篆字红屈盘⑤。
沙路归来闻好语,旱火不光天下雨。

【题解】

诗称颂宰相,所称颂者有两说,或以为是黄裳,或以为是李绛。前说的依据在于长吉与黄裳之子关系较为密切,有《唐儿歌》为证;后说从"帝前动笏移南山"一句生出。依后说,则诗作于元和六年(811)。诗首先描绘丞相上朝的情形。官道两旁,柳叶垂覆,似困酣娇眼,因为此时天色尚未明晓。侍从们骑着马儿,举着烛火,拥护着丞相前去上朝。沙路上,青烟袅袅。然后诗人将笔触转向了朝中。九重宫门次第而开,丞相在天子面前直言进谏,在百僚面前威严有加。最后诗写丞相罢朝归来。由于他的辅佐,风调雨顺,百姓安乐,一路上听到的都是称颂的话儿。

【注释】

①沙路:沙堤。李肇《国史补》卷下:"凡拜相,礼绝班行,府县载沙填路,自私第至于城东街,名曰沙堤。"

②柳脸:柳叶。一作"柳荫",宋蜀本作"柳睑"。佩马,佩有玉珂之马。

③烛骑:秉烛扈从的骑士。一作"独骑"。啼鸣,宋蜀本、曾本、二姚本作"啼乌",蒙古本作"鸣啼",宣城本作"啼鸣"。上天,朝拜天子。

④开九关:一作"搅九关"。九关,九重宫门。

⑤押:管押。金窠,金印空白之处。红屈盘,红色引文。

【汇评】

曾益注《昌谷集》卷三:"路为相路,则柳为相树。睑眠,拂路也。欲朝天,故佩马从沙路而往;烛骑旋绕,故断烬遗香在路也。乌啼,未曙时;开九关,入朝。移南山,奏事,于沙路归来,而人传闻之。宰相燮理阴阳,阴阳和则旱火不光;天下雨,天下皆被其泽。"

姚文燮《昌谷集注》卷四:"元和六年,以李绛同平章事。先是李吉甫劝上振刑威,于顿亦劝上峻刑。上举以问绛,因对曰:'王政尚德,岂可舍成康而效秦始?'帝然之,用以为相。上四句,美相仪之盛也。中四句,嘉绛之鲠直,数争论于帝,动笏可移南山;而威望素著,又秉大权,专掌制敕。末二句,言当沙路归来,君闻以好语指陈,致刑措不用,令虐焰不兴,膏泽随施,将寰海共戴矣。"

陈本礼《协律钩玄》卷四引董伯音:"通诗颂而含讽,言必如此,方无负沙堤上行。此贺初入长安为杜黄裳咏也。"

冯小怜①

湾头见小怜,请上琵琶弦。
破得东风恨,今朝值几钱②。
裙垂竹叶带,鬓湿杏花烟。
玉冷红丝重,齐宫驾妾鞭③。

【题解】

在河湾碰见了大名鼎鼎的冯小怜,她正拨弄着琵琶,以替人解闷为生。

但即使她弹奏得再为优美动人，又能换得几个钱呢？想当初她身著华丽的竹叶裙，鬓角斜插含烟带露的杏花，手持红丝缠绕的玉鞭，纵马在齐国宫禁的时候，肯定不会想到自己会沦落到以弹唱为生。冯小怜从无卖唱之事，诗人以想当然之景色写想当然之情，自是别有寄托。

【注释】

①冯小怜：北齐后主穆后从婢，善琵琶，工歌舞，后主高纬封为淑妃，又立为左皇后。入隋后自杀。《北史》卷十四有传。

②东风：吴本作"春风"。北齐灭亡后，冯小怜为周武帝赐予代王达。一日，弹琵琶，弦断，作诗云："虽蒙今日宠，犹忆昔日怜。欲知心断绝，应看胶上弦。"

③驾妾鞭：曾本作"妾驾鞭"。

【汇评】

姚文燮《昌谷集注》卷三："德宗朝，朱泚陷长安，朝臣陷贼者甚众。贺追讽之，而托小怜以为词也。湾头为所逼小怜之地。小怜既为所逼，已不免于别抱琵琶矣。然则后主往日所借小怜以破东风之恨，将谓无钱可买，今朝抑值几钱耶？是时小怜乘马而去，裙垂竹带，鬓湿杏烟，而手中所抱玉冷红丝重者，固居然齐宫驾妾之鞭也。其亦不知有故主之思哉！"

《昌谷集句解定本》卷三蒋文运评："甚矣，好色之害人也。齐主纬猎于三堆，周师取平阳，晋州告急，主将还，小怜请更杀一围，及至晋州，城已没矣。小怜意如此，将为齐官乎？将为周官乎？而齐纬宁亡国，不肯逆小怜也，所谓生死好友如此。"

《昌谷集句解定本》卷三朱潮远评："小怜出井，已非齐宫物矣。贺书法一定，所谓或求名不得，或欲盖弥章也。谁谓诗史各自体裁。"

王琦《李长吉歌诗汇解》卷三："玩诗意似是女伶将入宫供奉，拥琵琶骑马而行，长吉见之，而借小怜以喻者。"

明于嘉刻本《李长吉诗集》批语："冯小怜岂是湾头见者？第二句顶得异样，妙绝。若非呕出心肝，哪得有此奇文？"

春 昼

朱城报春更漏转，光风催兰吹小殿①。

草细堪梳，柳长如线。

卷衣秦帝，扫粉赵燕②。

日含画幕，蜂上罗荐③。

平阳花坞，河阳花县④。

越妇擉机，吴蚕作茧⑤。

菱汀系带，荷塘倚扇。

江南有情，塞北无限⑥。

【题解】

　　诗写春日到来之欢欣，江南塞北，皇室民居，一派生机。春雨过后，和风吹拂，兰花烂漫，紫禁城中春意盎然。细长的春草密密排列，柔软的柳条随风飞扬，宫女们身着春衣，轻快地飞舞。权贵富豪之家，也是莺歌燕舞，蜂拥蝶至，美不胜收。秀丽的江南自然是春光明媚，荡漾在河面的菱丝如彩带，偎依在池塘的圆荷似团扇，春蚕已经吐丝作茧，吴越民妇早驾起了织机。至于塞北的春光，就更一言难尽了。

【注释】

　　①朱城：皇城。更漏，以漏壶表示的时刻来报更。光风，雨后的和风。《楚辞·招魂》："光风转蕙，氾崇兰些。"王逸注："光风，谓雨已日出而风，草木有光也。"

　　②卷衣秦帝：古乐府有《秦王卷衣曲》，写秦王卷衣赠所欢爱之人。扫粉，抹粉。赵燕，赵飞燕。王琦注引《赵后外传》："飞燕姊弟事阳阿主家为舍直，专事膏沐藻粉，其费无所爱。"

　　③罗荐：丝织的席褥。刘禹锡《秦娘歌》："长鬟如云衣似雾，锦茵罗荐

承轻步。"

④平阳花坞：曾益注："汉平阳公主治花坞，号平阳坞。"河阳花县，潘岳为河阳(今河南孟县)令，遍植桃李。

⑤搘：同"支"，支撑。

⑥无限：吴本、宋蜀本作"无恨"。

【汇评】

姚文燮《昌谷集注》卷三："按德宗兴元元年，帝于奉天，四月未授春衣，军士犹服裘褐。及元和五年春，王承宗反，诏诸道发兵讨之。贺当春昼作此，讥内地之侈靡而不知远戍之愁苦也。朱城，言紫禁也。更漏转，言方春而夜短昼长也。小殿花香，正当游宴也。芳草垂杨，君王卷衣而妃子艳饰。帷帘之内，欢乐未央。花坞花城，纷华特盛。吴越机杼，辛勤女丝以佐春服。菱荷初发，淑景渐薰，而江南安堵之人自多荡佚。那知朔漠征夫，当此不增悲怨耶？"

陈本礼《协律钩玄》卷三引董伯音："前十句咏北地逢春之乐，'越妇'五句，咏江南逢春之乐，末又言北地之更胜也。贺帝胄，处北方，故夸耀其乡国耳。"

王琦《李长吉歌诗汇解》卷三："此篇言同一春昼，而其中人地各有不同。'朱城报春'六句，是宫禁中之春昼；'日含画幕'四句，是富贵家之春昼；'越妇搘机'四句，是田野间之春昼；至于江南，则为有情之春昼；塞北，则为寂寥之春昼。景以人而异，时以地而殊，万有不齐之致，正未易尽其形容。"

李夫人①

紫皇宫殿重重开，夫人飞入琼瑶台②。
绿香绣帐何时歇，青云无光宫水咽。
翩联桂花坠秋月，孤鸾惊啼商丝发③。
红壁阑珊悬佩珰，歌台小妓遥相望④。
玉蟾滴水鸡人唱，露华兰叶参差光⑤。

诗写哀悼之情。天上瑶殿之门次第敞开,迎接着李夫人的到来。绣帐中她的余香还未散尽,而思念已经不可遏制。孤独的武帝作诗弦歌,以哀音倾泻着心中的凄楚。天上云彩黯淡,宫中河水悲鸣,月下桂花飘零,它们也在为李夫人的逝去而伤感。眺望着她的坟冢,侍从的宫女更是悲不自胜。冷清的宫墙里,陪伴宫女的唯有墙壁上悬挂着的玉佩,那是李夫人生前的饰品。寂寥之中,传来鸡人报晓之声。墓地上的兰叶,也缀满了露珠,仔细看去,分明是潸然的泪光。钱仲联等人认为,诗为其时殁故之宫嫔所作,写于元和七年(812)前后。徐传武疑其为爱妻而作(《李贺诗集译注》),可备一说。

【注释】

①李夫人:汉武帝宠妃。据《汉书·外戚传》,李夫人妙丽善舞,年少早卒,武帝思念不已。方术之士齐人少翁,言能致其神,乃夜张灯烛,设帷帐致之。武帝居他帐,遥望见形动如李夫人者,益思念之,作诗令乐府弦歌,又作赋伤悼之。

②紫皇:道家神祇,此泛指天帝。

③翩联:姚佺本作"翩翩"。惊啼,《文苑英华》作"晓啼";商丝,作"商弦"。

④红壁:《文苑英华》作"空壁",一作"红璧"。小妓,一作"小柏"。《乐府诗集》卷三一张正见《铜雀台序》引《邺都故事》:"(曹操)遗命诸子曰:吾死之后,葬于邺之西岗上,与西门豹寺相近,无藏金玉珠宝,余香可分诸夫人,不命祭吾。妾与伎人皆著铜雀台,台上施六尺床,下惠帐,朝晡上酒脯粮糒之属。每月朝十五,辄向帐前作伎,汝等时登台,望吾西障墓田。"

⑤鸡人:宫廷中专管更漏之人。

【汇评】

刘辰翁《笺注评点李长吉歌诗》卷一:"又似才太过。"

曾益注《昌谷集》卷一:"首二句言夫人仙去,三、四言遗香犹在,而所见所闻,异昔时也。桂坠秋月,言销落,比夫人;孤鸾啼惊,言孤寂也,比武帝。

商丝发,即置为词曲,而令宫人弦歌也。'红壁'句,言佩珰徒悬,睹物而感生;'歌台'句,言伎女相望,犹冀其来而不忘也。末言怀思之极,曾是不寐,听玉漏之夜滴,聆鸡人之唱曙,起而视之,复何见哉!则唯有露华兰叶,光参差然,以想象其清芬而已。其伤感也至矣。"

姚佺《昌谷集句解定本》卷一:"以奉礼才鬼,而此曲平实铺叙,毫无逸艳之致。且夫人事属惚荒,本传已载之详矣。即汉武是耶非耶,四字已立之极,后人纵为之,不能胜也。汉武明知死者不可复生,而不能当其思念之苦,姑妄听少翁为之耳。长吉解人而作担板汉语,不可解也。……观此则知君臣游戏撮弄,而长吉哀之,悼之,诛之,亦大梦之不醒已。"

姚文燮《昌谷集注》卷一:"德宗贞元二年十一月甲午,立淑妃王氏为皇后,是月丁酉崩。先是淑妃久病,帝念之,册为后。册毕即崩,史臣讥之。为其病废之人,不足齐体宸极,告谢宗庙。崩后,帝追念不已。贺思往事,作此以讥,而拟之李夫人者,明乎不足为后也。夫人死入琼台,所余绿香绣帐,云水皆非。其所以报武帝之迫思者,唯是桂花坠于秋月,商丝发自空中耳。然夫人虽死,歌台自有小妓。玉蟾滴水,鸡人晓唱,露华兰叶,参差相映,谁谓李夫人之后更无如李夫人者乎?亦足明视召之在所必矣。"

方扶南《李长吉诗集批注》卷一:"此作亦呕出心肝者耶?一味填景,反不如宋齐间妃嫔诸哀册语,虽只写景,而尚有情致。"

黎简《黎二樵批点黄陶庵评本李长吉集》卷一:"紫皇宫殿,即指汉宫。通首都言其招魂相见情景,只待鸡唱之后,倏然不见,唯有露华兰叶,寒光照眼而已。"

王琦《李长吉歌诗汇解》卷一:"此诗必是当时有宠幸宫嫔亡没,帝思念而悲之。长吉将赋其事,而借汉武帝之李夫人以为题也。观诗中并不用《汉书·李夫人传》中一事,可见与《秦王饮酒》一章指意相同。"

宫娃歌①

蜡光高悬照纱空,花房夜捣红守宫②。

象口吹香毾㲪暖，七星挂城闻漏板③。
寒入罘罳殿影昏，彩鸾帘额著霜痕④。
啼蛄吊月钩栏下，屈膝铜铺锁阿甄⑤。
梦入家门上沙渚，天河落处长洲路⑥。
愿君光明如太阳，放妾骑鱼撇波去⑦。

【题解】

诗写宫女思家，希冀早日归去，当作于长吉官京师间。唐代宫怨之诗，多描摹冷寂之状，不无望幸之意。长吉此诗也从宫女怨旷写起，但转入对江南故里的惦记，梦想乘鱼破浪而去，自是一格。深宫之中，灯烛高悬，灯罩透明，宫女在灯下捣制着红守宫，漏声阵阵，直至北斗将隐。室内铺着暖和的地毯，萦绕着袅袅香气；室外寒气渐重，霜痕层层，大门紧锁，蟋蛄悲鸣。幽禁中的宫女，梦中回到了久别的家乡，轻盈地漫步在长洲路上。梦醒后的她唯有反复祈祷，希望君王能放她归去。

【注释】

①宫娃：宫女。《广雅》："吴俗谓好女为娃。"

②守宫：旧说预防女子不贞的一种方式。张华《博物志》卷四："蜥蜴或名蝘蜓，以器养之，食以朱砂，体尽赤，所食满七斤，治捣万杵，点女人支体，终身不灭。唯房室事则灭，故号守宫。"

③象：象形香炉。毾㲪，毛毯。七星，北斗星。漏板，报更用的铜板。

④罘罳：张在屋檐下或窗户前，用以防止鸟雀飞入的网；一说指屏墙。

⑤蛄：蟋蛄，昼伏夜行。屈膝，屈戌，门窗上的搭扣、环钮之类。铜铺，一作"金铺"，大门上衔着门环的底座，旧时多用铜制成兽形。阿甄，魏文帝曹丕的皇后甄氏，失宠后幽闭赐死。

⑥长洲：今江苏苏州一带。《元和郡县志》："苏州长洲县，万岁通天元年析吴县置，取长洲苑为名，苑在县西南七十里。"

⑦骑鱼：刘向《列仙传·琴高》："琴高，周末赵人，能鼓琴，为宋康王舍人，浮游冀州涿郡间。后与诸弟子期，入涿水取龙子，某日当返。至期，弟

子候于水旁，琴高果乘鲤而出。留一月，复入水去。"撇波，击波破浪。

【汇评】

刘辰翁《笺注评点李长吉歌诗》卷二："意到语尽，无复余怨矣。哀怨竭尽，丽语犹可及，深情难自道也。"

曾益注《昌谷集》卷二："此为宫人怨旷愿去之词也。"

姚佺《昌谷集句解定本》卷二："宠不可专，乐不可极。姑胥之台，春宵之宫，长夜之饮，不闻他人，只与西子为嬉，岂其响屦者非牝也哉？若之何不思去也。"

姚文燮《昌谷集注》卷二："元和八年夏大水，上以为阴盈之象，出后宫人三百车。此托有未出之宫人，当秋夜思遣之意。幽闭寂宽，未得临幸，犹如甄氏之失庞也。既因大水将遣，则梦魂中无之非水。家门宛在沙渚，天河疑是长洲。亦止愿君王皭如秋日，使妾得再因大水放归，犹之乎骑鱼撇波去已。"

陈本礼《协律钩玄》卷二引董伯音："此吴娃非指夫差事。首四待君王之至。'寒入'四句，待之不至，使之空锁深宫。末四愿放遣归家也。此长吉迫有感于仕奉礼日而赋此。然美女怀春，志士悲秋，不得承恩宠，唯求放遣，实有同情。风雨斋坛，箕帚供役，其不堪此，已非一日矣。"

赠陈商①

> 长安有男儿，二十心已朽。
> 楞伽堆案前，楚辞系肘后②。
> 人生有穷拙，日暮聊饮酒。
> 只今道已塞，何必须白首。
> 凄凄陈述圣，披褐鉏俎豆③。
> 学为尧舜文，时人责衰偶④。
> 柴门车辙冻，日下榆影瘦。

黄昏访我来，苦节青阳皱⑤。

太华五千仞，劈地抽森秀⑥。

旁苦无寸寻，一上戛牛斗⑦。

公卿纵不怜，宁能锁吾口⑧。

李生师太华，大坐看白昼⑨。

逢霜作朴樕，得气为春柳⑩。

礼节乃相去，颥颔如刍狗⑪。

风雪直坛斋，墨组贯铜绶⑫。

臣妾气态间，唯欲承箕帚⑬。

天眼何时开，古剑庸一吼⑭。

【题解】

  诗写于元和六年（811）冬，时长吉在长安为奉礼郎，而陈商尚未及第。诗歌前八句陈述诗人困顿的处境与黯淡的心情。寄居长安，为一小官，仕路业已断绝，希望随之破灭。虽年逾二十，正值青春年华，而心已如死灰，只得与《楞伽经》《楚辞》等为伍，举杯痛饮，聊以排遣心绪。次八句转入对陈商处境的描述。友人也是落拓不遇，处处不能与俗世相合。世间盛行的是偶俪之文，他却在专研深奥的古文。虽一身布衣，却栖栖遑遑，致力于古代雅礼的恢复。日薄西山，他踏着老榆树枯瘦的影子，来到我冰封的柴门前，拜访我这个为世人遗忘的失意者。接下来八句称颂陈商学识与品格。他的节操，如西岳华山那样高峻挺拔，直上云霄，令人敬佩赞叹。纵然那些达官贵人对他视而不见，毫不怜惜，我又怎能闭口不言？诗歌最后部分，表达了诗人渴望施展才华的激切心理。现在的他，虽憔悴如刍狗，卑微如奴婢，为人所轻忽，但遇到严寒，也能如扑樕那样在霜雪中挺立，遇到阳春，也能如杨柳那样在春风中飘拂。只是这老天爷，什么时候才能睁开眼，使他这样的神剑龙发出鸣虎吼，一飞冲天！

【注释】

  ①陈商：字述圣，宣州当涂（今属安徽）人，元和九年（814）进士及第，历

任户部员外郎、谏议大夫、秘书监等,封许昌县男。有《陈商集》十七卷,已佚。

②楞伽:《楞伽经》,有四种汉文译本,今存三种。

③鉏:《集韵》:"宗苏切,音租。茅藉祭也。"王琦以为"恐是带经而鉏(锄),休息辄诵读之意"。俎豆,古代祭祀、宴会时盛放食物的两种礼器。

④尧舜文:《尚书》中的《尧典》、《舜典》。衰偶,衰靡排偶之文。韩愈《与商书》云:"辱惠书,语高而旨深,三四读尚不能通晓。"

⑤苦节:坚守节操,不随波逐流。《周易·节》:"苦节不可贞。"青阳,春天。《尔雅》:"春为青阳。"皱,郁结。

⑥太华:华山,在今陕西渭南县东南。《山海经·西山经》:"太华之山,削成而四方。其高五千仞,其广十里。"

⑦旁苦:徐渭本、曾益本、二姚本作"旁古"。戛,拂。牛斗,二十八宿中的斗宿与牛宿。

⑧不怜:曾本、二姚本作"不言"。

⑨大坐:盘腿而坐。《宋书·王弘传》:"太尉江夏王义恭当朝,锡箕踞大坐,殆无推敬。"

⑩朴樕:小木。《诗·召南·野有死麕》:"林有朴樕,野有死鹿。"

⑪顋頜:憔悴。刍狗,草扎之狗,古时用于祭祀。《庄子·天运》:"夫刍狗之未陈也,盛以箧衍,巾以文绣,尸祝齐戒以将之;及其已陈也,行者践其首脊,苏者取而爨之而已。"

⑫直:值。斋坛,祭天的高台。墨组,黑色丝带。《汉书·百官公卿表》:"秩比六百石以上,皆铜印墨绶。"

⑬臣妾:地位低贱者。《周礼·天官·冢宰》:"八曰臣妾。"郑玄注:"臣妾,男女贫贱之称。"

⑭古剑庸一吼:《太平御览》卷三四三引《世说》:"王子乔墓在京陵,战国时人有盗发者,睹无所见,唯有一剑停在室中,欲进取之,剑作龙鸣虎吼,遂不敢近,俄而径飞上天。"余嘉锡《殷芸小说辑证》考其事出于《殷芸小说》卷二。

姚文燮《昌谷集注》卷三:"贺现奉礼官卑不迁。因自叙年少沮废,皆以不效时趋,为世所摈。即今道塞,白首可知。乃商学成不仕,孤处寡谐,唯故人如李生在所不弃。苦节自矢,虽春姿亦为之枯槁也。以商岩岩屹立,骨气干霄,如太华高峙,故致朝贵不为奖掖,然亦安能禁我之不言?我窃师其为人,是以静坐观空,不事营逐。究竟逢霜为朴樕之凋,得气仅春柳之茂。而又礼节不到,憔悴无异刍狗。当此风雪斋坛,墨组铜绶,身奉箕帚,盖已极俯仰之苦矣。然则天限何时为李生而开,古剑亦孰肯为李生而吼哉?贺盖欲师陈商,并奉礼而去之也。"

方扶南《李长古诗集批注》卷三:"集中最平易调达者,然犹是昌黎之平易调达。"

明于嘉刻本《李长吉诗集》批语:"此诗连己起,连己结,与述圣相发挥。赠同气人如此体,极省力得法。"

同沈驸马赋得御沟水①

入苑白泱泱,宫人正靥黄②。
绕堤龙骨冷,拂岸鸭头香③。
别馆惊残梦,停杯泛小觞④。
幸因流浪处,暂得见何郎⑤。

【题解】

李贺在长安为奉礼郎时,曾于春日与沈驸马同游御沟,诗即纪其事,为应酬之作。御沟深广,其水泱泱,滔滔汩汩,流进大苑,惊动宫人,使她们从早梦醒来,急急忙忙开始梳妆。诗人们绕着大堤缓缓前行,春风拂面,绿水荡漾。曲水之旁,才貌双全的沈驸马正举杯小酌。

【注释】

①沈驸马:一说为顺宗之女西河公主之夫沈翚,一说为宪宗之女南康

公主之夫沈汾，一说为宪宗之女宣城公主之夫沈𫍯，难以确指。又旧说为李贺诗稿收藏者沈子明，误。

②泱泱：深广的样子。《诗经·小雅·瞻彼洛矣》："瞻彼洛矣，维水泱泱。"靥黄，在面颊上点搽黄粉以为妆饰。《酉阳杂俎》："近代妆，近靥如射月，曰黄星靥。"

③龙骨：御沟边所砌之石条。鸭头，绿色之水。李白《襄阳歌》："遥看汉水鸭头绿，恰似葡萄初酦醅。"

④泛小觞：古人于环曲的水流旁宴集，在上流放置酒杯，任其顺流而下，停杯即取饮。

⑤何郎：三国时魏国的何晏，此处借指沈驸马。《文选·景福殿赋》李善注引《典略》曰："何晏字平叔，南阳人也，尚金乡公主。有奇才，颇有材能，美容貌。"

【汇评】

曾益注《昌谷集》卷一："正照妆，绕堤拂岸皆水。惊梦，水流响也。觞泛则杯停。何郎借以誉沈，因流浪之处而以暂得见沈为幸也。"

姚文燮《昌谷集注》卷一："上四句咏水，下四句却说到自己身上。旅馆离魂，聊借此以当曲水觞咏。自伤流浪，犹幸因流浪处得觏仙侣，差慰素心，只恐又将睽违也。'幸因'、'暂得见'五字，可想一往情深。"

陈奉礼《协律钩玄》卷一："首以水白隐喻傅粉何郎之面，即以喻沈，似沈有别馆在外，不长进宫，故长吉借沟水以戏之耳。言此沟水流入内苑，正宫人靥黄，思驸马时也。三、四紧承靥黄，五、六则实指其恋外不归，末则幸因沟水之白流入内苑，而宫人始暂得一识何郎之面耳，谑之也。"

黎简《黎二樵批点黄陶庵评本李长吉集》卷一："自然之响而自佳，有意讨好人，亦有不讨好之妙。流浪贴合题字，此之谓猥鄙之习。"

题归梦

长安风雨夜，书客梦昌谷。

怡怡中堂笑，小弟裁涧菉①。

家门厚重意，望我饱饥腹②。

劳劳一寸心，灯花照鱼目③。

【题解】

诗写梦中归家的情形，当作于长吉供职长安后期。风雨飘摇的夜晚，客居长安的诗人梦中回到了故乡昌谷，见到了久别的母亲与小弟，醒后不胜怅然。亲人们对他寄寓厚望，指望他在长安衣食无忧，谁知却如此困顿，使得他长夜难眠。诗中"鱼目"，倘若指鳏夫之眼，则其时长吉之妻已逝，归去之心更切了。

【注释】

①中堂：正中的厅堂。《仪礼·聘礼》："公侧袭受玉于中堂与东楹之间。"长辈常位于此，此指李贺的母亲。裁，《全唐诗》等作"栽"。菉，荩草，一名王刍，一年生细柔草本，汁液可作染料。

②饱饥腹：宋蜀本、蒙古本作"饥充腹"。

③劳劳：惆怅忧伤的样子。鱼目，泪眼。一说为鳏夫不眠之眼。相传鳏鱼眼睛终夜不闭，旧称无妻曰鳏，故诗文中多以鱼目用为无偶独宿或不娶之典。《释名·释亲属》："无妻曰鳏，然悒不寐，目恒鳏鳏然明也。其字从鱼，鱼目恒不闭者也。"

【汇评】

姚文燮《昌谷集注》卷四："贺将发京城而梦归也。梦中到家，小弟见兄而喜，采芹藻以饷，醒尚宛然。因思家门厚期于我，冀沾薄禄以慰调饥。谁知劳劳一寸心，灯花照之而泪落如珠也。"

方扶南《李长吉诗集批注》卷三："不必有昌谷字，自知非伪作，其骨重也。"

京　城

驱马出门意，牢落长安心①。
两事向谁道，自作秋风吟②。

【题解】

诗作于长吉官奉礼郎后期。满怀豪情来到长安，他以为能够大展宏图，谁知困守长安，一无所成，久不得升调。这种巨大的失落又能向谁去倾诉呢？面对秋风，唯有自我排遣。

【注释】

①驱马出门意：王琦注："始也驱马出门之时，意气方壮，以为取富贵如拾芥。"魏征《述怀》："驱马出关门，投笔事戎轩。"

②向谁：宋蜀本作"谁向"。

【汇评】

曾益注《昌谷集》卷三："驱马出门，非本意也；牢落长安，岂初心哉。向谁道，不可以语人；作秋风吟，聊以自解而已。"

姚文燮《昌谷集注》卷四："此贺罢归时出长安之作。两事，功与名也。至此不堪告人，唯吟咏以自遣耳。"

王琦《李长吉歌诗汇解》卷四："始也驱马出门之时，意气方壮，以为取富贵如拾芥。乃羁旅长安，牢落无味，非复前日之心矣。"

伤心行

咽咽学楚吟，病骨伤幽素①。
秋姿白发生，木叶啼风雨②。

灯青兰膏歇，落照飞娥舞③。

古壁生凝尘，羁魂梦中语。

【题解】

身体多病，华发早生。秋风萧瑟，木叶飘零。长夜独坐，油灯将尽，焰火残灭，飞蛾乱扑。诗人心绪格外低落，借楚吟以聊抒思乡之情。诗中说他在梦中也因思念故乡而呢喃细语，则诗当作于京师三年奉礼郎任上。又言墙壁破旧，布满灰尘，则历时已久，自当作于后期，或即辞官归乡之前。

【注释】

①楚吟：《楚辞》哀怨之吟。谢灵运《登池上楼》："祁祁伤豳歌，萋萋感楚吟。"

②秋姿：如秋之姿，喻衰落的容姿。

③灯青：灯油将近，焰色发青。兰膏，泽兰炼成的灯油。《楚辞·招魂》："兰膏明烛，华灯错些。"王逸注："兰膏，以兰香炼膏也。"飞娥，曾本、姚文燮本作"飞蛾"。

【汇评】

刘辰翁《笺注评点李长吉歌诗》卷二："略尽旅况。"

曾益注《昌谷集》卷二："咽咽，吞声也。幽素，含二意，以穷愁不通之怀，逢摇落之景。秋姿，缘白发。风雨交下而木叶杂之，故如啼。灯将歇，光逾青。落照，非夕照，灯尽而光回也。凝尘，凝结之尘。客邸久无人居，有此羁旅之魂，不能自持，故梦中私语。羁愁穷病，满目凄然，无一不伤心者。"

姚文燮《昌谷集注》卷二："高才不偶，羁绁京华。吞声拟《骚》，茕茕在疚。寸肠鬈改，闻落叶亦成啼声。灯青膏歇，橘灭将及也。落照蛾飞，光辉难再也。嘘拂无人，则微尘陈结，欲诉何由？梦中独语，心之云伤，良已极矣。"

王琦《李长吉歌诗汇解》卷二："通首皆言羁旅无聊之况。"

送沈亚之歌^①并序

文人沈亚之，元和七年，以书不中第，返归于吴江。吾悲其行，无钱酒以劳，又感沈之勤请，乃歌一解以送之^②。

吴兴才人怨春风，桃花满陌千里红。
紫丝竹断骢马小，家住钱塘东复东^③。
白藤交穿织书笈，短策齐裁如梵夹^④。
雄光宝矿献春卿，烟底蓦波乘一叶^⑤。
春卿拾才白日下，掷置黄金解龙马^⑥。
携笈归江重入门，劳劳谁是怜君者。
吾闻壮夫重心骨，古人三走无摧捽^⑦。
请君待旦事长鞭，他日还辕及秋律^⑧。

【题解】

元和七年(812)春，沈亚之落第后失意而归，李贺赋诗送别，给予安慰与勉励。诗人对其不遇而深为同情。满腹经纶的吴兴才子，携带着自己的心血，怀揣着梦想，一叶扁舟，万里而至，曾以为考官们会如获至宝，谁知青天白日下，他们竟然不辨黄金、龙马，弃之如敝屣，使英雄失路，才人铩羽，春风瘦马，黯然而去。但真的壮士会心志坚定，历经劫难而始终不渝，希望今年秋天友人收拾信心，卷土重来。

【注释】

①沈亚之：字下贤，吴兴(今属浙江)人，元和十年(815)第进士，累迁至殿中丞御史内供奉，终郢州掾。有《沈下贤集》。

②书：书学。《通典》："唐贡士之法，有秀才，有明经，有进士，有明法，有书，有笄(算)。"吴江，吴淞江，此指今江浙一带。一本阙"吴"字，黎简曰：

217

"何不曰'归吴',而故曰'归江',字甚生而稚。'江'字必误刻,予从他本看,是'家'字。"(《黎二樵批点黄陶庵评本李长吉集》)一解,一章。《乐府诗集》:"凡诸调歌辞,并以一章为一解。"送之,吴本、姚佺本作"劳之"。

③紫丝竹:马鞭。骢马,青白色相杂的马。古乐府《青骢白马》:"青骢白马紫丝缰,可怜石桥根柏梁。"

④书笈:书箱。梵夹,佛书以贝叶重迭,用板木夹两端,以绳穿结为书。王琦注引杜宝《大业杂记》:"新翻经本从外国来,用贝多树叶,形似枇杷叶而厚大,横作行书,约经多少,缀其一边如牒然,今呼为梵夹。"

⑤春卿:《周礼》以宗伯为春官,掌邦礼,后因称礼部长官为春卿。《白贴》:"礼部亦曰春卿。"

⑥拾才:宋本作"拾材"。龙马,骏马。《周礼·夏官·廋人》:"马八尺以上为龙。"

⑦三走:《史记》:"管仲曰:'……吾尝三仕,三见逐于君,鲍叔不以我为不肖,知我不遭时也。吾尝三战三走,鲍叔不以我为怯,知我有老母也。'"

⑧秋律:古人以四季与十二律相配,因称秋季为秋律。王琦注云:"《月令》:'孟秋之月,律中夷则;仲秋之月,律中南吕;季秋之月,律中无射。'以秋月为秋律本此。"又:"《通典》:大抵选举人以秋初就路,春末方归。"

【汇评】

曾益注《昌谷集》卷一:"才人怨,言抱才而不遇,见以文人而下第;宝矿、龙马,皆言其才。春风,下第时也,故下言桃花;千里,归途。'紫丝'二句,言乘是马而直抵钱塘以归家。'白藤'二句,言所携者唯书笈,犹言今虽下第,书犹在也。以书应第,故两及。书如梵夹,梵经不钉,用帙夹束而已。'雄光'四句,言以美才献春卿,宜其用矣,执意乘一叶而归乎?亦以春卿拾才之谬,故黄金则置之而龙马则解之也。'携笈'二句,言仍携是书从吴江而归,以至于家,至劳苦矣。然既下第,谁复有知而怜君者。下勉之曰:'吾闻壮夫不在乎人之知不知,在自信其心,自奋其身耳,盍观古人有三走而无摧挫者?请君待旦加以鞭策,则他日再上春官,刚及秋律,又奚必归怨春

218

风也。'"

　　姚文燮《昌谷集注》卷一："才人失意之日，正凡夫得意时也。骅骝紫阳，珠勒金鞭，以失意人当之，自顾愈伤脱落。我马瘏矣，东归道远。'白藤'二句，贺叹沈即自叹，与'緗帙去时书'同一情景。回想来时，怀宝涉险，上献春官。乃秉鉴非人，目眯五色。'白日下'骂得痛快，'重入门'三字写得悲凉。世态炎冷，当此自无怜才之人。古今英雄，愈踬愈壮，毋自颓废。待旦，俟明时也。今日之断竹，留作他日之长鞭；今日之春风瘦马，伫看他日之秋律高车。成败自有时耳。"

　　明于嘉刻本《李长吉诗集》批语："制题一法，唯浣花、昌谷、助教最精。"

编年诗　归居昌谷

出城寄权璩杨敬之^①

草暖云昏万里春，宫花拂面送行人。
自言汉剑当飞去，何事还车载病身^②？

【题解】

叶葱奇认为此诗乃李贺考进士不中归去，出都城后寄给两位友人之作（《李贺诗集》）。但诗人自言车载病体返回家园，则于称病辞官时为近，即作于元和七年（812）春天。首两句言出城时所见之春景。春光万里，草曛风暖，诗人施施而行，穿城而出，宫花拂面，柔情无限，似为诗人的离去而惋惜。后两句抒发心中郁郁。当年满怀豪情入城而来，曾以为能如高祖之斩蛇剑，一飞冲天，谁知蹭蹬三年，一无所成，黯然而去。

【注释】

①权璩：字大圭，元和初进士，历监察御史、中书舍人、阆州刺史等。杨敬之，字茂孝，元和二年进士及第，历官国子祭酒、户部郎中等，有《华山赋》。《新唐书》李贺本传载："与（贺）游者权璩、杨敬之、王恭元，每撰著，时为所取去。"

②《异苑》："晋惠帝太康五年，武库火，烧汉高祖斩白蛇剑、孔子履、王莽头等三物。中书监张茂先惧难作，列兵陈卫，咸见此剑穿屋飞去，莫知所向。"

【汇评】

曾益注《昌谷集》卷一："'草暖'句是述春时而含归途之景；'宫花拂面'，不解迎人而解送人，有自惭意而凄悯可知矣。贺平昔自负，故后二句设言以解之，曰'汉剑'，神物固当飞去，今何事而还归乎？病故也，犹言非己之故，时命不齐之故也。"

姚佺《昌谷集句解定本》卷一："落句上与下不相承。上既言剑，下亦当以挫刃缺铓之意足之,乃佳。"

姚文燮《昌谷集注》卷一:"失意京华,败辕病骨。飞腾神物,应自有期。回首故人,悲不堪道。汉高斩蛇剑,晋武库火,剑穿栋而飞。"

陈本礼《协律钩玄》卷一引董伯音语:"不第而归,寄别也。"

明于嘉刻本《李长吉诗集》批语:"草暖春浓,宫花拂面,是何时也。看'送行人'三字,便成无限凄凉。"

出城别张又新酬李汉①

李子别上国,南山崆峒春。
不闻今夕鼓,差慰煎情人②。
赵壹赋命薄,马卿家业贫③。
乡书何所报,紫蕨生石云。
长安玉桂国,戟带披侯门④。
惨阴地自光,宝马踏晓昏。
腊春戏草苑,玉挽鸣鸾辚⑤。
绿网缒金铃,霞卷清地涽⑥。
开贯泻蚨母,买冰防夏蝇⑦。
时宜裂大袂,剑客车盘茵⑧。
小人如死灰,心切生秋榛。
皇图跨四海,百姓施长绅⑨。
光明霭不发,腰龟徒甃银⑩。
吾将噪礼乐,声调摩清新。
欲使十千岁,帝道如飞神。
华实自苍老,流来长倾盆⑪。
没没暗龉舌,涕血不敢论⑫。

今将下东道,祭酒而别秦。

六郡无剿儿,长刀谁拭尘⑬。

地理阳无正,快马逐服辕⑭。

二子美年少,调道讲清浑。

讥笑断冬夜,家庭疏筱穿⑮。

曙风起四方,秋月当东悬。

赋诗面投掷,悲哉不遇人。

此别定沾臆,越布先裁巾。

【题解】

诗为长吉辞官归乡之际与张又新、李汉等人话别时所作。诗人离开客居三年的长安,心绪极为复杂。困守京师,蹭蹬仕途,穷极无聊,今日得以归乡,自然如出笼之鸟、入渊之鱼。但铩羽而归,终为不美,不免黯然,想到再也无法听闻官街鼓声,心中顿生惆怅之感。而有才如此,却不得一试,目睹达官贵人醉生梦死,享尽奢华,又不免愤懑不平。由于情绪激动,感慨良多,所以意脉较为散乱。

【注释】

①张又新:字孔昭,元和年间进士及第,历任右补阙、左司郎等。李汉,字南纪,唐宗室淮南王道明后裔,元和七年进士及第,官至左拾遗。

②鼓:即官街鼓,又名鼕鼕鼓。

③赵壹:字元叔,东汉汉阳西县(今甘肃天水南)人,体貌魁伟,恃才傲物,屡屡得罪。其《刺世疾邪赋》有云:“河清不可恃,人命不可延。文籍虽满腹,不如一囊钱。”马卿,司马相如,字长卿。《汉书》本传称其“家贫无以自业”。

④玉桂国:语出《战国策·楚策三》:“楚国之食贵于玉,薪贵于桂。”戟,兵器名,这里指高官门前的仪仗。

⑤玉挽:华贵的马车。辖辚,车马声。

225

⑥"绿网缒金铃":语出王仁裕《开元天宝遗事·花上金铃》:"至春时,于后园中纫红丝为绳,密缀金铃,系于花梢之上。每有鸟鹊翔集,则令园吏掣铃索以惊之,盖惜花之故也。"地湑。宋蜀本作"池湑"。湑,水边。

⑦开贯:解开钱串。旧时往往一串铜钱为一贯。蚨母,即青蚨,代指钱币。《太平御览》卷九五〇引刘安《淮南万毕术》:"青蚨还钱:青蚨一名鱼,或曰蒲,以其子母各等,置瓮中,埋东行阴垣下,三日后开之,即相从。以母血涂八十一钱,亦以子血涂八十一钱,以其钱更互市,置子用母,置母用子,钱皆自还。"

⑧裂大被:比喻友人分离。《三国志·吴志·孙晧传》"司空孟仁卒"裴松之注引张勃《吴录》:"(孟宗)少从南阳李肃学,其母为厚褥大被。或问其故,母曰:'小儿无德致客,学者多贫,故为广被,庶可得与气类接。'"茵,坐褥。

⑨皇图:国家版图。施长绅,宋蜀本作"拖长绅"长绅,长带。

⑩不发:蒙古本作"不断"。腰龟,腰间龟钮银印。鳌,系。

⑪流来:宋蜀本作"流采",姚文燮本作"流米"。倾盆,宋蜀本作"倾溢"。

⑫没没:默默。齰舌,咬舌。

⑬六郡:汉代所设陇西、天水、安定、北地、上党、西河等六郡。剿儿,健儿。

⑭地理:蒙古本作"地里"。吴闿生《评注李长吉诗集》注:"理,当作'埋'。'阳无正'谓孙阳(伯乐)、邮无正(王良)一类。"

⑮讥笑:谈笑。疏筱穿,宋蜀本作"疏篠芽",蒙古本作"疏篠竿"。篠,幼竹。

【汇评】

徐渭《唐李长吉诗集》卷四:"拭目此篇,备春夏秋冬四时之感。"

姚文燮《昌谷集注》卷四:"此贺出城归家而作,以别张、李二子者也。李子别上国,正当崆峒方春之时,归则不闻今夕之鼓,归即差慰煎情之人。夫以命薄如赵壹,家贫如马卿,乡书所报不过紫蕨生石云,未必有事可恋。若以长安言之,长安玉桂之国,侯门载带森然。气虽阴惨,地自光荣。宝马连钱，不论昏晓。又腊春游戏上苑，车声辚辚。而所植之名花，施之绿网，缒以金铃。地入水湄，绣帐铺张，不啻霞卷。蚨母用之无算，夏蝇却之不来。是固宜兄弟聚欢，剑客并辔。乃小人心如死灰，而第切家国之秋榛，何也？正以皇图跨有四海，百姓愿施长绅。光明久之不发，腰间徒鷙银龟。盖吾所职司者礼乐之事，是岂不当制作清新，千年润色，以至华实并茂，膏液长流。亦无如柄人用事，谏诤多遭重斥，有齰舌涕血而不敢陈耳，故计唯有一去。今将东下，酒酹祖道之神。虽边氛未靖，道路多陂，亦快马逐服辕之不顾也。二子年少学道，客中讥笑不作，家庭疏篠从穿。然当曙风四起，秋日东升，固思赋诗以投知己，抑曾悲及从来不遇之人乎？别来泪下沾臆，谅亦羡李生越布裁巾之在先矣。"

吴汝纶《李长吉诗评注》："此辞奉礼出城别友也。"

金铜仙人辞汉歌[①]并序

魏明帝青龙元年八月，诏宫官牵车西取汉孝武捧露盘仙人，欲立置前殿。宫官既拆盘，仙人临载乃潸然泪下。唐诸王孙李长吉遂作《金铜仙人辞汉歌》[②]。

茂陵刘郎秋风客，夜闻马嘶晓无迹[③]。

画栏桂树悬秋香，三十六宫土花碧[④]。

魏官牵车指千里，东关酸风射眸子[⑤]。

空将汉月出宫门，忆君清泪如铅水。

衰兰送客咸阳道，天若有情天亦老。

携盘独出月荒凉，渭城已远波声小[⑥]。

【题解】

天地如逆旅，光阴如过客，世事无常，盛衰相继。雄才大略的汉武帝，一时何等显赫,依然只是秋风中匆匆的一个路人。茂陵荒冢,在夕阳下一派萧索,显得无限冷落。当年人声鼎沸的宫殿,如今只有他的魂灵在黑夜中仗马嘶鸣,白天则是空荡无人,一片死寂,似乎连空气都凝滞不动了。仔细嗅嗅,往日秋风中漂浮的桂花香味还没有散尽;放眼望去,触目已尽是恣意蔓生的苔藓,绿得让人心痛。曾经寄托着汉武帝长生希望的金铜仙人,也要离开这片凋败的土地了。当它被魏明帝派来的官员强行牵引着,迈上遥遥征途,走向千里之外的城池时,它就知道一个时代终于彻底结束了。马车行出东关,酸涩而凛冽的秋风迎面吹来,泪水在眼眶里不停打转。当年的明月,在空中默默地注视,看着它的身影逐渐模糊。咸阳古道上送别的兰草,因诀别而顿时枯萎。此时此刻,如果上天也有感情的话,一定也会因为心伤而衰老。月光如流水照着铜人流下的清泪,铜人手擎巨盘渐行渐远。渭城已远,连那熟悉的波涛声也慢慢退去,消失在耳边。唐元和八年(813),李贺因病辞官,离开长安前往洛阳,其间有此诗作。"盖辞京赴洛,百感交集,故作非非想,寄其悲于金铜仙人耳"(朱自清《李贺年谱·元和八年》)。

【注释】

①金铜仙人:汉武帝在长安所铸造的一个仙人铜像。《三辅黄图》卷三:"《庙记》曰:神明台,武帝造,祭仙人处,上有承露盘,有铜仙人舒掌捧铜盘、玉杯,以承云表之露,以露和玉屑服之,以求仙道。《长安记》:仙人掌大七围,以铜为之。魏文帝徙铜盘折,声闻数十里。"

②魏明帝:曹叡,字仲元,魏文帝曹丕之子。青龙元年(233),蒙古本作"青龙九年",但青龙五年(237)春三月,即改元景初。黄朝英《湘素杂记》引《魏略》曰:"(魏)明帝景初元年,徙长安诸钟簴、骆驼、铜人承露盘,盘折,铜人重不可致,留于霸城。仍大发卒,铸铜人二,号曰翁仲,列坐于东都司徒门外。"则迁徙铜人,事在景初元年。又《三国志·魏书·明帝纪》裴注引《汉晋春秋》:"帝徙盘,盘拆,声闻数十里,金狄(铜人)或泣,因留于霸城。"牵,赵宦光《弹雅》引作"犖",即同"辇"。曾益、二姚本"牵车"后无"西"字,"捧露"后无"盘"字,"前殿"作"殿前","临载"作"临行"且后少"乃","遂作"作"为作"。

③茂陵:汉武帝刘彻的陵墓,位于京兆府槐里之茂乡(今陕西兴平东北)。秋风客,秋风中的过客。刘彻写有《秋风辞》,结尾云:"欢乐极兮哀情多,少壮几时兮乃老何。"

④秋香:林同济以为当作"枯香",见其《两字之差——再论李贺诗歌需要校勘》(《复旦学报》1979 年第 4 期)。三十六宫,泛指长安宫殿。班固《西都赋》:"离宫别馆,三十六所。"章怀太子注:"《三辅黄图》曰:上有建章、承光等十一宫,平乐、茧馆二十五,凡三十六所。"骆宾王《帝京篇》:"秦塞重关一百二,汉家离宫三十六。"土花,苔藓。

⑤眸子:瞳仁。

⑥独出:林同济以为当作"独去",同上。

【汇评】

刘辰翁《笺注评点李长吉歌诗》卷二:"此意思非长吉不能赋,古今无此神妙。神凝意黯,不觉铜仙能言。奇事奇语,不在言,读至'三十六宫土花碧',铜人泪堕已信,末后三句可为断肠。后来作者,无此沉着,亦不忍极言其妙。"

曾益注《昌谷集》卷一:"茂陵刘郎,言今所葬之汉武;秋风客,即昔歌秋风之人。夜闻马嘶,言方闻人马之赫奕;晓无迹,胡一朝死而无闻也。画栏桂树,就死时言;悬秋香,无人复问。三十六宫,就死后言,凡所行幸之处;土花碧,皆蓁芜而苔生也。魏官,宫官;指千里,自长安至许。东,以许在函关之东;酸风射眸子,言泪将堕。将汉月,谓时移世换,所遗者唯铜人,所共者唯月;忆,铜人忆,君,孝武;清泪如铅水,见非精血所化。衰兰,应叙八月;送,即牵车之众,客,亦铜人,以就道云客。言此时相不动情者,天耳。天若有情亦老,借天以甚言相送者之动情也。盖铜人泪下事涉异,以人言不异,故借天言,实就人言也。携盘出,非止宫门,荒凉,非复宫中之月,明辞汉,故下曰'渭城已远波声小',即渭水之波声,行渐远,闻渐细也。"

听雨堂刻本《余光辑解昌谷集》余光自序:"吾读长吉《金铜仙人辞汉歌》曰'天若有情天亦老',不觉涕泗沾襟,废书而叹者累日。呜呼!李贺而何以为此言也。考杜牧所为贺诗序,自述大和五年,贺死已十有五年矣。由大和五年上溯十五年,则贺殁当在宪宗元和十一年。又云贺生二十有七

229

岁，又由贺殁上推至二十七年，则贺之生又当在贞元五年。贺生年不永，当德、宪二朝，是时唐德下衰，内讧外患，虽奉天之乱已平，去安史之祸，则犹在所闻之世也。史载天宝十五年，安禄山取长安乐工犀象诸洛阳，宴其群臣于凝碧池，盛奏众乐，梨园弟子往往歔欷泣下。贺于此不胜当代之悲，长吁远悼，借汉武器盘一事，以泄其不忍言、不堪言之意邪！虽然，自人观之，以为古今轶事，必欲执是璨璨问天，则天之老也亦久矣。昔者夏铸九鼎而迁于商，商又不守而迁于周，及周又不守，秦人狼吞虎视，将必取之为快，鼎遂沦没泗水中，天曷预焉！子尝设是二事以难季子，曰：'魏取露盘，铜人下泪；秦取九鼎，不闻宝鼎出泪，是何神禹之功不及茂陵之迹邪？'季子曰：'是则然矣。夏后氏贡金九牧，铸鼎象物，百物而为之备。鼎虽神物，所象者物耳。汉武所铸铜仙，则既有面目口鼻，虽金石无知，犹曰人也。人灵于物，又何疑哉？'唐明皇尝教舞马四百蹄，禄山乱，马散落人间，安将田承嗣得之。一日军中大享，马闻乐而舞，承嗣以为妖而杀之，此与乐工雷海清掷乐器于地，相去又当几何？呜呼！亦伤哉其言之矣，此尤贺所不忍言之意邪！或曰：贺年少负奇，为忌者所摈，至不得志以死。《诗》三百篇，大抵诗人发愤之所为作。夫穷通，命也；得丧，天也。贺知汉武露盘，不保于青龙之世，而戚戚于一身之荣名富厚为哉！或又曰：贺之诗恢奇瑰异者固多，杜牧独取《仙人辞汉歌》及《补梁庚肩吾宫体谣》诗，表而出之以为序，何也？噫！此又予之所不解也。虽然，君子读书论世，铜人流恨，文士悲歌，丧乱相寻，其轨一也。后之读是集者，论予所解长吉之诗之世，当即以予所不解者解之矣。不然，予何以涕泗沾襟，废书而叹者累日乎？"

姚佺《昌谷集句解定本》卷一："赋铜仙忽及天若有情，云是长吉之动情处，非也。此长吉证知真妙觉明之地也。《楞严》云：'丘唯想生，胎因情有，以是因缘，众生栖续，则诸世间欲贪为本，杀害同滋，经百千劫，常在缠缚。'秦王铸像，汉武销铜，云何忽生山河大地，诸有为相，吾恐铜仙闻之，不出宫门，亦应日日汗出也。"

王夫之《唐诗评选》卷一："寄意好，不无稚子气，而神骏已千里矣。"

黄周星《唐诗快》卷二："老天有情，亦当潜然泪下，何但仙人。"

姚文燮《昌谷集注》卷二："宪宗将浚龙首池，修麟德、承晖二殿。贺盖谓创建甚难，安能保其久而不移易也？孝武英雄盖世，自谓神仙可期，作仙人以承露，糜费无算。中流《秋风》之曲，可称旷代。今茂陵寂寞，徒有老桂苍苔；而魏官牵车蹂践，悲风东来，唯堪拭目。汉月即露盘也，言魏官千里骚驿，别无所补，空将仙人露盘以去。无情之物，亦动故主之思，苍苍者自难为情矣。道远波遥，永辞故阙，情景亦难言哉。嗟夫！以孝武之求长生且不免于死，所宝之物已迁他姓。创造之与方术，有益耶？无益耶？读此当知辨知。”

胡廷佐《昌谷集句解定本》卷二："唯人钟情最深，今置人不言，而曰'天若有情'。又铅花铜盘、画栏桂树，指种种无情之物，悉皆震动欲泣，此诗中所谓离题断者也。非长吉不能赋，古今无此神妙。"

陈沆《诗比兴笺》卷四："自来说此诗者，不为咏古之恒词，则谓求仙之泛刺，徒使诗词嚼蜡，意兴不存。试问《魏略》言魏明帝景初元年，徙长安诸钟簴、骆驼、铜人承露盘，而此故谬其词曰'青龙元年'，何耶？既序其事足矣，而又特标曰'唐诸王孙'云云，何耶？此与《还自会稽歌》，皆不过咏古补亡之什，而杜牧之特举此二篇，以为离去畦町，又何耶？《归昌谷》诗云：'束发方读书，谋身苦不早。终军未乘传，颜子鬓先老。天网信崇大，矫士常搔搔。京国心烂漫，夜梦归家少。发轫东门外，天地皆浩浩。心曲语形影，只身焉足乐？岂能脱负担，刻鹄曾无兆。'而后知'空将汉月出宫门，忆君清泪如铅水'潸然泪下之意，即宗臣去国之思也；'衰兰送客咸阳道'，即《还自会稽歌》之辞金鱼、梦铜辇也；'渭城已远波声小'，即王粲之'南登灞陵岸，回首望长安'也。长吉志在用世，又恶进不以道，故述此二篇以寄其悲，特以寄托深遥，遂尔解人莫索。"

过华清宫①

春月夜啼鸦，宫帘隔御花。
云生朱络暗，石断紫钱斜②。
玉碗盛残露，银灯点旧纱③。
蜀王无近信，泉上有芹芽④。

【题解】

元和七年(812)春,李贺辞官归家,途径骊山,有感而赋此诗。当年华清宫高入青云,仙乐飘耳,缓歌慢舞,何等炫目。如今墙壁剥落,窗格灰暗,阶石断裂,苔藓遍布,玉碗里满是污水,银灯上罩着破败的旧纱,庭院里野花在风中摇曳,朦胧的月光下时时传来嘶哑的乌啼。翠华西出都门,华清宫自此衰败,温泉里已经长满了野芹的嫩芽。论者或认为时值春日,华清宫不当如此荒凉,故诗中所言为抚今追昔。长吉其时所见之景,无论何等模样,与当年唐玄宗纵饮宴集之时相比,在诗人心中必定是凄凉无比,它是强势王朝成为历史的见证。将"无近信"解释为唐玄宗身死或悲剧暂时不致重演,都当为求深求曲之举,诗人只是表述当日会有这一现象发生。

【注释】

①华清宫:在陕西临潼城南骊山之麓。贞观十八年(644)建汤泉宫,咸亨二年(671)改名温泉宫,天宝六载(747)改名华清宫,天宝十五载毁于兵火。

②紫钱:状如铜钱的紫色苔藓。宋蜀本作"紫泉"。

③旧纱:曾本作"绛纱"。

④蜀王:当指唐玄宗,安史乱起,曾避乱入蜀。芹芽:水芹之幼芽。

【汇评】

曾益注《昌谷集》卷一:"华清以玄宗岁幸得名,即玄宗故宫也,至是而宫殿虽存,唯令守之而人迹罕至矣。故云御花徒隔,所闻者啼鸦而已;朱络徒具,所生者苔藓而已;银灯徒点,所滴者残露而已。六句一意。末言玄宗既逝,无复有经过者,故温泉荒涩,而芹芽得萌也。玄宗宠杨贵妃,任安禄山,以至天宝祸,蒙尘走蜀,故曰'蜀王',寓讥刺意。泉上芹生,是即诗人故宫黍离之悲也。"

姚佺《昌谷集句解定本》卷一:"此诗外意甚密,而内意未足。诗必要内外意满。李约《过华清宫》诗云:'君王游乐万机轻,一曲《霓裳》四海兵。玉辇升天人已尽,故宫唯有树长生。'芸林云:'不但形容离宫荒寂,且有规警之风。'耽游乐,故《霓裳曲》奏;轻万机,故四海兵兴;玉辇尽,则四海兵所致。唯有树长生,彼《霓裳曲》安在哉？不特意到,语到,法度亦严,奉礼解此否？"

姚文燮《昌谷集注》卷一："清宫在骊山下,贞观十八年置,始名温泉宫。蜀王名梁王愔也,贞观十年徙蜀,好游畋弋猎,帝怒,遂削封。贺当春夜过此,追诮之。上六句皆写夜景,云时代屡更,典物虽备,器制已淹。太宗自好游幸,乃徒切责子弟,而大兴离宫,遂令后世流连于此,不一而足。近日宗室侈靡如蜀王者,所在不乏,而申饬之信久不闻焉。且温泉别无好景,但水气稍暖,仅长芹芽,何屡朝之銮舆相继耶？及观玄宗又因此而幸蜀,后亦无有鉴前车者,深可叹已！"

方扶南《李长吉诗集批注》卷一："前六句亦直,但音调清响深秀。结句佳。"

陈本礼《协律钩玄》卷一引董伯音："自房琯疏岩剔薮以广游览,有东西绣岭,及安禄山陷长安,宫遂荒废。长吉生当代,故但以微词讽,不敢斥言明皇,故借言蜀王；不敢斥言山陵崩,故借言无近信。唯无游幸之信,故温泉久不御。而未生草,今有芹芽矣,言温泉亦寒也。结意无中生有。"

明于嘉刻本《李长吉诗集》批语："此诗得体,何啻少陵。"

堂　堂[1]

堂堂复堂堂,红脱梅灰香[2]。
十年粉蠹生画梁,饥虫不食摧碎黄[3]。
蕙花已老桃叶长,禁院悬帘隔御光[4]。
华清源中礜石汤,徘徊白凤随君王[5]。

【题解】

　　幽闭的深宫颓败荒凉,抬眼望去,剥落的墙泥,黯淡的粉灰,蛀蚀的画梁,衰败的蕙兰,一切都显示出这冷清的离宫,早已为人遗忘。不过,衰败的离宫也曾有过昔日的辉煌。当初华清池旁是一派喧闹，嫔妃官吏如百鸟一样环绕在君王身旁。离宫今日的冷清，与温泉往日的喧嚣，形成了鲜明的对照。诗当写于长吉宦游长安三年之后。有过入仕一番经历，长吉见文恬武嬉，中宫僭擅，自有时事之忧，还经华清池时自是感慨万千。

【注释】

①堂堂：乐府古题。郭茂倩《乐府诗集》卷七十九李义府《堂堂二首》题解：《乐苑》曰："《堂堂》，角调曲，唐高宗朝曲也。"《会要》曰："调露中，太子既废，李嗣真私谓人曰：'祸犹未已。主上不亲庶务，事无巨细决于中宫。宗室虽众，俱在散位，居中制外，其势不敌，恐诸王藩翰，为中宫所蹂践矣。隋已来乐府有《堂堂曲》，再言堂者，是唐再受命也。中宫僭擅，复归子孙，则为再受命矣。近日间里又有《侧堂堂》、《挠堂堂》之谣，侧者不正之辞，挠者不安之称，将见患难之作不久矣。'"

②红脱梅灰香：墙壁上彩色的泥灰剥落。一作"红熟海梅香"。

③摧：一作"堆"。碎黄，木屑。

④蕙花：蕙兰之花。御光，君王的容颜。

⑤华清源：华清池，在今陕西临潼骊山下。礜石汤，温泉。礜石，硫砒铁矿，性热。张华《博物志》卷二："(鹳)伏卵时数入水，卵冷则不沸，取礜石周围绕卵，以助暖气。"郭缘生《述征记》："洛水底有礜石，故上不冰，谓之温洛。"白凤，侍从。曹唐《游仙诗》："不知今夜游何处，侍从皆骑白凤皇。"宋蜀本、金刻本作"百凤"。

【汇评】

刘辰翁《笺注评点李长吉歌诗》卷二："好。不知魂情幽入，何许得此？令人愁。堂堂复堂堂者，高明之怨也。然语意险涩，非久幽独困，得之无聊，未足以知此。"

徐渭《唐李长吉诗集》卷二："失宠之作。"

曾益注《昌谷集》卷二："《堂堂》，曲也；复堂堂，非一曲也，为唐衰之兆。红脱则成灰，梅灰香言芳菲烬灭。粉蠹生画梁，言祸难之作由内起；十年，其所由来者渐矣。摧碎黄，朽蠹之极，故虽饥虫不食也。蕙花老，桃叶长，春空度；禁苑悬帘，行宫犹在；隔御光，君不复至矣。华清即温泉，故云源中礜石汤水徒热。徘徊白凤随君主，言侍从之臣从君远窜，不复至温泉也。此为明皇乱后作也。"

姚文燮《昌谷集注》卷二："陈隋作《玉树后庭花》而歌《堂堂》，以奢靡致亡。自开元以来，华侈已极，兵戎屡召，是《堂堂》者殆复见之矣。复阁曲房，岁久荒废。梅灰粉壁，脱落堪伤。而又蠹生梁上，饥虫不食，盖蕙老桃长，御光隔绝不至者亦已久矣。因思华清源中，驾幸温泉，倾宫妃嫔，固当徘徊白凤随侍君王，而今安在哉？言下正当华清之冷落，而追忆明皇临幸之盛也。"

方扶南《李长吉诗集批注》卷二："此长吉之《连昌宫词》也。只写物象，而阒其无人之惨已备见之。"

王琦《李长吉歌诗汇解》卷二："此诗当是有离宫久不行幸，渐见弊坏，长吉见之而作。结处见华清之地，尚有君王巡幸侍从络绎之盛，以反形此地之寂寞。"

春归昌谷①

束发方读书，谋身苦不早。
终军未乘传，颜子鬓先老②。
天网信崇大，矫士常慆慆③。
逸目骈甘华，羁心如荼蓼④。
旱云二三月，岑岫相颠倒⑤。
谁揭赪玉盘，东方发红照。
春热张鹤盖，兔目官槐小⑥。
思焦面如病，尝胆肠似绞。
京国心烂漫，夜梦归家少。
发轫东门外，天地皆浩浩⑦。
青树骊山头，花风满秦道。

宫台光错落，装画偏峰峤。

细绿及团红，当路杂啼笑。

香气下高广，鞍马正华耀⑧。

独乘鸡栖车，自觉少风调⑨。

心曲语形影，只身焉足乐。

岂能脱负担，刻鹄曾无兆⑩。

幽幽太华侧，老柏如建纛。

龙皮相排夏，翠羽更荡掉。

驱趁委憔悴，眺览强笑貌。

花蔓阁行鞘，縠烟暝深徼⑪。

少健无所就，入门愧家老。

听讲依大树，观书临曲沼。

知非出柙虎，甘作藏雾豹⑫。

韩鸟处缯缴，湘鲦在笼罩⑬。

狭行无廓落，壮士徒轻躁⑭。

【题解】

　　元和七年(812)春，长吉辞官离京，返归昌谷故里，赋此诗而表明心迹。诗人感叹他仕途蹭蹬，华发早生，好不容易跻身长安，却难以施展腾挪，满腹辛酸。寄居在京城的日子，整日如咀嚼辛蓼苦荼，心如刀割，面黄肌瘦，思乡的情怀日益浓厚，好不容易他终于踏上归家的旅程。一出长安，顿觉满腹的委屈一扫而空。触目所见，一片盎然生机。骊山下，绿草葱茏；古道旁，花香四溢。华清宫台树交错，掩映在鲜花丛中；太华山重峦叠嶂，苍翠欲滴。诗人回归故里，感觉如羁鸟归林，池鱼入渊，一身轻松，但转念想到事业无成，生计窘迫，不免有些讪然。不过，他安慰自己说，既然做不成出柙的猛虎，就不如做隐藏在云雾中的山豹。那些所谓的凌云之士，实则如利箭下的飞鸟与笼罩中的游鱼，远不如自己听经观书的生活自在悠闲。

【注释】

①春归昌谷：蒙古本作"昌谷"。

②终军，字子云，西汉济南人，十八岁时至长安上书言事，受汉武帝器重，拜谒者给事中，乘传车巡视郡国。事见《汉书》本传。乘传，乘着驿站专用的车辆。《淮南子·道应训》："（秦始皇）具传车，置边吏。"颜子，即颜回，字子渊，春秋时鲁国人，孔子弟子，相传年二十九而白发。

③天网：广收人才之网。崔寔《政论》："举弥天之网，以罗海内之雄。"矫士，刚正之士。慅慅，烦劳忧愁。

④逸目：放眼，纵目。荼蓼，两种野菜名，荼味苦，蓼味辛，比喻艰难困苦。《后汉书·陈蕃传》："今帝祚未立，政事日蹙，诸君奈何委荼蓼之苦，息偃在床，于义不足，焉得仁乎。"

⑤旱云：不能致雨的云。《吕氏春秋·应同》："旱云烟火，雨云水波，无不皆类其所生以示人。"岑岫，峰峦。

⑥鹤盖：形如飞鹤的车盖。刘桢《鲁都赋》："盖如飞鹤，马如游鱼。"兔目，形容槐树的新叶。《艺文类聚》卷八八引《庄子》："槐之生也，入季春，五日而兔目，十日而鼠耳。"

⑦发轫：拿掉支住车轮的木头，使车前行。《楚辞·离骚》："朝发轫于苍梧兮，夕余至乎县圃。"朱熹注："轫，搁车木也，将行则发之。"

⑧香气：曾本、二姚本作"香风"。高广，高广之山路。

⑨鸡栖车：简陋的小车。《后汉书·陈蕃传》："车如鸡栖马如狗。"风调，风度。

⑩刻鹄：效仿前贤。语出《后汉书·马援传》："效伯高不得，犹为谨勅之士，所谓刻鹄不成尚类鹜者也。"吴本作"刻鹤"。

⑪阂：阻隔。辀，车辕。縠烟，烟如薄纱。徼，小路。

⑫出柙虎：出笼的老虎。《论语·季氏》："虎兕出于柙，龟玉毁于椟中。"藏雾豹，《列女传·陶答子妻》载，答子治陶三年，名誉不兴，家富三倍。其妻劝谏道：能薄而官大，是谓婴害，无功而家昌，是谓积殃。南山有玄豹，雾雨七日而不下食者，欲以泽其毛而成文章也，故藏而远害。

⑬韩鸟：蒙古本作"韩乌"。鯈，小白鱼。笼罩，捕鱼之具。

⑭廊路：宋蜀本、吴本、曾本作"廓落"。

【汇评】

姚佺《昌谷集句解定本》卷三："'光露'、'光洁'、'光穗'、'凉光'、'岑光'，重五'光'字，景陵极喜此等字。'平水'、'平白'、'平碧'、'平百'，重四'平'字。"

姚文燮《昌谷集注》卷三："稍长知书，进取未遂。徒怀弃繻，恐凋华发。天高志迫，击目惊心。燠热盈陶，自相颠倒。若旱云之发岑岫，谁能高秉明鉴？如旭日东升，朗无爽炒。凡物当春，感恩荣畅。故功名之士当此，则鹤盖交驰，官道槐枝，叶如兔目。独我焦劳憔悴，苦境萦怀。忆初至京国之日，壮志烂漫，方以远大为期，自信必登廊庙，即梦中亦不作放归之想。迄今出自东门，感愤交集，俯仰难舒，觉天地亦皆有浩浩不平之意。归途花柳，倍觉伤神。宫殿交辉，层峦如绘。柔枝艳蕊，泣露娇风。高原广陌，遍地芳芬。而得志之辈，照耀鞍马，唯我乘敝车，对此愈增萧瑟。伤心吊影，自顾堪怜。生平矢志，肩荷匪轻，自不能脱此负担。昔马援《戒子侄书》云：'士所谓刻鹄不成尚类鹜。'今我刻鹄又何所兆耶？驱车过太华，见山色阴翳，古柏离披。'驱趋委憔悴'，言奔走劳顿，委身于此，因少憩其下。景色真堪赏悦，遂强变愁容为笑貌也。花蔓盈车，轻烟漫野。当此之时，献策无成，抱愧无颜以对亲长。用是益奋志诗书，锐加研究。今未得骋我雄才，必须深藏静息，泽我毛羽而成其文章焉。韩鸟犹言韩冯也。高才为时所忌，如好鸟之处缯缴，嘉鱼之在笼罩，安能振羽鼓鳞，任我飞跃？举步穷途，轻躁又安庸乎。"

方扶南《李长吉诗集批注》卷三："此篇章法大端，似窃法于杜之《北征》大端。"

示　弟①

别弟三年后，还家一日余②。
酾醹今夕酒，缃帙去时书③。
病骨犹能在，人间底事无④。
何须问牛马，抛掷任枭卢⑤。

238

历来论者多认为此诗为应举失意后所作,并将之与韩愈所作《讳辨》联系在一起。但诗中既言"病骨",又说别后三年,与其官奉礼郎三年后称病辞官一事吻合,故当系于元和七年(812)为是。诗人说为官三年,郁郁不乐,可谓度日如年,一旦与小弟团聚,顿觉一身轻松,满腹不快一扫而空。久别重逢,才觉得相聚的日子更为惬意。那些发黄的书卷,一如当日离去的模样,它们一直默默地在等我的归来。在这样的世界,有什么样的事情不会发生呢?我又把病骨头还能生还,不是一件值得庆幸的事情吗?今夕拿出美酒,让我们相对痛饮。人生就像掷骰子,是牛是马,是枭是卢,全凭天意。全诗看似达观,实则满腹不甘。

【注释】

①明弘治本《精囊集》、徐渭批本《昌谷诗注》作《示弟犹》,"犹"字或即李贺兄弟之名。

②一日:宋蜀本、蒙古本均作"十日"。

③醁醽:酒名。盛弘之《荆州记》:"渌水出豫章康乐县,其间乌程乡有井,官取水为酒,与湘东酃酒,年常献之,世称醁醽酒。"缃帙,浅黄色书套,代指书卷。

④犹能:宋蜀本、蒙古本均作"独能"。

⑤牛马、枭卢:古代"五木"游戏术语。《演繁露》:"五子之形,两头尖锐,中间平广,状似今之杏仁。凡子悉为两面,其一面涂黑,黑之上画牛犊以为之章;一面涂白,白之上画雉。凡投子者五皆现黑,则其名卢。……自此而降,白黑相杂,每每不同,故或名为枭。"

【汇评】

徐渭《唐李长吉诗集》卷一:"率。平易似不出贺手。冲淡拙率,尤贺之佳处。"

曾益注《昌谷集》卷一:"初言别之久,次言归之暂。三、四承上,'今夕酒',叙归时事,应还家;'去时书',溯别时事,言行李不增昔也。五以得见为幸,六言时命不常耳。七、八言已以为牛即牛,马即马,一听自然,无所置力，如博者之任枭卢而已。"

黄周星《唐诗快》卷九："文长云：'平淡似不出长吉手，然尤是长吉佳处。'此正所谓绚烂之极归于平淡。天上岂有不能平淡之雄奇哉。"

姚文燮《昌谷集注》卷一："此应举失意归日也。鹿鹿三年，未尝欢饮。今夕兄弟之乐，当何如之？挟策无成，空囊返里，犹是出门时篇帙。病骨幸存，骨肉欢聚，而生计复尔茫然。功名成败，颠倒英雄。主司去取，一任其意，又何异于抛掷枭卢耶？"

《昌谷集句解定本》卷一引蒋文运评："徐文长云'平易似不出贺手；冲淡拙率，尤是贺之佳处'，予谓贺一率便不佳，能为险怪，不能为自然也。"

昌谷诗①

昌谷五月稻，细青满平水。
遥峦相压叠，颓绿愁堕地。
光洁无秋思，凉旷吹浮媚。
竹香满凄寂，粉节涂生翠。
草发垂恨鬓，光露泣幽泪。
层围烂洞曲，芳径老红醉。
攒虫锼古柳，蝉子鸣高邃。
大带委黄葛，紫蒲交狭涘②。
石钱差复藉，厚叶皆蟠腻③。
汰沙好平白，立马印青字。
晚鳞自遨游，瘦鹄睼单峙④。
嘹嘹湿姑声，咽源惊溅起⑤。
纤缓玉真路，神娥蕙花里⑥。
苔絮萦涧砾，山实垂頳紫。

240

小柏俨重扇，肥松突丹髓⑦。

鸣流走响韵，垄秋拖光穟⑧。

莺唱闵女歌，瀑悬楚练帔⑨。

风露满笑眼，骈岩杂舒坠⑩。

乱篠迸石岭，细颈喧岛毖⑪。

日脚扫昏翳，新云启华閟⑫。

谧谧厌夏光，商风道清气。

高眠服玉容，烧桂祀天几⑬。

雾衣夜披拂，眠坛梦真粹。

待驾栖鸾老，故宫椒壁圮⑭。

鸿珑数铃响，羁臣发凉思。

阴藤束朱键，龙帐着魑魅⑮。

碧锦帖花柽，香衾事残贵⑯。

歌尘蠹木在，舞彩长云似。

珍壤割绣段，里俗祖风义⑰。

邻凶不相杵，疫病无邪祀⑱。

鲐皮识仁惠，丱角知腼耻⑲。

县省司刑官，户乏诟租吏。

竹薮添堕简，石矶引钩饵⑳。

溪湾转水带，芭蕉倾蜀纸。

岑光晃縠襟，孤景拂繁事。

泉樽陶宰酒，月眉谢郎妓㉑。

丁丁幽钟远，矫矫单飞至。

霞巘殷嵯峨，危溜声争次㉒。

淡蛾流平碧，薄月眇阴悴。

凉光入涧岸，廓尽山中意。

渔童下宵网,霜禽竦烟翅。

潭镜滑蛟涎,浮珠噞鱼戏。

风桐瑶匣瑟,萤星锦城使㉓。

柳缀长缥带,篁掉短笛吹。

石根缘绿藓,芦笋抽丹渍。

漂旋弄天影,古桧拏云臂。

愁月薇帐红,胃云香蔓刺。

芒麦平百井,闲乘列千肆㉔。

刺促成纪人,好学鸱夷子㉕。

【题解】

诗描摹长吉家乡昌谷的风景,作于元和八年(813)春,时李贺辞官离京,隐居故里。诗人先极力赞美了昌谷美丽的自然风光。五月的昌谷,宁静安详。嫩绿的秧苗,在水田中自在地生长。远处重叠的峰峦,倒映在褶皱的水面上。凉风飘过旷野,空气中顿时弥漫着嫩竹的芬香。丛生的草木,郁郁葱葱,似乎要从山坡上坠落下来。覆盖在山坡上的细草,如细细的发丝。草叶上晶莹的露水,如美人腮边的泪珠。茂密的草树,遮蔽了眼珠般深邃的山洞。酡红的野花,斜欹在幽幽的曲径旁。古老的柳树上,成群的虫子上下爬行。新生的小蝉,在高处嘶哑着鸣唱。蔓生的葛草,如衣带环绕。紫色的新蒲,拥挤在狭窄的溪水边。岸边的石头上,罗列着参差的苔藓。流水漫过的沙土,如白练一般平整。悠闲的鱼群,沐浴在晚霞中。一只孤独的瘦鹤,伫立在夜色里。渐渐地,成群的蟋蟀声此起彼伏,与幽咽的泉水声相呼应。接下来,诗人描写女儿山上神女祠周遭的风景。曲曲的小路,蜿蜒而上。古老的神女祠,掩映在茂密的花丛中。山涧的水苔,如棉絮一般缠绕在石上。艳丽的果实,垂挂在悬崖边。肥大的柏叶,如重重叠叠排列的扇子。粗壮的松枝上,凝结着厚厚的松脂。高高的瀑布,如白练一样飞下。下方清澈的溪水,淙淙地淌过。一路上黄莺儿在欢快地歌唱,野花在雨露中含笑盛开。诗人终于爬上了山顶,来到了神女祠。古老的祠堂,分外幽静。朱红的门闩为藤蔓缠绕,黯淡的画梁为尘蠹覆盖。最后,诗人介绍了乡间淳朴的风俗。邻有丧,春不相。老人仁厚,幼童懂事。邻里和睦,不敬邪神。诗人徜徉在其间,垂钓、读书,意趣盎然。他希望如晚年的范蠡一样,终老在这美丽的山村。

【注释】

①宋本诗题下有"五月二十七日作",王琦移为注,并云吴本、姚佺本无此注。

②大带:吴本作"天带"。黄葛,葛皮本青,织布时沤练成淡黄色。紫蒲,水中紫草,初生为紫色。

③石钱:苔藓。厚叶,吴本作"重叶"。

④鹄:指鹤。峙,立。吴本作"跱"。

⑤嘹嘹:虫鸣声。湿姑,蝼蛄。咽源,泉水狭窄。

⑥玉真路:通往山上神庙之路。玉真,即下文"神娥",兰香神女。

⑦丹髓:凝结的松脂。王琦注:"松树流出之脂皆黄白色,而谓之丹髓者,喻其为道家服食之用,有如丹髓。《龙虎经》云:'丹髓流为汞。'谓丹砂之液也。"

⑧鸣流:水流淙淙的溪水。光稜,麦穗。垄秋,麦子成熟的田垄。宋蜀本作"珑秋",王琦以为当作"珑楸"。

⑨闵:王琦注引钱澄之说,以为当作"闽"字,与下文"楚"字相对。帔,旧时妇女肩背上的服饰。

⑩笑眼:花开。王琦以为当作"笑恨",姚文燮本作"眼笑"。

⑪篠:幼竹。细颈,鸟。毖,流泉。《诗经·邶风·泉水》:"毖彼泉水,亦流于淇。"

⑫日脚:透过云隙的阳光。岑参《送李司谏归京》诗:"雨过风头黑,云开日脚黄。"华阔,深邃的天空。

⑬高眠复玉容:吴本、宋蜀本作"高眠服玉容",吴汝纶以为当作"高眠展玉容",叶葱奇以为当作"高明展玉容"。天几,女几山。《元和郡县志》:"女几山在河南府福昌县西南三十四里。"李贺自注:"谷与女山岭阪相承,山即兰香神女上天处也,遗几在焉。"

⑭栖鸾:宫殿中的鸾形器物。故宫,福昌宫,唐显庆二年置。李贺自注:"福昌宫在谷东。"

⑮朱键:红色的门闩。魑魅,山林之精怪。

⑯柽:柽柳,落叶小乔木,老枝红色,叶子像鳞片,夏秋两季开花,花淡红色,结蒴果。

⑰绣段:绣缎。祖,继承。

⑱邻凶:邻居有丧事。相杵,舂米时的劳动号子。《礼记·曲礼》:"邻有丧,舂不相。"相,送杵声。

⑲鲐皮:老人皮肤消瘦,背若鲐鱼。曾本、二姚本作"鲐文"。丱角,幼童束发成两角。

⑳竹薮:竹林。堕简,坠毁的竹简。钩饵,引诱鱼上钩的食物,宋蜀本作"纫饵"。

㉑陶宰:指陶渊明,曾任彭泽令,嗜酒。谢郎,即谢安。《世说新语·识鉴》:"谢公在东山畜妓。"刘孝标注引《文章志》:"安纵心事外,疏略常节,每蓄女妓,携持游肆也。"

㉒殷:黑红色。危溜,高处飞下的瀑布。

㉓锦城使:流星。《后汉书·李合传》:"和帝即位,分遣使者,皆微服单行,各至州县,观采风谣。使者二人当到益部,投合候舍。时夏夕露坐,合因仰观,问曰:'二君发京师时,宁知朝廷遣二使邪?'二人默然,惊相视曰:'不闻也。'问何以知之。合指星示云:'有二使星向益州分野,故知之耳。'"

㉔井:古时授田单位,凡九百亩。《礼记·郊特牲》:"唯社丘乘共粢盛。"孔颖达疏:"九夫为井,四井为邑,四邑为丘,四丘为乘。"肆,商市。

㉕刺促:劳碌不休。成纪,在今甘肃泰安县西北。李贺自谓郡望为陇西成纪。曾本、二姚本作"成几",王琦以为不成文句。鸱夷子,即鸱夷子皮,为范蠡之号。《汉书·货殖传》:"(范蠡)乃乘扁舟,浮江湖,变姓名,适齐为鸱夷子皮,之陶为朱公。"颜师古注:"自号鸱夷者,言若盛酒之鸱夷,多所容受,而可卷怀,与时张弛也。鸱夷,皮之所为,故曰子皮。"

【汇评】

吴正子《笺注评点李长吉歌诗》卷三:"盖其触景遇物,随所得句比次成章,妍蚩杂陈,烂斑满目,此所谓天吴紫凤,颠倒在短褐也。"

姚文燮《昌谷集注》卷三:"此归昌谷山居即事而作也。昌谷与神女山相近。兰香神女上天处,其祠宇在焉。水漾禾青,山秾林绿。淑景和风,中怀容与。翠竿细草,古干落花,柳葛蒲苔,芳菲盈目。马迹印沙,仿佛如字。麟跃羽翔,鸟鸣泉涌,仙祠香径,花树锦簇,溪声鸟韵,飞瀑悬崖,竹色鹤鸣,山幽景静,不复知有炎威矣。高眠指祠中道士也。静息清修,闲卧怡颜,烧桂焚香以事神女也。雾衣言夜披道帔,而诚可致神女降也。往驾言道士时时视听,如冉冉之来临也。宫已久建而粉将堕,朝铃声响,触我放弃之悲。'阴藤'四句状祠之幽寂阴翳。香衾久设,虽就残败,犹以为神物而贵之。歌尘舞彩,多颓废也。土膏俗厚,家给人足。深林可以读书,石矶可以垂钓。溪回如衣带之围环,蕉多可当蜀纸以供挥洒,而钓与读自无不宜。山明人静,当扫除胸中一切,于以徜徉其际。且宜饮酒携杖,听远梵之声,观飞鸟之度,面山临流,坐俟月上,消受此山中之幽致也。薄暮新凉,童子夜渔,鸟归鱼戏,风动萤飞,柳带篁吹,苔生芦落,晚波如拭,水镜炤天,古树参空,清光掩映,麦穧井平,乘闲肆静。夜来寂然,无喧扰矣。即此景物,差堪自适。何必逐逐,徒自劳苦无益?鸥夷荒遁,不更可则耶?"

陈本礼《协律钩玄》卷三:"凡作长篇铺排叙述,易于平板,难得险峻波峭。此诗句句奥,字字炼,总不使人易读,较之元、白等,此种自是太玄语。此诗乃长吉集中一篇经意大文字,如夏鼎商彝,沉埋土中,特为洗之、剔之、疏明其意,故宝光焕发,古色斑斓,将复见重于世也。"

《昌谷集句解定本》卷三杨妍评:"祀兰香神女一段,说得阴寒可畏,亦绝似皮陆松陵一派。"

方扶南《李长吉诗集批注》卷三:"四十九韵,此篇与韩、孟《城南联句》,不知孰为后先,何造车之合辙耶?"

昌谷读书示巴童[①]

虫响灯光薄,宵寒药气浓。
君怜垂翅客,辛苦尚相从[②]。

诗写给长吉的书童,当作于元和七年(812)秋。诗人说他多年来四处奔波,劳顿不堪,而小小巴童紧紧相随,尝尽风波。如今蹭蹬失志,黯然还乡,在昏暗的灯光下,在凄凉的秋虫声中,抱病读书于昌谷,又是这小小巴童相伴相随,于寒夜中忙着煎药侍从。

【注释】

①巴童:李贺的书童,为巴蜀之人。

②垂翅客:失意之人。《后汉书·冯异传》:"始虽垂翅回溪,终能奋翼黾池。"

【汇评】

曾益注《昌谷集》卷三:"虫响灯薄,宵寒药浓,其愁病可知。愁病从失意来,故曰'垂翅'。此时而相从,出人情外矣,匊辛苦矣。曰'君怜',志感也。"

黄周生《唐诗快》卷十四:"巴童可以称君乎?使此童曾读《论语》,则必如夫人自称曰小童矣。"

姚文燮《昌谷集注》卷三:"长夜抱疴,遭时蹭蹬。而巴童犹然恋恋,深足嘉已。"

巴童答

巨鼻宜山褐,庞眉入苦吟①。
非君唱乐府,谁识怨秋深。

【题解】

此诗承上首而来,以巴童口吻答诗人赠诗。巴童说,您这高鼻梁的样子,看来只能隐居在山野,整日里紧锁双眉、吟诗作对了。不过,要不是您吟咏出这些诗句,谁能把人们心中的幽怨传达出来呢?自曾益以来至朱自清,均以为"巨鼻"为巴童自述其面貌。联系两首诗来看,似以言长吉为宜。

【注释】

①山褐:山野人所穿粗布衣裳。庞眉,浓眉。李商隐《李贺小传》:"长吉细瘦,通眉,长指爪。"

【汇评】

曾益注《昌谷集》卷三:"代为巴童答己。巨鼻,巴童自谓。山褐,野服,贱者衣,言巴所宜。庞眉,谓贺;苦吟,谓吟所苦。唱乐府,以诗相示;怨秋深,即前所云'虫响'、'宵寒'。"

姚文燮《昌谷集注》卷三:"童亦陋质,不慕荣华,知君深于吟咏,致感无知之人亦娴秋怨。高才如此,忍不相从?"

秋凉诗寄正字十二兄①

闭门感秋风,幽姿任契阔②。
大野生素空,天地旷肃杀。
露光泣残蕙,虫响连夜发③。
房寒寸辉薄,迎风绛纱折④。
披书古芸馥,恨唱华容歇⑤。
百日不相知,花光变凉节。
弟兄谁念虑,笺翰既通达。
青袍度白马,草简奏东阙⑥。
梦中相聚笑,觉见半床月。
长思剧循环,乱忧抵覃葛⑦。

【题解】

元和七年(812)春,长吉辞官归乡。秋日,他记起了在京师任职的族兄,于是赋诗相赠,表达离别思念之情。诗中描写了诗人困居乡间的清苦生活与凄凉心境。他眼前是白茫茫的旷野,耳边是秋虫的哀鸣。寒冷的房间中烛火飘忽,幔帐在罅隙吹来的冷风中飘动。独自在寂静的深夜,翻阅古书,而青春就这样在清淡的日子中逝去。由此,诗人为族兄在京师得到重用而庆幸。当然,在这庆幸的背后,我们可以体会到他失意的情怀。当日同在京师为官,如今只得梦中聚笑,其间的惆怅可想而知。

【注释】

①正字:秘书省官员,掌校雠经籍、刊正文章。十二兄,长吉族兄,排行十二。

②契阔:久别。《后汉书·独行传》:"奂曰:'行路仓卒,非陈契阔之所,可共到前亭宿息,以叙分隔。'"

③露光:曾本、二姚本、宣城本作"光露"。

④绛纱:帐幔。《后汉书·马融传》:"(马融)常做高堂,施绛纱帐,前授生徒,后列女乐。"

⑤芸:香草,以驱避蠹虫。华容,美丽的容颜。嵇康《琴赋》:"华容灼燿,发采扬明,何其丽也。"

⑥青袍:正字官从九品,其服为青色。白马,一作"瘦马"。东阙,东边的宫阙,此代指朝廷。

⑦剧循环:宋蜀本作"剧寻环",蒙古本作"寻剧环"。傅玄《怨歌行》:"情思如循环,忧来不能遏。"覃葛,葛藤蔓延。《诗经·周南·葛覃》:"葛之覃兮,施于谷中。"

【汇评】

姚文燮《昌谷集注》卷三:"此贺家居寄兄正字之诗也。时序倏迁,百日暌违,冷落何似?犹幸兄弟书邮,互相问存。至于己遭沦落,绝迹京华。白马青袍,草简东阙,仅能见之于梦。虽梦中暂得欢集,而觉来则徒有寒光之逼人矣。心焉怒如,正回转延蔓,唯环与葛之相类耳。"

吴汝纶《李长吉诗评注》卷三:"长吉此等诗,皆近似杜公。"

章和二年中①

云萧索田风拂拂，麦芒如篲黍如粟②。
关中父老百领襦，关东吏人乏诟租③。
健犊春耕土膏黑，菖蒲丛丛沿水脉。
殷勤为我下田租，百钱携偿丝桐客④。
游春漫光坞花白，野林散香神降席。
拜神得寿献天子，七星贯断姮娥死⑤。

【题解】

诗为天子祝寿，希望神佑君主安康，天下太平，年丰人和。旧时以为天下之安乐疾苦，系于帝王一身，故诗人祝愿君主万寿无疆，长享天位，使百姓能够安居乐业，丰衣足食。他衷心希望百姓能够遭逢好年成，在肥沃的土地上辛勤耕耘，使麦穗长如扫帚、高粱密如小米，不乏衣食，缴完租税还能有闲钱去娱乐，有闲心去漫游。汉章帝于章和二年卒，太子即位。姚文燮等人认为诗太子李宁而作，大约作于元和七年(812)，亦是一说。

【注释】

①章和：汉章帝刘炟年号。《资治通鉴·汉纪三十九》："壬戌，诏以瑞物仍集，改元章和。"章和二年，天下大稔。《晋书·乐志》载有古鼙舞曲《章和二年中》，魏时改为《太和有圣帝》，有晋改为《天命篇》。

②田风拂拂：一本作"风拂拂"。篲，扫帚。

③襦：短袄。诟租，诟骂催收租税。

④田租：一作"田钼"。丝桐客，乐人。

⑤七星：北斗星。姮娥，姚佺本作"嫦娥"。

【汇评】

姚文燮《昌谷巢注》卷三："章和二年，汉章帝年号，是岁大稔。元和七年，天下有秋，斗米有值二钱者。是岁太子宁卒，系之以《章和二年中》，盖汉章帝子二年中卒也。先是国嗣未立，李绛谏请，上从之，以宁广为太子。六年，册礼用孟夏，雨，不克；改孟秋，亦雨；改冬后，册毕。至七年而薨。贺谓太子方当册立之吉，而以雨灾屡更。迄今民和年丰，上下宴乐，乃无即世。而帝犹溺于长生之说，人争祈神献寿以媚天子。七星即七襄也。顷虽有秋而冢君夭折，即天孙为之摇落无色，姮娥为之惨澹不明矣。"

刘嗣奇《李长吉诗删注》卷下："诗旨言时和年丰，吏戢长安，无事赛神以祝君寿也。"

《昌谷集句解定本》卷三谢起秀评："既合齒风，又合齒雅，又合齒颂，诗之可以被管弦者也。"

吴汝纶《李长吉诗评注》："末句言星月无神，枉拜而无应也，此刺重敛民困，诗人《大东》之意也。"

黎简《黎二樵批点黄陶庵评本李长吉集》卷三："记丰穰之作。此姮娥死，与乐词之南山死，皆不可解。"

方扶南《李长吉诗集批注》卷三："章和为东汉章帝年号，其时号为时和年丰。以此命题，岂乐府所故有耶？"

王琦《李长吉歌诗汇解》卷三："时和年丰，百姓安乐，皆天子圣德所致。故愿献无疆之寿于天子，使得长享天位，而我民蒙其利乐，亦得长享无疆之泽。七星在天，屈曲相次，若有绳贯之者，而终古不移动。七星之贯无断理，姮娥之寿亦无死期。以此为祝，则其寿尚何终尽哉？"

题赵生壁

大妇然竹根，中妇舂玉屑①。
冬暖拾松枝，日烟生蒙灭②。
木薢青桐老，石泉水声发③。
曝背卧东亭，桃花满肌骨。

【题解】

诗借古乐府反衬,写友人赵生隐居之乐。古乐府《相逢行》有云:"大妇织罗绮,中妇织流黄,小妇无所作,挟瑟上高堂。"此写富贵者之奢华。赵生家中无绮罗之衣,无琴瑟之声,却怡然自得,乐趣胜过钟鸣鼎食者。在这暖暖的冬日,家人正忙着做饭,他点燃捡来的松枝,躺在青桐环绕的东亭里,悠闲地晒着太阳,无比惬意地听着清泉从石上淌过。诗或作于元和七年(812)长吉闲居昌谷时。

【注释】

①然:宋蜀本、吴本作"燃"。玉屑,米碎白如玉。

②生:吴本作"坐"。

③木藓:老树上所生之苔藓。石泉,吴本作"石井"。

【汇评】

刘辰翁《笺注评点李长吉歌诗》卷三:"语有清福。题壁如此,必皆实事,变化得不俗。自是长吉语意,托之赵生耳。"

曾益注《昌谷集》卷三:"燃竹根以供炊,春玉屑张,此家人之可乐;拾树枝以续薪之不足,冬暖时寒而气和,故日与烟互蒙而互灭,此天时之可乐;木有桐而藓生则老,溪有泉而石激则声发,此林泉之可乐。东亭日所煦燠,曝背其间,则肌骨融冶,莹然如桃花之红。总之,题赵生家居之乐也。"

《昌谷集句解定本》卷三朱潮远评:"古诗《相逢行》、《长安有狭邪》,必先述三子,次述三妇。今截然作两句,颇娇娇笃实,文之贵剥换也。"

姚文燮《昌谷集注》卷三:"妻妾偕隐,笑傲林泉。赵生乐复不减,自足动才人之艳慕也。"

陈本礼《协律钩玄》卷三引董伯音:"赵生出外,长吉访之,见其妻妾之勤,故戏题其壁。然亦见山居林栖之乐矣。"

王琦《李长吉歌诗汇解》卷三:"赵生盖隐居自乐者也。所谓大妇、中妇,实指其家人而言。与乐府所称'大妇织罗绮,中妇织流黄;小妇无所作,携琴上高堂'云云,迥然不同。旧注引以作证,而或且美其能截作两句,为诗家剥换法,皆非是。"

明于嘉刻本《李长吉诗集》批语:"此写山人幽致。"

昌谷北园新笋四首

其 一

箨落长竿削玉开,君看母笋是龙材①。
更容一夜抽千尺,别却池园数寸泥②。

【题解】

组诗作于元和八年(813),时长吉辞官归乡,赋闲居家,心有不平而托物言志。此首言笋壳脱落,新竹挺出,晶莹如玉。那母竹原本是高耸入云的奇材,假以时日,这新笋也定然会拔节千尺,直上云霄。长吉身为大唐诸孙,民间呼笋为龙孙。沦落草野,投闲散置,于他而言,是一种巨大的挫折,故时时不忘远别尘埃。

【注释】

①箨:笋壳。长竿,宋蜀本作"长华"。龙材,非凡之材。《汉书·费长房传》:"长房辞归,翁与一竹杖,曰:'骑此任所至,则自至矣。既至,可以杖投葛陂中……'长房乘杖须臾来归,自谓去家适经旬日,而已十余年矣。既以杖投陂,顾视则龙也。"

②泥:一作"埃"。

【汇评】

曾益注《昌谷集》卷二:"言箨落笋出,如削玉然,然必种美而材斯美也。材美者一夜千尺,别池园而起而已,迥出于层霄矣。别泥,谓离地。变化莫测曰'龙'。"

丘象随《昌谷集句解定本》卷二:"此奉礼自负之意。奉礼天潢之派,若曰肯容其展布,则龙变不可测也。"

姚文燮《昌谷集注》卷二:"此贺借竹以自负也。玉质削立,本是龙种。倘一宵变化,自出尘滓于青冥之上矣。"

其　二

斫取青光写楚辞,腻香春粉黑离离①。

无情有恨何人见,露压烟啼千万枝。

【题解】

挺拔的青竹,于白粉浓香中,时时可见斑斑黑痕,似乎是抒写心曲的行行墨迹。但它的幽怨又有谁能领悟呢?烟雾缭绕之中,那点点晶莹的露珠,分明是千万竿青竹在哭泣。但它的情与恨,无人关注,只能随风散去。诗人砍伐青竹,斫去青皮,抒写他的幽愤,但这些诗篇又有何人可见?何人赏识怜惜?

【注释】

①斫取青光:刮去青竹之皮。楚辞,战国时楚国屈原、宋玉等人所作,此比拟诗人自己所作哀怨之辞。春粉,新竹皮上的白粉。

【汇评】

《笺注评点李长吉歌诗评笺》卷二刘辰翁评:"好语。昌谷新笋,写得如此渺茫。"

杨慎《升庵诗话》卷五:"汗青写《楚辞》,既是奇事。腻香春粉,形容竹尤妙。结句以情恨咏竹,似是不类。然观孟郊《竹诗》'婵娟笼晓烟',竹可言婵娟,情恨亦可言矣,终然不若《咏白莲》之妙。李长吉在前,陆鲁望诗句非相蹈袭,盖著题不能避耳。胜棋所用,败棋之著也;良庖所宰,族庖之刀也,而工拙则相远矣。"

曾益注《昌谷集》卷二:"言欲杀青以写《楚辞》,而香粉离离,未干也。第竹本无情而《楚辞》有恨,而人不之识,夫足以压露啼烟而千枝万枝皆然也。离离,未干,见未成竹。"

姚文燮《昌谷集注》卷二:"良材未逢,将杀青以写怨。芳姿点染,外无春爱之情,内多沉郁之恨。然人亦何得而见之也?深林幽寂,对此愈难为情。"

《昌谷集句解定本》卷二郑诗言评:"《楚辞》:'余处幽篁兮终不见,天路险难兮独后来。'斫取清光,欲写此耶?"

　　贺裳《载酒园诗话》卷一:"愚意'无情有恨',正就'露压烟啼'处见。盖因竹枝敧邪厌浥于烟露中,有似于啼,故曰'无情有恨'。此可以形象会,不当以义理求者也。悬想此竹,必非琅玕巨干,或是弱茎纤柯,不胜风露者。长吉立言自妙,不得便谓之拙。"

　　陈本礼《协律钩玄》卷二引董伯音:"首句是有恨,次句是无情,末于无情中又写出有恨来。"

　　明于嘉刻本《李长吉诗集》批语:"若不写《楚辞》,任其露压烟啼而已,可不悲也。斫取青光,不写别文而写《楚辞》,与堆金买骏骨,将送楚襄,同一可怜。"

其　三

家泉石眼两三茎,晓看阴根紫陌生①。
今年水曲春沙上,笛管新篁拔玉青②。

【题解】

　　村舍旁边有一泓清泉,从石涧缓缓淌出,石缝中钻出了两三竿翠竹。第二天清晨去看,竹根已经蔓延到路边,紫土中隐约可见。想必等到春水涨满浅滩之日,碧玉的新竹,早已挺拔劲直如笛管。

【注释】

　　①石眼,石缝,宋蜀本作"十眼"。阴根,竹根,生长于地下,偶露地面。
　　②笛管:竹竿。新篁,嫩竹。

【汇评】

　　曾益《昌谷集》卷二:"家泉,谓北园;石眼,穿石而出;两三茎,老竹也。根生则笋多,故下曰今年,幸之也。竹堪栽笛,拔玉青,如玉之莹然而青。"

　　姚文燮《昌谷集注》卷二:"临泉傍石,托根本佳。今年材华艳发,留配新声,自多妙响。"

　　王琦《李长吉歌诗汇解》卷二:"上二句指已见者而言,下二句指将来者而言。"

其　四

古竹老梢惹碧云,茂陵归卧叹清贫①。

风吹千亩迎雨啸,鸟重一枝入酒尊②。

【题解】

当年司马相如,病免居家,清贫度日。如今诗人从长安辞官归来,困窘之状,恰似当日之长卿。不过,诗人自己宽慰道:有高耸入云的翠竹相伴,看他们迎风呼啸,还有飞鸟时时来访,驻留竹枝,把竹影落入酒杯,应该不会感到寂寞。看似达观,极力展示生活的清幽雅致,实则依然满腹愤激。

【注释】

①惹碧云:高拂彩云。茂陵归卧,《史记·司马相如列传》:"相如既病免,家居茂陵。"

②风吹千亩:《史记·货殖列传》云:"渭川千亩竹,其人与千户侯等。"

【汇评】

刘辰翁《笺注评点李长吉歌诗》卷二:"却不为佳。"

曾益注《昌谷集》卷二:"碧云,新篁也;惹碧云,言有古竹老梢而后有新篁也。茂陵,比北园,言不特己,自昔相如亦以贫而自叹。千亩,言多;风吹雨啸,景不常ми。鸟重枝弱而下垂,一枝言虽有千亩之多而一枝自足。入酒尊,竹下饮也。"

姚文燮《昌谷集注》卷二:"劲节干霄,清贫游倦,淋漓长啸,枝弱难栖。唯泛竹叶清尊,拚自遣以对宿鸟之影也。"

箜篌引①

公乎公乎,提壶将焉如。

屈平沉湘不足慕,徐衍入海诚为愚②。

255

公乎公乎，床有菅席盘有鱼。

北里有贤兄，东邻有小姑。

陇亩油油黍与葫，瓦甒浊醪蚁浮浮③。

黍可食，醪可饮，公乎公乎其奈居④。

被发奔流竟何如，贤兄小姑哭呜呜。

【题解】

诗人说，《箜篌引》中的那位白发苍苍的先生，你提着酒壶要到哪里去呢？为什么要效仿屈原自沉湘水，追随徐衍负石投海？你床上有华美的席子，上面陈列着精美的食物。你田垄里绿油油的庄稼，长势喜人。你家北边住着贤惠的兄长，东面住着可爱的小姑。你尽可以饱饮美酒，借以忘忧，为什么要被发沉水，选择这样的结局？这会给亲人带来多大的痛苦。诗人以屈原、徐衍为愚，自是愤激之语，当是有为而作，并非泛泛而言。姚文燮以为诗乃哀悼德宗朝投河而死的蔡廷玉，刘衍以为是写长吉仕途受挫后所感，当作于元和八年(813)后。

【注释】

①箜篌引：乐府旧题。宋蜀本题下著："又曰名《公无渡河》。"《文苑英华》作"公无渡河"。

②屈平：字原，又自云名正则，号灵均，战国楚国丹阳（今湖北秭归）人，尝作《离骚》等，后自投汨罗江而死。徐衍，见《汉书·邹阳传》："徐衍负石入海。"颜师古注引服虔曰："周之末世人也。"

③油油：葱茏的样子。《史记·宋微子世家》："麦秀渐渐兮，禾黍油油。"司马贞《索引》："油油者，禾黍之苗光悦貌。"葫，大蒜。瓦甒浊醪蚁浮浮，《乐府诗集》作"瓦瓶浊酒醪蚁浮"。瓦甒，瓦制容器。《礼记·礼器》："君尊瓦甒，此以小为贵也。"郑玄注："瓦甒，五斗。"醪，浊酒。蚁浮浮，酒面上的浮沫。

④其奈居：一作"可奈君"，宋蜀本、二姚本作"其奈君"。

256

陈本礼《协律钩玄》引董伯音：“古诗《箜篌引》，或借以讽昧几之士。长吉此歌，为有激而自沉者，亦《怀沙》之流也。激烈之士，岂顾饮食身家以恋其生哉。此三间、伍胥其人矣。”

姚文燮《昌谷集注》卷四：“此即《公无渡河曲》也。德宗朝，蔡廷玉为朱泚幕府，劝泚入朝。而泚内畏弟滔逼己，滔亦劝泚入，乃以兵属滔，廷玉谏不听。及入，帝素知廷玉贤，因授大理少卿。会滔以幽州叛，而表言廷玉与朱体微离间，泚亦归罪二人，因贬廷玉为柳州司户以慰滔。滔谍伺诸朝曰：‘上若不杀廷王，当谪去出洛。我缚致支解之。’帝劳廷玉曰：‘尔姑行，为国受屈，岁中当还。’廷玉告子少诚、少良曰：‘我为天子不血刃下幽州十一城，乃败于将成，天助逆耶。今使我出东都殆滔计，吾不可以辱国。’至灵宝投河而死。贺盖作此以挽之欤？”

方扶南《李长吉诗集批注》卷四：“乐府最不宜袭，如此却好。然长吉可取处总不在此。”

明于嘉刻本《李长吉诗集》批语：“音节悲怆，读之泪下。”

南园十三首①

其 一

花枝草蔓眼中开，小白长红越女腮②。
可怜日暮嫣香落，嫁与春风不用媒③。

【题解】

春天来了，花儿四处绽放，枝头上，草丛中，触目皆是。这些花儿大大小小，片片点点，煞是可爱。那白中一抹嫣红，犹如美少女娇艳的脸颊。可惜好景不长，盛颜不能持久，晨间还娇嫩欲滴、让人不忍亵渎的花朵，日暮时分就开始纷纷飘落。这花凋谢得如此匆忙，似乎是赶着嫁给春风，甚至连媒人都来不及寻找。

【注释】

①南园:位于李贺故乡昌谷,在今河南宜阳。

②越女:古越国多出美女,以西施为著,后泛指美女。《文选·枚乘〈七发〉》:"越女侍前,齐姬奉后。"刘良注:"齐越二国,美人所出。"腮,脸颊。南朝梁昭明太子《十二月启》:"莲花泛水,艳如越女之腮。"

③嫣香:娇艳芳香。

【汇评】

吴正子《笺注评点李长吉歌诗》卷一:"前辈谓此诗末句新巧。"

曾益注《昌谷集》卷一:"小白长红,申花枝草蔓;越女腮,申小白长红。上是赋,下是比也。香从风,故曰'嫁';香落自然从风,故曰'不用媒'也。"

姚文燮《昌谷集注》卷一:"元和时,十六宅诸王既不出阁,其女嫁不以时。选尚者皆由宦官,赂纳方得自达,上知其弊。至六年十二月,诏封恩王等六女为县主,委中书、门下、宗正、吏部,选门第人才者嫁之。贺伤其前此之芳姿艳质不得嘉偶,至此日暮色衰,始得听其自适,恐亦未免委曲以徇人耳。贺盖借此以讽当世之士。"

方扶南《李长吉诗集批注》卷一:"此总慨流光易去。"

其 二

宫北田塍晓气酣,黄桑饮露窣宫帘①。
长腰健妇偷攀折,将喂吴王八茧蚕②。

【题解】

诗描写村居晨间风光。黎明时分,露气迷漫,清新爽朗,福昌宫北的大片农地,在晨曦之中尤其显得静谧安详。雾霭掩映中,健康体硕的农妇,攀上了桑树,正偷偷采摘淡黄色的桑叶,去喂养吴地的良蚕。那些桑叶,在露水的浸润下,格外娇嫩。诗人只是绘其所见之景而已,当无深婉之寄托。所谓"偷"字,仅用来形容采桑之早,与土地兼并、赋敛过重等重大社会问题无关。

①宫:福昌宫,隋炀帝所建,在今河南宜阳昌谷东。塍,田间的土埂子。黄桑,初生之桑叶,呈淡黄色。窣,触及。

②八茧蚕:一年可成熟八次的蚕。贾思勰《齐民要术·种桑柘》:"俞益期《牋》曰:'日南蚕八熟,茧软而薄……'《永嘉记》曰:'永嘉有八辈蚕:蚖珍蚕(三月绩)、柘蚕(四月初绩)、蚖蚕(四月末绩)、爱珍(五月绩)、爱蚕(六月末绩)、寒珍(七月末绩)、四出蚕(九月初绩)、寒蚕(十月绩)。凡蚕再熟者,前辈皆谓之珍。'"

【汇评】

曾益注《昌谷集》卷一:"晓气,露气;酣,故曰'饮'。披拂往来于帘薄间云'窣'。妇采桑,故云'腰长';而采桑者多畏人见,故云'偷攀折'也。"

姚文燮《昌谷集注》卷一:"时习尚华靡,赏予无算。及内帑空虚,复肆苛敛。小人又迎欲以献,至进羡余绢百万匹。贺深悲女丝之难继也。东方既白,含露微芽,采者即至,必得吴者一岁八茧之蚕,始得供其用耳。"

方扶南《李长吉诗集批注》卷一:"此叹春色已老。"

<h2 style="text-align:center">其　三</h2>

竹里缲丝挑网车,青蝉独噪日光斜①。
桃胶迎夏香琥珀,自课越佣能种瓜②。

【题解】

诗写村居劳动场景。春末夏初,正是忙碌的季节。竹林里,树荫下,缲车转动不停。小蝉从新鲜的泥土里钻出来,爬上树枝,在高处试唱它嘶哑的歌喉。桃花已经凋落,树枝上挂满了青涩的果实,枝权间流溢出琥珀状的树脂。诗人也放下手上的书籍,亲自督促越地来的佣人,种植瓜果。诗中流露的是忙碌的怡悦与充实及对收获的期待,并没有辛劳之叹。

【注释】

①缲丝:煮茧抽丝。网车,纺车。青蝉,初生的小蝉。《通志略》:"蝉五

月以前鸣者，似蝇而差大，青色，或有红者，夜在草上，日在木上，声小而清亮。"日光，姚文燮本作"日将"。

②桃胶：桃树之树脂，夏日流溢凝结在枝上，状如琥珀。迎，宋蜀本作"近"。香，曾本作"新"。越佣，曾本、二姚本作"越侬"。

【汇评】

曾益注《昌谷集》卷一："蚕缲丝，蝉鸣斜日，桃胶如琥珀香而可食，课人种瓜，皆初夏时事，故云'迎夏'。"

姚佺《昌谷集解定本》卷一："缲挑、桃胶，一首二十八字中，屡犯叠韵，吾不知其何说。"

姚文燮《昌谷集注》卷一："纬络辛勤，日暮不倦，恐追呼之将至也。《抱朴子》云：桃胶炼之似琥珀，服之保中不饥。瓜熟亦可当食，谁谓治生无策耶？用是策小奚灌溉，无自废时，以视缲丝者当自警矣。夏时避日，故网车就竹阴也。"

方扶南《李长吉诗集批注》卷一："三句设酒。所以劝种瓜者，犹《七月》末章语也。'越侬'似指园丁越人，犹后卷'巴童'之称。"

其 四

三十未有二十余，白日长饥小甲蔬①。
桥头长老相哀念，因遗戎韬一卷书②。

【题解】

三十不到而二十有余，诗人认为这正是大有作为的年纪，但自己蹉跎岁月，一无所成。毋庸说去安邦定国、拯世救民，连维持基本的生计都感到困难，整日里饥肠辘辘，只能以幼嫩的蔬菜来充饥。他真希望也能够碰上桥上那位可爱的老人，赠送他一卷韬略之书，使自己得以像乡贤张良那样大展宏图，留名青史。其时藩镇势力强大，而长吉仕途蹭蹬，弃文就武对李贺而言，也是一种充满诱惑的选择。

【注释】

①未有：一作"未满"。小甲蔬，蔬菜的嫩叶。蔬菜初生时，外层的皮叫

荇甲;嫩芽长大而叶生后,叫坼甲。

②因遗:吴本作"因遣"。戎韬,兵书。《史记·留侯世家》载,张良在下邳圯桥上遇到一老者(黄石公),授以《太公兵法》,即《太公六韬》。

【汇评】

曾益注《昌谷集》卷一:"言既长而饥困,而犹幸见念于长老也。"

姚佺《昌谷集句解定本》卷一:"圯老之贻兵书,以子房之杰耳,岂以子房之饥困哉?于理不通。二十长饥,便见之声诗,乃有终年腹如唐园而唯菜是盛者,又当何如?惜乎早赋白玉,无有以画粥种芜苔告之者。"

姚文燮《昌谷集注》卷一:"自伤其年壮无成,调饥莫慰。安得圯上素书,以从戎为愉快也。"

方扶南《李长吉诗集批注》卷一:"此以下四首,谓不如从戎。"

黎简《黎二樵批点黄陶庵评本李长吉集》卷一:"此长吉以张良自况,然此时长吉已将死矣。"

其　五

男儿何不带钩,收取关山五十州①。

请君暂上凌烟阁,若个书生万户侯②。

【题解】

七尺男儿,为什么不腰佩吴钩,跻身行伍,去收复那黄河南北五十州郡,平定那些不服从朝廷管制的藩镇呢?功名只应马上取,凌烟阁中从来没有皓首穷经的书生的位置,只有戎马倥偬、驰骋疆场的赫赫战将。要想建功立业,留名青史,自当投笔从戎,削平藩镇,收复河山,还朗朗乾坤以清平。

【注释】

①吴钩:兵器,形似剑而曲,春秋时吴人善铸,故称,后泛指利剑。一作"横刀"。五十州,其时为藩镇所割据的州郡。《资治通鉴·唐宪宗元和七年》有载,宰相李绛曾云:"今发令所不能制者,河南北五十余州。"

②凌烟阁:为表彰功臣而建筑的绘有功臣图像的高阁,以唐太宗所为

最著名。刘肃《大唐新语·褒锡》:"贞观十七年,太宗图画太原倡义及秦府功臣赵公长孙无忌、河间王孝恭、蔡公杜如晦、郑公魏徵、梁公房玄龄、申公高士廉、鄂公尉迟敬德、郧公张亮、陈公侯君集、卢公程知节、永兴公虞世南、渝公刘政会、莒公唐俭、英公李勣、胡公秦叔宝等二十四人于凌烟阁,太宗亲为之赞,褚遂良题阁,阎立本画。"

【汇评】

曾益注《昌谷集》卷一:"言欲立功异域,试看凌烟,曾未有书生而封万户者。是志难存,如时命何?"

黎简《黎二樵批点黄陶庵评本李长吉集》卷一:"欲弃毛锥,亦自愤也。"

姚文燮《昌谷集注》卷一:"裴度伐吴元济,蔡、郓、淮西数十州至是尽归朝廷。贺盖美诸将之功,而复羡其荣宠,故不觉壮志勃生。'若个'者,犹言几许也,曾有几许书生能致万户侯者乎?"

其 六

寻章摘句老雕虫,晓月当帘挂玉弓①。

不见年年辽海上,文章何处哭秋风②。

【题解】

寻章摘句,苦吟不休,至晓月当帘、雄鸡唱白还不见歇息。但如此劳神费力,又有什么益处呢? 只是百无一用的书生罢了。而朝廷时属多事之秋,连年征战,正值用人之际,需要志士驰骋疆场,报国杀敌,哪里用得着这些伤春悲秋的文章呢? 诗为作者生活写照,也是作者自嘲,却不无报国无门的苦闷。

【注释】

①寻章:宋蜀本作"寻常"。《三国志·吴志·吴主传》"屈身于陛下是其略也"裴松之注引《吴书》:"(孙权)志存经略,虽有余闲,博览书传历史,藉采奇异,不效书生寻章摘句而已。"雕虫,原为字体,后喻词章小技、小道。扬雄《法言·吾子》:"或问:'吾子少而好赋?'曰:'然。童子雕虫篆刻。'俄而曰:'壮夫不为也。'"玉弓,喻下弦月。

②辽海:辽东一带,南临渤海,历来为征战之地。哭秋风,悲秋。宋玉《九辩》:"悲哉秋之为气也,萧瑟兮草木摇落而变衰。"

【汇评】

曾益注《昌谷集》卷一:"此言老于章句,达曙不寐,而辽海之上,战伐年年,奚用是文章为也?"

姚文燮《昌谷集注》卷一:"章句误人,倏忽衰暮。仰视天头牙月,动我挽强之思矣。丈夫当立勋紫塞,何用悲秋摇落耶?"

黎简《黎二樵批点黄陶庵评本李长吉集》卷一:"与上首同意。凌烟无封侯书生,辽海无悲秋诗客。辽海用兵之地,用不着苦吟悲秋之士也。"

明于嘉刻本《李长吉诗集》批语:"千古才人,一齐下泪。"

王琦《李长吉歌诗汇解》卷一:"夫书生之辈,寻章摘句,无间朝暮。当晓月入帘之候,犹用力不歇,可谓勤矣。无奈边塞之上,不尚文词,即有才如宋玉,能赋悲秋,亦何处用之? 念及此,能无动投笔之思,而驰逐于鞍马之间耶? 哭秋风,即悲秋之谓。"

其　七

<blockquote>

长卿牢落悲空舍,曼倩诙谐取自容①。

见买若耶溪水剑,明朝归去事猿公②。

</blockquote>

【题解】

文人落拓,自古皆然。才华横溢的司马相如,穷困潦倒至难以寄身;胸怀大志的东方朔,竟如俳优以苟全性命。这么多年来,孜孜矻矻以苦读诗书,即使能有所成,又哪来用武之地? 倒不如弃文从武,凭借一刀一枪去闯出一片天地,建立一番功业。这对诗人而言,只是一种无可奈何的哀叹,是愤激之后的落寞。

【注释】

①长卿:司马相如,字长卿,家徒四壁,身无长物。事见《汉书·司马相如传》。牢落,落魄。司马相如《上林赋》:"牢落陆离。"曼倩,东方朔,字曼倩。夏侯湛《东方朔画赞》:"大夫讳朔,字曼倩,平原厌次人也,以为傲视不

可以垂训也,故正谏以明节,明节不可以久安也,故诙谐以取容。"

②若耶溪:在今浙江绍兴南若耶山下。《越绝书》:"薛烛对越王曰:'若耶之溪,涸而出铜也,古欧冶子铸剑之所。'"猿公,一作"猨公"。赵晔《吴越春秋》卷九:"越有处女,出于南林,国人称善……越王乃使使聘之,问以剑戟之术。处女将北见于王,道逢一翁,自称曰袁公,问于处女:'吾闻子善剑,愿一见之。'女曰:'妾不敢有所隐,唯公试之。'于是袁公即杖箖箊竹,竹枝上颉桥,未堕地,女即捷末,袁公则飞上树,变为白猿。"

【汇评】

刘辰翁《笺注评点李长吉歌诗》卷一:"耿耿可念,其词其事,兴托皆妙。"

曾益注《昌谷集》卷一:"言抱才而穷,不若诙谐者见容也。托言学剑,有愤世意。"

姚文燮《昌谷集注》卷一:"宵小盈朝,正人敛迹。文园难免穷愁,东方且忧忌讳。冠裳倒置,笔墨无功,唯有学剑术以自匿矣。"

俞陛云《诗境浅说续编》:"此长吉自伤身世也。首二句言汉时才俊如相如者,尚以'牢落'兴嗟;如曼倩者,姑以'诙谐'自隐。文章既不为世用,不若归买若耶宝剑,求猿公击刺之术,把臂荆高,一吐其荆塞之气。诗因愤世而作,故前首有'文章何处哭秋风'句,乃其本怀也。"

其 八

春水初生乳燕飞,黄蜂小尾扑花归①。
窗含远色通书幌,鱼拥香钩近石矶②。

【题解】

春水初涨,乳燕试飞。嗡嗡的蜜蜂,兴奋地从花丛中满载而归。生机盎然的春色,连书房的帷幔都遮挡不住。兴致勃勃的诗人,从书斋里走了出来,坐在石矶上悠闲自得地垂钓起来。前人以为诗歌表达了长吉不当世、隐处就闲之意,恐怕还是有求深求曲之嫌。

【注释】

①黄蜂:此处指蜜蜂。

②书幌:书斋的幔帏。香钩,装着香饵的鱼钩。石矶,露出水面的石块,姚文燮本作"钓矶"。

【汇评】

刘辰翁《笺注评点李长吉歌诗》卷一:"亦自鲜丽。眼前语无苦,入手自别。"

曾益注《昌谷集》卷一:"上二句形春时之景,下二句形园中之景。"

姚文燮《昌谷集注》卷一:"元和间,征少室山人李渤为左拾遗,贺讥其不终于隐也。燕以春至,蜂以花归,犹人之好趋时艳。窗含远色,那知山人之远志将为小草矣。鱼本游于烟波,而为贪饵,卒罹罗网。惜哉!"

方扶南《李长吉诗集批注》卷一:"此以下四首,又慨闲寂。"

其 九

泉沙耎卧鸳鸯暖,曲岸回篙舴艋迟①。

泻酒木兰椒叶盖,病容扶起种菱丝②。

【题解】

弯弯的小河波澜不惊,小小的船儿漂浮在上面,让人感觉不到它的移动。河边的沙滩又柔软又暖和,一对对鸳鸯悠闲地栖息在那儿。时光似乎就这样停滞下来,寂寞的诗人掀开椒叶覆盖的酒坛,取出木兰浸泡的老酒,轻轻地啜一口,打起精神,强扶着病体,来到船边,开始种植菱茎。

【注释】

①耎:软。舴艋:小舟。杜甫《绝句二首》之一:"泥融飞燕子,沙暖睡鸳鸯。"

②木兰:紫玉兰,古人以其皮浸酒,吴本作"木栏"。椒叶,椒树的叶子,盖在酒上,可以使酒吸收其香气。菱丝,菱茎,在水下荡漾如丝。《拾遗记》卷六:"(汉昭帝琳池)亦有倒生菱,茎如乱丝,一花千叶,根浮水上,实沉泥

中,名紫菱。"

【汇评】

曾益注《昌谷集》卷一:"泉沙转则鸳鸯动,岸曲则舟行迟。木兰堪以贮酒,椒叶盖受辛香也。病容初起,载酒种菱,亦一乐事,犹前云课种瓜也。"

姚文燮《昌谷集注》卷一:"泉沙爽卧,自安高枕也。曲岸回篙,不趋捷径也。此时唯借酒可以避世。兰馥椒辛,僻性相类。病起科头,发乱如丝,何心更艳簪组?菱丝日种,是病后对镜,忽见白发也。菱即菱花。"

其 十

边让今朝忆蔡邕,无心裁曲卧春风①。

舍南有竹堪书字,老去溪头作钓翁②。

【题解】

当日风姿飒爽的边让,年仅二十余,因蔡邕慧眼识英才,得以大展宏图。如今的诗人,无人赏识,无人提携,满腹才华,却只能沉吟于春风之中,虚掷年华。好在村南有片竹林,可以让自己削作竹简,写写字消磨时光;村头有条小溪,可以让自己老来做个悠闲的渔翁,用垂钓来打发日子。诗人强作安慰,实则凄楚愤激之极,全无甘老是乡之意。

【注释】

①边让:宋蜀本作"边壤"。《后汉书·文苑传》:"边让字文礼,陈留浚仪人也。少辩博,能属文。作《章华赋》,虽多淫丽之辞,而终之以正,亦如相如之讽也。……议郎蔡邕深敬之,以为让宜处高任,乃荐于何进。"蔡邕(133—192),字伯喈,陈留圉(今河南杞县西南)人,博学多才,曾任郎中、议郎等。裁曲,裁作乐府诸曲,即赋诗。

②书字:姚文燮本作"题字"。

【汇评】

曾益注《昌谷集》卷一:"边让,贺自喻;蔡邕喻见知诸公。今朝忆,谓诸公皆逝,则知音者稀,故无心裁曲。卧春风,闲居也。舍南有竹,仅堪书字,既无心裁曲,复何意作书哉。则亦老于溪头,作一钓翁而已。甚言知己寥寥,无心于世,老于南园而不出也。"

姚文燮《昌谷集注》卷一:"边让,贺自喻也。蔡邕,指昌黎也。是时昌黎远去阳山,虽有新声,别无知己。歌既无心,书又何用?唯把渔竿,差堪终老。"

方扶南《李长吉诗集批注》卷一:"伯喈,荐边让者。此言不复望其识柯亭竹以为笛材矣。"

黎简《黎二樵批点黄陶庵评本李长吉集》卷一:"注太拘。诗意但言怀人独处也,恐是愈、湜二公也。"

其十一

长峦谷口倚嵇家,白昼千峰老翠华①。

自履藤鞋收石蜜,手牵苔絮长莼花②。

【题解】

诗写长吉邻居的闲适生活。他住在千峰环绕的谷口,触目所及,皆苍翠欲滴,景色格外宜人。居住之所固然让人羡艳不已,而自给自足的生活方式更使人惊叹心折。这位邻居穿着自编的藤鞋,攀上险峭的山崖去收集蜂蜜;还在湖里种着莼菜,不时地清除苔絮让它们顺利生长。这种悠然自足的生活态度,不由让人想起了当年的嵇康。

【注释】

①长峦:圆的山峰。一说为李贺故里河南宜阳之山口。千峰,姚文燮本作"千年"。

②石蜜:崖蜜,高山崖穴间野蜂所酿。苔絮,水中状似棉絮的青苔。莼花,莼菜,多年生水草,浮水面,叶子椭圆形,茎、叶可食。

【汇评】

曾益注《昌谷集》卷一:"苔絮既去,则莼花自长。"

《昌谷集句解定本》卷一引阎再珍评:"嵇康云内负宿心,外恶良朋,仰慕严郑,乐道闲居,此正长吉之志也。倚嵇家,非无为而云然也。"

姚文燮《昌谷集注》卷一:"自叹才高不遇,而托叔夜以相况也。然当叔夜之世,嫌疑易生,去就莫辨,故孙登谓之曰:'君才则高矣,保身之道不足。'贺谓身当此际,宜始终深谷,放怀古今,唯精导气栖神之术,采药穷年,安知人世之崄巇乎?"

其十二

松溪黑水新龙卵,桂洞生硝旧马牙①。
谁遣虞卿裁道帔,轻绡一疋染朝霞②。

【题解】

此诗颇为费解,主要是龙卵、马牙等物,不知诗人确指。叶葱奇以为均是蔬菜之类,庶几近之(《李贺诗集》,第71页)。全诗大意说,诗人隐居山间,采撷野菜山果,聊以充饥度日。日子过得清苦,或许正是一种磨砺。当年虞卿正是失意于梁国,心有郁结,愤而著述,才得以托名后世。

【注释】

①松溪、桂洞:南园附近的溪流山洞。王琦以龙卵为蜥蜴之卵,生硝马牙为药名;叶葱奇以龙卵为荸荠或鸦卵,马牙为马齿苋之类的蔬菜。

②谁遣:一作"谁为"、"谁遗"。虞卿,战国游说之士,游赵说孝成王,为上卿,故号虞卿。后困于梁,不得意,著《虞氏春秋》。《史记·平原君虞卿列传》:"虞卿非穷愁,亦不能著书以自见于后世。"裁道帔,姚文燮本"藏道帔"。道帔,道服。一疋,曾本、二姚本均作"一幅"。绡,生丝。

【汇评】

曾益注《昌谷集》卷一:"松入水则影黑;新龙卵,状光泽也。桂洞自来生硝,故曰'旧'。二句述南园景物,言景物固可乐矣。谁以轻绡一幅染红以遗虞卿,而为之裁道帔乎? 意欲长隐著书其间,以自况也。"

姚文燮《昌谷集注》卷一:"前言嵇康放达,且不保矣。彼虞卿羁旅失志,穷愁著书,而欲求显荣于当世,难也。若今日主上好神仙,凡有自言方士者,皆得骤贵。倘染霞绡作道帔,即可登诸岩廊,何用著书以自苦耶? 并所居之地与景物,皆可指为仙境矣。"

方扶南《李长吉诗集批注》卷一："此一首又谓不如入道,感之至矣。"

陈本礼《协律钩玄》卷一引董伯音："松溪桂洞,南园相迩之。岩壑幽寒之所,庶乎可以居此学道。然放废之人,正如虞卿辞印,困不得志,谁肯遗轻绡一幅,使裁道帔而学道耶。"

其十三

小树开朝径,长茸湿夜烟①。

柳花惊雪浦,麦雨涨溪田②。

古刹疏钟度,遥岚破月悬③。

沙头敲石火,烧竹照渔船④。

【题解】

晨曦之中,一条小路在树丛中蜿蜒而去,渐渐迷失了踪迹。暮霭降临,低沉的云烟沾湿了茸茸的细草,空气中迷漫着春天的气息。柳絮漫天飞舞,似雪花一样,在河边旋转。一场大雨突如其来,雨水涨满了溪沟。悠悠的钟声,从古老的寺庙飘荡过来。一轮残月,缓缓从山头爬出来。沙滩上的渔父,忙着在河边敲石取火,点燃竹篾扎成的火把。点点渔火,闪烁在黑夜之中。此诗为《南园》组诗中的最后一首,似乎是对南园景致的全方位扫描。寥寂之中,自有一种淡泊之姿。

【注释】

①茸:初生的细草。

②麦雨:麦收季节的降雨。

③岚:山头雾气。

④敲石火:敲石取火。

【汇评】

曾益注《昌谷集》卷一："径初开,故树小,烟故茸湿。柳花白,故云'雪浦'。雨,故溪田涨。刹古,故钟声远度。岚破,故月悬。烧竹,故敲火。照渔船,以渔船宿沙头。"

姚佺《昌谷集句解定本》卷一:"'古刹疏钟度',作宁馨语。'烧竹照鱼船',差强。然鬼复为人,即不佳。"

姚文燮《昌谷集注》卷一:"小园草木,日夕可栖。柳花,伤春暮也。雨涨,恶浊流也。疏钟,欲依禅也。破月,无明鉴也。时世若此,尚安往哉?石火虽微,竹光可烛。用以自照,唯效渔父以藏身矣。"

方扶南《李长吉诗集批注》卷一:"上六句语岑寂之境,下二句语岑寂之事。此一首本不在前十二首之内。同为《南园诗》,因汇录之为十三首。老杜集多如此编。结言无所事事,聊复尔尔。"

黎简《黎二樵批点黄陶庵评本李长吉集》卷一:"十三首杂咏也,故无章法前后布置处。末首忽以五律,亦古人不拘拘时眼也。"

南　园

方领蕙带折角巾,杜若已老兰苕春①。
南山削秀蓝玉合,小雨归去飞凉云②。
熟杏暖香梨叶老,草稍竹栅锁池痕③。
郑公乡老开酒尊,坐泛楚奏吟招魂④。

【题解】

诗写昌谷南园夏景。雨后的南园,碧空清澈如洗,南山清秀似玉,片片凉云掠过,空气中弥漫着杏子、梨子的果香,竹木的倒影荡漾在绿波中。诗人身着儒服,头戴方巾,腰佩蕙带,徘徊在其间,感到无比惬意。诗中最后说道,他愿意饮酒消闲,终老于此乡,以歌吟楚辞度过余生,则诗作于辞官归乡之后。

【注释】

①方领:方形衣领,后指学者之服。《后汉书·马援传》:"(朱勃)衣方领,能矩步。"李贤注引《前书音义》:"颈下施衿领正方,学者之服也。"蕙带,

270

用香草做的佩带。《楚辞·九歌·少司命》:"荷衣兮蕙带,倏而来兮忽而逝。"折角巾,即林宗巾。东汉郭泰,字林宗,一日道行遇雨,头巾沾湿,一角折迭,后为人仿效,故意折巾一角,称"林宗巾"。事见《后汉书·郭泰传》。杜若,多年生草本,夏日开白花。《楚辞·九歌·湘君》:"采芳洲兮杜若,将以遗兮下女。"兰茗,兰花。一作"兰芷"。

②蓝玉:青玉。凉云,《文苑英华》作"长云"。

③熟杏:曾本、二姚本作"热杏"。草稍,曾本作"草梢",王琦注一作"草蒲",一作"草满"。竹栅,吴本作"竹色"。池痕,《文苑英华》作"池根"。王琦注一作"池湑"。

④郑公:东汉郑玄,高密(今属山东)人。孔融为北海相,告高密令为郑玄特立一乡,称"郑公乡"。酒樽,《文苑英华》作"酒盎"。楚奏,楚地音调。王粲《登楼赋》:"钟仪幽而楚奏兮,庄舄显而越吟。人情同于怀土兮,岂穷达而异心!"《招魂》,《楚辞》篇名。王逸《题解》:"《招魂》者,宋玉之所作也……宋玉怜哀屈原,忠而斥弃,愁懑山泽,魂魄放佚,厥命将落。故作《招魂》,欲以复其精神,延其年寿。"

【汇评】

姚文燮《昌谷集注》外集:"簪组既谢,野服徜徉。时当夏初,景物盛茂。南山在望,可方其高;蓝水匪遥,堪比其洁。小雨归去,不畏炎威;凉云自飞,弗愁薰灼。杏熟梨老,无夏秋郁之思。弱质筠心,白水自矢。南国不减郑乡,唯饮酒读《离骚》以终老已。"

方扶南《李长吉诗集批注》卷四:"此是长吉,但其平平者。"

兰香神女庙①

古春年年在,闲绿摇暖云。

松香飞晚华,柳渚含日昏。

沙砲落红满,石泉生水芹②。

幽篁画新粉,蛾绿横晓门。

弱蕙不胜露，山秀愁空春。

舞佩剪鸾翼，帐带涂轻银。

兰桂吹浓香，菱藕长莘莘。

看雨逢瑶姬，乘船值江君③。

吹箫饮酒醉，结绶金丝裙。

走天呵白鹿，游水鞭锦鳞④。

密发虚鬈飞，腻颊凝花匀⑤。

团鬟分珠巢，秾眉笼小唇⑥。

弄蝶和轻妍，风光怯腰身。

深帏金鸭冷，奁镜幽凤尘。

踏雾乘风归，撼玉山上门⑦。

【题解】

　　诗写长吉登女几山女神庙所见所感，作于元和八年(813)春。前一部分先写登山时所见之景色。傍晚时分，极目远眺，树木苍翠，与浮云相摩挲。落日下，州渚上的柳树益加模糊。凉风中，飘来阵阵松果的香味。近处沙地的石子上布满落花，叮咚的石泉旁丛生着水芹。新生的青竹上还未褪尽白粉，柔弱的蕙兰似乎将被露珠压断。远山横亘在庙门之前，秀丽的景色勾起出无限的情思。以下写进入庙中，见到神女像时所感。长吉说，见到细雨，就让人想到巫山神女；坐在船上，就想到了湘君；身在山野，看见白鹿就想到成仙的卫叔卿；看见游鱼，就联想到了会仙术的琴高。如今看到神女像，让他想到了什么呢？她的密密的头发，如空中飘舞的乌云；她丰润的脸颊，如盛开的花朵。双鬟下，有两个可爱的小酒窝；浓眉下，露出一点朱唇。腰身细如蛱蝶，在春光中楚楚动人。如此佳人，埋没深山中，镜匣满是灰尘，香炉冷冷清清。夜半时分，环佩声响，正是她乘风归来。

【注释】

　　①兰香神女庙：在昌谷女几山。《太平广记》卷六二引《墉城仙录》："杜

272

兰香者,有渔父于湘江洞庭之岸,闻见啼声,四顾无人,唯一三岁女子在岸侧。渔父怜而举之,十余岁,天姿奇伟,灵颜姝莹,迫天人也。忽有青童灵人自空而下,来集其家,携女而去。临升天,谓其父曰:'我仙女杜兰香也,有过,谪于人间。玄期有限,今去矣。'"王琦以为,长吉诗中所言与《太平广记》所载不类,盖另是一人。宋本题下有注:"三月中作。"

②沙砲:沙中石子。宋蜀本、蒙古本作"沙砌"。生水芹,二姚本作"水生芹"。

③瑶姬:巫山神女。江君,湘君。

④呵白鹿:语出《神仙传》:"卫叔卿者,中山人也,服云母得仙。……汉元封二年八月壬辰,孝武皇帝闲居殿上,忽有一人常乘云车,驾白鹿,从天而下。"鞭锦鳞,语出《列仙传》:"琴高者,赵人也,……入涿水中取龙子,与诸弟子期,曰皆洁斋待于水傍,设祠。果乘赤鲤来。"

⑤虚鬟:妇女环形发髻,绾成中空状。腻颊,分润的脸颊。宣城本作"腻靥"。

⑥珠巢;酒窝。吴本、宋蜀本作"珠巢"。

⑦乘风:蒙古本作"承岚"。山上门,宋蜀本、蒙古本作"山上闻"。

【汇评】

刘辰翁《笺注评点李长吉歌诗》卷四:"逐句逐字尚有可取,全首即无谓。"

姚文燮《昌谷集注》卷四:"古春以下,咏庙中花卉、竹木、石泉、山水之胜。舞佩带帐,状其饰也。桂酒兰浆,新菱雪藕,言所荐之物也。看雨乘舡,言神女游空,多逢仙侣,逍遥飘荡,上下往还,一任其意,仙姿秾艳,丰度翩跹。回视庙中所设之器,依然悄寂,雾静风声,当是神乎其归来耶? 此时人好言神仙,贺故幻其词,以见世之炫惑。相与附会以从者,读此当为之解嘲矣。"

《昌谷集句解定本》卷四丘象升评:"贺居昌谷,与兰香庙迩,有借兰香以表己之贞素意,故备言其人境之洁。"

陈本礼《协律钩玄》卷四董伯音:"'古春'十句,言幽凄境界处,此应不胜愁也。'舞佩'十句与末十句作两截言,神女虽凄处山中,然鸾裾银帐,山

273

香溪秀，与巫女湘君往来歌宴，跨卫叔卿之白鹿，驾琴高之赤鲤，走天游海，乐已至矣，夫复何愁之有？但以绿鬟珠鬓之女郎，而独处无偶，游乐之余，佩环空返，似空春之愁，终未可解耳。始而代之愁，继而代之乐，终又代之愁，可谓穷鬼神之情状，极讽刺之微言矣。”

感　春

日暖自萧条，花悲北郭骚①。
榆穿莱子眼，柳断舞儿腰②。
上幕迎神燕，飞丝送百劳③。
胡琴今日恨，急语向檀槽④。

【题解】

诗写春日家居的怅恨。春暖花开，他人喜气洋洋，于游丝漫天飞舞之中，欢快地送走伯劳；又张设帘幕，郑重地迎接神燕的到来。诗人家境萧条，母亲年老，奉养都力有未逮，遑论大张旗鼓地迎祥禳宅，唯有以榆树叶为莱子钱，以飘拂的柳树枝为舞者，再伴以自己繁急的琴声，聊以作为这迎春的仪式。诗当作于元和八年(813)春，时长吉辞官归居于昌谷。

【注释】

①北郭骚：春秋时齐国人。《晏子春秋》："齐有北郭骚者，结罘罔，捆蒲苇，织履，以养其母。"

②莱子：吴正子注：当作"来子"。宋废帝景和元年铸二铢钱，文曰"景和"，形式转细，无轮郭、不磨凿者谓之"来子"，尤轻薄者谓之"荇叶"，今谓榆荚似之。舞儿腰，舞女腰。杜甫《绝句漫兴》："隔户杨柳弱袅袅，恰似十五女儿腰。"

③上幕：张幕。迎神燕，祭神求子。《礼记·月令》："仲春之月，玄鸟至。至之日，以太牢祀于高禖。"郑玄注："高辛氏之世，玄鸟遗卵，简狄吞

之而生契。后王以为禖官嘉祥而立其祀焉。"百劳,伯劳,鸟名,古诗中多喻指离别。《玉台新咏·古词〈东飞伯劳歌〉》:"东飞伯劳西飞燕,黄姑织女时相见。"王琦引曹植《恶鸟论》,以为世俗厌恶伯劳之鸣,相传所鸣之家必有凶,故送之。

④胡琴:一种似琵琶的乐器。急语,琵琶之声激切。檀槽,檀木所制架弦的槽格。

【汇评】

曾益注《昌谷集》卷三:"日暖,春也;自萧条,春不至也。花悲,因花而悲;北郭骚,背阳,所以悲也。榆穿莱眼,细甚;柳断舞腰,弱甚也。燕至故迎,而幕非所栖;伯劳去故送,而飞丝所逐则去。"

姚文燮《昌谷集注》卷三:"日暖花开,本自和畅;以旅人当之,不觉岑寂。榆穿,思省亲也。柳断,伤离歌也。燕来雁去,触目惊心。聊借琵琶写怨,忧从中来,自促节成哀响耳。"

明于嘉刻本《李长吉诗集》批语:"前解感春自感,后解自感感春,低徊不尽。秾春日暖,万物融和,犹不知有自萧条者在也。"

勉爱行二首送小季之庐山①

其 一

洛郊无俎豆,弊厩惭老马②。

小雁过炉峰,影落楚水下③。

长船倚云泊,石镜秋凉夜④。

岂解有乡情,弄月聊呜哑。

【题解】

元和八年(813)春,李贺之季弟将去江西一带谋生,诗人以诗两首相赠,抒写困窘之状与难舍之情。此首先绘写诗人的狼狈与困顿,顺势点出季弟黯然远去的缘由。诗人说他这些年来仕途蹭蹬,如破旧马棚中的失意老马残喘度日，而家境日渐萧索，以至于季弟不得不远离故土，漂泊他乡。送别之时，连酒席也无法置备。季弟洛郊一别，独自踏上旅程，陪伴他的将是无根的流云与冷清的秋夜。此后，唯有在朦胧的月下，让孤身掠过的大雁捎来他苦寂的思乡之情了。

【注释】

①勉爱：勉励其自爱。小季，小弟。

②俎豆：古代祭祀、宴会时盛肉类等食品的两种器皿，此指饯行的菜肴。惭，曾益本、姚佺本作"斩"。

③小雁：喻季弟。炉峰，香炉峰。楚水，楚地的河流，诸如鄱阳湖、九江等。

④石镜：郦道元《水经注·庐江水》："山东有石镜，照水之所出。有一圆石，悬崖明净，照见人形，晨光初散，则延曜入石，毫细必察，故名石镜焉。"

【汇评】

曾益注《昌谷集》卷二："洛，在洛郊，相送郊外；无俎豆，不能设席。俎豆不设，而情不能已，故于弊厩有老马焉，斩之而以祖别。小雁，喻小季，过炉峰，之庐山。自洛至庐山，必由九江浔阳，故曰'影落楚水'。长船、石镜，本上言。或缘楚水乘长船而依云以泊，或过炉峰寻石镜而值秋夜之凉尔，岂以乡情故而弄月以呜哑呼？非也。良以此时此景，友于适违，亦聊以写尔踽踽之怀己耳。"

姚文燮《昌谷集注》卷二："相送洛郊，愧未设俎豆以饯小季。乃兴念庐山，老马识路，困于敝厩，益用自惭。小雁指小季。言尔过炉峰，湘衡在望，故云'影落楚水下'。长舡倚云，即江船傍庐山而泊。石镜峰头，秋空明月，情景最佳。当此自不知有乡思，差堪吟咏以寄怀己。"

<h2 style="text-align:center">其 二</h2>

别柳当马头，官槐如兔目①。

欲将千里别，持此易斗粟②。

南云北云空脉断，灵台经络悬春线③。

276

青轩树转月满床,下国饥儿梦中见④。
维尔之昆二十余,年来持镜颇有须⑤。
辞家三载今如此,索米王门一事无⑥。
荒沟古水光如刀,庭南拱柳生蝵蟟⑦。
江干幼客真可念,郊原晚吹悲号号⑧。

【题解】

春光骀荡,诗人却满腹凄楚,因为在这样的季节,诗人的季弟要到千里之外,去谋取斗升之米。长吉劳劳相送,心酸目痛。夹道两旁,初生槐叶,略无情怀,兀自伸展;唯有依依杨柳,似替人惜别。码头挥手而去,从此两人就如各自南北的浮云,暌隔两地;无尽的思念,会如春日的游丝,将两人的心绪紧紧相连。诗人回到家中,面对空荡荡的房间,辗转难眠。月光徘徊,从树梢来到床前,把诗人送入梦乡,让他的梦魂飘飘荡荡,追随季弟直至楚国,去觇视他的生活境况。想到幼弟的飘零,诗人无比愧疚。身为兄长,二十有余,胡须已成,却没能担负起养家的重任。奔波三年,一事无成。看着荒沟里泛着寒光的积水,抚着庭院里被蛀空的老柳树,想着江风中瑟瑟的季弟,诗人心情自是格外沉重。

【注释】

①马头:水陆要道,此即码头。一说柳枝披拂如马头之鬃。官槐,长安官街夹道多植槐柳。兔目,喻初生的槐叶。

②持此:王琦注:"旧本皆作'持我',似与下文'索米'犯复。一本注云:'我',一作'此',今从之。"另:此诗一本前四句为一首,以下为另一首。

③灵台:《庄子·庚桑楚》:"不可内于灵台。"郭象注:"灵台者,心也。"

④青轩:居室。虞炎《咏帘诗》:"青轩明月时,紫殿秋风日。"树转,树影转移。下国,京师以外之地。

⑤昆:兄长,此为长吉自谓。持镜,姚文燮本作"对镜"。

⑥索米:领取俸禄。《汉书·东方朔传》:"无令但索长安米。"

⑦拱柳:合抱之老柳。蝵蟟,金龟子的幼虫,此指蛀食树木之蟮蛴。

277

⑧江干:江边。王勃《羁游饯别》诗:"客心悬陇路,游子倦江干。"

【汇评】

曾益《昌谷集》卷二:"古人折柳志别,当马头别也。槐如兔目,季春时。千里,自洛至庐山。持易斗粟,言己为禄縻勿克偕往,若以己易粟然。南北,言相分;空脉断,相瞑。灵台线悬,明心相牵。青轩树转,谓影移。下国饥儿,值时之凶;梦中见,满目凄凉。尔昆,谓己。颇有鬓,渐壮。三载,言久;积水,光如刀,明洁。拱柳,小柳,生蛴蟆,为虫蚀,以喻己兄弟,言己已洁而穷,弟以时舛而别去。幼客,谓小季;真可念,谓独往江干。晚吹,风起;悲号号,如泣也。"

姚文燮《昌谷集注》卷二:"折柳相送,槐叶尚小。千里饥驱,仅藉我而易薄糈,致令兄弟瞑隔。目断心牵,孤轩月夜,魂梦相怜。愧我为兄,年已及壮,不唯不能为弟谋,方自羁愁穷困。沟水月明,柔枝虫蚀。言念小季,临风依依。"

明于嘉刻本《李长吉诗集》批语:"既无尊酒相饯,又无骊驹相送,一任小季远之,影落他乡。长吉贫困,和盘托出矣。非王孙手笔,谁办得此神妙。"

新夏歌

晓木千笼真蜡彩,落蒂枯香数分在①。
阴枝拳芽卷缥茸,长风回气扶葱茏②。
野家麦畦上新垄,长畛徘徊桑柘重。
刺香满地菖蒲草,雨梁燕语悲身老。
三月摇杨入河道,天浓地浓柳梳扫③。

【题解】

诗写昌谷初夏之景。初夏时分,树木葱茏,千株万枝绿油油,仿佛被绿蜡浇筑过一般,在日光下熠熠生辉。枝头上的花儿早已枯萎凋落,轻轻嗅来,似乎还可以闻到残留的香味。背阴的树枝,叶芽尚未舒展,布满了细细的茸毛。远风吹来,麦苗挤上了田垄,随风摇摆,桑柘树叶也在田边呼呼作响。雨中穿行的燕子,一春过来,音色渐老。河边满是菖蒲,嫩芽如刺。河岸上飘拂的柳条,异常浓密,似乎在梳扫大地。徐传武以为是元和八年(813)长吉辞官归乡后所作(《李贺诗集译注》,第 447 页),刘衍疑为李贺少时寻章摘句之作(《李贺诗校笺证异》,第 257 页)。前者或近是。

【注释】

①蜡彩:光鲜明亮如蜡浇的彩花。吴正子注:一作"彩线"。落蒂,吴本、《全唐诗》作"落蕊"。

②拳牙:拳曲尚未伸展的嫩芽。缥茸,青白色的茸毛。曾本、二姚本作"缥带"。长风,夏风。《初学记·岁时部》:"周处《风土记》:仲夏,长风扇暑。"

③摇杨:宋蜀本作"摇漾",蒙古本、《全唐诗》作"摇扬"。

【汇评】

姚文燮《昌谷集注》卷四:"笃耨香出真蜡国,树如松形,此状树之浓阴翠色也。花茎犹未全落,柔条尚尔半舒,而节候方助其畅遂。垅麦将秋,桑柘纷披,菖蒲剑立。梁间燕子,似惜春归,而大堤杨柳竟尔迷蒙高下矣。"

方扶南《李长吉诗集批注》卷四:"三句一韵,用秦碑体。末有单一句,古人却少,文气亦似未尽,窃疑有脱。"

编年诗　北上南下

将　发

东床卷席罢,护落将行去^①。
秋白遥遥空,日满门前路^②。

【题解】

收拾好行装,准备远行。抬头望去,秋色茫茫,心中一片惆怅。门前洒满日光,早该踏上旅程了,但前方等待自己的又将是怎样的生活呢?诗题为"将发",是即将出发而尚未启程,是一段生活即将结束而新的旅程尚未开始。故诗人心中有落寞与惆怅,这是对往日生活的留恋;有迷茫与忐忑,这是对未来生活的担忧。揣测其情怀,乃是遭受重挫后的反应,与落第后茫然不知所措的心绪较为吻合。学者以为是元和八年(813)秋入潞前所作,或是一说。

【注释】

①东床:东厢之床。卷席,收拾行装。护落,落寞。宋蜀本作"濩落"。
②遥遥:一作"逍遥"。日,一作"月"。

【汇评】

曾益注《昌谷集》卷三:"卷席,谓睡起;将行去,将发也。秋白空遥,秋方晓,天遥遥而白。日满,言初照临;门前路,可南而可北也,犹焉往而不得。"

姚文燮《昌谷集注》卷三:"不尽辗转留恋之情。卷席时以为尚早,或可暂停,而旭日盈途,促我就道,奈何。"

《昌谷集句解定本》卷三丘象升评:"李贺不善用双字,'碎碎'、'遥遥',皆欠苍深,非唯不及葩经,亦不逮老杜远矣。"

河阳歌①

染罗衣,秋蓝难着色②。

不是无心人,为作台邛客③。

花烧中潬城,颜郎身已老④。

惜许两少年,抽心似春草⑤。

今日见银牌,今夜鸣玉晏⑥。

牛头高一尺,隔坐应相见⑦。

月从东方来,酒从东方转。

觥船饫口红,蜜炬千枝烂⑧。

【题解】

元和八年(813),长吉由昌谷至潞州,途经河阳,于筵席上有感而赋此诗,颇有青春不再、自叹衰老之意。多年的漂泊,使他激情不再,故无不身心疲惫之感。诗人首先以蓝草为喻,强调轻歌快舞当属当年少轻狂之时,即如着色当用靛青,衰老之蓝已无多大效果。他不是无情之人,河阳的佳丽自是美妙动人,可已经超越了知好色而慕少艾的年纪,如今只是作为旁观者去静静欣赏罢了。狂欢属于年少者,他们的浓情如青草一样不可遏制。白天一见钟情,夜晚就在一起纵情宴饮,直至月落西山,晓星渐沉,仍不知疲倦。这样的日子,对于诗人而言,早已成为了历史。

【注释】

①河阳:古地名,在今河南孟县,多出佳丽。江淹《别赋》:"君住淄右,妾住河阳。"梁简文帝《咏舞》:"悬胜河阳妓,暗与淮南同。"

②秋蓝:秋日的蓝草,加工后可用以染织物。

③台邛:吴正子以为当为"邛台",用司马相如客临邛令王吉家事。

④花烧:花开艳丽如火。中潬,河阳三城之一,东魏元象元年(538)筑

284

于北中城南河中沙洲上，宋嘉祐八年（1063）为河水所毁。蒙古本作“中诞”。颜郎，即汉代的颜驷。《文选·张衡〈思玄赋〉》李善注引《汉武故事》：“颜驷，不知何许人，汉文帝时为郎。至武帝，尝辇过郎署，见驷龙眉皓发。上问曰：‘叟何时为郎，何其老也？’答曰：‘臣文帝时为郎。文帝好文而臣好武，至景帝好美而臣貌丑，陛下即位，好少而臣已老。是以三世不遇，故老于郎署。’”

⑤惜许：曾本、二姚本作“昔许”。

⑥银牌：银质名牌，官妓所佩。曾益注：“唐官妓佩银牌，刻名其上。”鸣玉，一作“乌玉”。《国语·楚语下》：“王孙圉聘于晋，定公飨之。赵简子鸣玉以相。”韦昭注：“鸣玉，鸣其佩玉以相礼也。”晏，当作“宴”。

⑦牛头：牛头形的酒尊。高一尺，宋蜀本作“高百尺”。

⑧觥船：亦作“觥舡”、“觵船”，大容量的酒器。饮，家庭私宴。蜜炬，蜡烛。

【汇评】

徐渭《唐李长吉诗集》卷三：“诵之似好，惜多不解。”

姚文燮《昌谷集注》卷三：“此贺再过河阳与向来所狎官妓而作也。言当日往应制举，拟夺高第。今罗衣当秋，非复春柳之汁，可染蓝袍衣。台、邛以比河阳，如琴台、临邛也。以未尝忘情，故又来客此。中潬即河阳旧名也。言当春盛，正及花繁，而我仅为奉礼。如颜驷为郎之日，不复少矣。因忆昔方少年，两人互相珍爱，如春草抽心，极其浓至。今日尔尚为官妓，银牌值事，今夜当鸣玉侍宴。牺尊虽高，隔座自见尔歌舞之妙。计月上时，酒亦当转剧。觥筹交错，银烛辉煌，亦未得与绸缪也。”

陈本礼《协律钩玄》卷三：“此讥河阳老尉是日召伎燕客之作。”

方扶南《李长吉诗集批注》卷三：“亦可解，但不为好。”

王琦《李长吉歌诗汇解》卷三：“姚经三注‘此贺再过河阳，见向来所狎官妓而作’云云，盖以‘惜许’作‘昔许’，而遂创为此解。夫‘惜’、‘昔’二字固难别其孰真孰舛，然以三十未及之年，而遽以老颜郎自比，恐拟非其伦也。当是有客于河阳之人，年甲已过，风情不减，见少年官妓而爱恋者，长吉嘲调而作此诗欤？”

明于嘉刻本《李长吉诗集》批语:"此诗前解见其苦心,而后解非其本怀。秦王官中,魏武台上,易地皆然。颜郎老而花自娇,临邛远而琴声绝,所谓染罗而着色难,徒有抽心似春草也。后半首形此苦衷,则更甚矣。"

七月一日晓入太行山

一夕绕山秋,香露溢蒙菉①。
新桥倚云阪,候虫嘶露朴②。
洛南今已远,越衾谁为熟③。
石气何凄凄,老莎如短镞④。

【题解】

元和八年(813)六月下旬,长吉由昌谷至潞州。七月一日清晨,诗人进入太行山,赋有此诗。诗人此行,前途未卜,内心忐忑,于外在景物的变化与节气的变换分外敏感。甫一进入太行山,他就感受到了浓浓的秋意。山中的寒气迎面扑来,草木挂满了露珠,秋虫在树丛中嘶鸣,遍地是尖利的枯刺,新桥在缥缈的云雾中时隐时现。一夜之间,诗人觉得环境完全改变,这时他才终于接受这一现实,即自己离家乡越来越远了。

【注释】

①溢:依附。蒙,即兔丝。菉,即荩草,又名王刍。
②云阪:云气勃郁的山坡。嘶,宋蜀本、曾本、二姚本作"新"。露朴,露水凝结的树丛。
③洛南:洛阳之南,昌谷所在。姚佺本作"洛阳"。越衾,姚文燮本作"赵禽"。
④石气:环绕山石的雾气。老莎,莎草,多年生草本,茎叶为三棱形,地下的块根为香附子,可入药。宋蜀本作"老松"。镞,箭头。

【汇评】

姚文燮《昌谷集注》卷三:"七月一日为孟秋之朔,昨犹夏景,仅隔一夕,而绕山觉有秋色。是月也，白露降而草虫皆濡新露。越禽即来禽，果也。诸本即作'布衾'解亦宜。第梅圣俞有诗云：'右军好佳果，墨客求来禽。'以右军为会稽，故名越禽。当是南国有此，而身方在客，不知为谁熟也。石冷莎残，俨然秋意之渐至矣。"

陈本礼《协律钩玄》卷三："惊心刺目，睹物兴悲也。"

长平箭头歌①

漆灰骨末丹水砂，凄凄古血生铜花。
白翎金簳雨中尽，直余三脊残狼牙②。
我寻平原乘两马，驿东石田蒿坞下③。
风长日短星萧萧，黑旗云湿悬空夜④。
左魂右魄啼肌瘦，酪瓶倒尽将羊炙。
虫栖雁病芦笋红，回风送客吹阴火。
访古汍澜收断镞，折锋赤璺曾封肉⑤。
南陌东城马上儿，劝我将金换簝竹⑥。

【题解】

诗为长吉北上潞州，途径长平时所作。诗人来到古战场，在长平驿站东面的乱石田里，在蓬蒿丛生的洼地，拾到一枚断箭。箭末的白色羽毛，与漆金的箭杆，已被风雨侵蚀销尽，只剩下狼牙般的箭头。箭头呈三棱形，黑处如漆灰，白处似骨末，红处令人想起了丹砂。当年的血迹，化成了深绿色的铜锈。伫立在这古战场，似乎黑旗还悬挂在高空，耳畔总是回荡着冤魂们的哀叫。于是诗人奉上炙烤的羊肉，倒下瓶中的乳酪，用以祭奠，然后在野虫与鸿雁凄楚的叫声中，带着箭头离开了发红的芦苇荡。

【注释】

①长平：故址今山西高平，战国时秦国白起曾坑杀赵卒四十万于此。

②白翎，箭羽。金辖，坚硬的箭杆。三脊，三棱形。狼牙，箭头。

③驿：长平驿。蒿坞，蓬蒿丛生的洼地。

④黑旗：宋蜀本、蒙古本作"星旗"。

⑤泱澜：流泪的样子。《后汉书·冯衍传下》："泪泱澜而雨集兮，气滂浡而云披。"璺，裂纹。刲，刺。曾本、二姚本作"封"。

⑥簋：古代宗庙祭祀时盛肉的竹器。

【汇评】

《昌谷集句解定本》卷四杨妍语："言我方吊古之不暇，而马上儿乃劝我将金换之。甚矣，人之不仁也。结得有回场。"

姚文燮《昌谷集注》卷四："唐室自开元以后，寇盗藩镇叛乱杀伐，迄无宁日，天下户口四分减二，死亡略尽。贺过长平，得古箭头而作此歌，吊国殇也。首句见当日作矢之妙，历久而漆灰等物犹然未泯。太公《六韬》曰：'赤茎以铜为首。'血痕久溅铜上，致斑斓如花。年代累变，辂尽镞存。我来长平之原，于荒芜之地，傍睨景物，倍尽阴惨。白骨遍野，鬼尚凭依悲号，苦无所归。当年家乡远隔，此日岁月久淹，谁为奠以酪浆而荐以羊炙耶？虫雁啼秋，风生磷起，我方洒泪，收此断镞。锋头虽折，而腐肉犹封，对此能不为之寒心？乃马上健儿毫无狐兔之悲，反劝我买竹为辂。总之，天运人心，一归好杀，良可浩叹也。"

高平县东私路①

侵侵槲叶香，木花滞寒雨②。
今夕山上秋，永谢无人处。
石溪远荒涩，棠实悬辛苦③。
古者定幽寻，呼君作私路。

【题解】

高平古属泽州，归泽潞节度使管辖，诗为长吉入潞时所作。诗人经过

288

高平,看到郊外一条偏僻的小路,槲叶飘香,棠梨高挂,溪流哽咽,阒静无人,想到这一定是古隐者所居之处,不禁生出几分向往之意。

【注释】

①高平:县名,今属山西省。李吉甫《元和郡县志》卷一五:"河东道,泽州,高平县,南至州八十里。"私路,私人修的小路。

②侵侵:稠密交错的样子。槲,落叶乔木。滞,遗落。《诗经·小雅·大田》:"此有滞穗。"

③棠实:棠梨的果实。

【汇评】

徐渭《唐李长吉诗集》卷五:"上四句状私路,今之景而无人居也;下四句状私路之景,而古有人处之也。依稀避秦之意。"

姚文燮《昌谷集注》外集:"世以终南为捷径者不乏矣。贺见此路甚萧槭,当是古人隐处,而胡呼以私路为耶?"

方扶南《李长吉诗集批注》卷四:"亦伪,太浅直。"

黎简《黎二樵批点黄陶庵评本李长吉集》外集:"上六句总言私路之幽,末二句言若非古人曾到此,亦安知其为路也。"

酒罢张大彻索赠诗时张初效潞幕①

　　长鬣张郎三十八,天遣裁诗花作骨②。
　　往还谁是龙头人,公主遣秉鱼须笏③。
　　水行青草上白衫,匣中章奏密如蚕④。
　　金门石阁知卿有,豸角鸡香早晚含⑤。
　　陇西长吉摧颓客,酒阑感觉中区窄⑥。
　　葛衣断碎赵城秋,吟诗一夜东方白⑦。

【题解】

元和八年(813)秋天,李贺从昌谷来到潞州,投依张彻。时为潞州节度使属官的张彻,为之洗尘,设宴相待,长吉即赋诗相赠。诗歌先言张彻长须飘垂,仪姿丰美,才华横溢,锦心绣口;次言张彻得公主青睐而出仕,入幕府草拟章奏,如鱼得水,志气高扬,在同侪中实为翘楚,必将青云直上;最后写自己蹭蹬颓废,潦倒失意,心情沮丧,唯有彻夜吟诗以消磨时日。

【注释】

①张大彻:张彻,排行大,清河人,元和四年(809)潞州进士及第,累官范阳府监察御史。长庆元年(821),死于幽州军乱。事迹见韩愈《故幽州节度判官赠给事中清河张君墓志铭》。潞,潞州,治所在今山西长治一带。

②长鬣:长胡须。《北齐书·许惇传》:"惇美须髯,下垂至带,省中号为长鬣公。"三十八,一作"三十一",误。花作骨,锦心绣口之意。

③龙头人:才华杰出者。《三国志·魏志·华歆传》注引《魏略》:"华歆与邴原、管宁等三人,俱游学厚交,时号三人为一龙。歆为龙头,原为龙腹,宁为龙尾。"鱼须笏,大夫所执之笏。《礼记·玉藻》:"笏,天子以球玉,诸侯以象,大夫笏以鱼须文竹。"

④水行:宋蜀本作"太行"。青草上白衫,穿上青衫,换下白衣,即进入仕途。唐时未入仕之人着白衣,八、九品官员着青衣。

⑤金门:金马门。石阁,石渠阁。《三辅黄图》:"金马门,宦者署。武帝得大宛马,以铜铸象立于署门,因以为名。东方朔、主父偃、严安、徐乐皆待诏金马门。"又云:"石渠阁,萧何造,其下砻石为渠以导水,若今御沟,因为阁名,以藏入关所得秦之图籍。"豸角,獬豸冠。《通典》:"大唐法冠,一名獬豸冠,一角,为獬豸之形,御史台监察以上服之。"鸡香,鸡舍香。应劭《汉官仪》:"尚书含鸡舍香奏事。"

⑥陇西:李氏郡望。《四库全书总目》卷一五〇《昌谷集》提要:"(李)贺系出郑王,故自以为郡望陇西,实则家于昌谷。"中区窄,心情不舒畅。

⑦葛衣:葛布之衣,无官者之服。赵城,潞州战国时属赵地,故称。

【汇评】

曾益注《昌谷集》卷二:"上八句誉彻遇,下四句伤己不遇。"

姚文燮《昌谷集注》卷二："张垍尚玄宗宁亲公主。彻，其裔也。贺谓彻髭美年壮，才冠时流，仅以外戚起家，得列大夫。'水行'二句，言作幕掾舟行野服时，时掌章奏甚多。然以彻之博雅，当居馆阁，丰采当居台郎，自是分内之事。从此引汲，旦暮可致。乃贺自顾落落，大非彻比，郁抑穷愁，唯藉长吟以遣中夜。"

潞州张大宅病酒遇江使寄上十四兄①

秋至昭关后，当知赵国寒②。
系书随短羽，写恨破长笺。
病客眠清晓，疏桐坠绿鲜。
城鸦啼粉堞，军吹压芦烟③。
岸帻褰纱幌，枯塘卧折莲④。
木窗银迹画，石磴水痕钱⑤。
旅酒侵愁肺，离歌绕懦弦。
诗封两条泪，露折一枝兰。
莎老沙鸡泣，松干瓦兽残⑥。
觉骑燕地马，梦载楚溪船。
椒桂倾长席，鲈鲂斫玳筵⑦。
岂能忘旧路，江岛滞佳年。

【题解】

元和八年(813)，长吉入潞州寄托张彻。次年秋，有使者北来，长吉于酒后赋此诗，托其转达任职于和州的十四兄，抒写他的失意之状，凄苦之情，及对往日欢聚的怀念。诗人极力描摹了他寄居潞州的困顿无聊之况。他向族兄倾诉道：唯有秋风吹到了十四兄所在的昭关，你方才知晓我所处赵地之苦寒;也只有接到我的书信,读罢信中满满的苦恨之辞,你或许方能了解我当下的窘境。我这客居他乡的畸零人,经常听着城头寒鸦的悲啼,数着军中的号角声,睁着双眼等待拂晓的降临。稀疏的梧桐叶,不断在寒露中飘落。干枯的池塘里,衰败的荷叶在寒风中萧瑟。木窗上的银粉,剥落得不成模样。院中的石阶上,生出了苔藓。蟋蟀在莎草中哀鸣,瓦松在瓦兽旁颤栗。潞州这样沉闷的生活,让我更加思念楚地。虽然白天骑着马在潞州溜达,夜晚却总是在梦中坐上在楚地的小船。往日的欢会,时时涌上心头,当年一同度过的美好时光怎能忘记?我又怎能会长久地滞留北方呢?

【注释】

①张大:张彻。十四兄,长吉族兄,时任职于和州。

②昭关:在今安徽含山县北。《江南通志》:"昭关在和州含山县小岘西,伍子胥自楚奔吴,过昭关,即此。"赵国,潞州古曾为赵国之地。

③粉堞:女墙。军吹,军中号角。

④岸帻:推起头巾,露出前额,以示洒脱。孔融《与韦端书》:"闲僻疾动,不得复与足下岸帻广坐,举杯相于,以为邑邑。"纱幌,帷幔,曾本、二姚本作"沙幌"。

⑤银迹画:窗子上残存的银粉花纹。一说为蜗牛爬过的痕迹。二姚本作"银画迹"。水痕钱,石阶上水渍所成苔藓,状如青钱。

⑥莎:莎草。沙鸡,昆虫名,俗名纺织娘。松,瓦松,草名,生于瓦缝或深山石罅。瓦兽,陶制的兽形物,用以装饰屋脊。

⑦椒桂:椒浆桂酒。李百药《登叶县故城谒沈诸梁庙》诗:"椒桂奠芳樽,风云下虚室。"玳筵,玳瑁筵,华美的筵席。江总《今日乐相乐》:"绮殿文雅遒,玳筵欢趣密。"

【汇评】

姚文燮《昌谷集注》卷三:"兄客昭关,弟羁赵国。秋至,兄应念弟寒矣。寄书写恨,情绪缕缕。客病零落,大似秋桐。鸦啼晓吹,旅寓军幕,秋景岑寂,病肺不胜杯斝。兼值使临去,洒泪封诗,芳馨贻赠,严霜涟至,莎老松干。身虽在此,梦已南游。兄处椒桂鲂鲈,江南之风景自乐。岂得竟忘旧路,而久滞江岛耶?"

明于嘉刻本《李长吉诗集》批语:"此诗是豫章派所祖。"

贵主征行乐①

奚骑黄铜连锁甲,罗旗香干金画叶②。
中军留醉河阳城,娇嘶紫燕踏花行③。
春营骑将如红玉,走马捎鞭上空绿④。
女垣素月角咿咿,牙帐未开分锦衣⑤。

【题解】

诗写公主出游,以行军出征为儿戏,模仿取乐。骄奢的公主,骑着紫燕名马。随扈的女兵,穿着精美的锁子甲。貌美如花、颜美如玉的这群女子,扬起马鞭,在碧空下飞驰而行。扛着金碧辉煌的旗子,一行人晃晃荡荡来到军事重镇河阳,在那里宴饮游乐,大醉方休。素月即将退隐,远处的角声不断传来,公主尚在休憩,犒赏的锦衣已经开始分发。元和八年(813),长吉自昌谷至潞州,路经河阳时,曾亲见公主出巡,诗当作于此间。

【注释】

①贵主:公主。《后汉书·窦宪传》:"今贵主(沁水公主)尚见枉夺,何况小人哉!"沈佺期《侍宴安乐公主新宅应制》:"皇家贵主好神仙,别业初开云汉边。"一说,贵主为中贵人(宦官)作主帅。征行乐,模仿军队出征以行乐。

②奚骑:侍从的女骑兵,一作"奚妓"。连锁甲,锁子甲,此泛指制作精细的铠甲。罗旗,用丝罗做出的旗子。香干,香木做出的旗杆。金画叶,金丝绘制的图案。

③中军:统帅所在的军营。河阳城,河南孟津。《元和郡县志》:"河南府有河阳县,西南至府八十里。自乾元后,常置重兵,贞元后加置节度,为

都城之巨防。”紫燕，骏马。《文选·颜延之〈赭白马赋〉》：“将使紫燕骈衡，绿蛇卫毂。”吕向注：“紫燕、绿蛇……皆骏马名也。”

④红玉：肌色如红宝玉。《西京杂记》卷一：“赵后体轻腰弱，善行步进退，女弟昭仪，不能及也。但昭仪弱骨丰肌，尤工笑语。二人并色如红玉。”空绿，碧天。

⑤女垣：女墙，城墙垛。牙帐，主帅所居营帐，前树有牙旗。分锦衣，赏赐部署锦衣。

【汇评】

刘辰翁《笺注评点李长吉歌诗》卷二：“李意至此，习气尽见。此人间常事，猥态何以能言。”

姚文燮《昌谷集注》卷二：“元和朝，王承宗反，诏以吐突承璀为神策河中等道行营兵马诸军招讨处置等使讨之。承璀骄纵侈靡，威令不振，此盖讥其征行为乐耳。先承璀使乌重胤诱执卢从史，遂牒昭义留后。李绛谏止。乃以重胤镇河阳。而重胤之德承璀，故尔留醉河阳也。甲帜鲜艳，徒壮军容。紫燕踏花，竟忘进取。纪律弛懈，士马以奔逐为戏。晓角初鸣，中军未发，即滥赏予。卒至玩寇丧师，竭财失律。夫刑余嬖幸，妄窃兵权。前朝鱼朝恩之败，以及窦、霍之奸，而主上犹然不悟，大可感已。”

方扶南《李长吉诗集批注》卷二：“此讽和番也。”

洪亭玉《昌谷集句解定本》：“《偕老诗》，唯述夫人服饰之盛，容貌之尊，不及淫乱之事。但中间‘子之不淑’一语，而刺意尽见。今但‘中军留醉’一语，而铠甲壮容亦极其粉饰，是极得诗人之意者。”

陈本礼《协律钩玄》卷二引董伯音：“此讽唐世主家之骄横，以征行大事，供翱翔游戏之乐，亵国家之威而灰将士之心，莫此为甚。不习行阵，不交锋镝，何功之足赏？今未开牙帐，辄分赏锦衣。盖贵主之滥赏，自合如此。时诸镇内叛，吐蕃外侵，正投袂枕戈之日，乃花箭女娘，傅粉作好，贵主奚骑，红玉锦衣，朝廷知而不问，天下事可知矣。”

吴汝纶《李长吉诗评注》卷二：“此讽主家骄横，以征行为戏，亵国威而荒淫也。”

马诗二十三首

其 一

龙脊贴连钱，银蹄白踏烟①。

无人织锦鞯，谁为铸金鞭②。

【题解】

这组以马为题材的组诗，历来认为非一时一地之作。吴企明认为作于元和九年(814)，时逢马年，诗人感慨万千，一气呵成(《李贺集》第143页，凤凰出版社2007年)，或为一说。此首写不遇之感。马是龙马，花纹优美，举世罕匹；扬蹄奋驰，宛如飞腾的白烟一晃而过。但无人赏识，无人宠爱，既没有配上华丽醒目的鞍垫，也没有人肯为他铸造精美的长鞭。其待遇只等同于凡马而已，又如何能一日千里？

【注释】

①龙脊：马的脊背。连钱，毛纹斑驳如连接的铜钱。

②锦鞯：姚文燮本作"锦鞯"。鞯，垂覆于马两侧，用以遮挡泥土的布。

【汇评】

曾益注《昌谷集》卷二："龙脊、银蹄，言马良。无人、谁为，惜无知者。"

姚文燮《昌谷集注》卷二："贵质奇才，未荣朱绂，与骏马之不逢时，同一慨矣。故虽龙脊、银蹄，而织锦鞯无人，铸金鞭无人，与凡马何异。"

方扶南《李长吉诗集批注》卷二："皆自寓也，人人所知。次第用意，略与《南园诗》同。先言好马须好饰，犹杜诗'骢马新矼蹄，银鞍被来好'，以喻有才须称。此二十三首之开章引子也。以下便如《庄子》重言、寓言、卮言，曲尽其义。此二十三首，乃聚精会神、伐毛洗髓而出之。造意撰辞，犹有老杜诸作之未至者。率处皆是炼处，有一字手滑耶？五绝一体，实做尤难。四唐唯一老杜，此亦摭实似之，而沉著中飘萧亦似之。"

其　二

腊月草根甜,天街雪似盐①。

未知口硬软,先拟蒺藜衔②。

【题解】

诗写身世之痛。大雪纷飞的腊月,马儿一无所食,草根虽略有余甘,差可充饥,但深埋藏于雪中,实不易得,只好咀嚼带刺的苦硬的蒺藜。身为皇唐诸孙,大道如青天而独不得出,蹭蹬如此,困饿不能择食,屈居于区区奉礼郎之位,长吉焉得无悲?

【注释】

①草根甜:腊月之草根,深藏于土中,经霜雪而含甜味。天街,官道。雪似盐,《世说新语·言语》:"谢太傅(安)寒雪日内集,与儿女讲论文义。俄而雪骤,公欣然曰:'白雪纷纷何所以?'兄子胡儿曰:'撒盐空中差可拟。'兄女曰:'未若柳絮因风起。'公大笑乐。"

②未知:姚文燮本作"不知"。蒺藜:一年生草本植物,茎横生在地面上,开小黄花,有刺。

【汇评】

刘辰翁《笺注评点李长吉歌诗》卷二:"赋马者多矣,此独取必不经人道者。"

曾益《昌谷集》卷二:"腊月草未萌,味在根,故曰'甜',言厚禄足慕而见阻于当路。借曰未知其才,请以盘错试之,何如?"

姚文燮《昌谷集注》卷二:"明皇甫铸、程异用事,务专诡佞,招致朋党。'腊月草根甜',诮穷途者甘其饵也。'天街雪似盐',言阴寒之极,状小人肆志盈庭也。所用之人,必承顺意旨,故先衔其口,以试其可否耳。"

方扶南《李长吉诗集批注》卷二:"此示人以试马之法,喻言随人俯仰,易于衔勒者,必非佳士。犹严挺之不悦于张曲江之能为贤相,而乃喜萧诚之软美也。"

其 三

忽忆周天子,驱车上玉山①。

鸣驺辞凤苑,赤骥最承恩②。

【题解】

诗为托古讽今之作。元稹《望云骓马歌序》:"德宗皇帝以八马幸蜀,七马道毙,唯望云骓来往不顿,贞元中老死天厩。"李肇《国史补》:"德宗幸梁洋,唯御骓马号望云骓者。驾还京,饲以一品料,暇日牵而视之,至必长鸣四顾,若感恩之状。后老死飞龙厩中,贵戚多图写之。"元稹诸诗,多着眼于马之奇遇,所谓"功成身退天之道"、"用与不用各有时"。而长吉此作,却将矛头指向德宗诸帝:周穆王当年以八骏巡行天下,何等威风;同为天子,德宗等人却把八骏作为逃命之具。元和年间,宪宗又常出猎游畋,诗人耳闻目见,追忆往昔,故有讥讽之语、愤激之言。钱仲联说:"德宗平乱时,血战沙场之战马,并未受到应有待遇;而乘以逃命之望云骓,转受特殊恩泽。"(《读昌谷诗札记》,《中华文史论丛》1979 年第 3 辑)此说仍着眼于马之待遇。

【注释】

①周天子:周穆王姬满。玉山,蒙古本作"玉昆"。《山海经·西山经》:"又西三百五十里,曰玉山,是西王母所居也。"郭璞注:"此山多玉石,因以名云。《穆天子传》谓之群玉之山。"《穆天子传》:"辛卯,天子北征,东还,乃循黑水。癸巳,至于群玉之山。"

②鸣驺:车马行走时,铃铎、玉佩等发出的撞击声。凤苑,姚文燮本作"汉苑"。赤骥:周穆王八骏之首。《穆天子传》:"天子之骏:赤骥、盗骊、白义、踰轮、山子、渠黄、骅骝、绿耳。"

【汇评】

曾益注《昌谷集》卷二:"八骏,以赤骥为首称,故曰'最'。忆周,以慨今不如昔。"

姚文燮《昌谷集注》卷二:"宪宗好神仙,此盖借穆天子以讽之也。天子欲寻西王母，至群玉之山，所乘八骏，以赤骥为首称，恩宠独隆，以其能上称帝旨也。"

《昌谷集句解定本》卷二陈开先评："不言今不如昔，而但言穆天子御骥之宠，得诗人味外味。"

其　四

此马非凡马，房星本是星①。
向前敲瘦骨，犹自带铜声②。

【题解】

诗以宝马自喻。马是骏马；人非凡人；马本为天上房星的精灵所转化，人亦出自大唐皇室。神骏为人遗忘，瘦骨嶙嶙，但骨骼坚硬如铜，自有铮铮之声；王孙备受蹉跎，但矢志不渝，虽处逆境，昂扬如故。

【注释】

①房星：星宿名，属二十八宿之东方七宿，也称天驷、天马，有星四颗。本是星，吴本作"本是精"。

②杜甫《房兵曹胡马诗》："胡马大宛名，锋棱瘦骨成。"天马，汉代又称铜马。《文选·张衡〈东京赋〉》："天马半汉。"李善注："天马，铜马也。"

【汇评】

曾益注《昌谷集》卷二："言此马非凡，当是天马矣。天马房星，本星而非马也，是何骨法之合度也。向前敲之，而犹疑其带铜声，意者其铜马耶。慨世不用，意寓言外。"

姚文燮《昌谷集注》卷二："上应天驷，则骨气自尔不凡。瘦骨寒峭，敲之犹带铜声。总以自形其刚坚耳。"

陈本礼《协律钩玄》卷一引董伯音："言与金马门所铸之天马骨格相同，故虽瘦而犹带铜声也，上应天象，下表国门，总写'非凡'二字。"

其　五

大漠沙如雪，燕山月似钩①。
何当金络脑，快走踏清秋②。

诗亦以马自况,期冀一遇,得以施展胸中之远大抱负。寥廓荒寂的大漠上,一轮弯月如钩,静静地悬挂于天际。孤独的骏马,徘徊在茫茫沙砾之上,若无所依。它多么希望能够得到重用,纵横驰骋于沙场。良马在嘶叫,诗人亦在呐喊。

【注释】

①大漠:大沙漠,古时泛指西北边地。萧绎《玄览赋》:"看白沙而似雪,望却月而成眉。"燕山,燕然山,即今蒙古人民共和国境内的杭爱山,此处泛指北疆。

②金络脑:黄金等金属做出的马笼头。

【汇评】

刘辰翁《笺注评点李长吉歌诗》卷二:"来得便是赋意,结束亦俊。"

曾益注《昌谷集》卷二:"如雪,言白;似钩,新月。大漠、燕山,皆塞上地,言何当见用于时,以立功异域乎。"

姚文燮《昌谷集注》卷二:"边氛未靖,奇才未伸。壮士于此,不禁雄心跃跃。"

方扶南《李长吉诗集批注》卷二:"此言苟能世用,致远不难。"

其 六

饥卧骨查牙,粗毛刺破花①。
鬣焦朱色落,发断锯长麻②。

【题解】

诗以马之摧折憔悴,喻己之潦倒困顿。饥饿的马儿已经无法站立,它疲惫无力地躺在那儿,瘦骨突起,鬣毛枯焦,额毛散乱,眼神黯淡,真让人心痛。长吉仕途被阻,呼告无门,衰惫之态亦如此。

【注释】

①查牙:杂乱的样子,此指马骨突露。花,马之毛色错杂斑斓。

②鬣:马颈上的长毛。《山海经·海内北经》:"犬戎国……有文马,缟身朱鬣,目若黄金,名曰吉量,乘之寿千岁。"发,马额头上的毛。麻,麻绳。

【汇评】

曾益注《昌谷集》卷二:"骨立毛残,鬣焦发断,言衰惫之甚。"

姚文燮《昌谷集注》卷二:"调饥凋落,皮骨仅存,犹世有吉良而致之衰惫也。"

方扶南《李长吉诗集批注》卷二:"此言不见用者之憔悴可怜。长鬣首瘠,并非青兕,养马当如是耶?"

王琦《李长吉歌诗汇解》卷二:"鬣焦者,因朱色之退而见其为焦;发断者,因长麻为络头粗恶不堪,发遭其磨落,若锯而断之者。咏马至此,盖其困顿摧挫,极不堪言者矣。"

其 七

西母酒将阑,东王饭已干①。
君王若燕去,谁为拽车辕②。

【题解】

此诗有两说。一说讽求仙之虚妄,神仙缥不可即,非人力所能致;一说喻求贤之必要,君王要有所作为,自当引俊杰之士为助力。揣摩诗意,或当以前者为近。宴席上,西王母的酒已经喝得差不多了,东王公的饭就快吃完了。君王啊,你现在想赶去赴宴,谁来为驾辕飞奔呢?神仙即使存在,也终是无缘,不得跻身于其间。

【注释】

①西母:西王母;东王,东王公。两人均为传说中的神仙。《太平广记》卷一引《仙传拾遗》:"金母者,西王母也;木公者,东王公也。此二元尊,乃阴阳之父母,天地之本源,化生万灵,育养群品。木公为男仙之主,金母为女仙之宗。长生飞化之士,升天之初,先觐金母,后谒木公,然后升三清,朝太上矣。"

②燕:宴。《穆天子传》:"吉日甲子,天子宾于西王母……乙丑,天子觞

西王母于瑶池之上。”

【汇评】

刘辰翁《笺注评点李长吉歌诗》卷二：“亦有风致。”

曾益注《昌谷集》卷二：“酒阑、饭干，宴罢也。言非得善马，谁为拽车辕而去乎？慨昔有而今无也。”

姚文燮《昌谷集注》卷二：“时方士日说上云‘神仙可即致’，久不见效。贺谓西母、东王宴恐将罢，当不能久待也。君王日欲赴其盛会，果有能为之拽车以上者乎？”

王琦《李长吉歌诗汇解》卷二：“昔周穆王得八骏之马，驰驱万里，遂宾于西王母，觞于瑶池之上。今既无此马，君王即欲赴燕而去，谁为拽车而往乎？此诗盖为时君求慕神仙而为方士所欺，微言以讽之，见其徒思无益。”

其　八

赤兔无人用，当须吕布骑^①。

吾闻果下马，羁策任蛮儿^②。

【题解】

驰城飞堑的良马，只有在吕布那样的飞将手中，才能充分展现自己的风采；也只有对吕布那样的豪杰之士，才会展示信从顺服的一面。而那些庸劣的凡马，即使在蛮儿手中，也是俯首帖耳，供其鞭挞驱使。诗人当是感慨人才总是桀骜不驯，非英明之主不能驾驭，不受凡庸之人笼络。

【注释】

①赤兔：吕布的坐骑。《三国志·魏志·吕布传》：“（吕）布有良马曰赤兔。”裴松之注：“时人语曰：人中有吕布，马中有赤兔。”吕布，字奉先，东汉九原（今内蒙古包头西）人，善弓马，膂力过人。《后汉书》卷七五、《三国志》卷七有传。

②果下马：指凡劣之马，宋蜀本作“走下马”。《汉书·霍光传》：“召皇太后御小马车。”颜师古注引汉张晏：“汉厩有果下马，高三尺，以驾辇。”《三国志·魏书·乌丸鲜卑东夷传》：“（濊）国土地饶文豹，又出果下马，汉桓时

献之,可乘于果树下行。"裴松之注:"按:果下马高三尺,乘之可于果树下行,故谓之'果下'。"

【汇评】

刘辰翁《笺注评点李长吉歌诗》卷二:"有风刺,亦自峭异。"

曾益注《昌谷集》卷二:"感慨全在'无人用'、'须当'上。言才大而无人用,当遇知者;若小才,则任人驱使。"

姚文燮《昌谷集注》卷二:"宪宗以中官为监军使,白居易谏不听。贺谓强兵健卒宜付大帅,岂可视为卑微,而受小人之羁策乎。"

方扶南《李长吉诗集批注》卷二:"大用无人,小才得意。"

黎简《黎二樵批点黄陶庵评本李长吉集》卷二:"小人不可大受,而可小知。"

王琦《李长吉歌诗汇解》卷二:"此言奇隽之马,非猛健之人不能驾驭。若其下乘,则蛮儿亦能驱使。以见逸材之上,必不受凡庸之笼络,亦有然者。"

其 九

飂叔去忽忽,如今不羹龙①。
夜来霜压栈,骏骨折西风②。

【题解】

飂叔安早已逝去,再也没有人能像他那样细心地驯养骏马了。请君看一看马儿眼下的境况:大雪把马棚压塌,凛冽的寒风把马骨吹刮。方扶南以为长吉借马自喻,姚文燮以为讽喻时事,为牛僧孺诸人鸣不平。诗人感叹人才才不受重视,在严霜中备受摧折。这种遭受摈弃的感觉,自是他的切肤之痛。

【注释】

①飂叔:飂国国君,字叔安,曾本、二姚本作"飕叔"。《左传·昭公二十九年》:"昔有飂叔安,有裔子曰董父,实甚好龙,能求其耆欲以饮食之,龙多归之。乃扰畜龙,以服事帝舜。舜赐姓曰董,氏曰羹龙。"龙,八尺以上

之马。

②栈:马棚。

【汇评】

曾益注《昌谷集》卷二:"豢龙者去,则无识马者;可知骏骨亦折,则无骏可知。"

姚文燮《昌谷集注》卷二:"元和间,策试贤良方正直言敢谏。举人牛僧孺、皇甫湜、李德裕皆指陈无忌。考官杨于陵、韦贯之署为上第。李吉甫恶之,泣诉于上。上遂罢于陵、贯之等,僧孺辈俱不调。飓叔,指杨、韦诸君也,此时皆蒙贬去,不复选骏。牛、李、皇甫诸人俱遭沮排。严霜折骏,大可悲已。"

方扶南《李长吉诗集批注》卷二:"此亦自喻龙种憔悴。"

王琦《李长吉歌诗汇解》卷二:"古者四灵以为畜,故龙亦可豢养。今既无其人,豢龙之术,久已失传;乃养马之法,亦废而不讲,徒使骏逸之才,受风霜之困于槽枥之间。斯马也,何不幸而遇斯时也。"

其 十

催榜渡乌江,神骓泣向风①。

君王今解剑,何处逐英雄②。

【题解】

诗借良马的徘徊无依,写才人失路,壮志难酬。当年亭长划着小船,载着项王的乌骓驶向江东的时候,那神奇的乌骓马定然在秋风中依依难舍,眼泪汪汪。它也会黯然神伤:力拔山兮气盖世的霸王一旦自刎身亡,我再到哪儿去追随盖世无双的豪杰呢? 生不逢时,不能遭遇明主,自是千古才人共有的悲愤。向风而泣,又何止神骓,又何止当年?

【注释】

①榜:船桨。乌江,一作"江东"。神骓,神奇的乌骓马,项羽的坐骑。《史记·项羽本纪》:"项王骏马名骓,常骑之。……于是项王乃欲东渡乌江,乌江亭长檥船待。……(项羽)乃谓亭长曰:'吾知公长者。吾骑此马五

岁,所当无敌,尝一日行千里,不忍杀之,以赐公。'"

②君王:一作"吾王"。逐,追随。

【汇评】

刘辰翁《笺注评点李长吉歌诗》卷二:"悲甚,此语不可复读,元不苦涩。"

曾益注《昌谷集》卷二:"言主不易遇。羽既逝矣,谁可佐以霸者。"

胡廷佐《昌谷集句解定本》卷二:"代马作泣词,无限悲咽,士之所以乐为知己用也。"

沈德潜《说诗晬语》卷一九:"项羽虽以马赠亭长,然羽既刎死,神骓必不受人骑也。十余首中,此首写得神骏。"

姚文燮《昌谷集注》卷二:"此即《垓下歌》意。'时不利兮'之句,千古英雄闻之泪落。骓之得遇项羽,可谓伸于知己矣。乃羽以伯业不终,致骓又为知己者死,逢时之难如是乎。"

方扶南《李长吉诗集批注》卷二:"此亦居今思古。"

王琦《李长吉歌诗汇解》卷二:"诗意言当日亭长既得项王之马,催榜渡江而去。马思故主,临风垂泣,理所必有。末二句代马作悲酸之语,无限深情。英雄失主,托足无门,闻此清吟,应当泪下。"

其十一

内马赐宫人,银鞯刺麒麟①。
午时盐阪上,蹭蹬溘风尘②。

【题解】

赐给宫女的马儿,养在深宫之中,极其奢华安逸,连所用的银鞍上都绣着麒麟;拉盐车的马儿,正午时分还迎着风尘行进在山坡上。论者多以为诗人借内马与骐骥的不同待遇,讽刺君王重色或重用宦官之类的庸才而不重人才。但身为宫禁之马,亵玩于宫女之手,也是明珠暗投。故诗人所郁郁难平的,不仅是"珠玉买歌笑,糟糠养贤才",亦是"可怜夜半虚前席,不问苍生问鬼神"。贤士往往不得其用,即使为君主亲近,也豢养如俳优。

【注释】

①内马：宫廷之马。宫人，宫女，蒙古本作"官人"。鞯，马的鞍垫。刺，绣。麒麟，吴本作"骐骥"。

②午时：蒙古本作"年时"。盐阪，驾盐车行于山坡上。《战国策·楚策》："君亦闻骥乎？夫骥之齿至矣，服盐车而上太行。蹄申膝折，尾湛胕溃，漉汁洒地，白汗交流，中阪迁延，负辕不能上。伯乐遇之，下车攀而哭之，解纻衣以幂之。骥于是俛而喷，仰而鸣，声达于天，若出金石声者，何也？彼见伯乐之知己也。"溢，依、迎之意。

【汇评】

曾益注《昌谷集》卷二："赐宫人已非其遇，故鞍饰虽美，而中道自失，徒奄溢于风尘而已。"

姚文燮《昌谷集注》卷二："唐旧制，以御史二人知驿。宪宗诏以宦者为馆驿使，拾遗裴璘谏不听。贺谓骏骨已列于天间，而一旦委之刑余幸嬖，虽被服辉煌，奈不善因任，妄自驱策，其蹭蹬不亦宜乎？"

方扶南《李长吉诗集批注》卷二："马不见用，固悲伏枥；有用者，又或失伦。赐官人，亦用也；服盐车，亦用也。此岂良马之愿用于世者耶？此首是两半做，非串合。"

其十二

批竹初攒耳，桃花未上身①。

他时须搅阵，牵去借将军②。

【题解】

小小马驹，虽稚气未脱，但已初显英姿。看它额头上刚刚挺出的如削竹的双耳，以及尚未成型的桃花斑纹，就可断定它必定会是一匹良骏。他日驰骋疆场，必定能辅助将军建功立业。诗人年少新进，以英才自负，极欲取信于人。

【注释】

①批竹：削尖的竹子，喻马耳之状。《齐民要术》："马耳欲得小而促，状

如斩竹筒。"杜甫《李鄠县丈人胡马行》:"头上锐耳批秋竹。"桃花,桃花马。《尔雅·释兽》:"黄白杂毛,驲。"郭璞注:"今之桃花马。"

②借:帮助。

【汇评】

刘辰翁《笺注评点李长吉歌诗》卷二:"语意皆到,有风致。"

曾益注《昌谷集》卷二:"言未得全用,脱用,则奋力前往。"

姚文燮《昌谷集注》卷二:"耳系初攒,色尚未遍,马之骕齿者也。贺自喻年少新进,人未睹其全力。他时致身疆场,驰驱正未可知耳。"

方扶南《李长吉诗集批注》卷二:"人马有相得者,待时而已。"

王琦《李长吉歌诗汇解》卷二:"此言驹之未成者,骨相虽美,毛色未齐,已知其他日有搅阵之雄健。'借'字煞有深意,盖不忍没其材而不见之于一试;又不欲其去己,而竟属他人,以见怜惜之真至。"

其十三

宝珙谁家子,长闻侠骨香①。
堆金买骏骨,将送楚襄王②。

【题解】

诗极尽抑扬顿挫。先言豪侠男儿身佩玉珙,美名远传四方;次言他花费重金,买下骏马之骨,准备投献君王,让当年黄金台的旧事重演,使才人能够得到重用。诗歌至此蓄势已足,临末一句陡转,言所托非人,所投献者乃是对马毫无兴趣的楚顷襄王,所有的希望都化成了泡影。前后形成了巨大的反差,给人强烈的震撼。叶葱奇认为诗歌大意为世无爱马之人,不如将骏骨赠之与鬼,亦是一说(《李贺诗集》,第91页)。

【注释】

①宝珙:半环形的佩玉。侠骨,张华《博陵王宫侠曲》之二:"生从命子游,死闻侠骨香。"李白《侠客行》:"纵死侠骨香,不惭世上英。"

②堆金买骏骨:《战国策·燕策》:"郭隗先生曰:'臣闻古之君人有以千金求千里马者,三年不能得。'涓人言于君曰:'请求之。'君遣之,三月,得千

里马,马已死,买其首五百金,反以报君。君大怒曰:'所求者生马,安事死马而捐五百金?'涓人对曰:'死马且买之五百金,况生马乎? 天下必以王为能市马,今且至矣!'于是不能期年,千里之马至者三。"楚襄王,战国时楚顷襄王芈横。宋玉《高唐赋》载其曾在梦中与巫山神女欢合。

【汇评】

曾益注《昌谷集》卷二:"言珮玦何人,而任侠若是? 彼虽堆金买骏,称识马乎? 而进之襄王,未闻其好马也。则马虽良,如不好何?"

姚文燮《昌谷集注》卷二:"楚人有以弱弓微缴加于鸿雁之上者,襄王召问之,因说襄王以约纵之术。其中略曰:'王缯缴兰台,饮马西河,定魏大梁,此一发之乐也。'当元和时,蔡郓叛逆,两河跋扈,裴度讨之。因于私宅招延四方贤才,豪杰景从,而蔡郓卒平。此诗良美度欤? 盖以其慷慨仗义,引贤致主,深可嘉矣。"

方扶南《李长吉诗集批注》卷二:"此齐门之瑟也,其如不好何? 妙,妙,意谓时无燕昭王耳。楚襄语,不伦入妙。买骏骨当以送燕昭,而反送楚者,所谓北首而南辕也,用意深妙。"

陈本礼《协律钩玄》卷二引何焯评:"此比有臣无君,虽进贤而不能用也。"

王琦《李长吉歌诗汇解》卷二:"诗言珮玦者未知谁氏之子,素闻其豪侠之名,必有知人知物之鉴,乃堆金市骏而送之楚襄王。夫襄王者,未闻有好马之癖,虽有骏骨,安所用之? 以此相送,毋乃暗于所投乎? 吴正子疑楚襄王为误者,非也。不送之于楚襄,而送之于爱马之君如秦穆、楚庄之流,则马得所遇矣,非此诗本旨。"

明于嘉刻本《李长吉诗集》批语:"寓尽明珠暗投之苦。却送楚襄王,趣极。"

其十四

香幞赪罗新,盘龙蹙镫鳞①。
回看南陌上,谁道不逢春。

马鞍上覆盖的罗帕,质地精良,崭新光亮;马镫上绣绘的盘龙,栩栩如生,鳞甲欲动。这马儿得意地踱步在南面的小路上,踌躇四顾,感觉无限风光。良马当驰骋于大漠疆场,而不是披罗戴锦,悠闲漫步于小径。更可悲的是,它们不以为耻,反以为荣,四处显摆炫耀。

【注释】

①香幞:此处指盖在马鞍上的丝巾,即香罗帕。杜甫《骢马行》:"赤汗微生白雪毛,银鞍却覆香罗帕。"蹙,蹙金,金线刺绣。杜甫《丽人行》:"绣罗衣裳照暮春,蹙金孔雀银麒麟。"

【汇评】

刘辰翁《笺注评点李长吉歌诗》卷二:"正言似反,无限凄怨,怨乃不及此。"

曾益注《昌谷集》卷二:"幞香,言饰鞍美;蹙鳞,镫美。自人视之,谁曰不荣,不知徒虚縻耳,无实用也。"

姚文燮《昌谷集注》卷二:"元和四年,以李藩同平章事。藩性忠鲠,常批制敕。给事中裴垍荐之,谓有宰相器,上遂擢为相。香罗金镫,道路辉煌,贺盖羡其遇主之荣宠耳。"

丘象随《昌谷集句解定本》卷二:"此首与'赤骥最承恩'俱作不了语,意在言外。今人不求意趣关纽,但以相似语言为贯穿,所以浅近。曾子固云:诗当使人一览语尽而意有余,乃古人用心处。"

方扶南《李长吉诗集批注》卷二:"旁写一首凡马之得时者,是多篇大衬法。"

明于嘉刻本《李长吉诗集》批语:"瘦骨铜声,骏骨送楚襄王。试看锦鞍南陌,路人啧啧声,竟是驽骀,可胜浩叹。"

其十五

不从桓公猎,何能伏虎威①。
一朝沟陇出,看取拂云飞②。

诗写其凌云壮志。马儿在齐桓公手下,自然会散发出伏虎的雄威。那些沦落草野的豪侠之士,缺乏的只是机遇,一旦风云际会,便可上薄云霄,风啸九天。诗人多么希望能够遭逢明主,使自己从草野间脱颖而出,建立不朽功业。

【注释】

①桓公:齐桓公,名小白,春秋时齐国国君,"春秋五霸"之首,曾九合诸侯,一匡天下。《管子·小问》:"桓公乘马,虎望之而伏。桓公问管仲曰:'今者寡人乘马,虎望见寡人而不敢行,其故何也?'管仲曰:'意者君乘骏马而盘桓,迎日而驰乎?'公曰:'然。'管仲曰:'此骏象也。骏食虎豹,故虎疑焉。'"

②沟陇:山沟溪涧,喻草野之间。

【汇评】

刘辰翁《笺注评点李长吉歌诗》卷二:"却是痛快。"

曾益注《昌谷集》卷二:"言弃而不用,奚以知其良也?一朝辞沟陇而出,而拂云之才见矣。"

姚文燮《昌谷集注》卷二:"马岂真能伏虎耶?因明主驱策,故威望倍重。如宪宗时刘辟反,诏高崇文讨之,诸将皆不服。后上专委以事权,卒平祸乱,震慑东川。是知马必由桓公以显名,崇文必由宪宗以著绩。故能一朝奋兴,勋成盖世,总在主上有以用之也。"

方扶南《李长吉诗集批注》卷二:"用管子告桓公骏马事,以尽马之才。虎且可伏,安往而不可逞哉?"

王琦《李长吉歌诗汇解》卷二:"诗意谓豪杰之士伏处草野,不得君上之委任,虽智勇绝人,雄略盖世,人孰能知?一旦出畎亩之中,得尺寸之柄,树功立业,自致于青云之上,然后为人所仰瞻耳!"

其十六

唐剑斩隋公,拳毛属太宗①。
莫嫌金甲重,且去捉飘风②。

唐太宗身骑骏马，平定天下，一混宇内。而所乘之拳毛騧等六骏，遂得以附骥尾而涉千里，流芳名于后世，同与太宗而不朽。昔日拳毛騧等骏马，遭逢明主，不辞辛劳；今日身为皇唐诸孙，怀抱利器，倘有任用，也自当义不容辞，不畏艰难，效微躯于阙下。

【注释】

①唐剑：宋蜀本、蒙古本作"唐欲"。隋公，隋文帝杨坚，其在北周时被封为隋公。拳毛，拳毛騧，骏马名。杜甫《韦讽录事宅观曹将军画马图歌》："昔日太宗拳毛騧，近时郭家狮子花。"钱谦益注："《长安志》：'太宗六骏，刻石于昭陵北阙之下。五曰拳毛騧，平刘黑闼时所乘。'《金石录》：'太宗六马，其一曰拳毛騧，黄马黑喙。'"

②飘风：迅疾之风，《诗经·小雅·何人斯》："彼何人斯，其为飘风。"毛传："飘风，暴起之风。"宋蜀本、吴本作"飔风"。

【汇评】

刘辰翁《笺注评点李长吉歌诗》卷二："语不碌遨，甚言其遇。是诸孙语。"

曾益注《昌谷集》卷二："言苟为时用，敢嫌所负之重哉！亦悉力以驱驰而已。"

姚文燮《昌谷集注》卷二："高祖平隋，始终以兵柄属太宗。飘风，回风也。李密僭号登坛，疾风鼓其衣，几仆。又数有回风发于地。后太宗定鼎，密伏诛。此言高祖为唐公时，即以兵属太宗，知其勇锐精勤，遂成大业。祖宗创业之艰，可念也夫。"

方扶南《李长吉诗集批注》卷二："因拳毛騧而忆贞观之时，自天策开府，以至受禅，求才论道，正如得骏成功。"

其十七

白铁剉青禾，砧间落细莎①。
世人怜小颈，金埒畏长牙②。

【题解】

小巧美观、俯首帖耳的庸劣之马,备受富人的呵护,向来是他们的宠儿。他们用闪光的铡刀把青嫩的小草切得细碎,用以喂养,照料唯恐不够细致全面。至于性情暴躁而又善跑的良马,从来不讨他们的欢心。请看富贵之家的跑马场,哪里会有这些千里马的身影?诗借此批评朝廷的用人制度。居庙堂之高,备受重用的,往往是唯唯诺诺之徒;至于直言极谏的方正之士,却只有处江湖之远,备受抑制。

【注释】

①白铁:铁刀。剉,细切。砧间,曾本、姚文燮本作"砧闻"。莎,莎草,多年生草本,茎直立,叶细长,深绿色。

②小颈:小巧美观,喻中看不中用之马。《齐民要术》:"凡相马之法,先除'三羸'、'五驽',乃相其余。大头小颈,一羸;弱脊大腹,二羸;小胫大蹄,三羸。大头缓耳,一驽;长颈不折,二驽;短上长下,三驽;大髂短胁,四驽;浅髋薄髀,五驽。"金埒,富贵之家的跑马场。刘义庆《世说新语·汰侈》:"王武子被责,移第北邙山下。于时人多地贵,济好马射,买地作埒,编钱匝地竟埒。时人号曰'金埒'。"长牙,性情暴躁而善行之马。《齐民要术》:"凡相马之法,上齿欲钩,钩则寿;下齿欲锯,锯则怒。颔下欲深,下唇欲缓。牙欲去齿一寸,则四百里;牙剑锋,则千里。"

【汇评】

刘辰翁《笺注评点李长吉歌诗》卷二:"有风刺。"

曾益注《昌谷集》卷二:"首言秣之微,次言足之疾,三、四言在世人则以为小,用而怜之,在马群之中,则以为长才而忌之矣。"

姚文燮《昌谷集注》卷二:"时韩愈以论事坐贬阳山令,贺伤之。青禾细莎,言薄禄也。世人尽知其枉,共怜遭斥卑微,而朝权方畏其齿牙之锐,故贬之于外也。"

方扶南《李长吉诗集批注》卷二:"瘦则颈小,老则牙长。世人不自知其养之不至,富贵家又用之不早,此岂马之过耶?"

王琦《李长吉歌诗汇解》卷二:"长牙者,盖谓马之锯牙善啮者也。逸群之马，多不伏羁络，生人近之，往往踶啮。然乘之冲锋突阵，多有奇功。若王孙公子分驰角壮于金埒之间，只取观美而已。小颈细马，竟加怜爱；其长牙善啮者，虽有权奇倜傥之才，亦畏而不取。彼豪杰之士，以材大而不为人所用，小材者悉心委使而得厚资焉，亦何以异于此马欤？"

其十八

伯乐向前看，旋毛在腹间①。

只今捶白草，何日蓦青山②。

【题解】

诗写明珠蒙尘，才人失路。腹下长着旋毛的千里马，庸人不知其珍贵，克扣其草料，致使其食不饱，力不足，不得日行千里，与凡马同老于槽枥之间。唯有伯乐，仔细察看，才知道它的可贵之处，不禁为之叹惋：如此备受摧折，何日才得以越陌度阡，纵横天下？

【注释】

①伯乐：春秋时秦国人，名孙阳，善相马。《尔雅·释畜》郭璞注："伯乐相马法，旋毛在腹下者，千里马也。"

②捶：克扣。白草，《汉书·西域传》："鄯善国出玉，多兼葭、怪柳、胡桐、白草。"颜师古注："白草似莠而细，无芒。其干熟时，正白色，牛马所嗜也。"蓦，腾越。

【汇评】

曾益注《昌谷集》卷二："言隐相虽存，未知何日得腾踏耳。"

姚文燮《昌谷集注》卷二："士之怀才自匿，不事浮华，犹马之旋毛在腹，必遇孙阳始知之也。离群初出，腾空有时。今日之捶白草，知何日之蓦青山也？"

方扶南《李长吉诗集批注》卷二："相马者有人，市骏者无主。有知己而无感恩，终苦不遇。"

王琦《李长吉歌诗汇解》卷二："马之旋毛生于腹间，人未之见，以常马观之；伯乐视之，乃知其为千里马。然刍秣不足，则马之筋力亦不充。今乃克减其草料，每食不饱，得知何日养成气力，可以驱骋山冈，而展其骥足乎？"

其十九

萧寺驮经马，元从竺国来^①。
空知有善相，不解走章台^②。

【题解】

佛寺前那匹驮经的白马，原来是从天竺佛国而来。它只知道当尽力把清净慈悲之妙相晓谕世人，不懂得奔走于章台通衢，取媚于俗人。诗人由白马寺前之马而有所感悟：潇洒出尘之俊才，不屑于献媚钻营，故有志难骋；龌龊势利之徒，能歌善颂，曲申悦媚之情，往往志得意满。

【注释】

①萧寺：佛寺。李肇《国史补》："梁武帝造寺，命萧子云飞白大书一'萧'字。"驮经马，《魏书·释老志》载，后汉明帝夜梦金人，访于群臣，傅毅始以佛对。明帝遣人至天竺国，以白马驮经而归，立白马寺于洛阳雍门西。元，姚文燮本作"原"。

②善相：佛教语，庄严慈悲之妙相。梁简文帝《大爱敬寺刹下铭》："俨如常住，妙相长存。"章台，在长安。《汉书·张敞传》："敞无威仪，时罢朝会，过走马章台街，使御史驱，自以便面拊马。"

【汇评】

曾益《昌谷集》卷二："言从来虽好，但驮经而不解驱策，则善相为虚耳。"

姚文燮《昌谷集注》卷二："宪宗召僧大通入宫禁，以炼药为名。贺谓佛空知有善相耳，而章台朝谒之地，岂出世之人所宜游历耶？走马章台，必非驮经之属矣。"

方扶南《李长吉诗集批注》卷二："白马驮经，佛家善相；章台走马，不屑冶游。马之自负者又如此。"

王琦《李长吉歌诗汇解》卷二："此诗似为番僧之才俊者而作。"

<h1>其二十</h1>

重围如燕尾，宝剑似鱼肠①。

欲求千里脚，先采眼中光②。

【题解】

诗写居上位者当细心访求人才，不要为表面现象所蒙蔽。腰拥玉带，看起来风度翩翩；身挂宝剑，看起来器宇轩昂，或许都是金玉其外。要寻找千里马，关键是看它眼中是否有紫光闪耀；要辨别英俊之才，核心在于了解他的内心是否强大与丰富。长吉对他的外貌，多有自嘲，此或有感而发。

【注释】

①重围：双重玉带围腰。燕尾，腰带头双垂分叉。鱼肠，宝剑名。袁康《越绝书·外传记宝剑》："欧冶乃因天之精神，悉其伎巧，造为大刑三、小刑二。一曰湛卢，二曰纯钩，三曰胜邪，四曰鱼肠，五曰巨阙。"

②眼中光：目大而有光彩，良马的标志之一。《齐民要术》："马目欲大而光，目中五采尽具。"

【汇评】

曾益注《昌谷集》卷二："值此艰危，持此利器，欲求马才之良，先观马德之备。"

姚文燮《昌谷集注》卷二："时危器利，断须出险之才。英爽之资，神明尤重。"

方扶南《李长吉诗集批注》卷二："眼中光直为《相马经》之所未言。百兽唯虎眼有百步光，此殆以马德兼虎威矣。"

王琦《李长吉歌诗汇解》卷二："二句先言壮夫束带挂剑，将有远行之状，以起下文求千里脚之意。"

<h1>其二十一</h1>

暂系腾黄马，仙人上彩楼。

须鞭玉勒吏，何事谪高州。

【题解】

诗为国之重臣轻遭弃谪而鸣不平。仙人登上彩楼暂时休憩,故将神马腾黄栓系于楼边。驭马者无知,以为骏马腾黄已经无用武之地,将之流放蛮荒之地,彻底弃掷,等到仙人下楼时,已无马可备御用。诗人大声疾呼:今虽天下太平,国之栋梁也不应动辄遭贬谪远审,当小心安置以备他时之需。长吉当有感而发,前人按之史实,对"腾黄马"详加考索,以为所指为王叔文集团或高力士等,不一而足。叶葱奇提出"须鞭"乃"备鞭以待"之意,长吉乃为"玉勒史"即李绛被谪而作,虽另是一说,但与组诗均以"马"为核心不合。

【注释】

①腾黄马:神马名。《初学记》卷二九引《符瑞图》:"王者顺时而制事,因时而顺道,则来腾黄。腾黄者,神马也。其色黄,一名乘黄,……其状如狐,背上中两角。王者德御四方而至,一名吉光,乘之寿三千岁,此马无死时。"

②玉勒史:驭马之吏。高州,唐高凉郡,治所在今广东茂名附近,其时谪居者多流放于此。

【汇评】

曾益注《昌谷集》卷二:"腾黄,神马,仙人所乘者也。今暂系而不乘者,以仙人在彩楼故耳。掌马之吏,不知其奇,而反谪之高州,是以特马视之,是掌马之罪也,故曰'须鞭'。"

姚文燮《昌谷集注》卷二:"此追叹往事也。玄宗自蜀还京,称上皇。时御长庆楼,又常召将军郭英乂上楼赐宴。李辅国因言于肃宗,谓上皇将谋不利,遂矫诏逼上皇迁西内。甲士露刃遮道,上皇惊,几坠马。力士怒斥辅国,共鞚上皇玉勒以行。后竟流力士巫州。贺伤上皇甫离鞍马,自谓宴乐于彩楼之上,孰知即萌祸端?逼迁之日,近御骏散,以致惊成疾。肃宗竟不之究,而反远流力士,不得留侍左右,冤哉。"

方扶南《李长吉诗集批注》卷二:"高州之谪,似谓高力士。上二句似谓明皇入南内时。明皇爱才,故追忆之。尝有骏马入蜀,因以言焉。"

陈本礼《协律钩玄》卷二引董伯音:"腾黄而放之高州,使与野马同处,则马吏之罪矣。不归咎人主,得风人温厚之旨。言暂系则仙人非不欲乘此马,特缘偶止彩楼,暂息车驾耳,固未尝令放逐也。"

王琦《李长吉歌诗汇解》卷二:"此诗必是当时有正直之臣见忤时宰,而谪逐于高州者,长吉痛之,借马以为喻也。夫腾黄之马,不易得之马也。今暂系而不用,因仙人在彩楼之上,无所事于乘骑之故。乃玉勒之吏不思蓄畜于平时,以备驰驱之用,而反弃之远方瘴疠之地,纰缪至矣。仅以一鞭罪断结,犹是轻典。"

其二十二

汗血到王家,随銮撼玉珂①。
少君骑海上,人见是青骡②。

【题解】

从西域来到皇宫的汗血宝马,整日里驾着銮辇,摇动着玉珂,备受注目;如果被方术之士骑乘着行走在海边,过往的人们认为它是一匹青骡,谁都不愿多看一眼。马的价值由它所在的位置决定,即使是千金难求的汗血宝马,不得其所也无人青睐;人的价值高低,在俗人的眼中,又由什么来决定呢?似乎还是地位。

【注释】

①汗血:汗血宝马。《汉书·武帝纪》:"(太初四年),贰师将军广利斩大宛王头,获汗血马来,作西极天马之歌。"颜师古注引应劭:"大宛旧有天马种,踏石汗血,汗从前肩髆出,如血,号一日千里。"銮,銮驾。

②少君:李少君,汉代方术之士。《太平御览》卷九〇一引《鲁女生别传》:"李少君死后百余日,后人有见少君在河东蒲阪,乘青骡。帝闻之,发棺,无所有。"

【汇评】

曾益注《昌谷集》卷二:"汗血之在王家,则奋扬自如;一旦乘之海上,则人以为青骡而已,谁复以汗血目之。言马一也,而人不之识,可慨耳。"

姚文燮《昌谷集注》卷二："汗血本王家所宜珍也。自少君去后，人只见有青骡。而主上唯方士是求，则才士不足贵矣。"

方扶南《李长吉诗集批注》卷二："奉礼郎不足为，将去而方外求仙矣，此即《南园》七绝'虞卿道敝'之思也。国马不成，尚为仙驭，安能以汗血之姿，徒随鸾铃而窘步哉？"

《昌谷集句解定本》卷二张若水评："高才但当奋扬皇涂，岂宜骑之海上。所养非所用，所用非所养矣。言之慨然。"

陈本礼《协律钩玄》卷二引董伯音："大宛汗血之马，宜供朝廷之驭。放之山海，违其故质矣。然才士当上知，则被鸾珂之荣，即不用亦不失超异之目。"

王琦《李长吉歌诗汇解》卷二："此诗盖为有奇轶之材而隐居为黄冠者言也。汗血之马到王者之家，随鸾车之后，体饰华美，岂非荣遇？若随少君于海上，人不过以凡畜视之，孰知为千里之骏，而刮目以观者哉？"

其二十三

武帝爱神仙，烧金得紫烟①。

厩中皆肉马，不解上青天②。

【题解】

汉武帝好神仙之术，为祈求长生而为术士所骗，劳民伤财，烧金炼丹，只见青烟升起而终无所成。汉武帝喜欢大宛宝马，劳师远征，兴师动众，但最终御马苑里喂养的全都是痴肥的凡马。诗人感叹，君王即使有求治之心，倘若识人不明，也会事与愿违。诗人以此作束，意在凸显组诗的宗旨，即强调识别与任用人才的重要性。

【注释】

①武帝：汉武帝刘彻，《汉武内传》载其"及即位，好神仙之道"。

②肉马：凡马。《史记·武帝纪》："天子好宛马，拜李广利为贰师将军，……取其善马数十匹，中马一下牝牝三千余匹。"

吴正子《笺注评点李长吉歌诗》卷二："此言汉武求仙烧金,但得紫烟而已,药不成也。徒有凡马,岂能上天乎?"

曾益注《昌谷集》卷二："烧金得烟,药不就也。徒有凡马,岂能上天仙去乎! 犹云所用者,非王佐不能致治。"

姚文燮《昌谷集注》卷二："武帝烧金,终鲜成效。而宪宗尤津津慕之,必欲以上升为愉快。嗟嗟! 汉廷之老师宿儒不减于唐,当时孰有谓爱神仙莫如武帝? 究竟神仙安在? 举朝皆庸人,无不知青天之难上也。《马诗》二十三首,首首寓意,然未始不是一气盘旋。分合观之,无往不可。"

胡廷佐《昌谷集句解定本》卷二："昌谷二十三咏,揣其意,必欲如何为良马称遇哉? 曰:龙驹之出,有庆云五色覆之。及其进也,印以三花飞凤,食以莎糜米沈,加以一品之料,而又衣以文绣,络以金铃,饰其尾鬣,杂以珠玉。将合牝牡,则设青庐黼帐,围人饲秣,罔敢跛倚失恭,此皆御马之所有事也。然后步有尺度,疾徐中节。一喷生风,下湘山之乱叶;四蹄曳练,翻瀚海之惊澜。昌谷必曰:'是亦可矣,诗亦可以弗赋矣'。"

方扶南《李长吉诗集批注》卷二："此言有才不遇,国士之不幸;不得真才,亦国之不幸也。言烧金已得紫烟,近可仙矣。其如肉马不解上天何?"

王琦《李长吉歌诗汇解》卷二："汉武帝好神仙之事,使方士炼丹砂为黄金,不就。又好西域汗血马。使贰师将军伐大宛,取其善马数十匹,中马以下牝牡三千余匹。长吉谓其烧炼则黄金化为紫烟,终不成就;所获之马又皆凡马,不可乘之以上青天,所求皆是无益之事。此首似为宪宗好神仙信方士之说而作。"

明于嘉刻本《李长吉诗集》批语:"微婉可爱。"

塞下曲①

胡角引北风,蓟门白于水②。
天含青海道,城头月千里③。

露下旗蒙蒙,寒金鸣夜刻④。

蕃甲镞蛇鳞,马嘶青冢白⑤。

秋静见旄头,沙远席羁愁⑥。

帐北天应尽,河声出塞流⑦。

【题解】

诗写边塞戍卒之见闻感触。秋水蒙蒙,沙尘漫漫,天地一片惨白。伫立城头,马嘶日暮,边声四起。在呼啸的北风中,隐约可闻胡笳的悲鸣。抬头远望,只见属于冀州分野的旄头,不见故乡的星宿。帐北或许就是天的尽头,黄河北流至此,自己也随着它的淙淙声来到天边。离开家乡如此之远,回乡当是奢望了。诗写于滞留潞州期间。

【注释】

①塞下曲:乐府旧题。《乐府诗集》卷二一:"《晋书·乐志》曰:'《出塞》、《入塞》,李延年造。'……唐又有《塞上》、《塞下》曲,盖出于此。"

②蓟门:今河北蓟县。

③城头月:蒙古本、《乐府诗集》作"城头见"。

④金:刁斗之类,军中警夜时所敲击的铜器。夜刻,夜间的更次。

⑤镞:同"锁"。青冢,王昭君墓,在今内蒙古呼和浩特南。杜甫《咏怀古迹》之三:"一去紫台连朔漠,独留青冢向黄昏。"

⑥旄头:星名,为冀州分野。《汉书·天文志》:"昴曰旄头,胡星也,为白衣会。"席羁愁,吴本注一作"席箕愁"。席箕,塞北草名,可饲马。段成式《酉阳杂俎续集·支植下》:"席箕,一名塞芦,生北胡地。古诗云:'千里席箕草。'"

⑦河声:《文苑英华》作"黄河"。

【汇评】

姚文燮《昌谷集注》卷四:"此为塞下征人作也。风寒月皎,露静星明。当此刁斗精严,传筹不息,亦正唯蕃甲蛇鳞,马嘶青冢,时时窥伺上国尔。故秋静见旄头之星,即不得不坐卧羁愁之席。因念帐北之天,合有尽时;顾乃河流绕塞,邈无涯际。千古此外患内忧,积成征人怨恨,谓之何哉。"

黎简《黎二樵批点黄陶庵评本李长吉集》卷四:"昌谷善用'千里'字,然至双字辄不佳,如遥遥空、碎碎堕等字,皆太作意。"

摩多楼子[1]

玉塞去金人,二万四千里[2]。
风吹沙作云,一时渡辽水[3]。
天白水如练,甲丝双串断[4]。
行行莫苦辛,城月犹残半。
晓气朔烟上,趦趄胡马蹄[5]。
行人临水别,陇水长东西[6]。

【题解】

诗借乐府旧题,写边关将士征戍之苦,或作于诗人停留潞州期间。边塞偏远,春风不度,离家万里之遥。边地苦寒,风沙四起,疲惫不堪,甲胄早已磨断。硝烟不断,战事紧迫,东奔西赶,不得片刻安宁。羽檄传来,烽火点燃,将士促装待发,临别洒泪,欲行不行,各道一声珍重。

【注释】

①摩多楼子:乐府曲名,大抵言征伐弋猎之事。

②玉塞:玉门关,在今甘肃敦煌西。金人,佛像,此指休屠古地。《史记·匈奴列传》:"汉使骠骑将军去病将万骑出陇西……破得休屠王祭天金人。"

③风吹:姚文燮本作"风卷"。辽水,泛指边地。《汉书·地理志》:"大辽水出辽东塞外,南至安市入海,行二千二百五十里。"

④甲丝:缝制甲胄的丝线。双串,双股。

⑤趦趄:急促细碎的步伐。

320

⑥临水别：宋蜀本作"临陇别"，《乐府诗集》、蒙古本作"听水别"。陇水，吴本、宣城本、《乐府诗集》等作"隔陇"，蒙古本作"陇上"。

【汇评】

《昌谷集句解定本》卷四引陈开先："其言道紧欠妍，似五言古，与乐府有粒粟之别。"

陈本礼《协律钩玄》引董伯音："乐府古词'从戎向边北，远行辞密亲。借问阴山侯，还知塞上人'言征戍也，此送出戍者之作。"

姚文燮《昌谷集注》卷四："德宗贞元九年，吐蕃即陷盐州，又阻绝灵武，侵扰邠、坊。诏发兵城盐州，使泾原、山南、剑南各发兵深入吐蕃，以分其势。贺谓军士调发，勿以远涉为苦。若敦煌以至休屠，有二万四千里之遥，古人且深入焉。今吐蕃虽远，而众军齐征，一时可以渡辽水也。鸭绿天险，波涛弥漫，朔风直贯甲丝。而兼程以进，带月犹行，及曙而敌骑时在望矣。征人临水以别，而远驰塞上，陇水虽隔，东西永分。自是灵武、银夏、河西赖以安矣。"

王琦《李长吉歌诗汇解》卷四："此诗所谓陇水者，指所见冈陇之水而言，不谓陇头之水也。又玉门关与休屠右地，相去未必有二万四千里。而辽水远在东北，与西域了不相干，乃长吉连类举之若在一方者。盖兴会所至，初不计其道路之远近而后修词，学者玩其大意可也。"

北中寒①

一方黑照三方紫，黄河冰合鱼龙死。
三尺木皮断文理，百石强车上河水②。
霜花草上大如钱，挥刀不入迷蒙天。
争瀯海水飞凌喧，山瀑无声玉虹悬③。

【题解】

诗描摹北地寒冷之状。北方的天空如此阴寒晦暗，连其他三方都被映带成了神秘的紫色,给人以威压之感。天气奇寒,千里黄河冰封成一大块,万斤重的车辆也可以在上面往来奔驰,水下的鱼龙恐怕都被冻死了。三尺厚的树皮龟裂开来,它也抵挡不住严寒。浓厚的雾气将天空遮蔽得结结实实,似乎连刀也插不进去。草木上凝结的冰花,硕大如铜钱一般。海水中也有不少的冰块,在汹涌的波涛中碰撞激荡,发出清脆的声响。山间的瀑布冻成了白虹,无声地悬挂在高空。诗中虽多夸饰想象之词,但亦当有所亲历感受,或是北上潞州后所作。所谓"死"等字眼,只是用来形容奇寒之状,未必与国事或诗人自己的处境与心情有关。

【注释】

①北中寒:吴正子注:"《乐府解题》云:晋乐奏魏武《北上篇》,备言冰雪溪谷之苦。其后或谓之《北上行》,盖因武帝词而拟之也。今长吉此篇,想只本此题耳。"

②三尺木皮:语本《汉书·晁错传》:"胡貉之地,阴积之处也,木皮三寸,冰厚六尺。"

③争滃:波涛激荡。

【汇评】

曾益注《昌谷集》卷四:"北中阴寒,若河、若野、若海、若山,皆冻而凝结。"

姚文燮《昌谷集注》卷四:"元和七年冬,吐蕃寇泾州,上患之。时初置神策镇兵,欲以备御吐蕃。然皆鲜衣美食,乃值严寒,忽闻调发,俱无心奔赴,况乎朔漠阴凝之地耶?'一方黑',状北方阴玄之气也。三方之日,不敌一方之寒,故云'一方黑照三方紫'也。《晁错传》云:'胡貉之地,阴积之处,木皮三寸,冰厚六尺。'河冰冻合,可挽百石之车。霜重严威,军士不愿提兵以入。海水波翻,加与冰激而愈喧也。山瀑既冻,则冰如玉虹之悬也。长安市儿,未习征战,方且北望而不前矣。"

客　游

悲满千里心,日暖南山石。
不谒承明庐,老作平原客①。
四时别家庙,三年去乡国。
旅歌屡弹铗,归问时裂帛②。

【题解】

诗作于元和十年(815),时长吉北游潞州达三年之久,郁郁不得志,有思归求去之意。诗人说他客游无聊,不禁想起了千里之外的家乡,想必正是春风骀荡,花满南山了。可惜自己求仕无门,漫游赵地,滞留他乡,三年而不得归,只好弹铗作歌以排遣失意之情,挥毫作家书以传达思乡之心。

【注释】

①承明庐:汉代承明殿旁之屋名,为侍臣值宿所居。三国魏文帝以建始殿朝群臣,门曰承明,其时朝臣止息之所亦称承明庐。《文选·应璩〈百一诗〉》:"问我何功德? 三入承明庐。"张铣注:"承明,谒天子待制处也。"后以入承明庐为入朝或在朝为官。平原客,平原君赵胜门下之客,后泛指门客。王维《济上四贤咏·成文学》:"身为平原客,家有邯郸娼。"时长吉作客潞州,古为赵地。

②弹铗:弹击剑把,喻处境窘困有所干求。《战国策·齐策四》:"齐人有冯谖者,贫乏不能自存,使人属孟尝君,愿寄食门下。……左右以君贱之也,食以草具。居有顷,倚柱弹其剑,歌曰:'长铗归来乎! 食无鱼。'"裂帛,指写信。古乐府《乌夜啼》:"此日无啼音,裂帛作还书。"

【汇评】

曾益注《昌谷集》卷三:"作客忆家,故心衔悲。满千里,无地不悲。南山,昌谷南山。日暖,言闲忆之也。不谒承明,未得近侍。平原客,徒老于公卿门。四时别庙,谓失祀。三年,离家久。弹铗缘歌,亦缘作客,屡无食无舆也。裂帛,作书归询家人而已。"

姚文燮《昌谷集注》卷三:"失意浪游,离家久客,时裂帛系书以寄乡信也。"

公无出门①

天迷迷,地密密。
熊虺食人魂,雪霜断人骨②。
嗾犬狺狺相索索,舐掌偏宜佩兰客③。
帝遣乘轩灾自灭,玉星点剑黄金轭④。
我虽跨马不得还,历阳湖波大如山⑤。
毒虬相视振金环,狻猊㹠貐吐馋涎⑥。
鲍焦一世披草眠,颜回廿九鬓毛斑⑦。
颜回非血衰,鲍焦不违天。
天畏遭衔啮,所以致之然。
分明犹惧公不信,公看呵壁书问天⑧。

【题解】

诗为悲愤之辞。一悲豺狼当道,暗无天日,正直高洁之士险象环生,助纣为虐者比比皆是;二悲天道不公,志行清洁者不得生存,而奸佞食人者得意洋洋。诗人因此大声疾呼,这样昏天黑地,哪里有出路,何时是尽头,难道只有如屈原那样悲愤自沉吗? 诗人说历阳湖风波险恶,他有家难回,则诗作于他南游和州时。

【注释】

①公无出门:汉乐府有《公无渡河》,长吉或变其题。
②熊虺:即雄虺,一种生于南方的九头怪蛇。《楚辞·招魂》:"雄虺九

首，往来倏忽，吞人以益其心些。"雪霜断人骨，一作"雪风破人骨"，二姚本作"霜雪断人骨"。

③嗅：驯犬之声。曾本、二姚本作"口旋"。喑喑，狗叫声。宋蜀本作"猘猘"。佩兰客，品行高洁之人，语出《楚辞·离骚》："纫秋兰以为佩。"

④自灭：吴本、宋蜀本作"自息"。軛，驾车时套在牲口脖子上的曲木。

⑤历阳湖：即麻湖，在今安徽和县。

⑥狻猊：狮子。《尔雅·释兽》："狻麑如虦猫，食虎豹。"郭璞注："即师子也，出西域。"猰㺄，一种吃人的怪兽。任昉《述异记》卷上："猰㺄，兽中最大者，龙头，虎爪，长四百尺，善走，以人为食，遇有道君隐藏，无道君即出食人。"

⑦鲍焦：周代隐士。《风俗通》卷三载其非躬耕不食，非妻所织之衣不穿，后饿死。颜回，孔子弟子。《史记·仲尼弟子列传》："回年二十九，发尽白，早死。"

⑧呵壁书问天：用屈原事。王逸《楚辞章句序》："《天问》者，屈原之所作也。何不言问天，天尊不可问，故曰天问也。屈原放逐，忧心愁悴，彷徨川泽，经历陆陵，嗟号昊旻，仰天叹息。见楚有先王之庙，及古贤圣怪物行事。周流罢倦，休息其下，仰见图画，因书其壁，呵而问之，以泻愁思。"

【汇评】

徐渭《唐李长吉诗集》卷四："即《小招》四方上下俱不可往，故曰'公无出门'，盖甚有意于弃世违俗，罢干歇进也。"

姚文燮《昌谷集注》卷四："贺与韩愈友善。愈高才，屡坐罪贬官。元和十三年，上命裴度讨吴元济，度表愈为行军司马，愈请乘驲自先入汴。初愈以阳山、江陵职方，皆被谤数黜。及改比部，进中书舍人，而以论兵忤执政，又有人诋愈，复改庶子。贺伤其时晦遭噬，金壬之毒，真如猛兽。顷帝遣之乘轩，而群口自不能为害。宝剑金车，从事征讨。乃我虽滞京华，时以公此行为念。历阳属和州，亦淮西地。正当波涛汹涌，凶暴横行，宜加珍重为嘱。至已命偃蹇，勋名无分，穷愁早涸，数自应尔。当是天不欲致我于危，使卑微可以免祸耶？公当观屈原之书壁问天，知祸福不足凭矣。"

李裕抄本《昌谷集辨注》："'帝遣乘轩灾自灭'，此长吉赋《行路难》也。

言以上种种可畏,唯帝遣乘轩,此灾自灭,而岂能得乎。此君门九重,上无所托,畏遭衔啮,抚己知危也。"

陈本礼《协律钩玄》卷四引董伯音:"德宗世,刘晏、陆贽俱以方正不容,横被诛放。贺深伤之,作出自诚。言天地本多毒螫,出门即是畏途,若佩兰芳洁之士,尤猥犬所舐掌而求者。"

明于嘉刻本《李长吉诗集》批语:"以贫夭而功归于天,是天赐以贫夭也,而保全之。苦语摧肝,再证作结,苦哉。"

安乐宫①

深井桐乌起,尚复牵清水②。
未盥邵陵瓜,瓶中弄长翠③。
新成安乐宫,宫如凤凰翅④。
歌回蜡板鸣,左悺提壶使⑤。
绿繁悲水曲,茱萸别秋子。

【题解】

长吉途径鄂州,见昔日壮丽之安乐宫衰败不堪,已成为村民们种瓜之农田,当年之歌声犹在耳畔回荡,眼前所睹尽是蒿草一片,故有感而赋此诗。刘衍以为诗作于元和九年,其时长吉送其弟入庐山,行经鄂州。姚佺则认为诗为安乐公主大兴土木而作,纯是借古讽今,并不曾亲眼目睹鄂州之安乐宫。亦是一说。

【注释】

①安乐宫:宫殿名,在今湖北鄂城东。《太平寰宇记》:"安乐宫在武昌县西北,水路二百四十里。吴黄武二年,筑宫于此。赤乌十三年,取武昌材瓦缮修建业,遂停废。"宋蜀本作"安乐曲"。

②深井:一作"漆井"。尚复,一作"尚服"。清水,曾本、二姚本、宋蜀本

作"情水"。

③邵陵瓜:邵平所种之瓜。《三辅黄图·都城十二门》:"广陵人邵平为秦东陵侯,秦破,为布衣,种瓜青门外,瓜美,故时人谓之'东陵瓜'。"

④新成安乐宫:《乐府诗集》卷三八有梁简文帝诗《新城安乐宫》,《乐府解题》曰:"《新城安乐宫行》,备言雕饰刻斫之美也。"

⑤蜡板:用蜡打光的拍板。左悺,汉桓帝时宦官,平阴(今河南孟津东)人,封上蔡侯。提壶,即鹈鹕。刘禹锡《和苏郎中寻丰安里旧居寄主客张郎中》:"池看科斗成文字,鸟听提壶忆献酬。"

【汇评】

《昌谷集句解定本》卷三张星评:"梁、陈《安乐宫》,主言其盛;贺《安乐宫》,主悼其哀。乐府今昔不同,或祖意,或不祖意,亦可见一斑。"

姚文燮《昌谷集注》卷三:"此借梁陈旧宫以吊安乐公主之故苑也。鸦啼井槛,已就颓败。情水即胭脂井意也。井泉当春,漪碧如故。盖在当日未盥邵瓜,瓶中固尝弄翠,即今能不深《黍离》之感耶?忆宫初建时,丽瑰奇壮。美人歌舞,中使传觞。及今野草闲花,徒付颓垣断岸而已。"

王琦《李长吉歌诗汇解》卷三:"诗意当日歌吹盈耳,中使传觞之地;今则徒见野卉闲葩,摇落于荒池败苑之中而已。感叹之意,皆自古诗《麦秀》、《黍离》二首化出。"

追赋画江潭苑四首①

其　一

吴苑晓苍苍,宫衣水溅黄②。
小鬟红粉薄,骑马佩珠长。
路指台城迥,罗薰袴褶香③。
行云沾翠辇,今日似襄王④。

这四首诗为题画诗,咏宫女侍从帝王游猎之景,或作南游时。第一首写宫女早起出门。郁郁葱葱的宫苑,迎来了黎明。兴奋的宫女,早早起床开始梳妆。她们梳着小髻,傅着红粉,身着鹅黄色的服装,佩带着长长的珠饰,骑着骏马,浩浩荡荡向着台城进发。一时间浓香迸发,馥郁似云,将包裹在其间的君王熏得飘飘如醉,直以为自己是当日梦会神女的楚顷襄王。

【注释】

①诗题宋蜀本作"画江潭苑四首"。画江潭苑,以江潭苑为题材的画。江潭苑,南朝梁大同九年(543)建,位于今江苏南京。

②吴苑:江潭苑所在之金陵,为东吴故都,故称。水溅黄,鹅黄。

③台城:建康宫,故址在今江苏南京玄武湖侧。《建康实录》:"晋成帝咸和七年新宫成,名建康宫。"袴褶,骑服,上服褶下缚袴,便于骑乘。

④襄王:楚顷襄王,曾梦遇巫山神女。见宋玉《高唐赋》、《神女赋》。

【汇评】

姚文燮《昌谷集注》卷三:"《金陵六朝事迹》:江潭苑一名王游苑,梁大同九年建。德宗好游畋,常宴鱼藻池,令官人张水嬉为棹歌,时率官人猎于苑中,又猎于东城。贺意为六朝侈靡,自难永祚,当观画江潭苑而追赋以志戒也。苑中方晓,宫娃即艳妆驰马,从事田猎。绮绣馥郁,翩翩似行云以邀同梦矣。"

方扶南《李长吉诗集批注》卷三:"专咏女猎,亦格诗,然已律矣。"

陈本礼《协律钩玄》卷三引董伯音:"江潭苑,梁武帝之游猎苑也。未成,而何景乱,后人摹绘其胜以为图。长吉追赋其事也。观梁武骄淫如是,乃欲素面代牲,舍身邀福,其可得乎?宪宗沉湎声色,肆意游观,服食求生,正如汉武、秦皇。贺赋此殆亦咨汝殷商之意。"

明于嘉刻本《李长吉诗集》批语:"此赋时事,托题以隐,其意细读自见。"

其 二

宝袜菊衣单，蕉花密露寒①。
水光兰泽叶，重带剪刀钱②。
角暖盘弓易，靴长上马难。
泪痕沾寝帐，匀粉照金鞍。

【题解】

诗写随侍宫女之苦痛。这些宫女看起来光鲜耀眼，她们身穿红花束胸，外着菊黄单衫，兰膏沐浴过的头发乌黑发亮，长长的飘带如剪刀下垂，一举一动都引人瞩目，一颦一笑都惹人爱怜，但又有谁知道她们内心深处的痛苦呢？又有谁知道她们是在强颜欢笑？着靴骑马，弯弓田猎，本非娇弱女子所能胜任，亦非她们所情愿。在骏马上光艳娇美的背后，是寝帐里夜半无人时的愁泣。

【注释】

①袜：抹胸之类的内衣。菊衣，菊黄外衣。蕉花，美人蕉。

②兰泽：用兰浸制的润发油。《文选·宋玉〈神女赋〉》："沐兰泽，含若芳。"李善注："以兰浸油泽以涂头。"重带，一作"带重"。刀钱，古钱有刀形者。

【汇评】

姚文燮《昌谷集注》卷三："衣薄露寒，鬒浓带丽，弱腕岂能盘弓？偶因角暖则似易。纤足本难上马，加之靴长则愈难。虽从游猎，仍复孤眠。长夜暗啼，恐人知觉；又匆匆催促上马，无从觅镜，聊就金鞍拭面以掩泪痕耳。"

王琦《李长吉歌诗汇解》卷三："夜眠怨泪，不觉沾渍寝帐。殆晓起而匀粉傅面，从驾出游，冶容艳色，照耀于金鞍之上。见者方以为从行之乐，而岂知其心中之隐忧哉？"

其 三

剪翅小鹰斜，縧根玉镟花①。

鞦垂妆钿粟，箭箙钉文牙②。

𤟥𤟥啼深竹，𪂈鶄老湿沙③。

宫官烧蜡火，飞烬污铅华④。

【题解】

竹林深处，不时传来狒狒的啼叫声。河滩草地，偶尔可见水鸟出没。君王骑着战马，带着猎鹰，兴致益然地准备行猎去了。小猎鹰早已按捺不住，振翅欲飞，想挣脱系在玉转轴上的丝线。宫女们也已把象牙装饰的箭囊装满。此时天色还未大亮，宦官们不得不点起烛火照明，飞散的灰烬把忙碌的宫女们都熏脏了。

【注释】

①剪翅：翅如剪刀。縧，丝带。镟，转轴。曾益本作"筷"。

②鞦：马缰绳。曾本、二姚本作"锹"。钿粟，宋蜀本作"细粟"。箭箙，箭囊。

③𤟥𤟥：同"狒狒"。𪂈鶄，池鹭，一种水鸟。

④铅华：铅粉。

【汇评】

姚文燮《昌谷集注》卷三："刷羽斜击，其翅如剪。縧，用以臂鹰。玉镟花，言小鹰羽毛之丰洁，在縧根下者如玉镟花也。鞦箙奇丽，所猎之处，林中水上，皆所不免。且旭日未升，猎骑即出；宫官烧蜡，早戒前途；铅华至为烬污矣。"

方扶南《李长吉诗集批注》卷三："字字古色新响。"

其 四

十骑簇芙蓉，宫衣小队红①。

练香熏宋鹊，寻箭踏卢龙②。

旗湿金铃重，霜干玉镫空。

今朝画眉早，不待景阳钟③。

【题解】

景阳楼上的钟声还没有传来，宫女们就已经开始画眉梳妆了。她们身穿红色宫衣，远远看去如芙蓉花一样艳丽。十骑一组，带着猎犬踏遍了整个卢龙山。露水打湿了旌旗，连金铃之声也变得暗哑沉重。奔跑之中，寒霜渐渐褪去，马镫越来越轻盈便利。

【注释】

①宫衣：宋蜀本作"容衣"。

②宋鹊：春秋时宋国名犬。《礼记·少仪》"乃问犬名"，郑玄注："畜养者当呼之名，谓若韩卢、宋鹊之属。"卢龙，今江苏南京城狮子山。

③景阳钟：《南史·武穆裴后传》："上数游幸诸苑囿，载宫人从后车。宫内深隐，不闻端门鼓漏声，置钟于景阳楼上，宫人闻钟声，早起装饰。"

【汇评】

曾益注《昌谷集》卷三："小队，即十骑；红衣，故云簇芙蓉。练香熏犬，使通鼻以知嗅。犬善腾，故龙名之；踏，腾踏，箭落处，犬腾而拾之。旗湿，为霜露沾湿，湿故重；镫著人故霜干。末为宫人秋语，曰：'平日画眉待景阳钟动，今不待钟动而起，以校猎故也。'上宫鹰，故此言放犬。四首为宫人早起游猎之作，盖心慕其事，故追赋之。或所遗图画也。"

姚文燮《昌谷集注》卷三："骑以十为队，而红者艳如芙蓉。宫娃云集，猎犬亦惹衣香。《金陵山川志》：钟山西北为卢龙山。因出苑而逐射于卢龙之上。早起霜落，旗为霜所湿而铃似重，玉着霜不化而镫似空。楼上钟声未动，即起画眉。盖知出畋之早也。"

还自会稽歌^①并序

庚肩吾于梁时，尝作《宫体谣引》，以应和皇子。及国势沦败，肩吾先潜难会稽，后始还家。仆意其必有遗文，今无得焉，故作《还自会稽歌》以补其悲^②。

> 野粉椒壁黄，湿萤满梁殿^③。
> 台城应教人，秋衾梦铜辇^④。
> 吴霜点归鬓，身与塘蒲晚^⑤。
> 脉脉辞金鱼，羁臣守迁贱^⑥。

【题解】

曾经繁华温馨的皇宫，如今霉斑点点，一派萧索；原来华丽喧闹的大殿，也只剩下成群的萤火虫上下翻飞。当年出入宫禁，与皇帝迭相唱和，写尽闺闱温柔之思的诗人，也只有在秋梦中重温往日的旖旎之情。如今的他，身如秋冬之际荷塘的蒲草，鬓发点缀着寒霜，而内心依然坚守着那份信念。诗写江山正自不同，而情怀依旧。读者多以为长吉以庚肩吾自喻。朱自清认为长吉以庚肩吾不忘台城，摹写其不忘京华之意，诗作于元和八年秋李贺闲居昌谷时。"湿萤""秋衾""吴霜""塘蒲"固是即景语，'梦铜辇''辞金鱼'亦抒其辞官归里不忘京华之情焉"（《李贺年谱》）。刘衍等以为解庚肩吾之痛，自抒其困顿之怀，认定此诗作于元和八年长吉南游会稽诸地之时。钱仲联认为是托寓古事，反映永贞革新，故当作于永贞二十一年。

【注释】

①唐杜牧《李长吉歌诗叙》题作《补梁庚肩吾宫体谣》。会稽，在今浙江绍兴。

②庚肩吾：字慎之，南阳新野（今属河南省）人。初为晋安王国常侍，随

府授宣惠参军等,及王为太子,兼东宫通事舍人,历太子率更令等职。简文帝即位,进度支尚书。侯景作乱,矫诏遣庾肩吾使江州招抚当阳公大心,肩吾因之东逃,至会稽又为宋子仙所获。宋曰:"吾闻汝能作诗,今可即作,当贷汝命。"庾肩吾操笔立成,释为建昌令,后间道至江陵。《隋书·经籍志》:"梁简文帝之在东宫,亦好篇什,清辞巧制,止乎衽席之间;雕琢蔓藻,思极闺闱之内。后生好事,递相仿习,朝野纷纷,号为宫体。"庾肩吾所为《宫体谣引》,今不传。国势,《全唐诗》作"国世"。

③椒壁:椒房的墙壁。颜师古《汉书注》:"椒房,殿名,皇后所居也。以椒和泥涂壁,取其温而芳也。"萤,一作"蛰"。王琦《李长吉歌诗汇解》云:"萤本腐草所化,多生下湿之地,故曰湿萤。"

④台城:六朝时指禁城。洪迈《容斋续笔·台城少城》:"晋宋间谓朝廷禁省为台,故称禁城为台城。"应教,魏晋以来应诸王之命所和的诗文。赵殿成注王维《从岐王过杨氏别业应教》云:"魏晋以来,人臣于文字间,有属和于天子,曰应诏;于太子,曰应令;于诸王,曰应教。"铜辇,太子车饰。

⑤塘蒲:姚本作"蒲塘"。《世说新语·言语》:"顾悦与简文同年而发蚤白,简文曰:'卿何以先白?'对曰:'蒲柳之姿,望秋而落;松柏之质,经霜弥茂。'"

⑥金鱼:此处代指皇宫。

【汇评】

刘辰翁《笺注评点李长吉歌诗》卷一:"此拟庾肩吾归自会稽之作,安得不述梁亡之悲。其沉着憔悴,在先言秋衾铜辇之梦而庾自见,殆赋外赋也。塘蒲之叹,融入秋晚,结语却如此,极是。"

曾益注《昌谷集》卷一:"椒壁而曰野粉,白而曰黄,凄凉颓圮已自可知。又言昔日梁王之殿,只今唯有湿萤,则并其殿而无之矣,犹李白诗云'宫女如花满春殿,只今唯有鹧鸪飞'意。故昔台城应教之人,只今亦唯有秋衾铜辇之梦。至其还自会稽也,吴霜点面,归亦劳矣;与蒲俱晚,身既老矣。则唯永辞荣禄,以守此臣节而不移耳。此诗不言悲,悲自无限,故序曰'以补其悲'。"

姚文燮《昌谷集注》卷一:"肩吾,子山之父,仕梁为太子庶子,掌管记,出入禁闼,恩礼最隆。及国亡潜难,离黍兴悲,回首銮舆,羁魂徒托。白首生还,无复臣职,何暇更事笔墨? 遗文罕少,理有固然。"

陈本礼《协律钩玄》卷一:"前四感慨凭吊,后四潜难会稽,代补其悲。通篇模仿肩吾,词意凄婉,古拙之甚。"

陈沆《诗比兴笺》卷四:"杜牧之序长吉集,独举此篇及七言之《铜仙辞汉歌》,此深于知长吉,故举此二诗以明隔反也。考长吉集中,咏古题而有序者,唯此二章及《秦宫诗》,盖彼借古寄意也,而此二诗则自喻也。其举进士不见容而归昌谷时所作欤? 昌谷在河南福昌县,故自西京东还也。'秋衾梦铜辇','脉脉辞金鱼',孰谓长吉无志用世者? 不然,何取庾肩吾之还家而必为补之?"

湖中曲

长眉越沙采兰若,桂叶水滨春漠漠①。
横船醉眠白昼间,渡口梅风歌扇薄②。
燕钗玉股照青渠,越王娇郎小字书③。
蜀纸封巾报云鬟,晚漏壶中水淋尽④。

【题解】

诗写越地风情。春光将歇,苤草蔓生,长眉少女越过沙滩来采集幽兰杜若。古渡无人,小船横斜,梅风吹拂,歌扇轻摇。少女对着清清的河渠,修补淡妆。谁家翩翩少年郎,一见倾心,将蜀笺上书写的情书,用玉帕包裹投给少女,邀约相会于夜半。姚文燮以为诗咏范蠡泛舟西湖之事,刘衍由此推论诗作于元和五年入京应试前,借诗明志以抒写功成身退之意。叶葱奇指出诗从齐梁的艳歌衍化而出,似乎更为妥贴。

【注释】

①长眉:修眉,女子。崔豹《古今注》卷下:"魏宫人好画长眉。"兰若,幽

兰与杜若,均为香草。颜延之《和谢监灵运》:"芬馥歇兰若,清越夺琳珪。"水荥,一作"水荭"。《尔雅翼》:"龙荭草,一名马蓼,叶大而赤白色,生水泽中,高丈余,今人犹谓之水红草。"

②横船:曾本、二姚本作"横倚"。梅风,王琦注引《岭南录》:"梅雨后风,曰梅风。"歌扇,歌舞时所用之扇。吴正子注:"妇人以扇自障而歌,曰歌扇。"庾信《和赵王看妓诗》:"绿珠歌扇薄,飞燕舞衫长。"

③燕钗:燕形玉钗。玉股,玉之钗柄,一作"玉服"。青渠,王琦以为当作"清渠"。越王娇郎,贵公子。王琦引《水经注》云:"南越王遣太子名始,降服安阳王,称臣事之。安阳王有女名眉珠,见始端正,与始交通。"娇郎,一作"娇娘"。

④蜀纸,蜀中笺纸,古时有盛名。壶中,一作"铜壶"。

【汇评】

曾益注《昌谷集》卷二:"长眉,言美。越沙,越沙渚以采。桂叶水荭,皆湖中物。当春叶敷,故漠漠。横倚醉眠,有自得意。白昼闲,尽日闲也。梅风言和,而时之良、景之淑可知,故倚扇而歌。薄,以绮纨为之。燕钗玉股,犹言玉燕钗股。照青渠,光泽也。越王娇郎,盖贵而少、少而都者,犹今言王孙也。小字书,以书贻之,恐显故小也。又言不特字小而且封以蜀纸,不特书而且兼贻以巾。将意亦语之。晚应白昼,言白昼之闲而不来者,以人见也,庶几晚焉。晚亦不遽来者,畏人知也,庶几其漏尽焉,而抑未知美人云纳否也。"

姚文燮《昌谷集注》卷二:"此即追咏范蠡五湖也。长眉指西子,越沙即越来溪。言西子自吴破后,春尽昼闲,别无事事。渡口临流,回忆歌舞旧地,燕钗照耀,犹是吴王所赐。越王娇郎,指蠡也。西子媚吴,皆越王与蠡指使。小字书,密授以计。'蜀纸封巾',自吴亡后,蠡意谓无以为报。漏残水尽,恐芳时难再,自此遂谋与为五湖游矣。"

王琦《李长吉歌诗汇解》卷二:"诗言长眉之女,行越沙渚而采芳草。乃芳草不见,唯见桂叶水荥漠漠其间,于是醉眠横船之内,消此闲昼,微摇歌扇于渡口梅风之中。"

苏小小墓①

幽兰露，如啼眼。

无物结同心，烟花不堪剪②。

草如茵，松如盖。

风为裳，水为珮。

油壁车，夕相待③。

冷翠烛，劳光彩。

西陵下，风吹雨④。

【题解】

兰花静静地开在墓地上，散发出阵阵幽香。兰叶上晶莹的露珠，似乎是小小忧伤的泪眼。坟地如此荒凉，找不到可以用来缔结爱情的信物，只有几朵凄迷如烟的野花，在风中摇曳。而遍布坟头的细草，似柔软的绿毯；肃立在坟旁的松树，如黛青色的罗伞；轻柔的微风，仿佛是轻盈柔美的衣衫在飞舞；叮咚的流水，又似那敲击的佩环。西陵松柏树下，那辆小巧的油壁车，不管风吹雨打，一直矗立在那里，但可爱的人儿却没有再来。唯有点点磷火，在幽暗中闪烁，慰藉着她的寂寞。诗当是南游时所作。

【注释】

①苏小小墓：宋祝穆《方舆胜览》卷三："苏小小墓在嘉兴县西南六十步处，乃晋之歌伎。"唐李绅《真娘墓诗序》："嘉兴县前有吴妓人苏小小墓，风雨之夕，或闻其上有歌吹之音。"又今杭州断桥处有苏小小墓。宋蜀本、蒙古本作"苏小小歌"。古乐府有《小小歌》："我乘油壁车，郎骑青骢马。何处结同心，西陵松柏下。"

②结同心：旧时用锦带编织连环回文样式的结子，用以象征坚贞的爱情。南朝梁武帝《有所思》诗："腰中双绮带，梦为同心结。"

③油壁车：用油布蒙住车厢的车子，或曰用油涂饰车壁的车子。胡三省《资治通鉴音注》："油壁车者，加青油衣于车壁也。"夕，宋蜀本作"久"。

④西陵：在今杭州孤山西泠桥一带。风吹雨，宋蜀本、蒙古本作"风雨晦"，一作"风雨吹"、"风雨改"。

【汇评】

刘辰翁《笺注评点李长吉歌诗》卷一："参差苦涩，无限惨黯。若无'同心'语，亦不为到。此苏小小墓也，妖丽闪烁间，意故不欲近《洛神赋》也。古今鬼语无此惨澹尽情。本于乐章，而以近体变化之，故奇涩不厌。'冷翠烛，劳光彩'，似《李夫人赋》。'西陵'语，括《山鬼》，更佳。"

曾益注《昌谷集》卷一："露啼，是墓兰露啼，是苏小墓。生时解结同心，今无物可结矣；非无物也，总有烟花已自不堪剪也。时则墓草已宿而如茵矣，墓松则偃而如盖矣。奚以想象其裳？则有风环于前而为裳；奚以仿佛其珮？则有水鸣于左右而为珮。壁车如故，久相待而不来；翠竹寒生，劳光彩之自照。西陵之下，与欢相期之处也，则维风雨之相吹，尚何影响之可见哉。平昔之所为，无复可睹，触目之所睹靡不增悲。凄凉、楚恻之中，寓妖艳幽涩之态，此所以为苏小墓也。"

《昌谷集句解定本》卷一阎再珍评："梁武作《小小歌》，此作《小小墓》，题不同，而幽明迥别，真陈王之《洛神》，屈子之《山鬼》也。"

姚文燮《昌谷集注》卷一："兰露啼痕，心伤不偶。风尘牢落，堪此折磨。迄今芳草青松，春风锦水，不足仿佛嬛妍。若当日空悬宝车，烧残翠烛，而良会难艰，则西陵之冷雨凄风，不犹是洒迟暮之泪耶？贺盖慷慨系之矣。"

黎简《黎二樵批点黄陶庵评本李长吉集》卷一："通首幽奇光怪，只纳入结句三字，冷极，鬼极。诗到此境，亦奇极无奇者也。"

明于嘉刻本《李长吉诗集》批语："仙才，鬼语，妙手，灵心。《洛神赋》是神，《李夫人赋》是想，此诗是鬼。试于夜阑人静时，此诗吟至百遍，若无风裳水珮之人，徘徊隐见于前，吾不信也。"

月漉漉篇

月漉漉，波烟玉①。

莎青桂花繁，芙蓉别江木。

粉态袂罗寒，雁羽铺烟湿②。

谁能看石帆，乘船镜中入③。

秋白鲜红死，水香莲子齐。

挽菱隔歌袖，绿刺罥银泥④。

【题解】

诗写镜湖风光，为长吉南游会稽时所作。月光如水，湖面朦胧，温润似玉。鸿雁穿过雾霭，飞掠而过。天气转凉，罗衣不禁夜寒。湖中荷花已谢，唯湖边莎草青青，桂花飘香。身着彩衣的女子，泛舟湖中，采摘菱角，如在画中。

【注释】

①烟玉：《乐府诗集》作"咽玉"。

②袂：夹衣。

③石帆：石帆山，在绍浙江兴镜湖边。郦道元《水经注》卷四十："石帆山东北有孤岩，高二十余丈，广八尺，望之如帆，因以为名。"《初学记》卷八引《舆地志》："山阴南湖，萦带郊郭，白水翠岩，互相映发，若镜若图，故王逸少云：'山阴路上行，如在镜中游。'"

④绿刺：菱角。宋蜀本作"丝刺"，蒙古本作"绿丝"。罥，挂。银泥，银泥涂饰的衣裙。

【汇评】

曾益注《昌谷集》卷三："此篇有慕镜湖而作。……此言镜中山水景物，无一不佳，故慕之也®。"

姚文燮《昌谷集注》卷四："此贺昌谷山居秋夜泛湖作也。前《忆昌谷》诗'不知船上月,谁泛满溪云',而《昌谷诗》又有'石帆引钓饵,溪湾转水带'之句。此言月色皎洁,湖光恬静,秋水开落,夜度飞鸿,景况甚佳,差堪仿佛会稽之石帆镜湖也。秋白,秋水清也。鲜红死,莲房坠也,故水香而莲子齐也。少妇采菱,歌声伊逦,而菱刺牵衣,致胃银泥也。"

陈本礼《协律钩玄》卷四："古诗以莲喻怜。鲜红死,人心不死;鲜红虽死,余香尚留水上。人心不死,则怜香之心,郎固与妾同也。况郎近在菱塘,思欲溯洄以就,无如袖为菱刺所胃,致被钩留而不得往也,宛若《蒹葭》秋水伊人宛在之思。此诗神味隽永,思致精深。人谓长吉诗牛鬼蛇神,如此种诗,岂人意见所及。"

画角东城①

河转曙萧萧,鸦飞睥睨高②。
帆长摽越甸,壁冷挂吴刀③。
淡菜生寒日,鲻鱼溅白涛④。
水花沾抹额,旗鼓夜迎潮⑤。

【题解】

诗写水军操练。长河渐落,晓星刚沉,天色还未完全转明,军营的号角声已经响起,将栖息在城头的乌鸦惊飞,而军士们一天的操练就此开始。壁垒里排排军刀泛着寒光,大海上长帆高扬,乘着浪涛,迎向朝日。将士们的头巾上,残留着点点痕迹,那是昨夜操练时激起的水花。曾益、朱自清等皆以为"画角东城"当为"画甬东城",诗中所写"淡菜"、"鲻鱼"等风物确与定海所产相合,其时定海又有水寨,诗或是长吉游甬东时所作。

【注释】

①画角:古管乐器,旧时军中多用以警昏晓,振士气,肃军容。曾益注:

"全首与画角无涉。'角'字误,当时画甬东城。"甬东,今浙江舟山定海。

②河:银河。睥睨,城上锯齿形的短墙。杜甫《南极》诗:"睥睨登哀柝,蜿弧照夕曛。"杨伦《镜铨》引《古今注》"女墙,城上小墙也,亦名'睥睨',言于城上睥睨人也。"

③摽:高扬。《管子·侈靡》:"若夫教者,摽然若秋云之远。"越甸,越地郊野。壁,营垒。

④淡菜:贻贝的干制品。鲥鱼,鱼名。《吕氏春秋·本味》:"鱼之美者,洞庭之鱄。"潠,同"噀",喷。

⑤抹额:军士头巾。《中华古今注》:"昔禹王集诸侯于涂山之夕,忽大风雷霆,云中甲马及卒士千余人,中有服金甲及铁甲不被甲者,以红绢抹其首额。禹王问之,对曰:此抹额,盖武士之首服,皆佩刀以为卫从,乃是海神来朝也。……秦始皇巡狩至海滨,亦有海神来朝,皆戴抹额绯衫大口袴,以为军容礼,至今不易其制。"

【汇评】

曾益注《昌谷集》卷三:"星河曙,故鸦起;高飞睥睨,较睥睨高也。帆维长,故于越甸中特高出,舟行无着,遥望之如悬于壁。寒日,海日,言淡菜生处,海日初升也。潠白涛,见鱼多。末言迎潮之人,着抹额,具旗鼓以迎潮,而潮水冲激,为沾湿,言潮大也。观吴越、淡菜、迎潮等事,为甬东无疑。"

姚文燮《吕谷集注》卷三:"此城头晓角也。画角既吹,东城始旦。以下皆咏晓景而不及角。曾益欲以'角'字改为'甬',大谬矣。银河方收,旭日将上,城头角响,宿鸟高飞于女墙之上。帆樯早发,而城守戎器犹悬于壁。淡菜向薄霭而生,鲥鱼跃初浪以出。"

王琦《李长吉歌诗汇解》卷三:"此诗言曙,言鸦飞,言寒日,皆是晓景。末联乃说夜中事,盖是倒装句法。见军士抹额之上为水花沾湿,而知其旗鼓夜迎潮也;迎潮而用旗鼓,是水军习战事。姚经三訾曾注改'角'字作'甬'字为谬。夫全首无一字言及画角,不应脱略如许。若越甸,若淡菜,若鲥鱼,若迎潮,则唯东越近海之地可以言之,曾氏之说是居八九矣。"

贝宫夫人①

丁丁海女弄金环,雀钗翘揭双翅关②。
六宫不语一生闲,高悬银牓照青山③。
长眉凝绿几千年,清凉堪老镜中鸾④。
秋肌稍觉玉衣寒,空光帖妥水如天。

【题解】

诗歌描写贝宫夫人庙所见,大约作于长吉南游途中。神庙矗立在群山之中,门前阴匾高悬。进入庙中,贝宫夫人的塑像映入眼帘,长眉弯弯的她,似乎伫立在这里已经好几千年了。长久的孤寂,使她习惯了这种生活,整日一言不发,心凉如水,再也激荡不起细微的涟漪。单薄的玉衣,与秋色融为一体。高耸的雀钗,更使她看起来庄严肃穆。唯有身旁的侍女,稚气未脱。海风吹来,耳畔似乎听到了她身上佩环撞击的声音。

【注释】

①贝宫夫人:吴正子以为是龙女,姚文燮以为是海神。王琦注:"考任昉《述异记》有贝宫夫人庙,云在太乙山下,是怀元王夫人庙即其基,未知即此神否?"

②海女:贝宫夫人旁的侍女。金环,宋蜀本作"金钱"。雀钗,雀形之钗。何逊《嘲刘谘议诗》:"雀钗横晓鬓,蛾眉艳宿妆。"翘揭,高耸的样子。曾本、二姚本作"揭翘"。

③银匾:银匾。《神异经·中荒经》:"东方有宫,青石为墙,门有银牓。"

④镜中鸾:《艺文类聚》卷九十引范泰《鸾鸟诗序》云:"罽宾王于峻祁之山,获一鸾鸟,饰以金樊,食以珍羞,鸟三年不鸣。其夫人曰:'尝闻鸟见其类而后鸣,何不悬镜以映之。'王从其意,鸾睹形悲鸣,哀响中宵,一奋而绝。"

姚文燮《昌谷集注》卷四:"元和十二年秋七月大水。贝宫夫人,海神也。此言庙貌华丽,俨如生人。牓额辉煌,翠蛾常艳。神其有灵,则秋来大水,玉衣当亦知寒,何波涛弥浸,竟不之轸念耶?"

江南弄①

江中绿雾起凉波,天上迭巘红嵯峨②。

水风浦云生老竹,渚暝蒲帆如一幅③。

鲈鱼千头酒百斛,酒中倒卧南山绿。

吴歈越吟未终曲,江上团团帖寒玉④。

【题解】

诗为长吉南游江南时所作,展示出了水乡的秀丽风景给他留下的美好印象。天边灿烂的晚霞,如重叠的山峰。晚风拂过江面,带来阵阵凉意。翠竹随风摇曳,雾霭从竹林中飘来。暮色之中,蒲帆混沌成一片。横卧江面,享受鲈鱼美酒,高吟吴歌西曲。醉眼朦胧中,寒凉如玉的圆月冉冉升起。

【注释】

①江南弄:乐府清商曲名。南朝梁天监十一年,梁武帝改《西曲》,制《江南弄》七曲,皆以江南风景为题材,风格轻艳绮靡。又沈约作《赵瑟曲》、《秦筝曲》、《阳春曲》、《朝云曲》四曲,亦称《江南弄》。

②迭巘:重重叠叠的山峰。

③如:姚佺本作"犹"。一幅,李肇《国史补》:"舟船之盛,尽于江西。编蒲为帆,大者为数十幅。"

④吴歈:吴歌。《文选·〈吴都赋〉》:"荆艳楚舞,吴歈越吟。"刘渊林注:"歈,吴歌也。"一作"吴歈"。贴,一作"叠"。

曾益《昌谷集注》卷二："此言江南江山奇丽，景物妍媚，有鱼有酒，听吴越之歌以自愉快，而曲奏未终，水月旋绕也。"

邢昉《唐风定》："长吉歌行艳称古今，大抵皆魔语耳。顾华玉诋其怪诞，是具眼人。随声赏爱之流，皆入其云雾耳。独予违众黜之，存此一首，以观其概。"

姚文燮《昌谷集注》卷四："此羡江南之景物艳冶也。绿雾在水，红霞映天；翠筱阴凝，江船晚泛；鲈鱼美酒，山影垂尊；洗耳清音，月浮水面。自足令人神往矣。"

罗浮山人与葛篇①

依依宜织江雨空，雨中六月兰台风②。
博罗老仙时出洞，千岁石床啼鬼工③。
蛇毒浓凝洞堂湿，江鱼不食衔沙立④。
欲剪湘中一尺天，吴娥莫道吴刀涩⑤。

【题解】

诗赞美南方所产葛布之精美。葛布纤维细长，光丽明朗，如雨线一般整齐而细密。炎热的夏季，毒蛇在湿润的洞里窒闷得难以容身，江中的鱼儿热得都不愿进食，衔着沙子静立在水中，而此时此刻，穿上疏薄的葛衣，就如同享受舒适的凉风。当罗浮山人把织好的葛布从山洞里取出时，千年的石床上竟然响起了鬼神的叹息声。手巧的吴娘，拿着这莹白如天光水色的葛布，似乎是担心锋利的吴刀也难以剪断，迟迟不愿动手。

【注释】

①宋蜀本、蒙古本题作《罗敷交与葛篇》，曾本、二姚本题作《罗浮山父与葛篇》。罗浮山，在今广东博罗、增城境内。《艺文类聚》："《罗浮山记》

曰：罗浮者，盖总称焉。罗，罗山也；浮，浮山也。二山合体谓之罗浮，高三千丈，有七十石室，七十二长溪。"

②时：蒙古本作"持"。

③兰台风：舒适凉爽之风。宋玉《风赋》："楚襄王游于兰台之宫，宋玉、景差侍。有风飒然而至，王乃披襟而当之，曰：快哉此风！寡人所与庶人共者邪？"

④蛇毒浓凝：一作"蛇毒浓吁"。

⑤湘中：吴本、姚佺本作"箱中"。吴刀，吴地剪刀。杜甫《戏题王宰画山水图歌》："焉得并州快剪刀，剪取吴淞半江水。"

【汇评】

刘辰翁《笺注评点李长吉歌诗》卷二："贺虽苦语，情固不浅，又极明快，体嫩。"

董懋策《唐李长吉诗集》卷二："玩文意，似吴姬织葛，而山父乞与之词。"

姚文燮《昌谷集注》卷二："状葛之纤细如江雨蒙蒙，经纬莫辨。暑中服此，得新雨之凉，即六月亦似游兰台之宫，有风飒然也。山父时出洞采葛。千岁石床，言非寻常机杼，不唯人力难致，即奇巧如鬼工，亦为之惊啼不及也。葛多生于深谷，或垂于江边，故蛇凭鱼依焉。一尺天，即'剪取吴淞半江水'意。此言所乞甚少，而司葛之女工勿致，吝惜靳予也。"

将进酒①

琉璃钟，琥珀浓，小槽酒滴真珠红②。
烹龙庖凤玉脂泣，罗帏绣幕围香风③。
吹龙笛，击鼍鼓。皓齿歌，细腰舞④。
况是青春日将暮，桃花乱落如红雨。
劝君终日酩酊醉，酒不到刘伶坟上土⑤。

诗为劝酒歌。大意谓面对美酒、佳肴、歌舞当及时行乐,美好的人生如艳丽的桃花一样短暂。吴企明以"红酒"为江南特产,认定诗为长吉元和十一年(816)南游时所作。刘衍认为是长吉自抒怀抱,作于元和九年(814)告别长安友人时。陈贻焮说:"诗中前段关于人间乐事瑰丽而夸大的描写,既已极力反衬死的可悲,而后段奉劝终日醉酒以遣暮春愁思之辞,却又回过来表露了生的无聊。这样,就十分生动而真实地将落魄人们内心深处所隐藏的、死既可悲而生亦无聊的最大矛盾和苦闷揭示出来了。"(《论李贺的诗》)

【注释】

①将进酒:乐府旧题,汉《铙歌》十八曲之一。郭茂倩《乐府诗集·鼓吹曲辞一》解题:"古词曰:'将进酒,乘大白。'大略以饮酒放歌为言。"

②槽:酒槽。榨酒时用来承酒的容器。真珠,珍珠。

③罗帏:宋蜀本、《乐府诗集》、吴本作"罗屏",绣幕,一作"翠幕"。围,蒙古本作"生"。香风,一作"春风"。

④龙笛:亦作"龙篴",管首为龙形的笛。语本马融《长笛赋》:"龙鸣水中不见已,截竹吹之声相似。"鼍鼓,用鼍皮蒙的鼓。《诗经·大雅·灵台》:"鼍鼓逢逢。"陆玑疏:"(鼍)其皮坚,可以冒鼓也。"皓齿,《楚辞·大招》:"朱唇皓齿,嫭以姱只。"细腰,《墨子·兼爱中》:"昔者,楚灵王好士细腰,故灵王之臣皆以一饭为节。"

⑤刘伶:字伯伦,晋代沛国人,竹林七贤之一,以嗜酒著称,有《酒德颂》。

【汇评】

刘辰翁《笺注评点李氏吉歌诗》卷四:"哀怨豪畅,故足艳调。极是快句,可人可人。"

周珽《唐诗选脉会通》:"余谓'花落如雨'奇,'乱如红雨'更奇,词意虽同,而简练李觉胜焉。至'酒不到刘伶坟上土',见人世时物易于衰谢,有生得乐且乐,无徒博身后孤寂地下矣。陶渊明云'但恨在世时,饮酒不得足',

又'在昔无酒饮,今但湛空觞'。贺盖深悟其真想者矣。"

姚文燮《昌谷集注》卷四:"此讥当世之沉湎者也。豪贵侈靡,欢宴无极。且谓其宜及时行乐,没则已矣,他日荒冢古丘,固无及耳。"

史承豫《唐贤小三昧集》:"此长吉诗之最近人、最可法者。风调从太白来。"

《昌谷集句解定本》卷四蒋文运评:"刘次庄以太白《进酒》直劝岑夫子、丹丘生饮耳。李贺深于乐府,亦曰琉璃、琥珀。作诗摆落凡近,得意外趣者难矣。虽然,乐府有假古题自发己意、与古词迥不侔者,有略得古意而增以新意者,有全即古题意以为咏者,不可执而论,而贺诗'桃花乱落'及'酒不到刘伶坟上土',太白逊步矣。"

陈本礼《协律钩玄》卷四:"于灯红酒绿时,或花前月下高歌此词,应不减痛饮读《离骚》。"

方扶南《李长吉诗集批注》卷四:"太似鲍照,无可取,结差可人意。"

明于嘉刻本《李长吉诗集》批语:"此种李王孙集中最佳者,人自忽之。"

绿水词

今宵好风月,阿侯在何处①。
为有倾人色,翻成足愁苦②。
东湖采莲叶,南湖拔蒲根。
未持寄小姑,且持感愁魂③。

【题解】

诗为怀人之作,或作于南游时。凉爽的清风,皎洁的月光,如此良宵,佳人在何处呢? 是在东湖采莲,还是在南湖拔蒲? 你那倾国倾城的容颜,真让人牵挂惦念。请把采撷的莲叶、蒲根,不要急着送给你要好的姐妹,先拿来给我聊解相思之苦吧。

【注释】

①今宵:姚文燮本作"今夜"。阿侯,指所怀之人。梁武帝《河中之水歌》:"河中之水自东流,洛阳女儿名莫愁。十五嫁为卢家妇,十六生儿字阿侯。"

②倾人色:美丽的容色。语出李延年《佳人歌》:"北方有佳人,绝世而独立。一顾倾人城,再顾倾人国。"

③愁魂:曾本、二姚本作"秋魂"。《乐府诗集》卷四十七《采莲童曲》:"东湖扶菇童,西湖采莲芰。不持歌作乐,为持解愁思。"

【汇评】

曾益注《昌谷集》卷四:"此有所怀之作。宵,入夜,怀人之候;风月好,怀人愈甚。阿侯,所怀之人;在何处,则虚此宵。且虚此风月,焉得不怀。有倾人色,足以动人之怀;愁苦,怀之极而愁苦。'翻成',言色本以娱人,今以美动怀,是以色成愁也,成苦也。'足',言莫加。又为之怀曰:"兹阿侯也,或东湖焉,莲可采也,采其叶也;或南湖焉,蒲可拔也,拔其根也。"果尔,则所采、所拔者,且未持之以寄尔小姑。且持之贻我,盖我为尔愁苦。而寂寞之魂此宵割断,尔可不持是以感悦我乎。乃至魂断靡依,而不知阿侯之何在地。"

姚文燮《昌谷集注》卷四:"此怀友之作也。时愈坐贬,湜就掾辟,皆远去。贺睹风月而深离思。阿侯指美人,因其美而远别,愈伤虚此良会。莲叶,喻相怜也。蒲根,喻苦辛也。未敢遽持寄远,且供我把玩以解幽闷耳。"

江楼曲

楼前流水江陵道,鲤鱼风起芙蓉老①。

晓钗催鬓语南风,抽帆归来一日功②。

鼍吟浦口飞梅雨,竿头酒旗换青苎③。

萧骚浪白云差池,黄粉油衫寄郎主④。

新槽酒声苦无力,南湖一顷菱花白⑤。

眼前便有千里思,小玉开屏见山色⑥。

诗中提到了鲤鱼风与梅雨，前者在秋日，后者在夏日，那么诗人所写到底是秋色还是夏景呢？主"秋色"说者，以为梅雨当用来形容秋日霖雨之密集；主"夏景"说者，引《石溪漫志》以为"鲤鱼风"在春夏之交，且"芙蓉老"为荷花开了很长时间，并非老死等。诗歌结尾说，侍女推开玉屏，女子遥望山色而有千里之思。如此，则诗中所写当是秋思。女子晨起梳妆，对晓镜而不胜怅惋。郎主一去，久久不归，登楼眺望，江流天际。秋风吹起，芙蓉已老，湖水泛白，愁思难堪。倘若郎主有心归来，张帆而返，不过一日之功。寄上雨衣，想必会不畏淫雨，踏浪而还。诗或是长吉南游时所作。

【注释】

①江陵：今属湖北荆州。鲤鱼风，秋风。梁简文帝《艳歌篇》："灯生阳燧火，尘散鲤鱼风。"

②催鬟：《文苑英华》作"摧鬟"。抽帆，张帆。

③鼍：扬子鳄，俗称猪婆龙。飞梅雨，《文苑英华》注一作"遇飞雨"。

④萧骚：水波动荡。差池，《文苑英华》注一作"参差"。黄粉油衫，雨衣。郎主，奴婢对主人的称呼。油，《文苑英华》注作"绅"。

⑤槽：酿酒的工具。酒声，一作"曲声"。苦，一作"善"。

⑥千里思：吴本、宋蜀本等作"千里愁"。玉，泛指侍女。元稹《暮秋》："栖乌满树声声绝，小玉上床铺夜衾。"

【汇评】

姚文燮《昌谷集注》卷四："楼前流水，道通江陵。一水盈盈，本无多路。时当深秋，北风飒飒，芳姿就萎。郎居上游，归帆但得南风，一日便可抵舍。故清晨登楼，占候风信。匆匆理妆，如受晓钗之催。口中殷殷，唯向南风致祝也。然前此梅雨不歇，酒旗频换，下对萧骚之浪，上对参差之云，又尝以黄粉油衫寄上郎主，愁雨愁风，固思归必至之情乎。是以新槽待郎之同饮，湖菱待郎之同采，眼前即是千里，亦无如凭栏眺望，只见山色不见郎耳。"

《黎二樵批点黄陶庵评本李长吉集》卷四黄淳耀评："此当炉妇忆其夫。鬟为南风所催，容华不久，故语南风，速其抽帆而归。"

《黎二樵批点黄陶庵评本李长吉集》卷四黎简评:"第三句,言于晓起催妆时即祝语南风,愿其荡子早归来也。'晓'字与下句'一日'二字相叫,总言欲其于晓妆时即抽帆而归,归可一日而至也。'小玉'句媚绝,所谓时花美女,不足为其色。"

方扶南《李长吉诗集批注》卷四:"徐注忆夫,是也。以为当垆妇则非,殊不顾结尾小玉开屏之景,此岂当垆家所有耶? 其误在酒旗换苎一语,而不知其为旁景。"

莫愁曲

草生龙坡下,鸦噪城堞头①。
何人此城里,城角栽石榴②。
青丝系五马,黄金络双牛③。
白鱼驾莲船,夜作十里游④。
归来无人识,暗上沉香楼⑤。
罗床倚瑶瑟,残月倾帘钩。
今日槿花落,明朝桐树秋⑥。
莫负平生意,何名何莫愁⑦。

【题解】

诗中所言"龙陂"若为湖北江陵地名,则诗作于长吉南游楚地之时,所写为歌女生活。龙陂之下,青草葱翠。城头之上,鸦鸣声声。歌女不经意之间,瞥见城隅一株灿烂的石榴,心中顿有所感。她想起自己迎来送往,白昼乘华轩,夜晚坐花船,看起来是风光无限,但夜深人静时分回到小楼,只是凄然独处。除了残月、琴瑟,无人理会她的幽思。今日如盛开的木槿,明朝就成为那经霜的梧桐叶。红颜易老,归属渺茫,怎能不愁呢?

349

【注释】

①龙坡:《乐府诗集》作"陇坡"。郦道元《水经注》卷二八"沔水"中:"沔水又东南与阳口合,水上承江陵县赤湖,江陵西北有纪南城,……城西南有赤坂冈,冈下有渍水,……西南注于龙陂。陂,古天井水也,广圆二百余步,在灵溪东江堤内,水至渊深,有龙见于其中,故曰龙陂。"城堞,城上的矮墙。

②栽石榴:事见《北齐书·魏收传》:"后帝(文宣帝高洋)幸李宅宴,而妃母宋氏荐二石榴于帝前。问诸人,莫知其意,帝投之。收曰:'石榴房中多子,王新婚,妃母欲子孙众多。'帝大喜,诏收:'卿还将来。'仍赐收美锦二疋。"

③"青丝"两句:语出《陌上桑》:"青丝系马尾,黄金络马头。"

④白鱼:刘衍以为是白色鱼形之船,叶葱奇以为是船头所画之鱼。

⑤沉香楼:《乐府诗集》作"沉香舟"。

⑥槿花:木槿。《淮南子·时则训》:"木堇荣。"高诱注:"木堇,朝荣莫落,树高五六尺,其叶与安石榴相似也。"

⑦何莫愁:《乐府诗集》作"作莫愁"。

【汇评】

姚文燮《昌谷集注》外集:"开元初,置内教坊于蓬莱宫。而唐时诸伎乐工常隶被庭,京都豪贵,竞溺狭邪,华毂锦帆,日夜无极。归来露静人稀,高楼深闼,绮户漏沉。言当及时行乐,毋以槿花易落,桐树先秋,致负平生冶艳,虚此芳名也。"

方扶南《李长吉诗集批注》卷四:"伪在转折末结处见,亦在情景皮相上见。"

大堤曲①

姜家住横塘,红纱满桂香②。
青云教绾头上髻,明月与作耳边珰③。
莲风起,江畔春;大堤上,留北人。

郎食鲤鱼尾,妾食猩猩唇④。
莫指襄阳道,绿浦归帆少⑤。
今日菖蒲花,明朝枫树老⑥。

【题解】

诗为拟古乐府之作,以民歌风味写郎情妾意,或以为是长吉南游入楚之作,或以为是怀念入楚不归的友人。横塘少女,身着红纱衣,头挽青云髻,耳悬明月珰,在桂花飘香的季节,站在亭亭玉立的荷叶边,满脸盎然的春意,挽留着即将北归的情人;在一起的日子是多么美好,似食鲤鱼尾与猩猩唇那样令人难忘,为什么要急着离去呢? 这一去恐怕就是永别了,而青春如花儿一样,转眼就会凋零。

【注释】

①大堤曲:乐府旧题,起于梁简文帝,为《雍州十曲》之一。一说出自南朝宋随王诞《襄阳曲》:"朝发襄阳来,暮至大堤宿。大堤诸女儿,花艳惊郎目。"《一统志》:"大堤在襄阳城外。"

②横塘:襄阳之地名,当在大堤附近。红纱,红色衣衫,一说为红色纱窗。

③青云教绾:一作"青丝学绾"。珰,耳环。

④妾食:《文苑英华》作"与食"。猩猩唇,与鲤鱼尾均为珍馐美味。《诗经·陈风·衡门》:"岂其食鱼,必河之鲤。"《吕氏春秋·本味》:"肉之美者,猩猩之唇。"

⑤绿浦:一作"缘浦"。

⑥菖蒲:多年水生草本。《本草》:"菖蒲无花实,有为瑞。故古诗云:'蒲花虽可怜,闻名未相识。'"

【汇评】

刘辰翁《笺注评点李长吉歌诗》卷一:"甚言时景之不留,而有愿见之思,有微憾之意。"

曾益注《昌谷集》卷一:"此言当垆者之情意。初述己所居,次叙居之景，三、四述妆饰之丽，五、六述时之良，七、八述所留之人，九、十言鱼熊味美而尾与唇尤美，述相得之欢。末四句述留意，言莫指襄阳，往则不易归耳。今日相聚，辟菖蒲之花，最难得见，第人容颜易老，倏忽之间，如枫树之易衰飒，可遽别哉。甚言欲留之意，所以致缱绻之情也。"

姚文燮《昌谷集注》卷一："此怀楚游之友，而寄此以讽之也。楚姬妖丽，其居与饰俱极华美。菖蒲风薰，倍加留恋。鲤尾猩唇，极味之珍美也。段成式诗云'三十六鳞充使时，数番犹得裹相思'也。孙卿子曰：猩猩能言笑。《淮南子》曰：归终知来，猩猩知往。则食此二味，愈足以喻绸缪也。故北人南游，每多流连忘返，不觉春秋云迈，日夕暗移。菖蒲生于百草之先，忽忽枫寒叶落，即渭佳人难覯，亦知芳色易凋耶。"

黎简《黎二樵批点黄陶庵评本李长吉集》卷一："'鲤鱼'以下，只是留之之意，故种种媚之，劝之，警之。结二句言景物之速，当及时行乐，故曰警之。"

石城晓①

月落大堤上，女垣栖乌起②。
细露湿团红，寒香解夜醉。
女牛渡天河，柳烟满城曲③。
上客留断缨，残蛾斗双绿④。
春帐依微蝉翼罗，横茵突金隐体花⑤。
帐前轻絮鹅毛起，欲说春心无所似⑥。

【题解】

诗写欢会后离别的场景。拂晓时分，残月退去，寒鸦惊起。细小的露珠挂满花枝，把成团的花朵浸湿。花香在黎明的雾霭中透出，清除了夜晚散发开来的浓浓酒味。欢聚天河鹊桥之上的牛郎、织女，这时已经分离。

352

狂欢一夜的情侣,也各自东西。柳烟沉沉的曲巷中,只留下那些客人断绝的缨带,似乎可以作为欢娱的见证。薄如蝉翼的春帐里,隐约可见的那些卧褥上痕迹,也在提醒着人们欢会刚刚过去。帐中的女子,紧蹙双眉,望着帐前鹅毛般的飞絮,春情佚荡,心事难定。诗中提到"石城",当作于南游时。

【注释】

①石城:地名,故址在今湖北钟祥。《乐府诗集·莫愁乐》:"莫愁在何处,莫愁石城西。"

②女垣:女墙。

③女牛:织女星与牵牛星。宋蜀本、蒙古本、京本作"石子"。

④上客:贵客。《战国策·秦策五》:"秦兵下赵,上客从赵来,赵事何如?"姚宏注:"上客,尊客。"断缨,代指尽情欢娱,语出《说苑》卷六《复恩》:"楚庄王赐群臣酒,日暮酒酣,灯烛灭,乃有人引美人之衣者,美人援绝其冠缨,告王曰:'今者烛灭,有引妾衣者,妾援得其冠缨持之,趣火来上,视绝缨者。'王曰:'赐人酒,使醉失礼,奈何欲显妇人之节而辱士乎?'乃命左右曰:'今日与寡人饮,不绝冠缨者不欢。'群臣百有余人皆绝去其冠缨而上火,卒尽欢而罢。"王琦以为解下香囊留别,似较牵强。斗双绿,双眉紧蹙。

⑤横茵:卧褥。突金,金线突起的花绣。隐体花,卧后的痕迹。

⑥鹅毛:宋蜀本、吴本作"鹤毛"。

【汇评】

刘辰翁《笺注评点李长吉歌诗》卷三:"《选》语起,佳。不言留别,而有留别之色,妙不著相。"

陈懋《昌谷集句解定本》卷三:"寒香解醉,不明用事,妙甚。杨妃每宿酒初消,肺热渴,则游后苑,吸花上露。"

姚文燮《昌谷集注》卷三:"讥江南宴乐沉湎,连宵达旦。月落乌飞,花寒露重,宿醒可解。当牛女欢会时,而城烟已曙也。客醉娥倦,迷恋春帏。觉来见柳絮之飞,又恐芳辰骀荡莫禁耳。"

陈本礼《协律钩玄》卷三引董伯音:"《莫愁歌》言夜归,此言晓别,俱从极热处写出极冷光景,可当花陌晨钟。"

明于嘉刻本《李长吉诗集》批语："絮无定,情欲一,其春心而无可举似。真得古乐府之神。"

走马引①

我有辞乡剑,玉锋堪截云②。
襄阳走马客,意气自生春③。
朝嫌剑花净,暮嫌剑光冷。
能持剑向人,不解持照身④。

【题解】

是诗有两说,截然对立,一为讥讽,一为自哀自怨。前者意谓游侠豪客,手持截云之剑,斗气使横,专以报怨杀人,以投闲置散为恨事,不知反省;后者谓志士有四方之意,怀抱利器,只知为人,不知为己,却终不得一试。联系李贺生平与所处时代,或当以后者为近。

【注释】

①走马引:乐府旧题。崔豹《古今注》:"《走马引》,樗里牧恭所作也。为父报冤,杀人而亡,藏于山谷之下。有天马夜降,围其室而鸣,夜觉闻其声,以为吏追,乃奔而亡去。明视之,马迹也。乃惕然大悟,曰:岂吾所处之将危乎?遂荷粮而去,入于沂泽中,援琴鼓之,为天马之声,号曰《走马引》。"

②截云:吴本作"裁云"。《庄子·说剑》:"天子之剑,……上决浮云,下绝地纪。"

③襄阳:一作"长安"。走马客,一作"走马使"。

④不解持照身:一作"解持照身影"。

【汇评】

曾益注《昌谷集》卷一:"杀人匿山中,故剑云'辞乡'。'玉锋'言白,'截云'言利,剑白且利,故走马之客虽匿山中,而意气生春也。'朝'、'暮'言淬励,'向人'、'照身',言既能持之以杀人报怨,而不解持之以自蔽乎? 言必能也。"

陈本礼《协律钩玄》卷一引董伯音:"读此篇,觉'今日把似君,谁有不平事',终是莽汉。利剑能制人,亦能戕身。能持剑以自照,斯善藏其用矣。"

姚文燮《昌谷集注》卷一:"元和十年,盗杀武元衡,击裴度伤首,诏中外收捕。有恒州张晏八人,行止无状,神策将军王士则告王承宗遣晏等所为,鞫服斩之。贺盖惜客之不明大义,徒信叛逆,妄刺朝贵,卒至首悬大桁,昧昧捐躯伺益耶? 两'嫌'字状客以有事为乐,朝净暮冷,对之不无郁郁。鸣呼! 牧恭为父报仇,有天马夜降,使之逃入沂泽,遂援琴而作此引。其剑术未尝不与杀武相者等也,而杀武相者则不免于祸,岂非所持向者之有正不正哉。'持照身'三字,凡为客者当自审矣。后李师道平,得其旧案,有赏杀武相人王元士等十六人,始知师道所遣也。"

王琦《李长吉歌诗汇解》卷一:"宝剑者君子卫身之器,不得已而后用之。乃豪侠之子,专以报怨杀人为事。当其闲置而无所用,朝暮嫌恨,不得一试其技,使剑锋冷净,深为可惜。殊不知持剑而向人,正所以照顾己身,而不使发肤身体之受伤也。若但能持剑向人而杀之,不解持之以照顾自身,误矣! 语意深切,特为襄阳走马客痛下一针。"

陈沆《诗比兴笺》卷四:"刺修恩怨之徒也。但快报复于睚眦,曾无保身之明哲,孰谓长吉诗少理者?"

湘　妃①

筼竹千年老不死,长伴秦娥盖湘水②。
蛮娘吟弄满寒空,九山静绿泪花红③。
离鸾别凤烟梧中,巫云蜀雨遥相通④。
幽愁秋气上青枫,凉夜波间吟古龙⑤。

苍苍翠竹,繁衍千年,生生不息,荫蔽湘水。斑斑泪痕,凝结千年,幽怨伤悲,尚未散尽。村女们哀悼的山歌,至今萦绕回荡在山野;血泪染红的花儿,仍然静静绽放在九嶷山边。二妃的神灵,徘徊在烟雨迷蒙的苍梧山间,她们化身为朝云暮雨,与坟冢间的大舜往来相通。幽暗愁闷的秋气,笼罩在青枫之上。寒夜湘水江中,不时传出阵阵老龙的呻吟。诗仿《楚辞》而作,歌咏古事,极幽清凄迷,当或无所寄托。

【注释】

①湘妃:娥皇与女英,尧之二女,舜之二妃。舜死,二妃涕下,泪染竹成斑,死而为湘水之神。

②筠竹:《广西通志》作"斑竹";秦娥,作"英娥"。

③蛮娘:《广西通志》作"蛮风"。九山,九嶷山,在今湖南宁远南。《山海经·海内经》:"南方苍梧之丘,苍梧之渊,其中有九嶷山,舜之所葬,在长沙零陵界中。"郭璞注:"山今在零陵营道之南,其山九峰,皆相似,故曰九疑,古者总名其地为苍梧也。"

④烟梧:烟雾迷漫的苍梧山。巫云蜀雨,巫山神女朝为行云,暮为行雨。

⑤青枫:姚佺本作"清峰"。《楚辞·招魂》:"湛湛江水兮上有枫,……魂兮归来哀江南。"

【汇评】

曾益注《昌谷集》卷一:"全篇咏竹,全篇是咏湘妃。盖竹不减则泪不减,千年不死,言至今存秦娥,直是形容竹之美好,长盖于湘水之上。'蛮娘'二句,言有时吟弄,则萧瑟满天,如蛮娘之语,娇细而莫辨。有时而静,则九山皆绿,只见泪花之红。然是竹也,或低或昂,或鸣或翔,又如离鸾别风在烟梧中,触耳皆是,亦触目皆是。其云其雨,遥与巫、蜀相通,言广也。深秋之际,幽愁之气,自下而上薄于青枫之间,言深怨也。抚今追昔,则唯有凉夜波间所吟之龙,意者其古昔之所遗乎?亦何自而得复睹湘妃哉?"

萧琯《昌谷集句解定本》卷一:"罗浮二岳,以风雨合离;蓬莱五山,以波潮上下。故嶷者疑也，巫者迷也，乃信神山类皆若此。忽然想到巫蜀一段，匪夷所思。"

《昌谷集句解定本》卷一引蒋文运评："拈湘妃，盖有怨而不见之意，故曰烟梧，曰云曰雨，极得隐天蔽日、凄凄迷迷之状，此深于《骚》者。"

陈本礼《协律钩玄》卷一引董伯音："此咏湘笛也。"

吴汝纶《李长吉诗评注》："旧说末二句长吉自状哀怨，亦犹灵均'风飒飒兮木萧萧，思公子兮徒离忧也。'"

姚文燮《昌谷集注》卷一："德宗贞元三年，幽郜国大长公主。主适萧升，女为太子妃，恩礼甚厚。主素不谨，有李昇出入其第。或告主淫乱，且为厌祷。上大怒，幽之禁中，流其子于岭南。贺追丑主之蒙情寄怨于东南也，遂假湘妃以写其哀思尔。言筠竹不死，蛮娘吟弄，泪花染绿，情相续也。别风离鸾，梦云梦雨，至秋为甚。此虽波间龙，亦感动沉吟矣。"

帝子歌①

洞庭帝子一千里，凉风雁啼天在水②。
九节菖蒲石上死，湘神弹琴迎帝子③。
山头老桂吹古香，雌龙怨吟寒水光。
沙浦走鱼白石郎，闲取真珠掷龙堂④。

【题解】

洞庭湖上，明月千里，天水相接，凉风习习，大雁掠过。青石上的九节菖蒲早已枯萎，世上哪里还有不死之药？何处还能寻觅到仙人的足迹？在这波光荡漾的夜色中，仔细聆听，似乎可以听见湘灵鼓瑟的幽怨之声，他们也在恭迎着帝子的降临。但多年过去，连山头的桂树都已变老，帝子的身影仍然没有显现，唯有那雌龙在泛着寒光的湖面低吟。幽静的湖水中，一群群小鱼窜来窜去。帝子既不可见，那就姑且把珍珠投入水中，祈求她的祝福吧。此诗或是长吉南游时,仿楚辞所作。

【注释】

①帝子:传说中尧的女儿娥皇、女英。《楚辞·九歌·湘夫人》:"帝子降兮北渚,目眇眇兮愁予。"王逸注:"帝子,谓尧女也。"谢朓《新亭渚别范零陵》诗:"洞庭张乐地,潇湘帝子游。"王琦以为帝子即天帝之女。

②帝子:一作"明月"。

③九节菖蒲:菖蒲的一种,多年水生草本,可入药。郦道元《水经注·伊水》:"石上菖蒲,一寸九节,为药最妙,服久化仙。"湘神,湘水中侍从帝子的水神。

④白石郎:水中小神。古乐府《白石郎曲》:"白石郎,临江居。前导江伯后从鱼。"龙堂,河伯所居殿堂。《楚辞·河伯》:"鱼鳞屋兮龙堂。"王逸注:"以鱼鳞盖屋,堂画蛟龙之文。"王夫之释:"以鱼鳞为屋,以龙鳞为堂。"

【汇评】

刘辰翁《笺注评点李长吉歌诗》卷一:"徒别,诡而无情。"

曾益注《昌谷集》卷一:"洞庭五百里,以常游于潇、湘、澧、沅,则千里也。洞庭水阔,天在水,无际也。凉风雁嗥,秋至也。九节菖蒲,食之长生,而今死于石上,言二女为神,不复住人间也。常游,故湘神迎之。又言帝子之游,时移世远,是不可知,而山头之桂逢秋开落,古昔之香,犹在也。雌龙寒吟,似怨帝子之不见。而沙浦走鱼之子,闲取珍珠掷之龙堂,以游戏于其间,是龙为不灵也。龙且不灵,尚何帝子之可知。"

姚文燮《昌谷集注》卷一:"元和十一年秋,葬庄宪皇太后。时大水,饶州奏漂失四千七百户。贺作此讥之,云宪宗采仙药求长生,而不能使太后少延。'九节菖蒲石上死',则知药不效矣。帝子指后也。后会葬之岁,复值鄱阳秋水为灾,岂是湘妃来迎,桂香水寒,雌龙怀恨,相与迭奏哀丝耶?古乐府云:'白石郎,临江居,前导河伯后从鱼。'此时当为后指引而掷珠于龙堂之中矣。"

方扶南《李长吉诗集批注》卷一:"似为公主之为女道士者,玩末二语亵狎见之。"

陈本礼《协律钩玄》卷一引董伯音:"本屈原'帝子降兮北渚'句,盖有伤于唐之王子,而托洞庭帝子而发之。掷珠龙堂,无情之感,非所欲见而见也。"

钓鱼诗

秋水钓红渠,仙人待素书①。
菱丝萦独茧,菰米蚄双鱼②。
斜竹垂清沼,长纶贯碧虚③。
饵悬春蜥蜴,钩坠小蟾蜍。
詹子情无限,龙阳恨有余④。
为看烟浦上,楚女泪沾裾。

【题解】

诗以钓鱼不获,写其不遇之感。前人钓鱼,各有所得,各有所感。当年的陵阳子明,钓得白鱼而获神仙之书;神奇的詹何,在水流湍急的深渊之中钓得巨鱼而悟治国之术;魏王的男宠龙阳君,连钓十尾鱼而得固宠之方略。红荷映日的秋天,诗人垂钓于碧波荡漾的长渠,长长的丝纶出没于清澈透明的碧水,谁知大鱼都蛰伏到了水草,钓上来的尽是些蜥蜴、蛤蟆,最后连钓绳都被水里的菱丝缠住。世上失意的人真多,烟波掩映之中,泪眼汪汪的楚女就是其中的一个。诗写南中风物,当是诗人南游时所作。

【注释】

①仙人:或指陵阳子明。《列仙传》卷下:"陵阳子明者,铚乡人也,好钓鱼。于旋溪钓得白龙,子明惧,解钩,拜而放之。后得白鱼,腹中有书,教子明服食之法。子明遂上黄山,采五石脂,沸水而服之。"素书,鱼。

②独茧:单股的蚕丝。《列子·汤问》:"詹何以独茧丝为纶,芒针为钩,荆筱为竿,剖粒为饵,引盈车之鱼于百仞之渊、汨流之中,纶不绝,钩不伸,竿不挠。"菰米,吴本作"蒲米"。

③清沼：曾本、二姚本作"青沼"。长纶，曾本、姚佺本作"长轮"。

④詹子：詹何。龙阳，龙阳君，战国时魏王男宠。《战国策·魏策四》载，魏王与龙阳君共船而钓，龙阳君得十余鱼而涕下。王问其故，对曰："臣之始得鱼也，臣甚喜，后得又益大，今臣直欲弃臣前之所得矣。今以臣丑恶，而得为王拂枕席……四海之内，美人亦甚多矣，闻臣之得幸于王也，必褰裳而趋王。臣亦犹曩臣之前所得之鱼也，臣亦将弃矣，臣安能无涕出乎？"

【汇评】

姚文燮《昌谷集注》卷三："待素书，借云鲤中有尺素也。斜竹四句，状竿丝饵钓之属。《列子》：詹何芒刺为钩，剖粒为饵，于百仞之泉引盈车之鱼。魏王嬖奴有前鱼之泣。唐有人得二鲤，烹食之。后有妪曰：'吾子偶出戏，为人妄杀。'贺谓当时权贵贪位固宠，独不思避祸以自全耶？"

《昌谷集句解定本》卷三杨妍评："诗要各意，不可共意，最忌同律。今茧即纶也，米即饵也，青沼即碧虚也，斜竹亦长纶也。石曼卿诗'认桃无绿叶，辨杏有青梅'，人恨其粘皮骨，不意长吉亦坠此病。"

王琦《李长吉歌诗汇解》卷三："此诗似为钓而不得鱼者言，首四句是一意：初联'仙人待素书'，观'待'之一字，则鱼之未获可知也；三、四承上而言，钓丝为菱根所萦，双鱼又伏于丛草之间而不出，求其获也不亦难乎？中四句是一意：言钓鱼之具，若竿、若丝、若饵、若钩，无一不具；乃所获者只蜥蜴、蟾蜍之类，而鱼则竟一无所得，语尤明晰。末四句是一意：詹子之钓也，以小钩粒饵而获盈车之鱼，其心则有无限之乐；龙阳之钓也，因前鱼之欲弃而涕下，其心则动有余之恨。若钓而不得者，何能无艰难不遇之感耶？回瞻烟浦之上，适有泪下沾裾之楚女，非伤遇人之不淑，即悲生世之无聊。其情其恨，谅亦与余有同感矣。全诗旧解皆不甚切，或指蜥蜴为芳饵，或解蟾蜍为如初月之利钩，尤为未确。"

蜀国弦①

枫香晚花静，锦水南山影②。

惊石坠猿哀，竹云愁半岭③。

凉月生秋浦，玉沙粼粼光。

谁家红泪客，不忍过瞿塘④。

【题解】

此诗之眼在于"不忍"二字。曾益认为"不忍者"是三峡之凄惨景色，姚文燮、钱仲联认为是政治境遇即迁客之伤，陈本礼认为是情人远隔重水，王琦认为是故土蜀地。故所谓"过瞿塘"，曾益诸人都作"入川"解，独王琦以为是"出川"。又今人刘衍提出既非出川又非入川，乃借旧题写长吉南游入鄂、朔江西上的情景，又是一解。正如叶葱奇所言，《蜀道难》多咏入蜀艰难，长吉拟作反其意而出之，写不忍离蜀，当以王琦所言为近。夕阳西下，锦江如练，南山之影平铺其上。晚风习习，枫香幽幽，登舟顺江而下，两岸惊石欲坠，猿鸣阵阵，山尖烟云缭绕，野竹丛生。寒月升起，秋波荡漾，河滩白石，粼粼闪烁。离家渐远，而难舍之情渐浓。

【注释】

①蜀国弦：乐府相和歌辞名。《乐府诗集·相和歌辞十五·瑟调曲五》引吴兢《乐府解题》："《蜀道难》备言铜梁、玉垒之阻，与《蜀国弦》颇同。"

②枫香：枫香树。《尔雅·释木》"枫欇欇"郭璞注："枫树似白杨，叶圆而歧，有脂而香，今之枫香是也。"锦水，锦江。《华阳国志》："成都道西城，故锦宫也。织锦则濯于江流，故曰锦水。"

③坠：曾本作"堕"。猿哀，北魏郦道元《水经注·江水二》云："每至晴初霜旦，林寒涧肃，常有高猿长啸，属引凄异，空谷传响，哀转久绝。故渔者歌曰：'巴东三峡巫峡长，猿鸣三声泪沾裳。'"竹云，一作"行云"。

④红泪客：晋王嘉年《拾遗记》："(魏)文帝所爱美人，姓薛名灵芸，……灵芸别父母，歔欷累日，泪下沾衣。至升车就路之时，以玉唾壶承泪，壶则红色。既发常山，及至京师，壶中泪凝如血。客，一作"妾"。瞿塘，瞿塘峡，三峡之首，西蜀门户，两岸悬崖壁立，江流湍急，山势险峻。

【汇评】

刘辰翁《笺注评点李长吉歌诗》卷一："乍看浑未喻蜀国弦，但觉别是一段情绪,自不必语辞也。弦之悲,何以易此?"

曾益注《昌谷集》卷一:"枫香著花,至晚而静;南山之影,倒卧于锦水,状蜀。惊石,裂石,啼猿,状弦之声。声维哀,故竹云亦愁,而凄迷于半岭。竹,猿,切蜀。凉月,从晚来,既晚则月生,月升则沙明而可鉴,状瞿塘滩中之景。睹是景物,聆是哀弦,泪应心零,故望瞿塘而不忍过也。"

董懋策《唐李长吉诗集》卷一:"篇中全不及弦,而字字是弦。"

姚文燮《昌谷集注》卷一:"贞元十一年,裴延龄谮陆贽于帝,因贬贽为忠州别驾。贺盖即蜀弦之哀,想蜀道之难,为迁客伤也。枫香,美丹心也。南山,喻孤高也。忠良被逐,琴声倍觉凄清,而猿竹亦为之愁也。月色沙光,可方皎洁。人各有情,闻之自为心恻,又堪忍过此耶。诸本仅注'弦',觉少情味。"

方扶南《李长吉诗集批点》卷一:"《蜀国弦》题目与后之《神弦》题不同,彼乃降神之曲,此则忆远之词。宋词有'拨尽琵琶,总是相思调',即此意也。"

陈本礼《协律钩玄》卷一:"'不忍'字妙。以蜀山之高,瞿塘之深,可谓险矣。然钟情所在,虽逾险涉深,亦所不顾者,不忍也。不忍以所欢之人远隔一水,置之膜外而不思所以就之乎?《诗》云:'谁谓河广,一苇杭之。'所谓过瞿塘也。"

陈本礼《协律钩玄》卷一引董伯音云:"蜀道虽难,亦非有心人之畏也。题外另写出一段情至语,洵为诘曲之思。"

黎简《黎二樵批点黄陶庵评本李长吉集》卷一:"既抱别愁,又经畏途也,出语隐约可讽。"

明于嘉刻本《李长吉诗集》批语:"此首全写神理。"

秋　来

桐风惊心壮士苦,衰灯络纬啼寒素①。
谁看青简一编书,不遣花虫粉空蠹②。
思牵今夜肠应直,雨冷香魂吊书客③。
秋坟鬼唱鲍家诗,恨血千年土中碧④。

【题解】

深秋的夜晚，飒飒的寒风吹打着干枯的梧桐树叶，黯淡的灯光在黑夜中飘忽，蟋蟀的悲鸣在寂静中回响。灯下独坐的诗人，心中一片凄苦。他翻阅着前人的书简，看着蠹鱼肆虐的痕迹，不禁悚然而惊：我呕心沥血吟成的诗篇，他日又会有谁来关注呢？说不定也被虫鱼蛀蚀成粉末。想到一生的心血就这样付诸虚无，巨大的痛苦噬啮着他的内心，深重的愁苦拉直了他的曲肠。几点冻雨洒落，似乎是前代才人志士的灵魂，也为他的凄恻所打动，在黑夜中飘然而至，前来慰藉他的幽独与苦恨。仔细聆听，远处坟场上，还能听见他们在吟哦着鲍照哀伤的诗句。这些饮恨而死、赍志而没的人啊，千载之下，怨气还没有消散。那深埋在土中的碧玉，就是他们的恨血。诗当写于元和十一年（816），为诗人临终之言。一说作于元和八年（813），为长吉辞官还居昌谷时。

【注释】

①壮士：《文苑英华》作"志士"。络纬，蟋蟀。寒素，白色的秋天。一说为寒布。或谓贫寒之人。《晋书·李重传》："寒素者，当谓门寒身素，无世祚之资。"

②青简：竹简。古人曾以青竹片写字，联编成册。花虫，蛀书之虫，背部有银白色细鳞，尾部有三毛。粉，碎屑。

③香魂：才人志士之魂，《文苑英华》作"乡魂"。

④鲍家诗：南朝宋时诗人鲍照有《代蒿里行》诗，中有"人生良自剧，天道与何人。赍我长恨意，归为狐兔尘"等诗句，写对人生的眷念。恨血，《庄子·外物篇》："人主莫不欲其臣之忠，而忠未必信，故伍员流于江，苌弘死于蜀，藏其血，三年化为碧。"

【汇评】

刘辰翁《笺注评点李长吉歌诗》卷一："非长吉自挽耶？只秋夜读书，自吊其苦，何其险语至此。然无一字不合。"

曾益注《昌谷集》卷一："凡人秋来感伤易生。壮士志在千古，故一闻桐风，则心中若惊而起凋落之感，况对残灯、聆络纬而值寒素之景。故云'谁见'。今日所看之书，能使他日不为花虫之蠹也者，即杀青为之，所不免也。思至此，而永夜不寐，肠轮若牵而为之直矣。斯时也，谁复知我，则唯有冷雨之侵、香魂之相吊而已。是形虽存，其去死亡几何，而能不抱恨也哉。试听秋坟所唱鲍家之诗，彼其长恨之端，困结莫解，如苌弘之血化碧千年，终不磨灭耳。《蒿里》丧歌，鲍照《代蒿里行》，代为死者之言，故唱《蒿里》者，即鬼唱也。"

黄周星《唐诗快》卷二："唱诗之鬼，岂即书客之魂耶？鲍家诗，何其听之历历不爽。"

姚文燮《昌谷集注》卷一："衰梧飒飒，促织鸣空，壮士感时，能无激烈！乃世之浮华干禄者，滥致青紫，即湘帙满架，仅能饱蠹。安知苦吟之士，文思精细，肠为之直？凄风苦雨，感吊悲歌。因思古来才人怀才不遇，抱恨泉壤，土中碧血，千载难消，此悲秋所由来也。"

黎简《黎二樵批点黄陶庵评本李长吉集》卷一："言谁能守此残编，如防蠹然？愤词也。恐老死似此也，至此诗佳，亦何济耶？"

南山田中行

秋野明，秋风白，塘水漻漻虫啧啧①。
云根苔藓山上石，冷红泣露娇啼色②。
荒畦九月稻叉芽，蛰萤低飞陇径斜③。
石脉水流泉滴沙，鬼灯如漆点松花④。

【题解】

诗写秋日萧瑟荒凉之景。秋日的荒野，高旷寥廓，分外冷清。池塘中漠漠的积水，带给人丝丝凉意；池塘边的虫儿，也在秋风中瑟瑟发抖，断断续续的叫声又细又弱。山石上遍布苔藓，偶尔可见一两株火红的花儿，也挂满露珠，似乎在秋风中哭泣。收割后的稻田，早已不见人的踪迹，稀稀疏疏的叉芽兀自生长着，与发着冷光、低低飞舞的萤火虫，及石峰中渗出的流泉，挣扎着想给清冷的秋色带来一丝活力。但这些努力，给松林中飘忽的鬼火消磨殆尽。诗或写于元和十一年(816)秋日，即其长眠前夕。

【注释】

①秋风白：秋于五行属金，其色白，姚文燮本作"秋色白"。萧绎《纂要》："秋曰白藏，气白而收藏万物，……风曰商风、素风。"潦潦，水清而深。唧唧，轻细之声。

②云根：浓云升起之处，或云为山石，以云触石而生。泣露，宋蜀本作"弦露"。

③稻叉芽：稻割后再生之芽。蛰萤，冷秋中光亮黯淡的萤火虫。

④石脉：石缝。鬼灯，磷火。漆，坟墓中的漆灯。点松花，曾本、二姚本作"照松花"。

【汇评】

曾益注《昌谷集》卷二："潦潦，收潦，虫声不止。塘边云依石而起，苔藓依石而生。冷红，凡叶凡花红者，皆是湿露多，花叶含露多，愈皎洁，故云'娇啼色'也。萤昼隐曰'蛰'，低飞，将暝时。水方横放，沿石脉而流，泉不断，故带沙而滴。鬼灯如漆，言明中暗，暗中明。照松花，松间多古墓也。"

姚文燮《昌谷集注》卷二："此秋田月夜时也。桂魄皎然，野风爽朗，水静蛩吟，苔深花湿，芳蕙低垂，流萤历乱，石泉声细，磷火光微。陇上行吟，情思清绝。"

方扶南《李长吉诗集批注》卷二："东坡有语：岁云暮矣，灯火青荧。时于此间，得少佳趣。刘贡父戏之，以为夜行失路，误入田螺精家。此诗亦似陆机入王弼墓，然而妙。"

黎简《黎二樵批点黄陶庵评本李长吉集》卷二："此长吉平正之作。此云山上石如云根，而生苔藓，石旁有秋花，而开冷红。姚仙期訾其既云根，又云山上石为重复，未玩诗意耳。"

明于嘉刻本《李长吉诗集》批语："作二解读，便得秋暮于南山田中夜行神理。"

未编年诗

公莫舞歌^① 并序

公莫舞歌者,咏项伯翼蔽刘沛公也。会中壮士灼灼于人,故无复书,且南北乐府率有歌引。贺陋诸家,今重作《公莫舞歌》云^②。

> 方花古础排九楹,刺豹淋血盛银罂^③。
> 华筵鼓吹无桐竹,长刀直立割鸣筝^④。
> 横楣粗锦生红纬,日炙锦嫣王未醉^⑤。
> 腰下三看宝玦光,项庄掉箾拦前起^⑥。
> 材官小臣公莫舞,座上真人赤龙子^⑦。
> 芒砀云瑞抱天回,咸阳王气清如水^⑧。
> 铁枢铁楗重束关,大旗五丈撞双镮^⑨。
> 汉王今日须秦印,绝膑刳肠臣不论^⑩。

【题解】

诗咏鸿门宴旧事,意在翻新,其旨有二。诗人认为,历代论刘邦脱身于鸿门宴,多以为得力于项伯之翼蔽,不知壮士樊哙乃是真英雄,此其一;历来咏鸿门宴之乐府,讹异不可解,颇为拙劣,故独辟蹊径,重为歌辞,此其二。诗先极力描摹鸿门宴紧张萧杀的氛围。宽大的厅堂里,九根大柱矗立在厚实的石墩上。力能扛鼎的楚霸王,就在这里宴饮沛公。宴席上没有靡靡之音,只有粗犷的军乐。旁边丛立的长刀,闪着阵阵寒光。他们屠豹饮血,以为享乐。杀伐之气,弥漫其间。门楣上的横幅都被烈日烘烤得褪了颜色,项王只顾痛饮,忘记了宴集的目的。范增示意无效,项庄拔剑,直指沛公。接下来,诗人以樊哙口吻,摹写他挺身而出时的勇猛与忠贞。他大声呵斥项庄,警告他不要轻举妄动。坐中的赤龙子,是天命所归。当年芒砀山上,他就曾有瑞云伴随。如今汉王他手挥帅旗,长驱直入,接受秦印是理所当然。为了保护汉王,哪怕粉身碎骨也在所不惜。

【注释】

①公莫舞歌:乐府旧题。《宋书·乐志一》:"公莫舞,今之巾舞也。相传云项庄舞剑,项伯以袖隔之,使不得害高祖,且语项庄云'公莫'。古人相呼曰'公',言公莫害汉王也。今之用巾,盖象项伯衣袖之遗式。"

②刘沛公:刘邦,初起兵于沛(今江苏沛县),曾为沛公。会,此指鸿门宴会。壮士,指樊哙。

③方花古础:垫在柱下刻有花纹的方形石墩。古础,一作"石础"。盛,宋蜀本作"成"。罍,同"罍",盛酒的器皿。

④华筵:一作"军筵"。桐竹,弦乐、管乐之类。筝鸣,曾本、二姚本作"鸡筝"。

⑤楣:门框上的横木。生,添。纬,横丝。锦嫣,艳美。叶葱奇以为嫣当作"蔫"。

⑥宝玦:半环形的佩玉。《史记·项羽本纪》:"范增数目项王,举所佩玉玦以示之者三,项王默然不应。"掉簊,拔剑出鞘。簊,同"鞘",装刀剑的套子。

⑦材官:武卒,此指项庄。《汉书·晁错传》:"材官驺发,矢道同的,则匈奴之革笥木荐弗能支也。"颜师古注:"材官,有材力者。"真人,真命天子。赤龙子,刘邦。《史记·高祖本纪》载高帝母刘媪尝息大泽,梦与神遇,太公往视,见蛟龙于上,已而有身,遂产高帝。

⑧芒砀云瑞:《史记·高祖本纪》载刘邦起兵前隐居芒砀,山上常有云气伴随。芒砀,芒山和砀山,在安徽砀山县东南。

⑨枢:门上的转轴。楗,门栓。镮,门上铁镮。

⑩须:曾本、二姚本作"颂"。秦印,秦朝皇帝的印玺。膑,膝盖骨。剀,挖。不论,不计较。

【汇评】

刘辰翁《笺注评点李长吉歌诗》卷二:"不必有其事,幽与鬼谋。才子赋古,但如目前。至'三看宝玦',始喻本末,自不待言。'抱天'语,奇俊。俯仰甚称事情。复作项伯口语,尤壮。"

姚文燮《昌谷集注》卷二："花础，状宫室之丽。刺豹歃血，申盟军中。钲鼓严肃，故无桐竹。鸡筝，秦声。此时侍卫皆仗长刀，方欲割正，故先割秦声而不用耳。横楣，以红锦饰檐楹。粗锦，重锦也。日色方午，王饮未酣。'腰下三看'，范增以目示项王，王默不应，而庄即拔剑奋舞。'材官'句，伯止之也，云汉方天授，符瑞已归，以坚固之关中先为汉得，且楚与汉俱奉怀王约，以灭秦先入关者王之。今汉王已佩秦玺，即颁秦印以赐封诸侯王，则秦已为汉灭而臣愿已足，即因此以受诛戮，原在所不论耳。"

宋长白《柳亭诗话》卷二十一："李长吉《公莫舞》诗，摹写楚汉当日情景，著纸如生。鬼才而运以雄风，真杰构。"

陈本礼《协律钩玄》卷二："前八句咏鸿门宴之事，后八句咏公莫舞之故。玩序中一'咏'字，自是追咏语，不得混作当时人口气，以至上下牵混不清。"

吴汝伦《李长吉诗评注》卷二："末四句咏樊哙也。言项王军门交戟，哙撞卫士而入者，以汉王欲得秦玺，故不避死而入，与之同命也。言今日者，所以深讥汉高后日之负功臣也。长吉盖有感于时事而借汉事言之，意者为裴相发欤？"

明于嘉刻本《李长吉诗集》批语："'刺豹'句是极写英雄会宴。自'横眉粗'句至'座上真人'句，何等笔力，声调又足。'芒砀'二句，使神理充溢无遗，然后迟迟收束，悠悠扬抑。其音铮铮，玲珑妙响，人自不能读耳。"

代崔家送客①

行盖柳烟下，马蹄白翩翩②。
恐送行处尽，何忍重扬鞭③。

【题解】

此代人所写送客之诗。杨柳三月，烟花迷蒙，客人束装待发。临行话别，依依难舍，不忍扬鞭而去。诗题为"送客"，却从客人不忍遽别着笔，从对面写来，确实有新意。

奉和二兄罢使遣马归延州①

空留三尺剑,不用一丸泥②。

马向沙场去,人归故国来。

笛愁翻陇水,酒喜沥春灰③。

锦带休惊雁,罗衣向斗鸡④。

还吴已渺渺,入郢莫凄凄⑤。

自是桃李树,何畏不成蹊⑥。

【题解】

诗勉励其兄长不必灰心丧气,耐心等待,自有腾达之日。诗人既为其不得尽情施展才华而惋惜,同情他空有一身本领,却无用武之地,只得闲归故里,斗鸡射雁,饮酒听曲;同时宽慰他不要凄凄惨惨,有努力终会有收获,就好比果实累累的桃李树,定不会为人所遗忘。

【注释】

①奉和:二姚本作"奉贺"。遣马归,当为"遣归","马"为衍文。延州,唐时属关内道,即今陕西延安。

②三尺剑:古剑长三尺。《史记·高祖本纪》:"吾以布衣提三尺剑取天下,此非天命乎?"一丸泥,《东观汉记·隗嚣载记》:"隗嚣将王元说嚣曰:元请以一丸泥,为大王东封函谷关,此万世一时也。"

③陇水:又名《陇头流水曲》,即《陇头吟》,乐府横吹曲,多写征戍。春灰,石灰水,滤酒所用。

④惊雁:惊弓之鸟,语见《战国策·楚策四》。向,吴本作"尚"。

⑤还吴:借指还家。《晋书·顾荣传》载,顾荣被"征为散骑常侍,以世乱不应,遂还吴"。

⑥"自是"二句:语出《史记·李将军传赞》"桃李不言,下自成蹊"。

【汇评】

曾益注《昌谷集》卷三:"罢使,罢官,故云'空留',云'不用'。上沙场,是遣马;归故国,归延州;向沙场,由陇而归。饮别酒,则喜及春。锦带、罗衣,言服丽;休惊,见塞远,所遇唯雁;向斗鸡,自来任侠也。还吴、入郢,借言如季子还吴而路尚渺渺、伍胥入郢而情莫凄而已。末谓抱才于身而何忧勋名不立,譬之'桃李不言,下自成蹊'也。"

姚文燮《昌谷集注》卷三:"二兄自延州罢使,而以官马发回也。解职则剑无所施。其实朝廷用之,本可以塞关隘,亦如不用何?马去人来,不复驰驱王事。然与其曲奏《陇头》,又不如新春相聚,得欢饮醇醪也。锦带,春时丽饰。勿令塞雁惊心,动思北去。长安华侈,三春以斗鸡为乐,罗衣正可游观。思及南归,尚尔遥远,幸毋以罢职为怅。然以兄之令望而遭贬斥,公道自在人间,如桃李不言而下自成蹊耳,故不言慰而反言贺也。"

黄头郎①

黄头郎,捞拢去不归②。

南浦芙蓉影，愁红独自垂③。

水弄湘娥佩，竹啼山露月。

玉琴调青门，石云湿黄葛④。

沙上蘼芜花，秋风已先发⑤。

好持扫罗荐，香出鸳鸯热⑥。

【题解】

以船为生的丈夫，随船远行，久久不归。临别之际，送君南浦，已无限神伤，悲不自胜。流水潺潺，似敲击着湘妃的佩环。伫立河边，望孤帆远去，船影没入碧空，月亮从山头爬了上来，竹影在清水中荡漾。玉手轻拂，凄楚的《青门曲》在幽寂的空谷中回荡。不知不觉，露水浸湿了裙裳。日子就这样一天天归去，白色的蘼芜花布满了沙滩，秋风已至，归期临近，苦苦等待的妻子早早准备好了罗锦褥垫，点燃了鸳鸯香炉，迎接亲人的归来。

【注释】

①黄头郎：船夫。《汉书·佞幸传》云："邓通，蜀郡南安人人也，以濯船为黄头郎。"颜师古注云："濯船，行船也。土胜水，其色黄，故撑船之郎，皆著黄帽，因号曰黄头郎。"

②捞拢：摇船荡桨。

③南浦：送别之地。《楚辞·九歌》："子交手兮东行，送美人兮南浦。"

④玉琴：吴本作"玉琴"。青门，乐府曲名，一说指汉长安东门，其色青，故称。石云，古人以为云气触石而生。黄葛，多年生蔓草，叶青黄。一说指衣裙。

⑤蘼芜：多年生野草，七八月开花。《楚辞·九歌》："秋兰兮蘼芜，罗生兮堂下。"

⑥好持：一作"好待"，宋蜀本作"好特"。罗荐，以丝罗织成的褥垫。《汉武内传》云："帝七月七日扫除宫掖，以紫罗荐地，待西王母至。"鸳鸯，董懋策本作"薰笼"，一作"鸳笼"，熏香之炉。

【汇评】

吴正子《笺注评点李长吉歌诗》卷二："此篇大意，疑黄头郎者耽乐忘归,家人有旷别之思耳。"

曾益注《昌谷集》卷二:"黄头郎,夫也;捞拢,夫所事也。不归,言忘返;唯不归,故睹芙蓉之影,怜其独红,觉其愁也。芙蓉喻己。至思之极,不特芙蓉,即水之鸣,疑其弄佩;竹露之滴,谓其啼。由是调琴为青门之曲,将以寄思也。而石云淹黄葛而偕湿,又若因己之愁而掩翳而思奚属耶?试睹沙上蘼芜之花,先秋开发,是岂无意而然?殆将持是以扫罗荐,而使枕席之洁清,且备薰炉热香以待,而令衾裯之馥郁,以俟郎之归也。"

姚文燮《昌谷集注》卷二:"汉邓通以濯船为黄头郎,有宠于帝。贺盖讥世之以身事人而忘其家者,故托黄头郎之妇以致诮也。'捞拢去不归',言流荡忘返也。朱颜临流,含悲吊影。凌波弄珮,倚竹夜啼。写怨哀丝,云流葛湿。花发蘼芜,秋期已及。持此拂拭,以待双栖,或可邀同梦矣。"

陈本礼《协律钩玄》卷一引董伯音:"此思妇之吟诗意,只'鸳鸯热'三字见意,借托微妙,他人便字字薰砧矣。思船中之人不归,而故迁怒于濯郎,莫认客作主。"

明于嘉刻本《李长吉诗集》批语:"此章情致俱到。"

塘上行①

藕花凉露湿,花缺藕根涩。
飞下雌鸳鸯,塘水声溘溘②。

【题解】

诗写闺情苦思,失时非偶,自是凄凉。寒霜莅临,荷花开始衰败,莲藕也因为过老而有了涩味。女子独守空闺,红颜渐衰,心情寂寥。一只失偶的雌鸳鸯,飞落池塘,划破平整的水面,打破了夜晚的宁静。

【注释】

①塘上行:乐府曲名。郭茂倩《乐府诗集》卷三五有《塘上行》五解,当为甄氏所作。《邺都故事》:"魏文帝甄皇后,中山无极人,……后为郭皇后

所谮,文帝赐死后宫。临终为诗曰:浦生我池中,绿叶何离离。岂无兼葭艾,与君生别离。"因首句为"蒲生我池中",故又称"蒲生行"。

②雌:王琦注:一作"雄",非;有作"双"者,尤谬。溢溢,水声。《乐府诗集》作"溢溢"。

【汇评】

姚文燮《昌谷集注》卷四:"《邺中故事》云:魏文帝后甄氏为郭后所谮,赐死,临终作《塘上行》,乐府因之。贞元六年八月辛丑,杀皇太子妃萧氏。贺盖作此以吊之也。"

方扶南《李长吉诗集批注》卷四:"亦闰情也。只一'雌'字点眼,绝妙齐梁,高出唐人。"

梦　天①

老兔寒蟾泣天色,云楼半开壁斜白②。
玉轮轧露湿团光,鸾佩相逢桂香陌③。
黄尘清水三山下,更变千年如走马④。
遥望齐州九点烟,一泓海水杯中泻⑤。

【题解】

梦中登山天空,诗人都看到了些什么呢? 幽冷的月夜,飘来一阵冻雨,耳旁仿佛传来玉兔蟾蜍的悲泣声。雨后阵阵雾气,把月中紧紧裹住,使月光都为露水浸润。月亮在空中滑行,就如同一个玉轮在水面上碾过。走进月宫,在桂花飘香的林间小道,碰见了一群仙女。她们佩戴的鸾形玉环,发出清脆的声响。在她们眼里,千年更替如走马,九州大地似烟尘,浩瀚海洋,也只不过是一杯水而已。所谓沧海桑田,只在弹指间。

【注释】

①梦天:梦游上天。

②老兔寒蟾:传说月中有玉兔与蟾蜍。云楼,月宫中之楼阁。一说云层在月光的映照下如海市蜃楼。

③玉轮:月亮。桂香,传说月中有桂树。段成式《酉阳杂俎》卷一:"旧言月中有桂,有蟾蜍,故异书言月桂高五百丈,下有一人常斫之,树创随合。"

④黄尘清水:即沧海桑田之意。黄尘,陆地;清水,海洋。晋葛洪《神仙传》:"麻姑自说云:'接待以来,见东海三为桑田。向到蓬莱,水又浅于往昔,会时略半也,岂复还为陵陆乎?'"三山,传说中东海里的三座神山,即蓬莱、方丈与瀛洲。

⑤齐州:中国。《列子·汤问》:"汤又问曰:'四海之外,奚有?'革曰:'犹齐州也。'"张湛注:"齐,中也。"九点烟,九州小如烟尘。

【汇评】

刘辰翁《笺注评点李长吉歌诗》卷一:"意近语超。其为仙人口语,亦不甚费力。使尽如起语,当自笑耳。"

董懋策《唐李长吉诗集》卷一:"分明说游月。"

黄周星《唐诗快》卷一:"命题奇创。诗中句句是天,亦句句是梦,正不知梦在天中耶,天在梦中耶?是何等胸襟眼界,有如此手笔,白玉楼记不得不借重矣。"

姚文燮《昌谷集注》卷一:"滓淄既尽,太虚可游,故托梦以诡世也。蓬莱仙境,尚忧陵陆,何况尘土,不沧桑乎?末二句分明说置身霄汉,俯视天下皆小,宜其目空一世耳。上四句月宫,中二句蓬莱。"

方扶南《李长吉诗集批注》卷一:"此变郭景纯《游仙》之格,并变其题,其为游仙则同。"

陈本礼《协律钩玄》略例:"此诗编列《苏小小》诗后,是长吉为大千世界说法。日月与天地长久,今兔曰'老兔',蟾曰'寒蟾',则蟾兔已非太古之本质矣。日月变迁,再积之久,十二万年后,天地亦如人之一梦耳。不曰'天梦',而曰'梦天',迨犹屈子不曰'问天',而曰'天问'也。'泣天色',思之至此,则天亦应为之泣矣。鸾佩相逢,邂逅一遇,顷刻而月轮西矣,岂可定为久长鸳偶而痴情幻想者?遂谓三生有幸,思欲盟订千秋,而不知老兔、寒蟾正为此辈泣也。"

黎简《黎二樵批点黄陶庵评本李长吉集》卷一："兔蟾重迭。论长吉每道是鬼才,而其为仙语,乃李白所不及。'九州'二句,妙有千古。即游仙诗。"

屏风曲

蝶栖石竹银交关,水凝绿鸭琉璃钱^①。
团回六曲抱膏兰,将鬓镜上掷金蝉^②。
沉香火暖茱萸烟,酒觥绾带新承欢^③。
月风吹露屏外寒,城上乌啼楚女眠。

【题解】

诗写新婚场面。新房华丽温馨,荡漾着旖旎风情。屏风精美如画,栖息在石竹的蝴蝶栩栩如生,漂浮在绿水中的琉璃小荷叶青翠欲滴。十二扇屏风团团围住,华美的灯烛格外明亮。袅袅烟雾之中,新妇卸下了严妆,与新郎喝过交杯酒,进入他们的新婚之夜。天色渐晓,寒气严重,但室内新婚的女子依然睡得十分香甜。结尾一句"楚女",论者多解作"贫女",以为诗用贵妇与贫女相对照,写贤人失志。这一解释较为牵强,诗中并无贫富悬殊之意。所谓"楚女",可作"巫山神女"解。

【注释】

①交关:两扇屏风连接处,如合页铰链之类。绿鸭,《文苑英华》作"鸭绿",鸭头绿,喻水色。琉璃钱,屏风上作为装饰的琉璃荷叶。

②团回:《文苑英华》作"周回"。六曲,六折,指十二扇屏风。膏兰,灯油,《文苑英华》作"银膏",此处指灯烛。将鬓,《文苑英华》作"解鬓"。金蝉,蝉形的金钗。崔豹《古今注》:"魏文帝宫人莫琼树始制为蝉鬓,望之缥缈如蝉翼然。"

③沉香火:《文苑英华》作"沉香水"。茱萸,落叶小乔木,开小黄花。段

378

成式《酉阳杂俎》:"椒气好下,茱萸气好上。"酒觞,《文苑英华》作"酒余"。酒觞绾带,合卺杯,用彩带绾系着两只酒杯,如今日之交杯酒。

【汇评】

姚文燮《昌谷集注》卷二:"蝶栖石竹,屏上所画之物也。银交关,以银为轴也。瑠璃碧色作钱为饰,如水之凝绿似鸭头也。灯明妆卸,烬爇筋传,露下乌啼,湘帏梦熟,又宁知人间苦寒耶?"

陈本礼《协律钩云》卷二引董伯音:"亦艳曲,似撒帐词。"

吴汝纶《李长吉诗评注》卷二:"此艳曲,末以楚女寒眠作结,亦贤人失志之慨也。"

巫山高①

碧丛丛,高插天,大江翻澜神曳烟②。
楚魂寻梦风飚然,晓风飞雨生苔钱③。
瑶姬一去一千年,丁香筇竹啼老猿。
古祠近月蟾桂寒,椒花坠红湿云间④。

【题解】

南北朝以来,历代以《巫山高》为题的诗歌数量是颇为惊人的,其中不乏大家之作。不同时代诗人们的反复咏唱,不断丰富和强化了"巫山高"的意境,使"巫山高"作为一个特定的诗歌意象为人们所接受。作为同一类作品,《巫山高》的特征比较明显。它们都是借巫山起兴,同时和宋玉《高唐赋》、《神女赋》中巫山神女朝云暮雨之情事密切相关。南朝齐刘绘的《巫山高》很早已鲜明地表达了这一主题的诗歌:"高唐与巫山,参差郁相望。灼烁在云间,氛氲出霞上。散雨收夕台,行云卷晨障。出没不易期,禅娟以惆怅。"以"巫山"为代表的整个背景是凄迷的,以"神女"为代表的所追求的对象是神秘的。巫山又高又远,难于逾越;神女音信渺茫,难于接近。苦苦地等待、期盼、追寻，所带来的仍是失望。诗人因此感到失落、惆怅、神伤，进而为孤独、凄婉、悲凉的情绪所笼罩。长吉此诗，亦是如此，只是站在对面写来，意趣更逼近《楚辞》，更具有南土风味。长吉之后的作品大多落人窠臼，鲜有能突破藩篱者，当然诗歌的情感基调还是有差别的，有传达企慕之情的，有渲染伤感之意的，亦有不平之鸣。喜作翻案文字的王安石，在一番迷离恍惚的描绘之后，突然由虚入实，将前人种种的幻想尽数粉碎，斥其为一厢情愿之辞，即那知"襄王梦时事，但见朝朝暮暮长云雨"。这番议论自然更有道理，但未免太煞风景。

【注释】

①巫山高：汉乐府《鼓吹铙歌》十八曲之一。吴兢《乐府古题要解》卷上："其词大略言江淮水深，无梁可渡，临水远望，思归而已。若齐王融'想象巫山高'、梁范云'巫山不及高'，杂拟阳台神女之事，无复远望思归之意也。"

②"碧丛丛，高插天"两句：一作"巫山丛碧高插天"。高插天，《文苑英华》作"齐插天"。大江，《文苑英华》作"巴江"。

③楚魂寻梦：即楚顷襄王梦遇巫山神女事。或言楚怀王梦遇神女。《文选·宋玉〈高唐赋〉》李善注引《襄阳耆旧传》："赤帝女曰瑶姬，未行而卒，葬於巫山，故曰巫山之女。楚怀王游于高唐，昼寝，梦见与神遇，自称是巫山之女，遂为置观于巫山之南。"风飕然，一作"风飒然"或"风讽然"。晓风，蒙古本作"晓岚"。

④湿云间：据《乐府诗集》，一作"湿云端"。

【汇评】

徐渭《唐李长吉诗集》卷四："亦有讽意，岂谓三郎、玉环耶?"

姚文燮《昌谷集注》卷四："此追悼马嵬也。苍翠逼天，波涛迷漫，楚魂寻梦，讥上皇也。上皇觅少君之术，求见玉真，抑知竟成永别耶? 苦竹哀猿，荒祠寒月，愁红自坠，风雨凄其，未审芳魂犹凭依否?"

陈本礼《协律钩玄》卷四引董伯音："江翻澜，疑为神女曳裾也；风飕然，疑为襄王寻梦也。晓岚飞雨，言及晓俱非矣。"

黎简《黎二樵批点黄陶庵评本李长吉集》卷四："脉发《九歌》。《巫山高》作者当以此为第一。"

假龙吟歌①

石轧铜杯,吟咏枯瘁②。

苍鹰摆血,白凤下肺③。

桂子自落,云弄车盖。

木死沙崩恶溪岛,阿母得仙今不老。

窨中跳汰截清涎,隈墙卧水埋金爪④。

崖蹬苍苍吊石发,江君掩帐筼筜折⑤。

莲花去国一千年,雨后闻腥犹带铁⑥。

【题解】

诗写听闻龙吟之声的感受。敲击铜杯,发出的清越之声,有如苍鹰被刺出血、白凤被割下肺肠。伴随着龙吟声,风起而云涌,桂子被吹落了,云层浓得如车盖。但这只是像龙吟而已,并非有真龙存在。真龙离去了千年,深坑中的龙涎,早已被荡尽,河岸边龙爪的痕迹,也已经被深埋,只剩下挂满山崖的青苔,摇曳风中的翠竹,以及雨后空气中的铁腥味,提醒着我们它曾经来过。

【注释】

①假龙吟:敲击铜器,发出龙吟般的声音。皎然《夏铜椀为龙吟歌序》:"唐故太尉房公琯,早岁尝隐居终南山峻壁下,往往闻龙吟声,清而静,涤人邪想。时有好事僧潜夏之,以三金写之,唯铜声酷似。他日房公偶至山寺,闻林间有此声,乃曰:龙声复迁于兹矣。僧因出器以告,公命夏之,惊曰:真龙吟也。"

②石轧:曾本、二姚本作"石乾"。枯瘁,指清泠之声。

③苍鹰:一作"苍鸾"。摆,击。两句语本《汉武内传》:"药有蒙山白凤之肺,灵邱苍鸾之血。"

④窨：深坑。跳汰，王琦以为当作"洮汰"，洗涤之意。隈墙，曲折的河岸。

⑤蹬：石阶。苍苍，一作"苍苔"。石发，水边石上的苔藻。《初学记》卷二七引周处《风土记》："石发，水苔也，青绿色，皆生于石也。"江君，湘君。掩帐，吴汝纶校本以为当作"掩涕"。筼筜，竹子。

⑥莲花：王琦以为指龙而言。两句"意者昔时山中人畏潭中有龙居止，时作风雨扰人，乃以铁沉水中镇之。今龙去已久，雨后犹闻铁之腥气，又安得真龙在此而闻其吟声也哉"。

【汇评】

丘象随《昌谷集句解定本》卷四："假龙吟，思真龙也。错会作铜杯之善，则失之矣。"

姚文燮《昌谷集注》外集："上六句状假龙之声哀激而飘渺也。'木死'二句，言龙所居之处也。'宫中'二句，知其声自水中出也。'崖磴'二句，哀龙去而苔空竹折也。'莲花'二句，去久而腥犹在也。诗盖讥假之乱真也。"

陈本礼《协律钩玄》外集引董伯音："长吉有伤于建宁王之事，借此题以咏之。"

方扶南《李长吉诗集批注》卷四："诡异未有不可以义理通者。此则比时无理，入题语又皆顽钝，其非长吉无疑。"

王琦《李长吉歌诗汇解》卷四："此篇因假龙吟而思及真龙，笑人于真龙则驱去之，好事者却又写其声以娱人之听闻。真者不好，而好者不真，寄慨之意深矣。"

嘲少年①

青骢马肥金鞍光，龙脑如缕罗衫香②。
美人狭坐飞琼觞，贫人唤云天上郎③。
别起高楼临碧筱，丝曳红鳞出深沼④。
有时半醉百花前，背把金丸落飞鸟⑤。
自说生来未为客，一身美妾过三百。

岂知劚地种田家,官税频催没人织⑥。
长金积玉夸豪毅,每揖闲人多意气。
生来不读半行书,只把黄金买身贵。
少年安得长少年,海波尚变为桑田。
荣枯递传急如箭,天公岂肯于公偏⑦。
莫道韶华镇长在,发白面皱专相待。

【题解】

诗劝谏贵族少年不得沉湎于纸醉金迷的生活,因为这种奢华的生活并不能持久。这些贵公子鲜衣怒马,钟鸣鼎食,沉醉花前,狂欢月下,狎美女,射飞鸟,颐指气使,气焰嚣张。他们不知道金玉不足以恃,富贵不能永葆,青春转眼会逝去,满脸皱纹的那一天很快就会来到。吴正子等均以为此诗伪作。叶葱奇说:"这首比《白虎行》更肤浅、俚俗。三四句明明由贺的'楼头曲宴仙人语'(《秦宫诗》)化出,可造句、炼意截然有'仙凡之别'。'自说生来未为客'以下语意粗浅,句法松散,伧俗之气不可向迩。"(《李贺诗集》第 343 页)

【注释】

①嘲少年:一作"刺少年"。

②狭坐:一作"狎作",曾本、二姚本作"挟坐"。

③青骢:青白相杂的骏马。《古诗为焦仲卿妻作》:"踯躅青骢马,流苏金镂鞍。"

④碧篠:碧绿的竹子。红鳞,大鲤鱼。沼,池塘。

⑤金丸:金制的弹丸。《西京杂记》卷四:"韩嫣好弹,常以金为丸,所失者日有十余。长安为之语曰:'苦饥寒,逐金丸。'京师儿童每闻嫣出弹,辄随之,望丸之所落,辄拾焉。"

⑥劚地:刨地。田家,吴本作"苗家"。

⑦岂肯:吴本作"不肯"。

曾益注《昌谷集》卷四："言少年骄奢恣肆，艰苦不知，常人羡其所为，而彼亦自以为得意，庸讵知韶华难恃而老忽至。"

姚文燮《昌谷集注》外集："元和五年，金吾将军伊慎以钱三万缗赂中尉第五从直，求镇河中。先自安州入朝，使其子宥主留事，而一时豪贵子弟竞逐贾求。贺盖伤之。谓祸福正未可知，少壮正未可恃，而作此以代怒骂也。何许少年，亦豪华受享极矣。然少年所恃者黄金，不知黄金可恃，少年却不可恃，转盼发白面皱。公其如此，美人何言？下全是一段妒意。"

叶矫然《龙性堂诗话》初集："长吉集中有《嘲少年》一篇，词义浅陋，决属赝作。李赤之于李白，识者自辨。"

方扶南《李长吉诗集批注》卷四："伪之至，鄙陋心情，佻达口吻。"

有所思①

去年陌上歌离曲，今日君书远游蜀。
帘外花开二月风，台前泪滴千行竹②。
琴心与妾肠，此夜断还续③。
想君白马悬雕弓，世间何处无春风。
君心未肯镇如石，妾颜不久如花红。
夜残高碧横长河，河上无梁空白波。
西风未起悲龙梭，年年织素攒双蛾④。
江山迢递无休绝，泪眼看灯乍明灭。
自从孤馆深锁窗，桂花几度圆还缺⑤。
鸦鸦向晓鸣森木，风过池塘响丛玉⑥。
白日萧条梦不成，桥南更问仙人卜⑦。

诗写闺中女子离别相思之情。去年丈夫离家远去,陌上高歌别离之曲。今年尚未归归,只等到书信一封,得知他又远游蜀国而去了。二月暖风吹拂,花儿次第开放,梳妆台前的妻子,却黯然神伤。她弹奏起弦,诉说心中的凄苦。念及丈夫身骑白马,腰悬雕弓,四处招摇,必定会招引蜂蝶,沾惹花草。丈夫对她的情感未必会坚如磐石,而她的青春年华却很快会如花儿一样凋谢。世上哪有传说中的鹊桥,只有滔天白波将情人分隔。明月圆了又缺,桂花开了又落,江水迢递,相思无期。孤灯之下,泪眼婆娑。乌鸦啼鸣,天已向晓。白日无梦,相思无所寄托,只好去桥南问卜,看情郎何日归来。

【注释】

①有所思:汉乐府鼓吹铙歌十八曲之一,首句为"有所思,乃在大海南"。后人拟作,多写离别相思之悲苦。

②泪滴千行柱:用湘妃挥泪染竹之事。

③琴心:用司马相如琴挑卓文君事。

④龙梭:织梭。《晋书·陶侃传》:"侃少时渔于雷泽,网得一织梭,以挂于壁。有顷雷雨,自化为龙而去。"织素,古诗《上山采蘼芜》:"新人从门入,故人从阁去。新人工织缣,故人工织素。"

⑤深琐窗:一作"琐深窗"。

⑥丛玉:也称"风马",古时测风所用。以玉石悬于檐下,风吹则相触成声。一说指竹子。

⑦桥南:吴本作"城南"。

【汇评】

姚文燮《昌谷集注》外集:"此客久思归,因借文君会相如以寄兴也。云相如持节往使邛、筰、冉駹,远入蜀地,当春花发,徒向琴台前如湘妃之洒泪以染竹也。琴心妾肠,回忆当年,愈深悲恍。想君乘传悬弧,自是荣宠。然世间何处无春风,而故远游蜀地耶?君心匪石,妾颜恐衰。因念天上银河牛女,未当七夕之期,不免双蛾愁蹙,况人间乎?江山迢递,泪眼看灯,孤馆锁窗,桂华屡度。盖彻夜不寐,以至白日而往问桥南之卜也。"

黎简《黎二樵批点黄陶庵评本李长吉集》外集:"此题长吉平正无暇之作。神仙亦复伤别,所以况人间也。此数句是篇中最浓至处。"

方扶南《李长吉诗集批注》卷四:"亦伪。长吉肯如此滑易章句否?若属他人,则虽不见好,亦不见丑。"

白虎行①

火乌日暗崩腾云,秦皇虎视苍生群②。
烧书灭国无暇日,铸剑佩玦呼将军③。
玉坛设醮思冲天,一世二世当万年④。
烧丹未得不死药,挐舟海上寻神仙⑤。
鲸鱼张鬣海波沸,耕人半作征人鬼⑥。
雄豪气猛如焰烟,无人为决天河水⑦。
谁最苦兮谁最苦,报人义士深相许。
渐离击筑荆卿歌,荆卿把酒燕丹语⑧。
剑如霜兮胆如铁,出燕城兮望秦月。
天授秦封祚未终,衮龙衣点荆卿血⑨。
朱旗卓地白虎死,汉皇知是真天子⑩。

【题解】

诗题下原有注为"刺秦始皇也",诗中亦多罗列始皇帝之事,如燔书、求仙及荆轲刺秦等,概述了大秦代周而起又为大汉而替的经过,语句较平易浅率,历来多以为系伪作。叶葱奇肯定地说:"这首诗完全出于后人的模拟,句法既不遒练,运笔、运意也丝毫没有贺的奇崛、幽冷的意味。'谁最苦兮谁最苦'以下尤其拖沓庸俗。贺有率直古朴的句子,有粗豪僻涩的句子,

却没有拖沓庸俗的句子,这是截然不同的。"(《李贺诗集》第240页)

【注释】

①白虎:指秦王朝。王琦注:"昔人谓秦为虎狼之国,其地在中原之西,西为金方而色白,故以白虎为喻。"

②火乌:指周王朝。《史记·周本纪》:"武王渡河,中流,白鱼跃入王舟中,武王俯取以祭。即济,有火自上复于下,至于王屋,流为乌,其色赤,其声魄云。"秦王,《乐府诗集》作"秦皇"。

③铸剑:陶弘景《古今刀剑录》:"秦始皇以三年岁次丁巳,采北祇,铸二剑,名曰定秦,小篆书,李斯刻,长三尺六寸。"佩玦,《庄子·田子方》:"缓佩玦者,事至而断。"呼将军:吴本、《乐府诗集》作"唯将军"。

④玉坛:道坛。设醮,祈福消灾。"一世"句,语本《史记·秦始皇本纪》:"朕为始皇帝,后世以计数,二世、三世至于万世,传之无穷。"

⑤烧丹:《史记·秦始皇本纪》:"(秦始皇)使韩终、侯公、石生求仙人不死之药。"挐舟,驾船。求神仙,《史记·秦始皇本纪》:"齐人徐市等上书,言海中有三神山,名曰蓬莱、方丈、瀛洲,仙人居之。请得斋戒,与童男女求之。于是遣徐市发童男女数千人,入海求仙人。"

⑥"鲸鱼"两句:《史记·秦始皇本纪》:"方士徐市等入朝,求神药,数岁不得,费多,恐谴,乃诈曰:'蓬莱药可得,然常为大鲛鱼所苦,故不得至。愿请善射者与俱,见则以连弩射之。'"

⑦雄豪猛焰烧烈空:吴本作"雄豪气猛如焰烟",《乐府诗集》作"鬼雄豪气猛如焰"。

⑧渐离:高渐离。荆卿,荆轲。燕丹,燕太子丹。《史记·刺客列传》:"至易水之上,既祖,取道,高渐离击筑,荆轲和而歌,为变徵之声,士皆垂泪涕泣。又前而为歌曰:'风萧萧兮易水寒,壮士一去兮不复还。'"

⑨未终:吴本作"未移"。衮龙衣,帝王所服。

⑩朱旗:红旗。刘邦称"赤帝子",其旗帜尚赤。卓地,姚文燮本作"卓力"。白虎死,吴本作"白蛇死"。

【汇评】

曾益注《昌谷集》卷四:"周衰继之秦,秦用暴虐,思为万世计,求不死之

387

药,终不可得,仙终不可致。残逞其民而无息戈之时。时最可悯者如荆卿,为燕复仇,然天方授秦,不克成事,徒死秦廷而已。不知朱旗一举,子婴就禽,秦之天下复为汉有,用是知暴虐者不可终恃。"

姚佺《昌谷集句解定本》卷四:"一结豪快无比。"

姚文燮《昌谷集注》外集:"此讥暴政之不可恃也。仙方本幻,民命可矜,虽剑士侠客不能为害。而仁主一兴,遂致陨灭,可不戒欤。"

黎简《黎二樵批点黄陶庵评本李长吉集》外集:"'雄豪'二字下得伧。长吉工用刺骨酸辣之字,此却欠炼。"

方扶南《李长吉诗集评注》卷四:"除起句,无一创获,务袭陈言而已。"

春怀引①

芳蹊密影成花洞,柳结浓烟花带重②。
蟾蜍碾玉挂明弓,捍拨装金打仙凤③。
宝枕垂云选春梦,钿合碧寒龙脑冻④。
阿侯系锦觅周郎,凭仗东风好相送⑤。

【题解】

诗写少女怀春,相思入梦。芳草萋萋,花影重重,垂柳成荫,烟雾渐浓,一弯新月如弓。少女手挥五弦,曲中诉尽相思。深夜寒重,卸妆就寝,钗盒生凉,龙脑似冰。她希望梦中借得东风,顺利与情郎相会。方扶南以此诗为伪作,钱钟书详辨之云:"长吉尚有一语,颇与'笔补造化'相映发。《春怀引》云:'宝枕垂云选春梦';情景即《美人梳头歌》之'西施晓梦绡帐寒,香鬟堕髻半沉檀',而'选'字奇创。曾益注:'先期为好梦',近似而未透切。夫梦虽人作,却不由人作主。太白《白头吟》曰:'且留琥珀枕,或有梦来时',言'或'则非招之即来者也。唐僧尚颜《夷陵即事》曰:'思家乞梦多',言'乞'则求不必得者也。放翁《蝶恋花》亦曰:'只有梦魂能再遇,堪嗟梦不由

388

人做'(参观《管锥编》第 1041—1042 页)。作梦而许操'选'政,若选将、选色或点戏、点菜然,则人自专由,梦可随心而成,如愿以作。醒时生涯之所缺欠,得使梦完'补'具足焉,正犹'造化'之能以'笔补',踌躇满志矣。周栎园《赖古堂集》卷二十《与帅君》:'机上肉耳。而恶梦昔昔(即夕夕)聻之,闭目之恐,甚于开目。古人欲买梦,近日卢德水欲选好梦',堪为长吉句作笺。纳兰容若妇沈宛有长短句集,名《选梦词》;吾乡刘芙初《尚绸堂诗集》卷二《寻春》:'寻春上东阁,选梦下西湖',又卷五《白门惆怅词》:'寻芳院落蘼芜地,选梦池塘菡萏天':必自长吉句来。方扶南批注长吉集,力诋此诗'庸下'、'浅俗'、'滑率',断为伪作。方氏以为长吉真手笔者,亦每可当'庸下'、'浅俗'、'滑率'之评,故真伪殊未易言。方氏所诃此篇中'庸'、'浅'、'滑'处,窃愧钝暗,熟视无睹,然渠依于'选梦'义谛,正自愦愦耳。"(《谈艺录》第 382—383 页,补订 62 页)

【注释】

①春怀:春日怀人。春怀引,曾本、二姚本作"怀春引"。

②芳蹊:芳径。二姚本作"芳溪"。浓烟,《乐府诗集》作"浓阴"。花带重,一作"香带重"。

③蟾蜍:指月亮。挂,一作"作"。捍拨,弹奏琵琶的拨子。打,弹拨。仙凤,捍拨的形状,一说为琵琶曲名。

④垂云:指乌发。吴本作"谁云"。钿合,钿盒,镶金的首饰盒。碧寒,《乐府诗集》注:一作"碧空"。龙脑,香名,气味清凉。

⑤阿侯:指少女。周郎,三国时吴国周瑜,此指少年郎。

【汇评】

姚文燮《昌谷集注》外集:"芳径怀人,弦月初上,唯有弹琵琶以写怨。然绣帷梦熟,宝匣香疑,丽人结束以待郎归,而唯祝风帆之便也。"

黎简《黎二樵批点黄陶庵评本李长吉集》外集:"此亦咏倡楼诗。然不言客恋倡,而说倡访客,题曰春怀,无所不可。佳句如玉树林。"

方扶南《李长吉诗集批注》卷四:"庸下之比,避之不暇,犹津津道之耶?方知欧苏《聚星堂雪诗》禁体物语之远俗。徐文长赏其不犯雪套而自作雪诗,至以织女挂孝为比,可叹之甚。"

嘲　雪

昨日发葱岭,今朝下兰渚①。
喜从千里来,乱笑含春语②。
龙沙湿汉旗,凤扇迎秦素③。
久别辽城鹤,毛衣已应故④。

【题解】

诗咏春雪,以人拟雪,极为活泼。雪花昨日才从葱岭出发,今天就来到了芳草丛生的内地。它不远千里而来,寒气早已散尽,让关中银装素裹,给大地带来了春天的喜气。

【注释】

①葱岭:帕米尔高原。《太平御览》卷九七七引《西河旧事》:"葱岭,在敦煌西八十里,其山高大,(上悉生葱)故曰葱岭。"兰渚,芳草丛生的水中小洲。

②春语:一作"春雨"。

③龙沙:白龙堆。《后汉书·班超传赞》:"定远慷慨,专功西遐。坦步葱雪,咫尺龙沙。"李贤注:"葱岭、雪山,白龙堆沙漠也。"

④辽城鹤:典出《搜神后记》卷一:"丁令威,本辽东人,学道于灵虚山。后化鹤归辽,集城门华表柱。时有少年,举弓欲射之。鹤乃飞,徘徊空中而言曰:'有鸟有鸟丁令威,去家千年今始归。城郭如故人民非,何不学仙冢累累。'遂高上冲天。"应故,曾本、二姚本作"如故"。

【汇评】

徐渭《唐李长吉诗集》卷五:"奇甚。不犯诸作雪套作语,更奇。宛然雪似人也。"

萧澎《昌谷集句解定本》卷四:"赋马作不经人道语,赋雪亦作不经人道语,此长吉胜处。若非辽城鹤一结,已可谓屏去白事之至也。"

姚文燮《昌谷集注》外集:"远人千里言归,方且笑语春温,而忽然雪至,以致龙沙汉旗皆湿,凤扇秦素相迎。盖塞外官中,寒略相等矣。乃久别之人,雪下沾衣,不异辽城之鹤。诗言嘲雪,实自嘲衣上雪耳。雪何可嘲耶?"

　　陈本礼《协律钩玄》外集引董伯音:"我所欲言,辄先言之,古人大是可恨。"

　　黎简《黎二樵批点黄陶庵评本李长吉集》外集:"即咏雪耳,不见嘲意,唐人咏或曰嘲,勿泥。"

龙夜吟①

鬈发胡儿眼睛绿,高楼夜静吹横竹②。
一声似向天上来,月下美人望乡哭③。
直排七点星藏指,暗合清风调宫征。
蜀道秋深云满林,湘江半夜龙惊起。
玉堂美人边塞情,碧窗皓月愁中听。
寒砧能捣百尺练,粉泪凝珠滴红线④。
胡儿莫作陇头吟,隔窗暗结愁人心⑤。

【题解】

　　诗摹写羌人静夜吹笛。夜深人静,一位鬈发绿眼的胡人乡思涌上心头,在月下吹奏起横笛。这曲调悠扬婉转,似从天上而来。横笛上的七个小孔,发出高低起伏的音调,让人仿佛看到乌云聚拢在深秋的蜀道,又似乎看见大龙从湘江中惊起。华堂的美人听见笛声,顿时勾起浓浓的思夫之情。她在寒夜的砧石上捣制衣服,泪水串串如珠。胡儿啊,你莫要吹奏了,有多少人因你的笛声而柔肠寸断。

【注释】

　　①龙夜吟:夜间吹笛。马融《长笛赋》:"近世双笛从羌起,羌人伐竹未及已,龙吟水中不见已,伐竹吹之声相似。"

　　②鬈发:鬈曲的头发。横竹,横笛。

　　③美人:吴汝纶以为是"羌人"之误。

④寒砧:寒秋的捣衣声。"粉泪"句,用薛灵芸红泪之典。

⑤陇头吟:汉乐府横吹曲。

【汇评】

姚文燮《昌谷集注》外集:"胡儿吹笛,一声来自天上。正如嫦娥悔奔而为望乡之哭,以状声之哀切,忽然起自空中也。及细听其七星藏指,宫徵风调,一以为蜀国之弦,一以为湘灵之瑟。亦无怪下界美人,碧窗皓月,难为愁中之听矣。因念寒砧捣练,已经粉泪凝珠,又何事作《陇头吟》,一使人心愁结也。"

方扶南《李长吉诗集批注》卷四:"亦伪,但不恶道,亦无一意外语。"

静女春曙曲①

嫩蝶怜芳抱新蕊,泣露枝枝滴天泪②。

粉窗香咽颓晓云,锦堆花密藏春睡③。

恋屏孔雀摇金尾,莺舌分明呼婢子。

冰洞寒龙半匣水,一只商鸾逐烟起④。

【题解】

诗写少女春睡的情形。春日拂晓,窗外非常安静,云霞尚未升起,树枝上挂满晶莹的露珠,幼嫩的蝴蝶在新生的花蕊周围嗅来嗅去。室内少女正在酣睡,屏风上的孔雀栩栩欲活,刻漏只剩下半匣之水,鸾形的漏箭似乎要追逐着青烟飞去,饶舌的鹦鹉似乎在呼唤着婢女。是诗见录于郭茂倩《乐府诗集》卷六六、杨士弘《唐音遗响》、《全唐诗》卷三九四,王琦录为"补遗"二首之一,附录于外集之后。

【注释】

①静女:娴静的少女。《诗经·邶风·静女》:"静女其姝,俟我于城隅。"

②天泪:《全唐诗》作"夭泪"。

③花密:《乐府诗集》作"花蜜"。

④商:漏箭所刻之处。鸾,漏箭之形状。

【汇评】

陈本礼《协律钩玄》补遗:"诗'静女其姝',毛传曰:'静,贞静也。女德贞静而有法度,乃可悦也。'自朱子以《静女》之诗倡为淫奔期会之说,后儒宗之,其实非也。读贺此诗,乃形容静女之'静'字出。曰'商鸾一只',似为未出室之寡女咏也。孔雀恋扉,寒龙潜匣,皆见其心,若死灰之死,靡他之志。读'滴天泪'三字,足为静女痛心。不曰'寡女',而曰'静女',盖寡女不能必其皆静,其中或有似商鸾逐烟而如文君其人者,岂不贻静女之羞呼。"

少年乐

芳草落花如锦地,二十长游醉乡里。
红缨不动白马骄,垂柳金丝香拂水①。
吴娥未笑花不开,绿鬟耸堕兰云起。
陆郎倚醉牵罗袂,夺得宝钗金翡翠。

【题解】

诗写少年之游乐。落花满地,芳草萋萋,意气风发的少年骑白马,佩红缨,高歌纵饮,出入欢场,沉湎于温柔之乡。身边的歌女发髻高耸,如花似玉。醉醺醺的少年郎,依偎在歌女怀中,拉扯歌女身上的翡翠宝钗,调笑不已。

【注释】

①不动:《乐府诗集》作"不动"。

【汇评】

王琦《李长吉诗歌汇解》外集:"二诗(含上《静婳曙曲》)见载于郭茂倩《乐府诗集》,而元人所选《唐音遗响》亦载其《少年乐》一首,皆似后人拟作,非长吉锦囊中所贮者。"

杪秋登江楼①

平楚超寒色，长沙犹未还②。
世情何处淡，湘水向人闲。
空翠隐高鸟，夕阳归远山。
孤云万余里，惆怅洞庭间。

【题解】

此诗载于《新修岳麓院志》(湖南图书馆藏，康熙二十六年长沙郡丞赵营亭原本、咸丰十一年重刻本)卷六。刘长卿有《秋杪江亭有作》："寂寞江亭下，江枫秋气斑。世情何处澹，湘水向人闲。寒渚一孤雁，夕阳千万山。扁舟如落叶，此去未知还。"今人多以为是刘作或后人仿刘诗之作。

【注释】

①杪秋：晚秋。《楚辞·九辩》："睹杪秋之遥夜兮，心缭悢而有哀。"江楼，望江楼，故址在今湖南长沙。

②平楚：从高处眺望，树梢齐平。谢朓《宣城郡内登望》："寒城一以眺，平楚正苍然。"

咏　管

谁截天平管，列点排星空。
直贯开元风，天上驱云行。

【题解】

诗从长吉《申胡子觱篥歌》一诗中截出。叶廷珪《海录碎事》"太平管"之条目，录有此四句。后童养年《全唐诗续补遗》从《古今图书集成·乐律典·管部》辑出(《全唐诗外编》下册,第 452 页)。

箜篌谣

不见山巅树,摧杌下为薪。
日睹井中泥,上出作埃尘①。

【题解】

《乐府诗集》卷八七收录无名氏《箜篌谣》:"结交在相知,骨肉何必亲。甘言无忠实,世薄多苏秦。从风暂靡草,富贵上升天。不见山巅树,摧杌下为薪。岂甘井中泥?上出作埃尘。"叶廷珪《海录碎事》卷三之"井中泥"条摘录诗后四句,并名之曰"李贺《箜篌谣》";《全唐诗》卷三九四亦作李贺断句收录,皆误。

【注释】

①"日睹"两句:《海录碎事》:"一云:岂甘井中泥,时至出作尘。"

断句五则

为君持此凌苍苍,上朝三十六玉皇。

【题解】

诗句出自李白《酬殷明佐见赠五云裘歌》,原诗末四句为:"为君持此凌苍苍,上朝三十六玉皇。下窥夫子不可及,矫首相思空断肠。"叶廷珪《海录碎事》卷一之"三六玉皇"条收录前两句,作李贺诗。

依剑登高楼,悠悠送春目。

诗句出自李白《古风》之五十四,叶廷珪《海录碎事》卷二之"送春目"录之以为李贺诗,《全唐诗》卷三九四亦以为是李贺断句。

情知一丘趣,不谢千里印。

【题解】

叶廷珪《海录碎事》卷五之"千里印"条,收录此两句,谓之为李贺诗。《全唐诗》卷三九四亦以李贺断句收录之。

鸣琴竽瑟会轩朱。

【题解】

叶廷珪《海录碎事》卷五之"轩朱"条,收录此句,谓为李贺诗。

水花晚色净,庶足克淹留。

【题解】

叶廷珪《海录碎事》卷二二之"水花"条,收录此句,谓为李贺诗。

《楚辞》评语十六则

《诗》曰:"云谁知思,西方美人。"意甚悠婉;《离骚》曰:"唯草木之零落兮,恐美人之迟暮。"意甚激烈。可见《风》与《骚》仅在一间耳。

——《离骚》"唯草木之零落兮,恐美人之迟暮"句眉批感慨沉痛,读之有不歔欷欲泣者,其为人臣可知矣。

——《离骚》评语

其骨古而秀,其色幽而艳。

——《九歌》评语

原(屈原)每于遇合之际三致意焉,令读者无限凄怆。

——《天问》"师望在肆昌何识,鼓刀扬声后何喜"句眉批

《天问》语甚奇崛,于《楚辞》中可推第一,即开辟以来亦可推第一。贺极意好之。时居南园,读数过,忽得"文章何处哭秋风"之句。

——《天问》评语

泪洒彻于风雷,而忧谗畏讥之衷尤甚,奈何。

——《九章·惜诵》"惜诵以致愍兮,发愤以抒情,所作忠而言之兮,指苍天以为正"眉批

"洋洋为客"一语便觉黯然。

——《九章·哀郢》"焉洋洋而为客"句眉批

惊心动魄之语,徒令千载后恨血碧于中土耳。

——《九章·惜往日》"宁溘死而流亡兮,恐祸殃之有再。不毕辞而赴渊兮,惜壅君之不识"句眉批

其意凄怆,其辞瑰瑰,其气激烈。虽使事间有重复,然临死求为感动庸主,自不觉言之不足,故重言之,要自不为冗也。

——《九章》评语

省试"湘灵鼓瑟",竟无一佳句,唯钱郎"曲终人不见,江上数峰青"二语,似得《楚辞》余韵,而微觉清彻。

——《远游》"使湘灵鼓瑟兮"句眉批

《远游》篇仅铺叙邈达，托志高远，取其意可也。若以文论，尚不尽屈氏所长。

——《远游》评语

《卜居》为骚之变体，辞复宏放，而法甚奇崛。其宏放可及也，其奇崛不可及也。

——《卜居》评语

读此一过，居然觉山月窥人，江云罩笠。

——《渔父》评语

起处虽有骚调，实序例也。

——《招魂》"朕幼清以廉洁兮，身服义而未沫"句眉批

宋玉赋，当以《招魂》为最。幽秀奇古，体格较骚一变。予有诗云："愿携汉戟招书鬼，休令恨骨埋蒿里。"亦本之。

——《招魂》评语

《招隐士》逼是《招魂》蹊径，而骨力似过之。

——《招隐士》评语

【题解】

以上十六则评语，见载于明人蒋之翘评校朱熹《楚辞集注》所附之"七十二家集评"。蒋氏序云，以上评语来自家传李长吉未刻本。吴企明认为这些评语均是后人伪托。"首先，这些评语文辞冗沓、语多重出、议论低下；其次，评点式诗歌评论，肇始于宋代；其三，蒋之翘序言称，这些评语出自'家传李长吉未刻本'，然唐宋至明八百年间，各种载述、诗话、笔记中，从未见过相关文字，可见所谓李贺评《楚辞》之文字，非锦囊中物。"（《李长吉诗歌编年笺注》，第 758—759 页）

图书在版编目（ＣＩＰ）数据

李贺全集 / 闵泽平编著． -- 武汉 ：崇文书局，
2015.7（2023.7 重印）
（中国古典诗词校注评丛书）
ISBN 978-7-5403-3534-2

Ⅰ．①李… Ⅱ．①闵… Ⅲ．①唐诗－诗集②李贺（
790～816）－唐诗－诗歌评论 Ⅳ．① I222.742 ② I207.22

中国版本图书馆 CIP 数据核字（2015）第 154476 号

李贺全集
LIHE QUANJI

选题策划　王重阳
丛书统筹　郑小华
责任编辑　王重阳　程可嘉
责任校对　万山红
责任印刷　李佳超
出版发行　长江出版传媒｜崇文书局
地　　址　武汉市雄楚大街 268 号 C 座 11 层
电　　话　(027)87677133　邮政编码　430070
印　　刷　中印南方印刷有限公司
开　　本　880mm×1230mm　1/32
印　　张　13
字　　数　340 千字
版　　次　2015 年 7 月第 1 版
印　　次　2023 年 7 月第 7 次印刷
定　　价　48.00 元
（如发现印装质量问题，影响阅读，由本社负责调换）